KB041051

Story by Fuse, Illustration by Mitz Vah

후세 지음
밋츠바 일러스트
도영명 옮김

전생했더니 슬라임이 있던 건에 대하여 ①

Regarding
Reincarnated to Slime

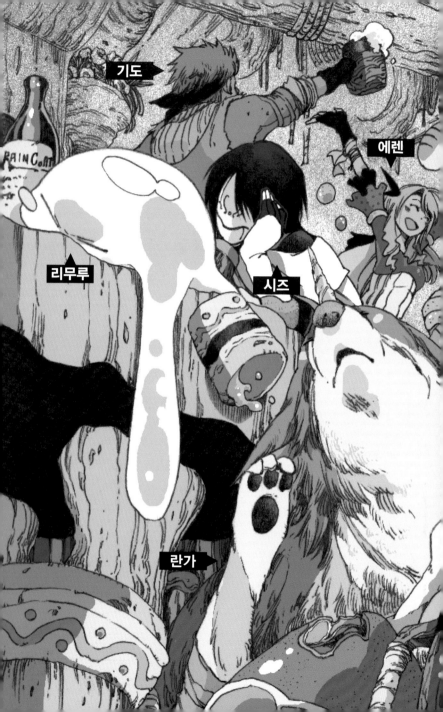

아름다우면서 가녀린 여성.
그러나 그 눈동자는
사악한 빛을 뿜었고.
그 입가는
살육에 대한 희열로
일그러진 것처럼 보였다.

전생했더니 슬라임이 었던 건에 대하여 ①

Regarding
Reincarnated to Slime

특별할 것 없는 평범한 인생.

대학을 나와서 일단 대기업으로 여겨지는 종합 건설 회사에 입사한 뒤, 현재는 홀로 생활하는 37세. 사귀는 여자는 없다.

나이 차가 나는 형이 부모님을 모시고 있으며, 나는 내키는 대로 사는 독신귀족인 셈이다.

키도 작은 건 아니고 얼굴도 그리 나쁘지는 않다. 그렇지만 인기가 없다. 여자 친구를 만들어보려고 노력한 적도 있지만 세 번 고백해서 차인 시점에서 심적으로 좌절해 버렸다. 뭐, 이 나이가 되면 여자 친구를 사귀니 마니 하는 것도 솔직히 말해서 귀찮다.

일이 바쁜 것도 있지만 딱히 없다 해서 곤란한 점이 있는 것도 아니니까.

……이건 절대 변명이 아니거든?

왜 그런 생각을 하고 있었는가 하면──.

"선배. 오래 기다리시게 해서 죄송해요!"

웃는 얼굴로 내게 걸어오는 산뜻하게 생긴 청년. 그리고 그 옆에 나란히 있는 미인. 내 후배인 타무라와 회사의 마돈나로 이름 높은 접수처의 사와타리 씨다.

그렇다. 오늘은 이 인간들로부터 결혼을 할 생각이니 상담에 응해달라고 부탁을 받은 것이다. 그게 바로 나도 모르게 자신은 왜 인기가 없는 것인지를 생각하게 된 이유이다. 그리고 퇴근길에 만나기로 한 교차점 부근에서 전봇대에 기댄 채 곰곰이 생각에 잠겨 있었던 것이다.

"여. 그래서 상담할 게 뭔데?"

나는 사와타리 씨에게 목례를 하면서 질문했다.

"안녕하세요. 사와타리 미호예요. 늘 뵙긴 하는데, 얘길 나누는 건 처음이네요. 왠지 긴장돼요."

긴장하고 있는 건 내 쪽이야!

애초에 나는 여자랑 얘기하는 것 자체가 버거운 사람이다.

그 정도는 알아차리라고……. 그렇게 속으로 투덜대는 나.

아무리 봐도 연애와는 인연이 없을 것 같은 나와 상담할 게 대체 뭐가 있단 말인가. 이건 분명히 사람을 놀리는 거라는 생각이 든다. 아마 틀림없을 것이다.

"안녕하세요. 미카미 사토루입니다. 긴장하지 않으셔도 돼요. 사와타리 씨는 회사에서 유명하니까 소개를 하지 않으셔도 잘 알고 있습니다. 타무라는 어쩌다 보니 저와 같은 대학을 나와서 회사 연수회에서 의기투합하게 됐거든요. 그 이후로 알고 지내는 사이입니다."

"유명하다니 뭐가 말인가요! 혹시 이상한 소문이라도 돌고 있나요?"

"네에. 키하라 부장님이랑 바람을 피고 있다거나, 카메야마 군이랑 데이트를 했다던가 하는 소문이 있죠."

나도 모르게 그만 놀리고 말았다. 가벼운 농담을 할 생각이었지만 사와타리 씨는 얼굴이 새빨개지면서 눈에 눈물을 글썽거리고 만다. 이거 귀엽네.

내 조크는 배려도 부족할 뿐만 아니라 센스도 없기 때문에 절대 하지 말라는 말을 듣긴 하지만 나도 모르게 자꾸 입 밖으로 튀어나오고 마는 것이다.

역시 이번에도 실패하고 말았나. 역시 난 성격이 나쁜 모양이다.

타무라가 사와타리 씨의 어깨를 토닥이면서 달래주고 있다.

망할 타무라 자식! 이런 상황은 말 그대로 리얼충 따윈 폭발해버려라! 라고 외치고 싶은 장면이다.

"선배, 그 정도로 해두세요! 그냥 놀리는 것뿐이니까 미호도 이해해줘."

웃으면서 달래는 타무라. 훌륭한 후배다.

남을 미워할 줄 모르는 데다 성격이 서글서글해서 도저히 미워할 수가 없는 녀석이다.

타무라는 아직 스물여덟 살이고 나랑은 상당히 나이 차가 나는데도 이상하게 죽이 잘 맞았다. 어쩔 수 없지. 솔직하게 축복해주기로 할까…….

"미안, 내가 성격이 좀 이래서. 뭐, 여기서 얘길 나누는 것도 그러니까 장소를 바꿔서 밥이나 먹으면서 얘길 듣자고."

질투를 해봤자 무슨 소용이 있나. 내가 그렇게 생각하면서 말했을 때다.

""""꺄아 —————————.""""

비명. 혼란.

뭐야? 무슨 일이 일어난 거지?!

"비켜! 죽여버린다!!"

그 목소리를 듣고 돌아보니 식칼과 가방을 손에 든 남자가 달려오는 게 보였다.

비명이 들린다. 남자가 다가오고 있다. 손에는 식칼. 식칼? 그 끝에는…….

"타무라아————."

내가 타무라를 밀쳐낸 순간, 등에 불에 타는 듯한 고통이 느껴졌다. 나는 그 자리에 주저앉듯이 몸을 구부리고는, 등 뒤에서 느껴지는 고통을 견뎠다.

무슨 일이 일어난 건지 이해가 되지 않는다. 움직이고 싶어도 움직일 수가 없다.

"길을 막지 마아————."

소리치면서 도망치는 남자를 바라보고 타무라와 사와타리 씨가 무사함을 확인한다.

타무라가 무슨 소리인지 이해가 안 되는 절규를 외치면서 내게 달려왔다.

사와타리 씨는 갑작스러운 사태에 망연자실한 상태로 보이지만 다친 곳은 없는 것 같다. 다행이다.

그건 그렇고 등이 뜨겁다. 아프다는 수준의 감각을 넘어서 등이 뜨겁다.

이게 뭐야? 너무 뜨거워……. 이제 그만 좀 봐줘.

《확인했습니다. '대열내성(對熱耐性)' 획득. ……성공했습니다.》

혹시…… 내가 칼에 찔린 건가?

칼에 찔려서 죽는 건, 아니겠지…….

《확인했습니다. '자돌내성(刺突耐性)' 획득. ……성공했습니다. 계속하여 '물리공격내성(物理攻擊耐性)' 획득. ……성공했습니다.》

"선배, 피, 피가 나오는데……. 피가 멈추질 않아요오."

뭐야, 되게 시끄럽게 구네. 타무라인가. 이상한 목소리가 들린 것 같은데, 타무라라면 어쩔 수가 없지.

피? 그야 나오겠지. 난 인간인걸. 찔리면 피 정도는 나온다고!

그렇지만 아픈 건 어떻게 할 수가 없네…….

《확인했습니다. '통각무효(痛覺無效)' 획득. ……성공했습니다.》

어…… 이거 좀 위험한데. 나도 지금 고통과 초조함 때문에 의식이 혼란에 빠져 있는 모양이다.

"타, 타무라…… 시끄러워. 그, 그리 대단한 상처는 아니잖아? 걱정하지 마…….."

"선배, 피, 피가……."

새파래진 얼굴로 흐느껴 울기 직전의 표정으로 나를 끌어안으려 하는 타무라. 남자가 되어 그게 뭐하는 거야.

사와타리 씨는 어떤지 확인하려고 했지만 시야가 흐려서 잘 보이지 않는다.

등의 열기는 느껴지지 않게 되었지만 그 대신에 맹렬한 한기가 나를 덮쳤다.

이거, 위험한데……. 사람은 피가 모자라면 죽는다고 했던가.

《확인했습니다. 혈액이 불필요한 신체를 작성하겠습니다. ······성공했습니다.》

(잠깐, 너, 아까부터 대체 무슨 소릴 하는 거야? 잘 들리질 않아······.)

말을 하려 했지만 목소리가 나오지 않았다. 큰일인데. 나, 정말로 죽는 거 아냐······.

안 그래도 점점 열기는 물론이고 고통도 느껴지지 않게 됐다.

춥다. 추워서 참을 수가 없다. 어떻게 된 거지······ 이젠 추위에 얼어붙는 건가. 나도 참 바쁜 몸이로군.

《확인했습니다. '대한내성(對寒耐性)' 획득······ 성공했습니다. '대열내성' 및 '대한내성'을 획득함으로써 '열변동내성(熱變動耐性)'으로 스킬이 진화했습니다.》

그때 다 죽어가는 내 뇌세포가 번뜩이면서 중요한 사실을 떠올린다.

그래! 내 PC의 하드디스크 안에 든 파일들!!

"타무라아——!! 만일, 만일이지만 내가 죽는다면······ 내 PC를 부탁한다. 욕조에 담근 뒤에 전류를 흘려보내서 데이터를 완전히 지워줘······."

나는 마지막 기력을 짜내어 마음에 걸리는 가장 중요한 사항을 전달했다.

《확인했습니다. 전류에 의한 데이터 삭제. ……정보부족으로 인해 실행불능. 실패했습니다. 대행조치로서 '전류내성(電流耐性)' 획득. ……성공했습니다. 부가 효과로 '마비내성(痲痺耐性)' 획득. ……성공했습니다.》

타무라는 한순간 내가 했던 말이 이해가 안 됐는지 눈을 휘둥그레 떴다.

그런 후에 내 말뜻을 이해했는지 쓴웃음을 짓는다.

"하핫. 선배답네요──."

남자가 우는 얼굴은 보고 싶지 않은데. 차라리 쓴웃음이 우는 얼굴보다는 낫다.

"저, 사실은 사와타리와 결혼하는 걸 선배한테 자랑하고 싶어서……."

그럴 거라 생각했어……. 이 망할 자식.

"쳇…… 나 참. 전부 다 용서할 테니까 사와타리 씨를 행복하게 해줘야 해. PC에 관한 건 너에게 맡기마……."

마지막 힘을 다 해서 그 말만 겨우 전했다.

＊

특별할 것 없는 평범한 인생.

대학을 나와서 일단 대기업으로 여겨지는 종합 건설 회사에 입사한 뒤, 현재는 홀로 생활하는 37세. 사귀는 여자는 없다.

나이 차가 나는 형이 부모님을 모시고 있으며 나는 내키는 대로 사는 독신귀족이었다.

그 덕분에 동정이다.

설마 한 번 써보지도 못하고 저세상으로 떠나게 될 줄이
야……. 내 '자식 놈'도 아마 울고 있겠지.

미안하다. 널 어른으로 만들어주지 못해서…….

다시 태어날 수 있다면 눈치 보지 말고 공략해보자. 실컷 말을
걸어보고, 실컷 해보자고……. 아니, 이젠 틀렸나.

《확인했습니다. 유니크 스킬 '포식자(捕食者)'를 획득. ……성공했습
니다.》

그리고 만약 서른 살에 동정인 남자가 마법사가 된다는 얘기가
사실이라면, 마흔 살을 눈앞에 둔 나는 바로 현자가 될 수 있었을
텐데……. 대현자도 허황된 꿈은 아니겠지만 역시 그 단계까지는
역시 좀 무리일 것 같긴 하네.

《확인했습니다. 엑스트라 스킬 '현자'를 획득. ……성공했습니다. 뒤
이어서 엑스트라 스킬 '현자'를 유니크 스킬 '대현자'로 진화시키겠습니
다. ……성공했습니다.》

……아니, 잠깐. 아까부터 이건 뭐야? 뭐가 《유니크 스킬 '대현
자'》라는 건데. 장난치는 거야?

전혀 유니크하지 않다고!

전혀 안 웃긴다고, 나는!

정말 예의가 없구먼…….

그런 생각을 하면서 나는 잠이 들었다.

이게 죽는다는 건가……. 생각보다 쓸쓸하진 않네.

그게 내가 이 세상에서 생각한 마지막 말이었다.

제1장

처음 사귄 친구

Regarding Reincarnated to Slime

어둡다.

너무 컴컴해서 아무것도 보이지 않는다.

여긴 어디지? 아니, 뭐가 어떻게 된 거야.

분명 현자니 대현자니 하면서 바보 취급을 당했던 것 같은데 말이지…….

그때 내 의식은 눈을 떴다.

내 이름은 미카미 사토루. 서른일곱 살의 나이스 가이.

길거리에서 무차별 살인자 같은 인간에게서 후배를 보호하려고 감싸다가 칼에 찔렸다.

좋아, 제대로 기억하고 있군. 괜찮아, 아직 당황할 시간은 아닌 것 같다.

애초에 쿨한 성격의 내가 당황했던 일이라고 해봤자 초등학생 시절에 X을 쌌을 때 정도밖에 없다.

주변을 둘러보고자 하다가 깨닫는다. 눈이 떠지지 않는다.

이거 큰일인데. 그렇게 생각하고 머리를 긁으려 했지만…… 손이 반응하지 않는다. 그 이전에 머리가 어디 있는 걸까.

혼란스럽다.

이봐, 잠깐 있어봐.

시간을 좀 달라고, 냉정을 되찾을 테니까. 이런 때는 소수(素數)를 세면 되던가?

1, 2, 3, 크아악───!!

아니지. 그게 아니야. 애초에 1은 소수가 아니었잖아?

아니, 아니, 그것도 지금은 딱히 상관없어.

그런 멍청한 소리를 하고 있을 때가 아니라고, 이거 위험하지 않아?

어라? 잠깐, 이게 어떻게 된 거야?!

혹시나…… 어쩌면 지금은 이미 당황해야 할 시간인 거 아냐?

나는 초조한 마음으로 어딘가 아픈 곳이 없는지를 확인했다.

고통은 없다. 쾌적하다.

추위도 더위도 느껴지지 않는다. 실로 편안한 공간에 있는 것 같다.

그 사실에 아주 약간은 안심이 된다.

다음으로 손발을 확인한다. 손가락은커녕 손도 발도 반응이 없었다…….

어떻게 된 일이지?

칼에 찔린 것만으로 손이나 발이 사라질 리는 없을 테고, 뭐가 어떻게 돌아가고 있는 거야?

그리고 무엇보다 눈이 떠지질 않는다.

아무것도 보이질 않는 시커먼 공간에 있는 것 같다.

내 마음속에 예전에 느껴본 적이 없는 엄청난 불안이 밀려들었다.

이건…… 설마 의식불명 상태가 된, 건가?

실제론 의식만은 남아 있지만 신경이 절단되어서 움직이질 못하는 건 아닐까?

안 돼, 안 돼, 안 돼, 그것만은 좀 봐줘!

내 입장이 되어서 생각해보라.

사람은 어둠 속에 갇히게 되면 곧바로 미치게 된다. 지금의 나는 말 그대로 그런 상태에 있으며, 게다가 스스로 죽는 것도 불가능한 상황인 것이다.

이대로 미치는 길만 남았다면 절망을 하지 말라는 쪽이 불가능이지 않겠는가?

그때 슬쩍 몸에 뭔가가 닿는 감촉이 느껴졌다.

응? 뭐지……?

내 모든 감각이 그 감촉에 의식을 집중했다.

배? 의 옆 부분을 쓰다듬는 것처럼 풀 같은 것이 스치고 있었다.

그 부근에 의식을 집중하자, 자신의 육체의 크기가 어느 정도인지 어렴풋이 짐작할 수 있었다. 가끔 이파리 끝 부분이 내 몸을 쿡쿡 찌르는 감촉이 느껴진다.

나는 약간 기쁜 마음이 들었다.

아직은 시커먼 어둠 속에 있다. 그러나 오감 중의 촉각만이라도 느낄 수가 있었기 때문이다.

그게 점점 재미있어지는 바람에 그 풀을 향해 움직이려 하자——.

주륵.

땅에 끌리는 것처럼 내 몸이 움직이는 걸 알 수 있었다.

움직였단…… 말인가?!

이때 확실히 내가 병원 침대 위에 있는 건 아니라는 것이 판명됐다. 자신의 배? 그 아래의 감촉이 딱딱한 바위 같은 모양을 하고 있다는 걸 알았기 때문이다.

그렇군…… 어디인지는 전혀 모르겠지만 아무래도 병원은 아닌 것 같다.

게다가 눈은 물론이고 귀도 제 기능을 발휘하지 못하고 있다.

어디가 머리인지 모르겠지만 풀을 향해서 이동한다. 접촉하고 있는 부분에 의식을 집중한다.

냄새는 전혀 느껴지지 않는다. 아마 후각도 없는 게 아닐까?

그 전에 자신의 몸이 어떤 모양인지를 모르겠다.

인정하고 싶지는 않지만 유선형의 탱글탱글한, 그 '몬스터' 같은 모양을 하고 있는 것 같다.

그런 느낌이 아까부터 뇌리를 스치고 있다.

아니, 아니…… 그럴 리가 없잖아. 아무리 그래도 그럴 리가…….

일단 그런 불안은 나중에 생각하기로 하자.

나는 인간의 오감 중에서 시험해보지 않은 마지막 하나를 시험해보기로 했다.

그러나 입이 어디에 있는지를 모르겠다. 어떻게 해야 할까?

《유니크 스킬 '포식자'를 사용하시겠습니까?

YES / NO》

갑자기 내 뇌리에 목소리가 들렸다.

응? 뭐, 뭐라고? 유니크 스킬 '포식자'……라고?

아니, 그 전에 이 목소리는 대체 뭐지?

타무라와 대화를 나누던 중에 이상한 목소리가 들렸던 것 같았는데, 기분 탓이 아니었단 말인가?

누가 있는 건가? 하지만 위화감이 있다. 이건 누가 있다기보다…… 마음속에 말이 떠오른 것뿐이라는 느낌에 가깝다.

사람의 감정이 느껴지지 않는, 컴퓨터의 자동음성과 같은 무기질적인 느낌이라고 말해야 할까.

일단은 NO!다.

반응은 없다. 잠시 기다려 봤지만 목소리는 느껴지지 않았다.

보아하니 재차 묻는 일은 없는 모양이다. 선택을 잘못한 걸까? 이건 YES를 선택해야만 하는 게임인 건가?

RPG처럼 YES를 선택할 때까지 같은 질문을 계속 반복하는 줄 알았는데 그건 아닌 모양이다.

말을 걸어 질문만 하고는 그 다음에는 그대로 방치하다니, 정말 실례도 이만저만이 아니다.

사람 목소리가 들려서 실은 조금 기뻤는데.

나는 아주 약간 후회했다.

뭐, 어쩔 수 없지. 방금 시도하려다가 만 미각을 시도해볼까.

아까 그 풀을 향해 몸을 움직인다.

풀에 닿아 있는 부분의 감촉을 확인하면서 풀에 기댔다. 풀을 위에서 덮는 것 같은 육체의 감촉을 확인한다. 역시 이건 풀이 틀림없는 것 같다.

내가 풀의 감촉을 확인하고 있으려니 풀과 내 몸의 접촉부분이 녹기 시작했다. 내 몸이 녹는 줄 알고 놀랐지만 아무래도 녹기 시작하는 건 풀뿐인 모양이다.

그리고 녹아내린 풀의 성분이 내 몸 안으로 흡수되는 걸 알 수 있었다.

아무래도 풀을 녹여서 흡수한 것 같았다. 즉, 내 몸은 입이 아니라 접촉부분으로 풀을 소화시키는 것이다. 덧붙여 언급하자면 맛은 전혀 느껴지지 않았다.

이건 즉, 얘기가 그렇게 된 것이다.

아무래도 나는 인간이 아닌 존재로 바뀐 상태인 것 같다. 이건 거의 틀림없다.

그렇다는 건 역시 칼에 찔려서 죽어버렸다는 뜻일까?

의문이라기보다는 거의 확신을 하고 있는 상태지만, 그렇다면 지금 병원이 아니라 바위 위로 여겨지며 풀이 나 있는 곳에 있는 것도 납득이 된다.

타무라는 어떻게 됐지?

사와타리 씨는?

내 PC는 확실히 파괴되었을까?

의문은 끝없이 계속된다. 그러나 이제 그런 건 아무리 고민해 봤자 소용없는 것일지도 모른다. 앞으로 어떡할지를 생각해야 한다.

그런 생각이 들자, 역시 지금의 내 모습은──.

방금 그 감촉으로 생각해 보건대⋯⋯.

나는 한 번 더 자신의 몸에 의식을 집중한다.

탱글. 탱글.

리드미컬하게 움직이는 자신의 육체.

컴컴한 어둠 속에서 자신의 육체의 경계가 어디쯤인지를 시간을 들여 확인했다.

이게 어떻게 된 일이람!

그렇게 멋지고 남자다웠는데. 지금은 이렇게 유선형에 세련된 스타일이 되다니!

아니, 너, 바보냐! 이런 걸 인정할 수 있겠냐고오─!!

내 몸의 생김새를 고려해 보건데, 아무리 생각해봐도 자연스레 그걸 연상하게 된다.

아니, 아니. 잠깐 생각을 좀 해봐.

마음에 안 드는 건 아니거든? 응. 귀엽다는 생각이 들기도 해!

하지만 말이지, 스스로가 그렇게 되고 싶은가? 라는 질문을 받는다면 9할의 인간은 같은 심정이 될 것이다.

하지만 이건 인정하지 않으면 안 될지도 모른다⋯⋯.

아무래도 내 '영혼'은 다른 세계에서 태어난 마물로 전생(轉生)한 것, 이라는 것을.

원래는 있을 수 없는, 천문학적 확률일지도 모르지만⋯⋯.

나는 슬라임으로 전생하고 만 것이다.

＊

와삭와삭.

와삭와삭와삭.

나는 풀을 먹고 있었다.

왜냐고? 그야 당연하지!

심심하기, DDAE, MOON, 이다!

자신이 슬라임이라는 걸, 싫지만 인정하게 된 뒤로 꽤 많은 날이 지나간 것 같다. 며칠이 지났는지는 모르겠지만……. 애초에 어둠 속에선 시간의 감각이란 게 아예 없기 때문이다.

그런 나날 속에서 실감한 것이 슬라임의 육체라는 게 생각보다도 편리하다는 것이었다. 배도 고프지 않고 잠도 오지 않는다. 즉, 식사도 수면도 필요가 없는 것이다.

또 하나 알아낸 것이 있다.

확실하진 않지만 이 장소에는 다른 생물이 없는 것 같다. 덕분에 생명의 위험을 느끼는 일도 없다는 얘기가 된다……. 그저, 그저 심심한 매일을 보내고 있었다.

그동안에는 그 이상한 목소리도 들리지 않았다. 지금이라면 상대를 해줘도 좋을 것 같지만.

그래서 어쩔 수 없이 풀을 먹고 있다.

달리 할 수 있는 일이 아무것도 없기 때문에 어쩔 수가 없다. 심심풀이라는 느낌으로 먹고 있는 것이다.

지금은 흡수한 풀이 체내에서 분해되어 성분이 좀 더 세분화된 채로 축적되어 가는 상황을 감각으로 알 수 있을 정도까지 되었다.

거기에 무슨 의미가 있는지를 묻는다면, 의미는 딱히 없지만.

뭔가를 하고 있지 않으면 미쳐버릴 것 같아서 무서웠을 뿐이다.

최근 들어서 익숙해지게 된 흡수, 분해, 수납을 반복한다.

여기서 이상하게 느낀 점이 하나 있었다.

지금까지 한 번도 배설행위를 하지 않은 것이다.

슬라임이라서 필요 없다고 한다면 그러려니 하겠지만, 그렇다면 이 수납된 것은 어디로 가는 것일까?

내 감각으로는 원래의 형태에서 무언가로 변화하고 있는 걸로는 느껴지지 않는다.

이게 어떻게 된 일일까?

《해답. 유니크 스킬 '포식자'의 위장에 수납되어 있습니다. 또한, 현재의 공간 사용량은 1퍼센트 미만입니다.》

뭐라고? 대답이 들렸어━━━!!

그건 그렇고 어느새 스킬을 사용한 거지? NO! 라고 답했을 텐데.

《해답. 유니크 스킬 '포식자'는 사용하지 않았습니다. 체내에 흡수된 물질은 자동으로 위장에 수납되도록 설정되어 있습니다. 이건 임의로 변경이 가능합니다.》

뭐라고? 이번엔 대답이 아주 자연스럽게 들렸는데. 아니, 그건 일단 미뤄두고⋯⋯.

그렇다는 건 스킬을 사용하면, 어떻게 되는 거지?

《해답. 유니크 스킬 '포식자'의 효과——.

 포식 : 대상을 체내로 흡수함. 단, 대상에 의식이 존재할 경우 성공 확률은 대폭 감소함. 효과가 있는 대상은 유기물, 무기물로만 한정되지 않으며 스킬 및 마법도 포함함.

 해석 : 흡수한 대상을 분석, 연구함. 제작가능 아이템을 창조함. 물질이 갖추어져 있는 경우 복제본를 제작하는 것도 가능함. 술식의 해석에 성공하면 대상의 스킬, 마법의 습득이 가능해짐.

 위장 : 포식대상을 수납함. 또한 해석에 의해 제작된 물질의 보관도 가능함. 위장에 수납되어 있으면 시간 경과의 효과가 미치지 않게 됨.

 변신 : 흡수한 대상을 재현함과 동시에 능력을 구사할 수 있음. 단, 정보의 해석에 성공한 대상으로만 한정됨.

 격리 : 해석이 되지 않는 유해한 효과를 수납함. 중화 과정을 거쳐서 마법으로 환원함.

 이상 다섯 가지가 주된 기능입니다.》

뭐? ……뭐?

오랜만에 동요했다. 뭔가 엄청난 능력을 들은 것 같은데…….
이건 결코 슬라임 따위가 소유해도 괜찮을만한 능력이 아닌 것
같은데 말이지.

잠깐, 그 이전에 내 질문에 대답을 해준 목소리, 이건 대체 뭐
지? 누가 있는 건가?

《해답. 유니크 스킬 '대현자'의 효과입니다. 능력이 정착되었기 때문
에 반응을 빨리하는 것이 가능해졌습니다.》

대현자라니……. 사람을 놀리는 건가 싶은 생각에 슬퍼지긴
했지만, 지금에 와선 믿음직스럽다. 앞으로도 계속 의지하도록
하자.

아니, 지금은 뭐든 다 좋다.

이 끝이 없을 것 같은 고독을 벗어날 수 있다면.

어쩌면 이 '목소리'는 내가 만들어낸 환청인지도 모른다. 하지
만 그래도 상관없다.

나는 오랜만에 자신의 마음이 가벼워진 것을 실감한 것이다.

                            *

현재 내가 슬라임으로 전생한 지 90일이 지났다.

정확하게는 90일과 7시간 34분 2초이다.

왜 이렇게까지 정확하게 단언할 수 있느냐고? 그건 유니크 스
킬 '대현자'에 의한 보정효과이다.

야아, 이 스킬은 정말로 편리하다. 곤란할 때 도움이 되는 '대현자'이다. 내가 느낀 의문에 대해서 뭐든지 대답을 해주니까.

'대현자'에 의하면 스킬이 내 영혼에 정착하는 데는 90일이 소요된다고 한다. 단, 원래는 대화에 의한 문답 같은 건 불가능했다고 한다. 내 의문에 답하기 위해 자기개조를 실행하여 '세계의 언어' 기능의 일부를 유용한 것이란 설명을 들었다.

통상적으로는 의문점에 대해서 마음속으로 직접 말을 거는 편리한 능력은 없다고 한다. 세계의 변화가 일어난다거나, 스킬의 획득 또는 진화가 일어났을 때 '세계의 언어'가 들린다든가.

원래 스킬의 획득이나 진화가 평소에 일어나는 건 아닌 모양이다. 어떤 형태의 성장을 세계가 인정했을 때 아주 가끔 획득할 수 있는 것이 '스킬'이라고 한다. '진화' 같은 건 그야말로 평범한 인간에겐 인연이 없는 것이라고 들었다.

말뜻을 전혀 이해할 수 없었지만, 일단 그런 거라고 멋대로 결론을 짓고 넘어갔다.

'대현자'가 질문에 대답해주게는 되었지만 어디까지나 수동적이며 자아는 없는 것이었다.

내 쪽에서 말을 걸지 않는 한 상대가 나에게 질문을 하지는 않는다. 그 점이 아쉬운 부분이다.

그러나 일방통행이긴 해도 말을 주고받는 것이 가능하다는 건 기쁜 일이다.

자신의 스킬과 대화를 나눈다는 건 원래 세계에선 이상한 망상으로만 취급받을 게 뻔한 일지만……

그런 연유로 시커먼 어둠 속에서 달리 할 일도 없었던 나는 마구 질문을 해댄 것이다.

그 결과, 나는 틀림없이 슬라임이 되어 있다는 게 판명됐다.

공복감이나 수면욕이 필요 없는 이유도 판명됐다.

이 세계의 슬라임이란 존재는 마력요소를 흡수할 수만 있으면 식사를 할 필요가 없다. 마력요소의 농도가 적은 지방에선 몬스터나 작은 동물 등을 흡수하여 마력요소를 보충한다고 한다.

그렇기 때문에 이 세계에선 드물게도 마력요소가 희박한 지방의 슬라임 쪽이 흉포하고 강하다고 한다. 대개는 마력요소의 농도가 짙은 지방 쪽이 몬스터도 더 강한 것이다.

즉, 이 장소는 식사를 할 필요가 없을 정도로 마력요소의 농도가 짙다는 뜻이다.

그리고 수면욕에 대해선,

《해답. 슬라임의 신체는 모든 것이 동일한 세포로 이루어진 집합체입니다. 하나하나의 세포가 뇌세포이며 신경이며 근육인 것입니다. 그렇기 때문에 사고에 필요한 연산세포가 교대로 휴식을 취하기 때문에 수면은 필요가 없습니다.》

라고 한다.

내 기억은 어디에 기록되어 있는 거지?

아마도 PC의 HDD에 해당하는 부분이 RAID 같은 상태로 되어 있는 건 아닐까?

그렇게 생각했더니 《거의 맞습니다》라는 답변이 돌아왔다.

'대현자'는 의외로 장단을 잘 맞춰주는 녀석이다.

그런 점에서 신경이 쓰이는 '대현자'의 스킬 효과는 다섯 가지다.

사고가속 : 통상의 천 배로 지각 속도를 상승시킨다.

해석감정 : 대상의 해석 및 감정을 실행한다.

병렬연산 : 해석하고 싶은 현상을 사고와 분리하여 연산을 실행한다.

영창파기 : 마법 등을 구사할 때 주문을 외우는 절차를 필요로 하지 않는다.

삼라만상 : 이 세계의 은폐되어 있지 않은 모든 현상을 망라한다.

라고 했다.

삼라만상이라고? 그러니까 이건 모든 지식을 별다른 수고 없이 손에 넣었다는 건가?! 그렇게 생각했지만…….

실제로는 내가 접한 정보에 대해서, 내가 알아낼 수 있는 현상만 정보 개시가 가능한 것이라 한다.

즉, 한 번 인식할 필요가 있긴 하지만 이해를 할 수 있는 현상에 대해선 해석이 가능한 능력인 모양이다.

그리고 영창파기. 이건 마법을 습득하면 주문을 외우지 않아도 구사할 수 있다는 얘긴가? 아니, 그 전에 역시 마법이 있단 말인가!!

답은 YES.

그렇다는 걸 알고 나니 마법을 배우고 싶어서 미칠 지경이 되었다.

밑져야 본전이라는 생각에 '대현자'에게 쓸 수 없는지 확인해 봤지만 물론 무리였다.

하지만 그때 어떤 생각이 떠올랐다. '포식자'의 해석에 '대현자'

의 병렬연산을 링크시키는 건 가능한가?

《해답. '포식자'의 해석에 '대현자'의 병렬연산을 링크시키는 건 가능합니다. 링크시키겠습니까?
YES / NO》

물론 YES지! 그래 봤자 해석할 물건도 없지만……. 아니, 잠깐만?
위장에 흡수했다고 했던, 심심풀이로 먹었던 풀. 그건 대체 뭘까?
뭐, 딱히 할 일도 없으니 그거라도 해석해보도록 할까.
그런고로 곧바로 실행.
……….
…….
….

《해석이 종료됐습니다——.

히포크테 풀 : 상처에 바르는 약의 원재료. 마력요소가 농후한 장소에만 번식함. 풀의 즙과 마력요소를 융합시키면 회복약이 됨. 잎을 짓이겨서 마력요소와 융합시키면 상처를 막아주는 연고가 됨.》

뭐라고! 심심풀이로 저장하고 또 저장해둔 잡초가…….

생각도 못한 곳에서 보물을 발견한 셈이다.

나는 재빨리 회복약과 상처에 바르는 약의 제작을 실행했다. 그렇다곤 해도 체내에서 저절로 제작하고 있는 것이라 실감이 나진 않지만. 해석에는 1초도 걸리지 않았고 제작도 3초도 걸리지 않은 시간에 하나를 만들어낼 수 있었다. 5분 정도면 100개는 만들 수 있다.

품질은 비교할 것이 없기 때문에 잘 알 수 없지만, 감정을 해보니 '상급 품질'이라는 결과가 나왔다.

만족할 만한 완성도라고 할 수 있을 것이다. 아니, 그 전에 해석은 물론이고 제작도 엄청나게 속도가 빠르다. 그 점에 대해 질문하자 일반적으로는 시간이 좀 더 걸린다고 한다. 병렬연산을 링크시킨 것이 정답이었던 모양이다.

시험 삼아 링크를 해제하고 한 개를 만들어봤다. 50분이 걸렸다.

무서울 정도로 시간이 단축되었던 것이다.

아무래도 상성이 좋은 스킬을 획득한 것 같다. 스스로도 모르는 사이에 획득한 것이긴 하지만…….

안에는 잡초도 섞여 있긴 하지만, 여기에 나는 풀은 대부분이 히포크테 풀인 모양이다.

만일을 대비해 여기 있는 풀을 전부 먹어 치울 기세로 포식을 개시했다.

그와 동시에 위장 안에선 차례로 회복약도 미리 만들어 두었다.

어찌됐든 나는 아직 시커먼 어둠 속에 있다. 달리 할 일도 없으니까…….

이 시기의 나는 완전히 넋이 나가 있었다.

자신의 스킬이면서, 수동적이긴 해도 질문에 대답해 주는 상대가 생겼기 때문에 지나치게 흥을 부리고 만 것이다.

최근 90일 동안 다른 생물과 전혀 만날 기미도 없었고, 목숨의 위험이 없었던 것도 하나의 이유일 것이다.

그러다보니 나는 방심하고 있었던 것이다.

어? 하고 생각했던 건 한순간.

자신의 몸이 갑자기 가벼워진 것 같기도 하고 무거워진 것 같기도 한…… 너무나 불안정한 상태가 되고 말았다.

혹시…… 물에 빠진 건가?

최근 90일 동안 물방울이 몸에 떨어지는 감각은 느낀 적이 없었다. 즉, 비가 내리지 않는 동굴이나 실내에 있는 거라 생각하고 있었기 때문에 그런 일이 일어날 가능성은 전혀 생각하지 않았던 것이다.

냇물이나 강으로 미끄러져 떨어진 모양이다. 실내에 냇물 같은 게 있을 리는 없으니까 어쩌면 동굴 안의 호수나 그 비슷한 곳일까……?

얼마 전까지는 시커먼 어둠 속에 있어서 주변이 보이지 않았기 때문에 한 걸음씩 디딜 때마다 확인하면서 이동했었다.

그랬는데 스킬의 해설을 듣고 신이 난 나머지 '포식자'의 스킬로 풀을 마구잡이로 먹어 치우다가 발밑을 확인하는 걸 게을리하고 만 것이다.

나란 녀석은 늘 이렇다. 금방 멋대로 까불다가 실수를 한다.

거래처에서도 "맡겨만 주십시오! 쉬운 일입니다!"라고 자신만만하게 대답하면서 가볍게 의뢰를 받았다가 몇 번이나 지옥을 맛봤던가. 그때 후배들이 날 바라보던 원망스러운 눈길이 다시 떠올랐다.

애초에 주변이 컴컴해서 아무것도 보이지 않는데 마구잡이로 내달리는 멍청이가 어디 있냐고 자신을 꾸짖어 주고 싶다. 살아남게 되면 꼭 그렇게 하자.

하지만 어차피 후회는 해도 반성은 하지 않겠지만…….

아니, 그 전에 참 여유가 넘치는 군.

파닥거리며 몸부림을 쳐봐도 손발이 없기 때문에 발버둥을 치고 싶어도 발버둥조차 불가능한 것이 현재 상황인데…….

끝났군.

짧은 인생, 아니 슬라임생이었다.

나는 지금 당장이라도 찾아올 게 당연한 질식 상태에 대비하기 위해 각오를 굳혔다.

……….

…….

….

질식은 찾아오지 않았다.

왜지? 혹시 물속에 떨어진 게 아닌 건가?

이런 경우에는 곤란할 때 늘 도움을 주는 '대현자'를 찾아야지.

《해답. 슬라임의 신체는 마력요소로만 움직이고 있습니다. 산소는 필

요하지 않기 때문에 호흡은 불필요하며 호흡도 행하지 않습니다.》

　그러고 보니…… 의식하진 않았지만 호흡 같은 건 하고 있지 않았다.

　그렇구나―. 90일의 시간을 들여 한 단계 더 똑똑하게 되었다. 아니, 그렇게 느긋하게 감탄하고 있을 때도 아니지.

　물속에 떨어진 건 틀림없는 모양이다.

　죽지는 않는 것 같지만 곤란한 상태임은 변함이 없다.

　어떻게 하지?

　떠 있는 건지 가라앉아 있는 건지조차 도저히 모르겠다.

　손발이 없으니 헤엄을 칠 수 있을 것 같지도 않다.

　바닥에 가라앉아 있는 거라면 바닥을 기어서 지면까지 돌아갈 수 있을까?

　아니면 뜨지도 가라앉지도 못한 채 이대로 물살에 따라 떠내려가는 걸까?

　떠내려가기보다는 요람에 있는 것 같은 느낌이다. 희미한 흔들림에 싸인 채로 아주 편안한 느낌이 들긴 하는데…….

　이건 물살은 아닌 것 같다. 냇물이라기보다는 호수인 것 같다. 어딘가로 떠내려간다는 느낌이 느껴지지 않는 것이다. 위아래로 둥실거리는 것이 바닥까지 가라앉을 것 같은 낌새도 느껴지지 않았다. 어쩌면 계속 이대로 있을지도 모른다. 이건 아주 위험한 상황이다.

　어떻게 하지?

　그때 내 뇌세포=슬라임의 신체가 무시무시한 작전을 생각해

냈다!

물을 대량으로 포식한 뒤에 워터제트 추진처럼 물을 뿜어내면서 이동하면 되지 않겠어?

생각이 떠올랐다면 즉시 실행이다. 그것 말고 달리 할 수 있는 것도 없으니까…….
일단 '포식자'의 위장의 1할 정도를 채울 정도로만 물을 마셨다.
그리고 수량을 좁혀서 단번에 방출한다.
개방감이 장난이 아니었다.

《스킬 '수압추진'을 획득했습니다.》

갑자기 머릿속에서 목소리가 들렸다.
의식을 한 뒤로는 처음 듣는다. 이게 '세계의 언어'라는 것이겠지.
'대현자'가 먼저 말을 걸어오는 일은 없으니까 틀림없겠지만, 정말로 똑같은 목소리로 느껴졌다.
하지만 지금의 내겐 느긋하게 그걸 검증할 여유는 전혀 없다.
수압을 증가시킴과 동시에 압박감이 몸에 느껴지면서 그야말로 하늘을 날 것 같은 기세로 내 몸이 앞으로 튕겨나간다. 엄청난 가속감이었다.
대놓고 말해서 눈이 보이지 않는 게 다행이었을지도 모르겠다.
시커먼 어둠속을 내 몸이 엄청난 속력으로 이동하고 있다는 감각만이 날 덮친다.

정정. 보였다면 보인만큼 공포가 장난이 아니었겠지만…… 보이지 않는 것도 정말 무서웠다.

놀이 공원에 있는 어둠 속에서 타는 제트코스터를 체험한 적이 있다면 어느 정도는 공감할 수 있을지도 모르겠다.

전생(前生)에 딱 한 번 체험했던, 어떤 쥐가 지배하는 낙원에서 겪었던 경험이 피드백 된다. 애초에 이번 같은 경우는 안전이 전혀 보장되지 않은 것이다.

워터제트 추진을 떠올린 자신을 두들겨 패주고 싶다.

떠올랐으면 바로 실행이라고? 바보냐! 안전 확인은 기본이잖아!!

공포로 인해 생각이 제대로 정리가 되질 않는다.

언제까지 이 가속감이 계속될까……. 아니, 그 전에 대체 얼마나 힘차게 물을 뿜은 거야.

그렇게 생각한 순간, 몸이 힘차게 튕겼다. 그리고 찾아오는 격렬한 통증……은 없었다.

어라? 대미지를 입지 않은 것 같은데……. 혹시 대미지는 있지만 고통이 없을 뿐인 건가?

《해답. '통각무효'를 획득한 상태이기 때문에 통증은 발생하지 않습니다. '물리공격내성'에 의한 대미지 경감이 적용되었습니다. 신체 손상률은 1할입니다. 몬스터 '슬라임'의 고유 스킬인 '자기재생'이 발동했습니다. 유니크 스킬 '포식자'로 보조를 실행하시겠습니까?

YES / NO》

통증이 없을 뿐이지 대미지는 있단 말인가. 그야 그렇겠지…….
좋은 건지 나쁜 건지는 모르겠지만, 통증이 없어도 몸의 이상을
알아차릴 수 있다면 통증 같은 건 필요 없을지도 모르겠다.

그건 그렇고 '포식자'로 보조라니? 잘은 모르겠지만 일단 'YES'.

그 순간 내 몸의 일부가 통째로 줄어든 것 같은 느낌이 들었다.
그리고 잠시 동안 가만히 있으니 서서히 원래의 부피로 돌아가는
것 같은 느낌이 든다.

보아하니 대미지를 입은 부분을 통째로 포식한 뒤에 해석과 복
구를 실행한 모양이다.

무슨 이런 편리한 몸이 다 있담……. 나중에는 얼마나 줄어들
어야 행동불능이 되는지를 실험해볼까. 몸이 몇 할 정도는 줄어
도 활동에는 영향이 없는 것 같기도 하고……. 그렇다곤 해도 역
시 위험해질 것 같은 예감만 드니까 적당히 하도록 하자.

응, 아무리 나라고 해도 신중해질 수밖에 없다.

이번에는 대량의 회복약도 있긴 했지만 그걸 사용할 것도 없
었다.

일단 신체의 1할 정도가 손상되었다고 하면 중상인 것 같은 생
각이 들었지만 10분 정도면 회복할 수 있다는 게 판명됐다. 나중
에 대미지를 입는 일이 일어난다면 회복약을 써보도록 하자.

그건 그렇고 여긴 어떤 장소일까?

내 몸 상태가 원래대로 복구되었다는 것을 확인하고 주변의 상
황을 살펴보기로 한다.

이 부근에 위험한 몬스터가 없다고는 확신할 수 없다.

물 위로 나온 것 같으니 물을 건너지 못하는 몬스터가 서식한다고 해도 이상할 게 없는 것이다.

나는 신중하게 행동을 시작했다.

최근에 신중이라는 말을 할 때마다 위험한 사태에 마주치는 것 같은 느낌이 들지만, 그건 분명 기분 탓일 것이다.

그렇게 생각한 게 잘못이었을까…….

(내 말이 들리는가? 자그마한 자여.)

무슨 소리가 들렸다.

＊

자그마한 자라고? 아무리 생각해 봐도 날 가리키는 것 같은데…….

목소리라기보다는 마음속으로 직접 인식을 할 수 있는 것 같은 느낌이랄까. 애초에 나는 귀가 없으니 소리도 들리질 않는다.

(이봐! 내 말이 들리지? 대답을 하도록 해라!)

들려!

하지만 입이 없으니 대답을 하려 해도 할 수가 없다.

시험 삼아서 "시끄러워, 이 대머리야!"라고 마음속으로 대답해 봤다.

뭐, 들리지도 않을 테니까 괜찮겠지. 그러나 내가 어떻게 대답을 한 건지…….

(……호, 호오. 날 대머리라고 부른단 말이지……. 배짱 한번

좋구나!! 오랜만의 손님이라는 생각에 약간은 허물없이 대해줬는데 아무래도 죽고 싶은가 보군!)

이런. 들린 모양이다. 아니, 그 전에 마음속으로 생각하면 대답을 할 수 있는 거였어?! 먼저 그걸 가르쳐줬으면 일부러 상대를 화나게 만들 일도 없었을 텐데.

게다가 상대가 어떤 녀석인지도 정확히 모르는데 말이다.

어쩔 수 없지. 항복이다.

여기선 솔직하게 사과하기로 하자.

(죄송합니다! 대답을 하는 방법을 몰랐기 때문에 적당히 떠오른 대로 말해 봤을 뿐이에요. 정말 죄송합니다! 한 말씀만 더 드리자면 전 눈도 보이지 않는 상태이기 때문에 당신 모습조차 볼 수가 없어요.)

과연 통할까? 뭐, 상대의 모습도 보이질 않으니. 대머리라는 말은 해 봤자 의미가 없겠지. 정말로 대머리라면 화를 내도 당연할 테고.

(크크크, 크하하. 크하하하하하하핫!!)

갑작스러운 대폭소.

착실하게 기본대로 밟아가는 웃음의 3단 활용. 아주 훌륭하다.

화는 풀린 걸까?

(재미있군. 내 모습을 보고 한 말인가 했더니 눈이 보이지 않는단 말인가. 슬라임 종은 기본적으로 아무 생각도 없이 흡수, 분열, 재생을 반복하기만 하는 하급 몬스터. 스스로의 서식 영역에서 나오는 일은 거의 없지.)

뭔가 말을 시작했는데? 분노보다 흥미가 앞서는 상황……인가?

어찌됐든 이게 퍼스트 컨택트. 내 새로운 인(슬라임)생 최초의 대화다. 잘 구슬려서 우호적으로 진행시키고 싶다.

(그런 슬라임이 내게 부딪쳐오기에 이상하다고 생각했던 참이다. 재생능력의 속도도 평범하지 않던데, 네임드 몬스터나 혹은 유니크 몬스터냐?)

네임드? 유니크? 무슨 뜻인지 모르겠다.

(죄송합니다. 말뜻을 잘 모르겠는데요. 실은 전 이곳에 태어난 지 90일째라…….)

(흠. 자아가 있다는 시점에서 이미 일반적인 슬라임일 수는 없다는 뜻이지. '이름'이 부여된 몬스터는 네임드 몬스터라고 불리지만, 태어난 지 90일이 되었다면 그럴 수는 없겠군. 그럼 유니크인가?)

(유니크는 무슨 뜻이죠?)

(유니크 몬스터란 건 돌연변이를 한 것처럼 특이한 능력을 지닌 개체를 말하는 것이다. 드물게 마력요소의 농도가 높은 장소에서 태어나는 일이 있지. ……그렇군, 너는 내게서 흘러나온 마력요소의 덩어리에서 태어난 것이로구나!)

으음? 그건 또 무슨 뜻이지?

전생(前生)의 지식을 총동원해서 생각해보자.

그러니까 결국, 이 아저씨(가정)로부터 마력요소가 흘러나왔기 때문에 이 주변은 마력요소의 농도가 진하다는 건가.

그리고 그 마력요소가 모여서 탄생한 마물이 슬라임=나, 라는 소리인가?

(흠. 최근 300년 동안은 내게 다가올 수 있는 마물조차 없었지.

내 마력의 근원에서 태어난 것이라면 내 몸에 접촉할 수 있었던 것도 납득이 간다!)

(호호오…… 그 말은 즉, 당신이 제 부모님 같은 존재란 겁니까?)

(부모는 아니다만……. 애초에 내게 생식능력은 없으니까. 마물은 생식능력을 지닌 것과 아닌 것, 여러 가지가 있으니까 말이다.)

(대개는 생식능력이 있는 게 아닌가? 아니, 마력요소의 덩어리에서 태어나는 일도 있으니까 생식을 할 필요가 없는 건가?)

(──너, 상당히 이성적이로구나. 일반적인 마물은 사고능력조차 없는 것이 적지 않은 법이거늘. 지성이 있는 마물은 '마인' 말고는 달리 없다만…….)

그런 말을 하면서 장황하게 설명해 주었다…….

우선 가장 중요한 사실이지만 이 세계에도 인간이 있다는 게 판명됐다.

그리고 인간에 가까운 종족은 아인(亞人)이라고 불리며 생식능력을 갖고 있는 모양이다.

엘프, 호빗, 드워프라는 요정족의 후예가 인간의 편인 인류의 일원이라고 한다.

그리고 고블린이나 오크, 리저드맨 같은 자들이 인간을 적대시하고 있기 때문에 마물로서 취급받고 있다던가. 적대시하고 있을 뿐이지 이종교배는 가능하다는 것 같지만.

다음으로 언급된 것이 '마인'이다. 마력요소에서 태어난 자나 마물의 돌연변이종, 동물이나 마수로부터 진화한 자들을 일컫는

총칭이다. 지성이 있으며, 생식능력을 가지고 있는 것이 특징이라고 한다.

거인족이나 흡혈종족, 악마족 같은 오랜 수명을 지닌 종족이 상위 마인의 대표 격인 모양이다. 생식능력을 가지고 있지만 생식행위는 그다지 하지 않는다. 압도적인 마력에, 노화되는 일이 없는 육체. 자손을 남길 필요가 없기 때문일 것이다.

지성이 있고 생식능력을 갖추었으며 인류를 적대시하는 자들을 모두 일컬어 '마족'이라고 부른다.

내가 받은 인상으로는 마족이 인류를 적대시하기보다는 그 힘을 인류가 일방적으로 두려워하고 있다는 게 정확할 것 같다. 어찌됐든 생존구역을 걸고 다투고 있는 건 사실인 모양이지만.

이런 마물들은 위험도에 따라 구분되어 있다고 한다.

그중에서도 상위마인은 상당히 위험한 존재인 모양이다. 여차하면 혼자서 마을 하나를 멸망시킬 수 있는 자도 있다고 한다. 가까이 하고 싶어지지 않는 게 당연하다.

설명은 계속 이어졌다. 옛날에 상위마인들과도 싸운 적이 있다는 등, 여러 가지 얘기를 해줬다.

마지막으로 자신에 대해서 말해 주긴 했는데…….

(그래서 내게 생식능력이 없는 이유 말인데…… 필요가 없기 때문이다. 나는 '혼자이면서도 완전한 자'이며 네 마리밖에 존재하지 않는 '용족' 중의 하나. '폭풍룡' 베루도라가 바로 나를 말하는 것이지! 내겐 수명도 육체도 존재하지 않는다! 그럴 마음만 있다면 나는 불멸인 것이다! 크와———하하하하하하하!!)

그렇게 크게 웃는다 한들…….

쉽게 말해서 수명이 없기 때문에 아이를 만들 필요가 없다! 는 뜻인 거지?

길게 설명하느라 수고했다는 말을 해 줘야 할 것 같긴 하지만, 그 전에 그냥 흘려듣고 넘길 수 없는 말을 했는데 말이지.

'폭풍룡' 베루도라라니, 설마 드래곤인가?

상위마인과 자주 싸우는 친구 사이인 양 말하는 것도 그렇고, 엄청 위험한 존재인 거 아냐?

전생(前生)의 내 지식을 총동원하여 생각해보건대, 눈앞에 있을 '폭풍룡' 베루도라 씨는 위험한 존재임이 틀림없다.

엄청 정중하게 설명해 주는 것도 왠지 수상쩍다.

자, 그럼 어떡한다…….

(그, 그런가요! 아주 알기 쉽게 설명해 주서서 정말 감사합니다! 그럼 저는 이만!)

그리 말하면서 이 자리를 벗어나려고 시도해 보았다.

(잠깐. 내 이야기를 해 주지 않았느냐. 이번에는 네 차례가 아닌가? 응?)

당연히 그냥 놓아 줄 생각이 없는 모양이다…….

으음―. 나에 대해서 말하라는 건가. 이세계에서 전생했습니다! 라고 말한들 솔직하게 믿어 줄까? 슬라임치고는 지성이 높은 걸 의심하고 있는 것 같으니, 대충 둘러댄다고 넘어갈 것 같은 생각은 전혀 들지 않는다. 무엇보다 둘러대려다가 실패=사망 플래그일 가능성도 있다.

뭐, 어쩔 수 없나. 믿어 주지 않는다면 그때는 그때 가서 생각해야지.

나는 마음을 단단히 먹고 지금까지 일어난 일을 얘기하기로 했다.

……….

…….

….

(말하자면 그렇게 된 겁니다! 엄청 고생했다니까요!)

나는 자신의 스킬에 대해선 비밀로 하고, 칼에 찔린 후에 슬라임으로서 눈을 뜨고 나서 지금에 이르기까지의 체험담을 들려줬다.

스스로 그렇게 말하긴 했지만 왠지 그다지 엄청난 고생인 것처럼 들리지 않았던 건 이상했지만…….

엄청난 고생이던 건 사실이다.

눈이 보이지 않는다는 게 가장 괴롭다.

나중에 귀여운 여자애나 아름다운 누님과 마주치게 되어도 볼 수가 없게 되는 걸까?

왠지 슬퍼지기 시작했다.

(흐음. 역시 '전생자(轉生者)'였나. 넌 아주 희귀한 방식으로 태어났구나.)

(네? 아주 희귀한 방식? 그 전에 '전생자(轉生者)'라니, 의심하거나 놀래지 않으시나요?)

이 반응은 뭐지?

'전생자'라는 건 그리 드물지 않은 건가? 태어난 방식이 아주 희귀한 것인 양 말했는데?

(흠. '전생자'는 가끔씩 태어나는 일이 있지. 의지가 강하면 영

혼에 기억이 새겨지는 것인지도 모른다. 전생(前生)이란 걸 완전히 기억하는 자도 있다. 하지만 이세계에서 온 '전생자'는 거의 보지 못했군. 영혼만으로 다른 세계를 건너오더니, 평범한 자로서는 견뎌내지 못할 일이야. 영혼이 분해되면서 기억을 잃어버리니까 말이지. 완전한 기억을 유지한 채 마력요소에서 마물로 태어나는 일은 내가 아는 한 전례가 없다. 너는 특수한 존재인 것이야.)

이세계에서 온 전생자는 대개 기억의 일부분만 남는다고 한다. 기억을 완전히 유지하고 있는 나는 보아하니 상당히 이단적인 존재가 되는 모양이다. 하지만 그런 건 지금 아무 상관이 없다.

방금 그냥 듣고 넘길 수 없는 말을 했던 것이다. 영혼만으로, 라니. 그렇다면 전생을 통해서가 아니라 이 세계로 그냥 넘어온 자도 있다는 말일까?

(그렇습니까? 저 스스로는 그런 자각이 없지만……. 그건 그렇고 전생을 통해서가 아니라 이세계에서 그냥 넘어온 사람도 있기는 하다는 말이군요?)

(음. 이세계로 넘어가는 일은 아직 성공사례가 없다. 그러나 이세계에서 이쪽으로 넘어오는 경우에는 때때로 찾아오는 이가 있지. '이방인' 또는 '이세계인'이라고 불리는 자들로서, 이쪽 세계와는 다른 특수한 지식을 가졌다는 것 같더군. 그런 자들은 세계를 넘어갈 때마다 특수한 능력을 얻는다고 들었다. 그리고 아까 말했던 이세계의 지식을 가진 것으로 확인된 '전생자'의 기록이 남아 있다. 확인되지 않은 자도 있었겠지만 말이지.)

그렇군. 이세계라는 게 내가 있었던 지구인지 아닌지는 모르겠지만 만나보는 것도 좋을지 모르겠다. 만약 그렇다면 출신지가 같은 일본인도 있을지도 모르니까.

그동안은 아무런 목적도 없었으니까 하나 정도는 목적을 가지는 것도 좋겠지.

(그렇군요! 그렇다면 이세계인이라는 사람을 찾아서 만나러 가 보겠습니다. 어쩌면 같은 출신지의 지인을 만날 수 있을지도 모르니까요!)

(아, 잠깐만. 너는 눈이 보이지 않는다고 했지?)

(아, 네.)

눈이 보이지 않는데 그게 어쨌단 말인가?

불편하긴 하지만 죽지 않을 정도로만 열심히 가다보면 언젠가는 만날 수 있겠지. 아마도.

(눈이 보일 수 있도록 만들어 주마.)

응? 뭐라고?

잠깐, 이 아저씨, 아니, '폭풍룡' 베루도라 씨는 엄청 착한 사람(용)인거 아냐?

기대를 해도 되는 걸까?

(예? 정말인가요?)

(음. 단, 조건이 있는데 말이다. ……어떡하겠나?)

조건……이라. 수상쩍긴 하지만,

(어떤 조건인가요?)

나는 웬만한 조건이라면 받아들일 생각이다.

(간단하다. 보이게 되더라도 날 보고 겁을 먹지 마라. 그리고 다시 얘기를 하러 오도록 해라. 단지 그것뿐이다. 너에게 있어서도 괜찮은 조건이지 않은가?)

그거면 된단 말인가?

아니…… 이 용은 어쩌면 외로웠는지도 모른다. 강자이기 때문에 고독하다는 그런 것 말이지.

어쩐지 얘기가 길다고 생각했다. 오랜만에 만나는 대화 상대였기 때문이었으리라.

이 용은 의외로 어수룩한 것 같다.

아니, 용이란 말도 허풍일지도 모르겠군. 애초에 이 세계에 용이란 존재는 별것 아닐 가능성도……?

훗. 이건 좋은 거래일지도 모른다.

(겨우 그 조건이면 된단 말입니까?)

(음. 실은 말이지, 300년 동안 이곳에 봉인되어 있었거든. 그 후로는 너무나도 시간이 남아돌아 지루해하고 있던 참이다. 어떠냐?)

(그런 조건이라면 기꺼이 받아들여야죠! 부탁드리겠습니다!)

(음. 그럼 약속이다. 반드시 지켜라!)

(문제없습니다! 이렇게 보여도 신용 하나는 확실한 남자라는 평판을 전생(前生)에서 받았으니까요!)

물론 스스로 칭하는 것이지만.

(좋다. '마력감지'라는 스킬이 있다. 쓸 수 있겠느냐?)

무슨 소릴 하는 거야……. 쓸 수 있을 리가 없잖아.

(아뇨, 못 쓰겠는데요. 어떤 스킬이죠?)

(주위의 마력요소를 감지하는 스킬이다. 대단하지 않은 기술이니, 주위의 마력요소를 인식하기만 해도 간단히 습득할 수 있다.)

(호오오…… 왠지 간단해 보이는 군요.)

(음. 나 같으면 숨을 쉬는 것처럼 할 수 있는 게 당연한 것이다

보니 의식을 하는 일도 없지.)

(그렇군요! 그럼 그걸 습득하면 눈이 보이게 되는 건가요?)

(그렇다. 이 세계는 마력요소로 덮여 있다. 농도가 진한 가 옅은 가의 차이는 있지만 말이지. 그리고 빛과 소리는 파동의 성질을 지니고 있는데, 그걸 알고 있는가?)

(네. 광파와 음파 말이죠.)

(잘 알고 있군. 이세계의 지식인가? 뭐, 그 말대로다. 그러므로 그 파장이 마력요소를 교란시키는 모습을 관측하여 그 모습을 통해 주위를 예측 연산하는 것이다. 아주 간단하지?)

뭐? 무슨 소리를 하는 거야?

이 자식…… 터무니없는 소리를 하고 앉았네. 간단할 리가 없잖아!

(조금 어려워 보이는 것 같기도 하고, 아닌 것 같기도 하고…….)

(뭐라고? 이게 있으면 눈과 귀가 당한 뒤라도 전투를 계속할 수 있는데 말이냐? 기습도 미리 막을 수 있으니 필수 스킬이란 말이다.)

(아뇨, 아뇨. ……전투 같은 건 일단 미뤄두고 일단 눈이 보이게 되면 좋겠는데요…….)

(으음…… 어쩔 수 없군. 습득할 수 있도록 도와주마. 덧붙이자면 다른 방법은 모른다.)

(잠깐만요, 정말 가능한 건가요? 전 이제 막 태어난 초보자인데요?)

(안심해라. 다행히도 너는 전생(前生)의 기억이 있지 않느냐? 그

때 빛이나 소리를 지식으로서 알고 있다는 뜻이다. 그 지식이 없다면 나도 불가능했을지도 모른다. 넌 운이 좋은 게야.)

그렇군. 눈이 보이지 않는 자에게 세상의 광경을 설명하는 건 어려운 일이다.

이해를 시키는 건 나로선 불가능하다.

헬렌 켈러가 말을 할 수 있게 된 것도 두 살까지 기억하고 있던 말이 계기가 되었다고 들었으니까.

즉, 전생(前生)의 지식이 있기 때문에야말로 '마력감지'라는 스킬을 대용하여 시각이나 청각을 유사하게 얻을 수 있다는 얘기가 되는 건가…….

해볼 수밖에 없겠지. 눈이 보이지 않는다는 건 너무 불편하다.

게다가 잊어버리고 있었지만 나에겐 '대현자'가 함께 있다.

분명히 어떻게든 도와줄 것이다.

(꼭 좀 가르쳐 주십시오!)

(아니, 그렇게 열성적으로 달려들 것도 없다. 간단한 거니까. 우선은 몸 안의 마력으로 마력요소를 움직여 봐라.)

이건 그럭저럭 이해가 된다. 물을 내뿜을 수 있었던 것도 어쩌면 이걸 응용한 것일 테니까.

(이렇게 말인가요?)

몸 안을 순환시키는 것처럼 계속 이미지하면서 힘을 준다. 그러자 몸 안에서 뭔가가 움직이는 것이 느껴졌다. 이게 소위 마력요소라는 존재일 것이다.

방금 전에 물의 흐름을 조작했을 때는 의식하지 않았지만, 힘을 얼마나 주느냐에 따라 위력을 조절할 수 있는 것 같다. 실제로는 물 그 자체를 다루는 게 아니라 물에 포함된 마력요소를 다루는 것이겠지.

이렇게 다룰 수 있는 힘이 마력이고, 움직이고 있는 게 마력요소란 말인가. 그런 사항을 마력요소를 움직이면서 확인한다.

(흠. 생각했던 것보다 유창하게 할 수 있지 않느냐. 그럼 그 움직이고 있는 마력요소와 몸 밖에 있는 마력요소의 차이를 알겠는가?)

이것도 어쩌면 간단할지 모르겠다.

마력요소를 흡수하여 살고 있다는 말을 들었기 때문에 의식적으로 느껴보도록 했던 것이 효과가 있었던 걸까.

(그거야 당연히 알지요! 아마도 전 그걸 먹으면서 살아가는 것 같거든요.)

(크크큭, 거기까지 알고 있다면 나머지는 간단하다. 몸 밖의 마력요소의 움직임을 느끼기만 하면 되는 것이니까.)

그걸 잘 모르겠단 말이지.

어쨌든 말한 대로 몸 밖의 마력요소를 느껴보았다.

마력요소가 떠다니고 있음을 느낀다. 흘러가거나 움직이는 등등 다양한 감각이 느껴진다……

아, 그래, '대현자'를 가동해야지.

《확인했습니다. 엑스트라 스킬 '마력감지'를 획득. ……성공했습니다. 엑스트라 스킬 '마력감지'를 사용하시겠습니까?

YES / NO》

뭐? 그렇게 간단히 획득해 버린 거야?

아니, 그야 물론 YES지만……. 역시 '대현자', 너무 믿음직스럽다니까!

엑스트라 스킬 '마력감지'를 사용한 순간, 내 머릿속이 정보로 가득히 메워진다. 인간이었을 때에는 결코 다 처리하지 못했을 방대한 정보. ——하나하나 자그마한 마력요소를 이동시키고, 빛과 소리의 파장——의 모든 것을 파악하여 인식할 수 있는 정보로 변환한다.

인간의 시야는 전방 180도도 되지 않는다. 그랬던 것이 지금은 전방위 360도에 사각이 없이 '보이는' 것이다. 바위틈이나 100미터 앞의 광경조차도 그쪽으로 의식을 집중하면 인식할 수가 있다.

인간이었다면 이 정보량을 견뎌내지 못하게 되는 바람에 뇌가 망가져서 발광했을지도 모르겠다.

그러나 지금의 나는 슬라임. 세포 하나하나가 근육이면서 뇌세포이기도 한 것이다.

그럭저럭 버텨낼 수가 있었다. 그리고——.

《엑스트라 스킬 '마력감지'에 유니크 스킬 '대현자'를 동조시키겠습니다. ……성공했습니다. 지금부터는 모든 정보를 '대현자'에서 처리하겠습니다.》

갑자기 시야가 펼쳐졌다. 나를 덮쳤던, 뇌가 망가질 것 같은 감각이 사라진다.

그리고 지금까지 하지 못했던 게 이상할 정도로 당연하다는 듯이 세계가 '보인' 것이다.

'대현자'는 반칙에 가까운 능력일지도 모르겠다. 치트라고 말해도 과언이 아닐 것 같다.

다른 사람이 가지고 있다면 반칙이야! 라고 클레임을 걸었겠지만 가지고 있는 주체는 바로 나다.

아무런 문제도 없다.

(아, 왠지 성공한 것 같아요. 정말 감사합니다!)

그렇게 말하면서 감각적으로 눈앞에 있는 '그것'으로 눈을 돌렸다.

진짜 용이 거기 있었다.

검은빛이 감돌면서, 강철보다도 단단하면서 유연성도 겸비한 것처럼 보이는 비늘에 덮인…… 딱 봐도 사악한 용으로 보이는 분위기를 갖춘…….

(으아아악! 드래곤!!)

예상을 훨씬 넘어서는 사악해 보이는 모습.

내 마음 속의 외침이 절규로 바뀌어 튀어나온 건 어쩔 수 없는 일이라 생각한다.

*

깜짝 놀랐다.

어수룩하다고 생각해서 죄송합니다. 이건 더 볼 것도 없이 위험하다. 틀림없다.

흑요석처럼 검게 빛나는 거대한 몸체. 이미지로 본다면 서양의 용 같은 형상에 가깝다.

손가락은 여섯 개가 있어서 어떤 물건이라도 꿰뚫을 수 있을 것 같은 손톱이 돋아나 있다. 등에 돋아난 작고 큰 두 쌍의 날개는 끝이 날카로워서 모든 것을 갈라버릴 수 있는 검 같다.

잘 보니, 전신에 덮여 있는 불길한 느낌의 비늘이 희미하게 보라색으로 발광하고 있다. 칠흑의 광채를 내뿜고 있는 것은 분명 그 몸에서 나오고 있는 요기와 색이 뒤섞여 있기 때문일 것이다.

그 모습은 일종의 아름다움을 느끼게 하는 위용을 자랑하고 있었다.

보이지 않았기 때문에 상당히 무례한 태도를 취한 것 같은 기분이 들지만, 이제 와서 어쩔 수도 없는 노릇이다.

추가로 언급하자면 내 몸은 상상했던 대로 타원형이었다. 찹쌀떡 같은 모양이다.

색은 월백색(月白色)이라고 해야 할까? 깊이가 있는 청백색이었다.

약간의 기품을 느끼게 하는 색이지만, 슬라임이라는 것이 슬픈 현실이다.

(너, 약속은 기억하고 있겠지? 그건 그렇고 불평을 하는 것 같더니 금방 습득하지 않았느냐…….)

(물론이죠! 가벼운 농담이었습니다. 주위도 잘 보이고 소리도 잘 들립니다! 감사합니다!)

(흥. 좀 더 시간을 들여서 습득했어도 좋았을 것을…….)

뭐, 괜찮은 것 같다.

외모를 보고 겁을 먹긴 했지만 이 용은 친절했으니까.

무엇보다 이 용은 역시 외로움을 잘 타는 것 같다.

외모 때문에 손해를 보는 타입이려나. 마치 '눈물을 흘리는 악마'같네.

(그래, 이제 어떻게 할 작정이냐?)

(그러게요―. 일단은 같은 출신지의 이세계인이라도 있지 않나 찾아보겠습니다. 찾아내지 못한다 해도 딱히 상관은 없지만요.)

찾아내는 쪽이 더 좋긴 하겠지만, 사이좋게 지낼 수 있을지는 모르니까 말이다.

그보다 힘들여 시각을 얻어냈으니 세계를 보면서 돌아다니는 것도 좋지 않을까. 빛과 소리를 느낄 수 있게 되면서 세계가 넓어졌다.

이걸로 드디어 심심풀이로 풀을 뜯어먹는 생활과도 작별할 수 있게 됐다.

그건 그렇고 이 드래곤.

보면 볼수록 사악해 보이는데 전혀 움직이질 않는다.

그러고 보니 300년 전에 봉인되었다고 하지 않았던가?

(그런데 베루도라 씨는 봉인된 몸……이라고 하셨죠?)

(음? 그런 셈이지. 상대를 약간 얕본 건 틀림없는 사실이다만……. 중간부터는 진심을 다해 싸웠지만, 그래도 지고 말았지!)

무슨 이유인지 자랑스러운 표정으로 졌다! 하고 이 용은 말했다.

실제로 마법이라면 모를까, 검이나 창 같은 걸로는 이 용에게 전혀 먹히지도 않을 것 같은데…….

(상대가 그렇게 강했단 말인가요?)

이런 괴물보다 강한 존재가 많이 있단 말인가?

바깥 세계는 생각보다 위험이 가득!한지도 모르겠는데.

(그래. 강했지. '가호(加護)'를 지녔으며, 인간의 '용사'라고 불리는 존재였다.)

용사.

여러 게임을 통해 아주 많이 익숙해진 존재다.

최근에는 약한 용사를 모티브로 한 작품도 많기 때문에 그렇게까지 압도적인 이미지는 없지만.

이 세계에선 정말로 강한 모양이다.

(그리고 보니 그 용사는 자기 자신을 '소환자'라고 칭하더군. 너와 같은 출신인지도 모르겠다.)

(네? 아뇨, 아뇨, 저와 같은 출신이라면 그렇게 강할 리가 없겠죠.)

(아니, 이 세계에 온 '이세계인'은 특수능력을 지니는 경우가 많다. 그건 세계를 건너올 때 영혼에 새겨지는 힘인 것이다. '소환자'라면 반드시 특수한 능력을 지니지. 그것도 개인 특유의 '유니크 스킬'을 지니게 된다. 우발적으로 나타나는 '이세계인'과는 달리 소환에 버텨낼 수 있을 정도로 강한 '영혼'이기 때문이겠지. 소환의 성공사례가 극단적으로 적다는 사실이 그 걸 뒷받침하고 있다.)

(소환이라면 마법 같은 걸로 불러내는 것…… 말인가요?)

(바로 그거다. 서른 명 이상의 마법사들이 사흘에 걸쳐 의식을 행하지. 성공률은 낮지만 강력한 '병기'로서의 역할을 해주길 기대하면서 말이자.)

(네? 병기?)

(음. '소환자'는 소환한 주인에게 거역할 수 없도록 마법으로 영

혼에 저주를 걸어두고 있으니까.)

(그게 무슨 소리인가요? 소환당하는 사람의 인권은 무시하는 건가요?!)

(인권? 이세계에선 사람에게 인권이란 것이 있단 말이냐? 그런 건 이 세계에선 환상이나 다름없다. 약육강식이야말로 만물에게 있어 절대적인 세상의 진리니까 말이지. 힘이야말로 모든 것이다.)

과연……. 아무래도 이 세계에서 소환되는 것은 원래 세계의 감각으로 판단했다간 받아들이기 어려울 것 같다.

(그럼, '이세계인'은 노예 같이 취급되는 건가요?)

(아니, 사람에 따라 다르다. '지배의 주금(呪禁)'을 걸어놓은 것이 아니기 때문에 사태를 받아만 들인다면 평범하게 살 수도 있고, 모험자가 될 수도 있는 게 아니겠느냐? 실제로 나를 토벌하러 온 모험자인 '이세계인'도 몇 번인가 격퇴한 적이 있지! 크와하하하하!!)

(즉, 소환된 경우에만 강제노동을 하는 셈이군요…….)

(노동은 아니겠지만 뭐, 그런 셈이 아니겠느냐? 나는 인간에 대해 자세히 아는 편이지만 모든 걸 알고 있는 건 아니니까 말이지.)

(그것도 그러네요……. 용이니까요.)

오히려 용치고는 너무 자세히 아는 것 같다.

어찌 됐든 이야기를 나눌 수 있는 게 기뻤는지 물으면 뭐든지 대답해 줬다. 그 후로 한동안 나는 용, 그러니까 베루도라 씨와 여러 얘기를 나눴다.

용사와는 어떻게 싸웠는지.

용사가 얼마나 강했는지.

흰 살결.

진홍빛의 작은 입술.

흑은색(黑銀色)의 긴 머리를 한데 묶어 틀어 올렸다고 한다.

키는 그렇게 크지 않았으며, 약간 작은 몸집에 늘씬한 체형.

얼굴은 마스크로 가려져 있었지만 미인임은 틀림없었다고 말했다.

여성이었던 모양이다.

보고 반해서 진 건가요? 그렇게 물었더니 말도 안 되는 소리! 라고 화를 냈다.

날이 휘어 있는 독특한 무기인 '도'라고 불리는 검을 사용했으며, 방패는 들고 있지 않았다고 한다.

유니크 스킬 '절대절단(絕對切斷)'

유니크 스킬 '무한뇌옥(無限牢獄)'

을 구사하며, 각종마법을 사용하면서 '나를 압도했느니라'라고 기쁜 표정으로 말했다.

이야기를 나눠본 후에야 알게 된 사실이지만, 이 용은 인간을 좋아하는 것 같다.

입으로는 약골이라느니 쓰레기라느니 말하면서도 공격해온 자들을 의도적으로 죽이지는 않은 것 같았다. 역린은 건드리지 않는 한은…….

과거에 한 번, 300년 전에 어떤 사건이 일어나 도시 하나를 잿더미로 만들어 버린 일이 있었던 모양이다.

그 일이 원인이 되어 용사가 덤벼들었으며, 결국은 봉인되었다고 한다.

——용사가 사용하는 유니크 스킬 '무한뇌옥'에 의해.

용의 기분이 어떤지는 나는 모른다. 다른 사람의 기분 같은 건 결국 상상으로밖에 알 길이 없으니까. 그렇지만 나는 이자가 나쁜 용은 아닐 것이라는 생각이 든다.

왜냐하면 마음에 들었으니까. 이젠 무섭다는 생각도 들지 않게 됐다.

(좋아! 그럼, 저랑…… 아니, 나와 친구가 되지 않겠어?)

잠깐만. 아니, 이거 꽤 쑥스러운데. 지금 나는 얼굴이 새빨개져 있을 것이다.

(뭐, 뭐라고? 스, 슬라임 주제에, '폭풍룡' 베루도라라고 부르며 다들 두려워하는 나와 친구가 되자고 했느냐?!)

(아, 아니, 싫다면 어쩔 수 없지만…….)

(멍청한 놈! 너!! 누가 싫다고 했느냐!!)

(뭐, 그래? 그럼…… 어떡할 건데?)

(——그렇군……. 꼭 부탁하는 거라면…… 고려해 보는 것도 좋겠지…….)

왠지 이쪽을 힐끗힐끗 살피는 것 같다.

귀여운 여자애라면 또 모를까, 사악하게 보이는 생김새의 드래곤이 이런 행동을 해 봤자…… 기쁘지는 않다.

재미있기는 하지만.

(이렇게 부탁할 게. 그럼 결정된 거지! 싫다면 절교야. 두 번 다시 오지 않겠어!!)

(잠깐! ——어쩔 수 없군. 내가 친구가 되어 주도록 하지……. 고맙게 생각해라!)

후. 이 용도 참 솔직하지 못하군. 나도 솔직하지 못하니까 마찬가지이려나.

(그럼, 이제부터 잘 부탁해!)

(잘 부탁하마! 그럼 너에게 이름을 지어 주지. 너도 내게 이름을 지어다오.)

(뭐? 왜? 갑자기 무슨 소릴 하는 건지——.)

(동격이라는 걸 영혼에 새기는 것이다. 인간으로 말하자면 패밀리 네임 같은 것이다만, 내가 너에게 이름을 지어 주는 것은 '가호'가 되기도 한다. 넌 아직 '무명'이기 때문에 이걸로 네임드 몬스터의 한 축이 될 수가 있는 것이지.)

으음.

그러니까 내가 패밀리 네임(=이 용과 공통으로 쓸 이름)을 생각하란 것인가. 하지만 이 용이 내게 이름을 지어 주는 것으로 나도 네임드 몬스터가 될 수 있는 모양이다. 그렇다면 생각해 보기로 하자. 센스는 없지만…….

(폭풍이니까 '템페스트' 같은 이름은 어떨……려나?)

이건 안 되겠지.

그냥 발음이 좋다는 이유로 폭풍=폭풍우라고 생각하는 건 너무 안이하잖아.

(그걸로 하지!! 멋진 발음이다.)

마음에 들었단 말이야?!

(오늘부터 내 이름은 베루도라 템페스트다! 그리고 너는…… '리무루'라는 이름을 지어 주마. 리무루 템페스트라고 이름을 밝히도록 해라!!)

그 이름은 내 영혼에 새겨졌다.

외모에도 능력에도 별다른 변화는 없다.

하지만 영혼의 안쪽 깊은 곳에서 뭔가가 변화했다.

그 현상은 또한 베루도라에게도 일어났을 것이다.

이렇게 우리는 친구가 되었다.

자, 그럼 이제 출발해 볼까. 아, 그 전에,

(아, 가기 전에 일단 물어보겠는데, 그 봉인이란 건 풀 수 없는 거야?)

(내 힘으로는 풀 수가 없다. 용사와 동격인 유니크 스킬의 소유자라면 어쩌면 가능성이 있을지도 모르지…….)

(베루도라는 유니크 스킬을 가지고 있지 않아?)

(가지고 있다. 하지만 봉인된 시점에서 전부 다 쓸 수가 없지. 기껏해야 '염화(念話)'가 가능할 뿐이다…….)

원래 용자의 유니크 스킬인 '무한뇌옥'은 대상을 영원한 시간 동안 무한의 허수 공간에 봉인하는 스킬이며, 현실세계에 대한 간섭을 허용할 정도로 만만한 능력이 아니라고 한다.

이런 경우, '염화'만 가능하다고 생각하는 게 오히려 이상할 지경이다.

시간과 함께 봉인이 약해지는 일 같은 건 없다는 걸 감안했을 때, 현실세계를 인식하는 것도 모자라 '염화'만으로도 간섭을 할 수 있는 베루도라 쪽이 보통이 아니라고 할 수 있을 것이다.

물론 나도 베루도라도 그 사실을 알아차리진 못했다.

(좋아. 한번 시험해 볼까…….)

그렇게 말하면서 나는 베루도라에게 접촉했다.

《유니크 스킬 '포식자'로 유니크 스킬 '무한뇌옥'을 포식합니다. …… 실패했습니다.》

역시 용사의 봉인은 격이 달랐다.

눈부신 빛을 발하면서 유니크 스킬의 간섭이 일어났지만 한순간에 튕겨지고 말았다.

아주 잠깐 동안 틈새를 만들긴 한 것 같지만 그뿐이었다. 금세 다시 복구되고 말 것이다. 애초에 같은 유니크 스킬이라면 어떻게든 되지 않을까? 하는 발상만으로 시작한 것일 뿐, 정말로 그렇게 됐다면 고생을 할 필요가 없겠지.

어떻게든 풀어낼 수 없을까?

어떻게 해야──.

《해답. 유니크 스킬 '무한뇌옥'의 일부 해석을 종료했습니다. 탈출방법을 제시하겠습니다.

육체를 동반하는 탈출은 불가능합니다. 물리적인 대미지에 의한 뇌옥의 파괴 가능성은 제로입니다. 허수공간의 해제에 의한 탈출은 해석

이 되지 않습니다. 같은 상황=‘무한뇌옥'에 갇힌 채로 내부에서부터 해석을 실행할 필요가 있습니다. 그러므로 현재는 구사가 불가능합니다.

정신체만으로 탈출할 수 있는 가능성은 1퍼센트입니다.

외부에 자신의 육체를 대신할 수 있는 것을 준비하여 그곳으로 이행을 실행할 경우. 성공률은 3퍼센트입니다. 또한 이 프로세스는 ‘전생'과 맞먹습니다. 대신하게 될 육체와의 상성이 나쁠 경우에는 기억과 능력이 모두 삭제됩니다.

제시할 수 있는 탈출방법은 이상입니다.》

──흠.

성공률이 너무 낮다.

출렁거리는 투명한 막으로밖에 보이지 않는 유니크 스킬 '무한뇌옥'──.

그러나 물리적인 대미지로 파괴하는 것은 불가능하단 말인가……. 어쩌면 절대방어의 능력을 겸비하고 있는 건지도 모른다.

(저기, 용사는 대미지를 입었어? 아니, 다치기는 했었어?)

(잘 물어봤다! 내 공격을 거의 다 피하기는 했지만 몇 방 정도는 직격했었지……. 그렇지만 전혀 효과가 없었다. '죽음을 부르는 바람', '검은 번개', '파멸의 폭풍우'조차도. 절대로 회피가 불가능했었지만 효과가 없었다. 두 손을 들었지…… 우습게도 말이야!!)

그런 말을 하면서 큰 소리로 웃는 베루도라.

유니크 스킬 '무한뇌옥'은 자신의 몸을 덮어씌우는 것으로 외부에서의 공격을 받아내는 방패가 되는 것이리라. 참으로 편리한 스킬이다. 지나치게 만능이잖아, 용사.

유니크 스킬 '절대절단'.

유니크 스킬 '무한뇌옥'.

이 두 개가 갖춰진다면 거의 무적이지 않을까?

마주치고 싶진 않지만 이미 300년 전의 인물이다.

이미 죽은 몸일 테니 괜찮다고 생각하고 싶다.

틀림없이 최강 클래스다.

그건 그렇고 탈출할 수 있는 방법은, 대신할 수 있는 육체로 전생하는 것인가.

(탈출하려면 육체를 대신할 수 있는 게 필요할 것 같은데. 정신체만으로도 가능성은 있는 것 같지만⋯⋯.)

일부러 지극히 낮은 확률까지 말해줄 필요는 없겠지.

베루도라가 의욕을 잃어버리면 성공률은 더 낮아질 테니까.

(음? 탈출방법이 있단 말인가?! 실은 말이지⋯⋯. 몇백 년만 지나면 내 마력은 바닥을 드러낼 참이었다. 무슨 수를 써도 마력요소의 유출이 멈추질 않았거든⋯⋯.)

(그랬구나―. 그래서 이 부근의 마력요소의 농도가 높았던 건가⋯⋯.)

(음. 상당한 고위 마물도 가까이 오질 못하지. 풀도 자라지 않는 땅이었잖은가? 이 부근에서 살 수 있는 건 희귀한 식물들뿐이지!)

아아. 뇌리에 히포크테 풀에 대한 지식이 떠올랐다.

그래서 대부분이 귀중한 약초들이었던 건가.

(뭐…… 그렇다면 탈출을 한번 시도해 보겠어? 대신할 수 있는 육체가 있다면 성공률이 올라가는 것 같으니……. 그런고로, 대신할 수 있는 육체는 어떤 게 좋은지 알고 있어?)

(──이건 내 예상이다만, 정신체만 나온다 하더라도 마력요소를 모아서 코어(핵, 核)를 재결성하는 게 어렵다는 뜻일 게다. 네가 뇌옥에 틈을 만든 것으로 성공의 가능성이 생겨난 것이겠지. 그리고 대신할 육체, 즉, 새로운 코어를 준비한다면 그곳으로 옮기기만 하는 걸로 끝나겠지. 간단히 말해서 전생이란 뜻인가──.)

이 녀석! 그렇게 머리가 좋지 않은 줄 알았더니 훌륭한 이해력을 가지고 있잖아.

멋들어질 정도로 '대현자'와 같은 결론에 도달했다.

(바로 그거야. 그래서 내가 준비할 수 있는 거라면 찾아오도록 할게.)

(으음. 실은 내겐 코어는 필요하지 않다……. 이건 우리끼리의 비밀로 해다오. 나는 '개체로서 완전한 자'. 특수한 개체인 것이다. 정신생명체이므로 이 육체에 얽매여 있지는 않다. 주위의 신앙에 부응해 이런 육체의 형태로 이루어졌을 뿐이지.)

또 알아듣지 못할 말을 꺼냈다.

어쩔 도리가 없어서, 내가 이해할 수 있을 때까지 대화를 나눠본 바에 의하면…….

자신의 정신만으로 마력요소를 모아 육체를 형성할 수 있다고 한다. 이번에는 육체가 붙잡혀 있을 뿐이긴 하지만 자신의 뜻에 따라 외부의 마력요소를 모으는 게 불가능한 상태에 있는 것이라고 한다.

그렇다면 자신의 정신만 외부로 나갈 수 있는 건가? 그렇게 묻자, 받아들일 그릇이 필요하기 때문에 불가능하다고 한다.

자신의 정신만 밖으로 나오면, 마력요소와 함께 확산되면서 존재가 소멸되는 모양이다. 그리고 어딘가에서 새로운 '폭풍룡'이 탄생한다던가. 즉, 탈출은 가능할지 모르지만 다른 사람처럼 되어 버리기 때문에 의미가 없다는 뜻이다.

이야기가 막혀 버렸다. 아예 이참에 '포식자'로 베루도라를 먹어 버릴까?

포식자의 위장 속에서 해석을 하거나 격리시켜서 '무한뇌옥'의 효과만 제거한 뒤에 해방하는 건 불가능할까?

《해답. 대상 : 베루도라를 유니크 스킬 '포식자'의 위장에 수용하는 것은 가능합니다.》

가능하단 말인가…….

설명을 한 뒤에 저쪽이 납득을 해 준다면 한번 시험해 볼까.

이대로 두면 100년의 고독을 겪은 후에 소멸할 운명이니까.

나는 베루도라에게 '포식자'의 능력과 내가 시험해 보려는 걸 설명했다.

애초에 '대현자'의 보정이 없이는 성공을 할 수 없을 테지만…….

(크와하하하하! 재미있군. 꼭 시도해 주면 좋겠다. 너한테 내 모든 걸 맡기마!)

(그렇게 쉽게 믿어도 되겠어?)

(물론이지! 여기서 네가 돌아오길 기다리는 것보다도 너와 협력해서 '무한뇌옥'을 파괴하는 게 더 재미있을 것 같으니까! 의외로 너랑 내가 둘이서 덤빈다면 쉽게 '무한뇌옥'을 없애버릴지도 모르지!)

그런가.

혼자가 아니라 둘이서. 그거 괜찮지 않은가.

내가 '대현자'와 '포식자'로 해석을 실행하고 내부에서는 베루도라가 파괴를 시도한다.

위장 안이므로 정신체가 확산되어 소멸할 우려도 없다. ……가 능할 것 같은 기분이 들었다.

(그럼 지금부터 널 잡아먹겠어. 하지만 너도 재빨리 '무한뇌옥'에서 탈출해야 해.)

(크크큭. 맡겨만 다오! 그렇게 오래 기다릴 필요 없이 너와 곧 마주하게 될 테니까!!)

좋아!

나는 각오를 굳혔다.

베루도라에 접촉하여 포식을 시작한다.

순식간에 베루도라의 거대한 몸체가 눈앞에서 사라졌다.

실로 허망했다.

지금까지 계속 얘기를 나누고 있었는데.

없어지니 외로움을 느낀다.

스킬을 대상에게 구사했을 때는 저항을 받아 실패했지만, 역시 베루도라처럼 본체를 제공하는 식이면 아무런 저항도 없었다. '무한뇌옥'도 같이 삼켜 버린 것이니까 당연한 것이겠지만.

그 거대한 몸체를 집어삼킬 수 있었다는 사실에는 놀라긴 했지만 말이다.

위장의 현재 공간사용량은 25퍼센트 정도라고?

얼마나 큰 공간을 지니고 있는 거람.

그리고——,

《유니크 스킬 '무한뇌옥'의 해석을 시작하시겠습니까?
YES / NO》

부탁한다! 나는 기도하는 심정으로 YES를 떠올렸다.

●

이날, 세계에 거센 진동이 일어났다.

'자연재해'급의 몬스터인 '폭풍룡' 베루도라의 소멸이 확인된 것이다.

베루도라. 특S랭크의 몬스터.

마물의 랭크도 모험자와 마찬가지로 A~F의 6단계 평가로 표시된다.

약간 강하다는 의미의 '+'와 약간 약하거나 혹은 비슷한 급이라는 의미의 '-' 평가가 붙는 경우도 있다.

이건 '이세계인'이라는 소문이 도는 자유조합의 정점 '그랜드 마스터(자유조합 총수)'라는 칭호를 지니고 있는 유우키 카구라자카라는 남자가 새로이 책정한 클래스 분류였다.

지금까지 쓰이던 신출내기 → 초심자 → 중급자 → 상급자의 4단계 평가보다 이해하기 쉬워서 반응이 좋다.

특S랭크라는 건 A평가를 상회하는 마왕지정 클래스인 S랭크, 그것보다 더 위에 존재하는 '자연재해' 내지는 '재앙' 급의 마물을 말한다.

A~F의 6단계 평가의 범위를 벗어나는 규격 외의 존재.

원래는 A랭크의 마물도 한 국가를 존속의 위기로 몰아넣을 수 있기 때문에 두려워해야 할 위협이다.

그러므로 그 절망적이기까지 한 위험도를 이해할 수 있을 것이다.

300년 전에 봉인되어 있었다고는 해도 자연재해 급으로 일컬어지던 몬스터.

소멸인 것처럼 보이지만 다른 지방에서 새로운 위협으로 재탄생한 게 아니라고는 장담할 수 없다.

그러나 소멸이 보고된 후로부터 20일이 지난 뒤에 서방성교회가 '폭풍룡' 베루도라의 완전소멸을 선언한 것이다.

쥬라의 대삼림 주변에는 여러 개의 약소국이 존재한다.

베루도라가 소멸했다는 보고가 도착하자 각국은 벌집을 들쑤신 것처럼 소란스러워졌다.

각국의 왕이나 대신들은 연일 긴급회의를 열었으며, 앞으로의 대책과 정보 수집을 시작했다.

약소국인 블루문드의 대신인 베르야드 남작도 그중 한 사람이었다.

그리고 베르야드 남작에게 호출을 받은 남자도 또한 미증유의 혼란 속에 살아가는 사람들 중의 하나였다.

이름은 휴즈. 키는 작지만 방심할 수 없는 눈빛을 가진 남자이다.

그가 맡은 직위는 약소국인 블루문드 왕국의 길드 마스터(자유조합 지부장)로, 이 나라에서도 중요한 역할을 맡고 있는 인물이다.

"자네를 부른 것은 다름이 아니네. '폭풍룡' 베루도라에 대한 소문은 이미 들었겠지?"

묻는 게 당연하다. 그런 태도를 유지하면서 베르야드 남작은 방에 막 들어온 휴즈에게 그렇게 물었다.

"물론입니다, 남작님."

휴즈는 짧게 말하면서 긍정했다. 낮고 쉰 목소리로.

"흥. 역시 길드 마스터라고 할 만하군."

베르야드 남작은 콧방귀를 뀌면서 내뱉듯이 말을 이어갔다.

"그럼, 길드가 어떤 대책을 세우고 있는지 들려주겠는가?"

"딱히 이렇다 할 뭔가를 시작할 예정은 없습니다."

"뭐라고? 잘 못 들었는데……. 대책을 실행할 계획이 없다고?"

"네. 필요를 느끼지 못하기 때문에."

휴즈는 담담하게 대답했다.

베르야드 남작이 왜 화가 난 건지 모르겠다고 말하는 것 같은 표정으로.

베르야드 남작은 그 태도를 불쾌하게 생각하면서도 그것을 밖으로 드러내지 않도록 하면서 말을 이었다.

애초에 그런 노력이 성공을 거두고 있다고 말하기는 도저히 어려워 보이지만…….

"필요가 없다니, 이상한 말을 하는군. '폭풍룡' 베루도라가 소멸했다는 건 마물의 활성화가 예상된다는 이야기가 아닌가! 그런데도 대책을 세우지 않는다는 건가?!"

"이거 참, 이상한 말씀을 하시는 군요. 대책을 세우는 것은 나라가 할 일입니다. 저희는 자유조합이지 자원봉사단체는 아닙니다만?"

그 말은 사실이다.

자유조합이란 국가의 틀에 속박되지 않는 조합을 말한다.

각 나라에 소속된 국가소속의 장인들과 비교하여 생활의 보장이 되어 있지 않다. 그러나 국민에 준하는 최저한의 신분 보장은 되어 있다. 그렇기 때문에 일정한 비율로 납세의 의무만큼은 지고 있는 것이다.

이런 구조는 이 나라뿐만의 일이 아니라 이 주변의 거의 모든 국가에서 공통적으로 이뤄지고 있다. 반대로 생각하자면 자유조합이란 건 국가의 틀을 뛰어넘은 조직이면서 한 국가를 상회하는 조직력을 가진 셈이 되는 것이지만…….

우연인지 의도적인지는 모르지만 국가의 밑에서 잠복하듯이 활동을 하고 있는 것이 실정인 것이다.

"국민의 재산을 지키는 것은 국가로서의 최소한의 의무이겠지요? 마찬가지로 조합도 조합원은 지킬 것입니다. 서로 힘들게 됐군요."

길드 마스터의 능글맞은 말을 듣고 베르야드 남작의 이마에는 퍼런 핏줄이 돋아났다.

명백하게 약점이 잡힌 상태에 있다는 걸 깨달은 것이다.

"쓸데없는 소리는 그 정도면 충분하네! 자유조합에서 용병을 몇 명 내보낼 수 있나? 전투에 능한 모험자는? 이 도시를 지키는 데 몇 명을 동원할 수 있느냔 말이네!!"

길드 마스터는 고개를 절레절레 저으면서 한숨을 쉬더니,

"착각은 하지 말아 주셨으면 합니다만, 저희는 자원봉사단체가 아닙니다. 국가와 자유조합의 협정에 기초한 인력 동원이라면 조합원의 1할에 해당하는 수의 사람을 동원해드리겠습니다만, 그 이상을 요구하신다면 대가를 얼마나 지불하시느냐에 따라 달라지겠지요."

블루문드 왕국의 인구는 100만 명.

그곳에 소속된 조합원은 7천 명 정도. 가족은 포함되지 않는다.

국가와 자유조합의 협정에 기초한 동원령이 발령될 경우, 자유조합 소속의 1할에 해당되는 인원이(이 경우는 700명 정도)가 국가의 지휘 하에 들어가게 된다.

이것은 당연한 것이지만 한 국가에만 해당되는 조합소속의 인원수이며, 타국의 조합원에게는 적용되지 않는다. 그렇기 때문에 조합원이라고는 해도 소속국가는 명확하게 구분되어 있지 않은 것이다.

또한 이 협정이 발령되고 있는 기간을 국가가 정할 수는 있지

만, 그 기간 중에는 내야 할 세금을 2할 줄이도록 합의가 되어 있다.

강제력을 지니고는 있지만 세금의 수입을 생각한다면 남용은 할 수 없는 구조인 것이다. 애초에 징수된 조합원의 급료를 대신 줘야할 필요가 있는 조합으로서는 당연한 합의이긴 하겠지만.

가령 모든 조합원을 징수하겠다고 해도 대응은 불가능하다.

조합원의 반수는 비전투원이니까.

왕국으로서도 그것에 대해선 잘 파악하고 있다.

그렇기 때문에 원래는 억지로 강요하지는 않지만…… 이번만은 그럴 수 있는 경우가 아니었다.

마물이 활발해지게 된다. 분명 그건 큰 이유이다.

하지만 진짜 이유가 따로 있었다. 그것은…….

"됐어. 이봐, 휴즈. 본심을 말하게 만들 생각인가?"

휴즈는 베르야드 남작이 자신의 이름을 부르는 것에 살짝 놀랐다.

그러고 나서야 비로소 베르야드 남작의 얼굴을 제대로 쳐다봤다.

"불가침영역이었던 '폭풍룡' 베루도라가 봉인된 장소. 그 루트를 직통할 수 있게 되었다는 건 동쪽 제국이 움직일 가능성이 있다는 소리지."

"바로 그거야! 베루도라에 대한 예의를 차리는 것인지 아니면 봉인이 풀릴 것을 두려워한 것 때문인지는 모르겠지만, 지금까지 얌전했던 제국이 움직이려는 낌새가 있어. 알고 있지 않은가? 그 숲을 돌파당하면 이 왕국쯤은 순식간에 먹히고 만단 말이네. 게다가 서방성교회는 도움이 안 돼! 단합이 되어 있지 않은 쥬라의 대삼림 주변의 국가들은 순식간에 제국의 지배하에 놓이고 말 거야!"

"교회는 움직이지 않는다, 라……. 그렇겠지. 녀석들은 인간들끼리의 분쟁에는 흥미가 없지. 마물을 섬멸하는 것이 교리니까 말이야."

"그렇고말고. 적어도 성기사가 한 명이라도 움직여 준다면 제국도 함부로 움직이지는 않을 것을……. 마물에 대한 대비를 줄일 수만 있어도 시간을 벌 수 있을 텐데."

"그건 무리겠지. ……교회의 입장에선 나라가 붕괴한다 해도 자신들이 고통을 받는 일은 없으니까. 교회를 믿는 자들이라고 한들 그 모두를 도와줄 리는 없어."

휴즈는 베르야드 남작을 보면서 생각한다.

잔뜩 찌든 얼굴로 변했군, 이 녀석……이라고.

무리도 아니겠지만 베르야드 남작은 최근 며칠 동안 순식간에 늙어 버린 것처럼 보였다.

두 사람은 실은 어릴 적 친구였다.

남작이라고는 해도 귀족과 친하게 지내는 것이 공공연히 알려지는 것은 여러모로 불리하다.

서로가 서로를 이용하고 있는 것처럼 보이게 하는 관계를 쌓을 필요가 있었기 때문에 평소에는 사이가 좋지 않은 것처럼 연기를 하고 있는 것이다.

이런 약소국 하나의 힘만으로 이 난국을 헤쳐 나가는 건 불가능할 것이다.

하지만 쓸데없는 걱정일 가능성도 있다.

분명 제국에겐 움직이려는 낌새가 있긴 하지만, 아직 쳐들어올 것이라고 확신하는 것은 아니다.

마물만이라면 아직 대책을 세울 수 있을 것이다.

"아직 제국이 움직일 것이라고 확정된 건 아니지 않은가? 어쨌든 내가 개인적으로 조사만은 해 보도록 하지. 너무 큰 기대를 하는 건 곤란하지만, 쥬라의 대삼림의 상황과 제국의 동향은 알아보도록 하겠네."

"미안하군…… 고맙네."

그렇다. 아직 제국이 움직인다고 확정된 건 아니다.

가령 움직인다고 해도, 아니, 움직인다면 대규모의 군사행동으로 나올 것이다.

가벼운 분쟁 정도를 유발하기 위해 움직일 정도로 제국은 만만하지 않다. 100만이 넘는 군세로 주변 국가들을 차례로 유린할 것이다. 만약 그렇다면 준비에 시간이 걸릴 것이 틀림없다. 적어도 3년은…….

그래도 시간이 많다고는 할 수 없지만 이쪽도 준비할 여유가 생긴다.

"일단은 정보를 얻어야겠지. 시간도 없고. 나는 그만 가겠네!"
"부탁하네……."

두 사람은 서로를 보며 고개를 끄덕인 뒤에 헤어졌다.

해야 할 일이 산더미처럼 많은 것이다.

베루도라를 먹어 치운 뒤에 30일이 경과했다.

지금까지 뭘 하고 있었느냐고?

생각해보길 바란다. 만약 마물의 습격을 받았다면 어떻게 할 것인가?

나는 슬라임이 되어 버린 상태에 있다. 싸우기는커녕 도망치는 것도 쉽지 않다.

그렇기 때문에 싸울 방법을 생각하고 있었던 것이다.

그러면서 이 주변의 눈에 띄는 풀이나 수상쩍게 빛나는 광물 같은 것도 포식하고 있다.

베루도라가 말한 곳인 마력요소의 농도가 짙은 장소. 그곳에서 캘 수 있는 풀은 거의 대부분이 히포크테 풀이었다.

역시 그렇군.

이걸로 회복약의 저장량이 늘어났다. 그리고 수상쩍게 빛나는 광물은 '마광석(魔鑛石)'인 것으로 판명됐다. 강철보다 단단하면서도 유연한 금속 소재라고 한다. 마법과의 상성도 좋은 금속을 만들어낼 수 있는 모양이다.

훨씬 더 레어한 광석이 아닐까 하고 기대했지만 잘 생각해 보니 유명한 오리하르콘이나 히히이로카네(일본의 가짜 역사서인 '타케우치 문서'에 나오는 정체불명의 금속. 태곳적에 일본에서 사용되었다고 전해지는 전설의 금속 또는 합금.) 같은 게 있는지 아닌지도 모르는 상황이다.

충분히 레어한 광석일 수도 있는 것이다. 욕심이 좀 지나쳤는지도 모르겠다.

그렇게 풀과 광석을 맛있게 먹으면서 한 가지 생각을 떠올린 것이다!

물을 내뿜을 수 있다면 워터 커터 같은 것도 가능하지 않을까?

응. 말하지 않아도 알고 있다. 내가 또 실패할 것이라 생각하고 있겠지?

사람을 너무 바보로 생각하지 마라. 나도 할 때는 하는 남자니까.

성적표에서도 늘 '노력하면 할 수 있는 애입니다.'라고 적혀 있었다.

뭐, 그런고로 아마도 괜찮을 것이다.

곧바로 동굴 안의 호수를 찾아왔다. 어둠 속에서 상상했던 대로 제법 광대한 호수가 펼쳐져 있다.

상상했던 것보다도 신비적이고 잔잔한 분위기. 생물의 기척은 없으며 더할 나위 없이 조용하다.

마력요소가 물에도 침투되어 있어서인지, 아마도 생물은 서식하고 있지 않은 것 같다.

어떤 것에도 더럽혀지지 않은 자연! 아름다운 광경이었다.

그건 그렇다 치고…….

저번에는 시험 삼아 쏴보지도 않고 냅다 전력으로 분사한 것이 잘못이었다. 분사구도 컸기 때문에 추진력이 너무 높은 게 실패의 원인이었다. 너무 생각 없이 저질렀던 것이다.

이번에는 물총을 떠올리면서 조금씩 물을 내뿜는 식으로 해 보자. 입에 물을 머금고 퓨우 하고 내뿜는 걸 상상한다.

물이 잘 나오지 않는다. 분출구가 너무 작은 걸까?

살짝 넓혀보려 했더니 힘차게 물이 나왔다. 목표인 바위까지 물이 닿으면서 축축하게 젖어 버렸다.

좋아, 좋아, 일단은 성공이다. 이런 느낌으로 수량을 조절해가는 거야.

다음은 압력을 조금 높여서 분출구를 연다. 그리고 발사한다.

이런 느낌으로 서서히 위력을 높이면서 계속 물총 연습을 했던 것이다.

그럭저럭 느낌은 잡히고 있었다.

그러나 다른 사람을 맞히면 아파할 것 같긴 하지만 결정적인 공격수단이라고 부르기는 어려울 것 같다.

어떻게 할까……. 나는 고민하다가 기분전환 삼아 호수에 들어가 보았다.

지쳤을 때 목욕이 최고다. 그저 단순히 물장난을 하기 위해서 들어간 것만은 아니다.

그대로 '마력감지'를 통해 자신의 몸이 물에 떴다가 가라앉았다가 하는 모습을 관찰했다.

해파리와 비슷하게도 보이는 군. 몸의 표면을 진동시켜서 물의 흐름을 만들어낼 수는 없을까?

탱글탱글한 몸 바깥으로 마력을 통하게 한 뒤에 마력요소를 작동시켜서 진동을 발생시켰다.

온몸에 미세한 진동이 발생했기에 그걸 의도적으로 한 방향으로 향하도록 해봤다. 그러자 물속을 이동할 수가 있게 됐다.

성공이다! 나는 재미있어 하면서 수중유영을 즐겼다.

좋은 기분전환은 되었지만 결코 놀고 있었던 것은 아니므로 오해는 하지 말았으면 좋겠다.

《스킬 '수류이동(水流移動)'을 획득했습니다.》

한순간 '대현자'인 줄 알았지만, 아무래도 '세계의 언어'였나 보다.

방금 그 놀이를 통해 스킬을 획득한 모양이다. 아차, 놀이가 아니라 기분전환이지.

물속이나 물위에선 임의의 방향으로 나름 속도를 내면서 이동할 수 있게 되었다.

여차하면 '수압추진'에 의한 가속도 있다. 호흡을 할 필요가 없다는 걸 생각해 보면 의외로 물속이 더 싸우기 편할지도 모르겠다. 도망치기에도 적합하고 말이다.

나는 그런 생각을 하면서 호수에서 나왔다.

휴식은 끝이다.

문제의 공격수단 말인데, 기분을 전환하면서 새로운 구상을 떠올렸다.

물총을 쏘는 방식으로는 물에 계속 압력을 가해줘야 필요가 있다.

이번에는 '실린더 내부에 압력을 가해 소량의 물을 쏘는 이미지', 이렇게 해보기로 한다.

구경과 압력을 조절함으로써 위력을 조정하는 것은 좀 전의 것과 마찬가지다.

내가 의도한 대로 날카롭게 쏟아져 나온 소량의 물이 대상인 바위에 맞는다.

맞은 부분이 약간 부서졌다.

성공……인지도 모르겠다.

지금의 감각을 잊어버리기 전에 계속 연습을 한다.

구경과 압력의 조절. 거기에 더하여 물에 회전을 가하는 이미지를 더하여 물을 쏘는 연습을 했다.

구경과 사이즈가 아니라 모양을 가늘게 조절해 보는 등 아이디어가 떠오르는 한 계속 실험을 해 본다.

그렇다! 이미지는 '물을 동원한 절단'이다.

가능한 한 얇고 평평하게 물의 모양을 변화시켜서 회전을 가한다. 원반이 고속회전하면서 날아올라 대상을 절단하는 것 같은 이미지다. 곧바로 시험해 봤다.

결과는 성공! 원반모양으로 날아간 물은 공기의 저항을 받아 칼날과 같은 잔상을 남긴다. 그리고 대상인 바위를 절단해낸 것이다. 시험해본 자신이 놀랄 정도의 위력이었다.

1주일 동안의 연습의 성과가 지금 여기서 결실을 맺은 것이다.

《스킬 '수인(水刃)'을 획득했습니다.》

《스킬 '수압추진', '수류이동', '수인'을 획득함으로써 엑스트라 스킬 '수조작(水操作)'으로 통합 진화했습니다.》

오오!

정말로 결실을 맺은 모양이다.

엑스트라 스킬은 통상 스킬보다 위력은 물론이고 성능도 차원이 다르다고 한다.

이걸로 싸울 수 있는 방법을 손에 넣는데 성공했다. 여행을 떠날 준비가 전부 갖춰진 것이다.

드디어 때가 되었다.

이 동굴 속 호수 옆에서 전생한 지 120일. 이제 겨우 이 보금자리에서 여행을 떠날 날이 온 것이다.

불안한 점은 있다. 아직 말을 할 수 없다는 것이다. 성대가 없기 때문에 몸으로 대체할 수 있는 모양을 만들 수 없을지 연습해봤다. 그러나 아직 성공을 하지 못했다.

이게 성공할 때까지 여기서 연습을 계속하는 걸 생각해 보기도 했지만 성공할 만한 이미지가 떠오르지 않았다.

의사전달의 수단은 '염화'에 의지할 수밖에 없다. 어디까지나 받아들일 수 있는 상대가 있는 가 없는 가에 달린 것이지만, 발성방법을 손에 넣을 때까지는 이걸로 참을 수밖에 없을 것이다. 불편하긴 하지만.

자, 여기서 언제까지 놀고만 있을 순 없다.

빨리 바깥세계를 보고 싶기도 하고, 만날 수 있다면 같은 출신지의 '이세계인'과도 만나보고 싶다.

마법을 배우는 것도 재미있을 것 같고!

그렇게 생각한다면 빨리 여행을 떠나야겠지.

'마음을 먹었으면 실천을 하라.'는 말도 있으니까 말이지.

베루도라는 아무런 반응을 보이지 않는다.

사라져 버린 것 같지만 그렇지 않다는 건 내가 잘 알고 있다.

약속을 했으니까.

다음에 만났을 때는 웃으면서 얘기할 수 있는 재미있는 에피소드를 준비해 두도록 하자.

나는 친숙해진 지하에 펼쳐진 광대한 장소에서 지상으로 이어지는 유일한 길로 발을 내디뎠다.

아직 보지 못한 세계를 상상하고, 지금부터 일어날 일에 기대하면서……

리무루＝
템페스트

Rimuru Tempest

종족 Race	슬라임

가호 Protection	폭풍의 문장

호칭 Title	없음

마법 Magic	없음

고유 스킬 Peculiar Skill	흡수　자기재생　용해

유니크 스킬 Unique Skill	대현자　포식자

엑스트라 스킬 Extra Skill	마력감지　수조작

통상 스킬 Common Skill	염화

내성 Tolerance	통각무효
	전류내성　열변동내성　물리공격내성　마비내성

갑작스러운 죽음으로 이세계에서 슬라임으로 전생한 인간. 죽기 직전에 얻은 유니크 스킬 '대현자'와 '포식자'에 의해 통상의 슬라임과는 격이 다른 존재가 되었다. 그뿐만이 아니라 슬라임 고유 스킬도 우수하다. 그러나 본인은 아직 알아차리지 못하고 있는 모양이다.

소녀와 마왕

기억하고 있는 광경은 쏟아져 내리는 불꽃이었다.

붙들고 있던 어머니의 손은 너무나 가벼웠으며, 그 끝에 보이는 것이 너무나 무서웠다

가까이에서 소이탄(燒夷彈)이 작렬했고, 주변을 불바다로 바꾸고 있다.

어디로 도망쳐야 하지? 주위는 이미 불길에 휩싸여 있는데…….

나──이자와 시즈에──는 절망감에 어쩔 줄 모르고 있다.

그때 강렬한 빛이 날 감싸는 것을 느꼈다.

(아아…… 난 여기서 죽는 건가…….)

아직 여덟 살이었던 나라고 해도 이해할 수 있었다.

의지할 만한 친적도 없었기에 어머니와 둘이서만 살았다. 아버지는 전쟁에 끌려갔기 때문에 얼굴도 기억나지 않았다. 그게 다행인지 불행인지조차도 느끼지 않고 살았다.

매일 그게 일상이었으며, 원래 그런 것이라고 받아들일 수밖에 없었으니까…….

불꽃에 휩싸여 죽어갈 운명이었던 내게──.

"살고 싶으냐? 살기를 바란다면 내 목소리에 답하라!"

──머릿속에 어떤 목소리가 울려 퍼졌다.
살고 싶으냐, 라고? 잘 모르겠어.
그 물음에 답하기에는 난 너무 어렸으니까.
하지만, 그래도──.
자신을 감싸다가 손만 남아 버린 어머니를 보자 눈물이 멈추지 않았다.
살고 싶어! 그렇게 생각했다.

《확인했습니다. 소환자의 요청에 응하겠습니다. ……성공했습니다.》

무서운 것도 뜨거운 것도, 이제 싫어. 살려줘, 엄마──.
나는 울면서 불에 겁을 먹고 떠는 일 없이 살고 싶다고 빈다.

《확인했습니다. 엑스트라 스킬 '염열조작(炎熱操作)', '염열공격무효(炎

*熱攻擊無效)'*를 획득. ……성공했습니다.》

그리고 내 소원은 이루어졌다.

단, 바라는 대로 이루어진 건 아니었지만.

그 다음에 눈을 뜬 장소는 마물의 소굴.

눈앞에 있는 것은 한 명의 남자.

긴 금발에 푸른 눈동자. 단정한 이목구비에 길게 찢어진 눈. 투명할 정도로 하얀 피부.

그 사람은 여자로 착각할 만큼 아름다웠다.

이름은 레온 크롬웰.

인간의 '마왕'으로서 이 세계의 정점을 이루는 한 축. 또 다른 이름은 '플라티나 데빌(백금의 악마)'.

그는 나를 보고 "……또 실패했군."이라고 실망한 듯이 중얼거리면서 나에 대한 흥미를 잃었다.

그렇기 때문에 온몸에 큰 화상을 입고 죽어가는 나를 죽이지 않았던 것이리라.

어찌되든 상관없는 존재였으니까. 방치하면 곧 죽게 될, 허약한 존재였으니까.

나는 그게 분했다. 나는 아직 살아 있다. 그러니까 무시하지 말라, 고.

나는 그 후에도 줄곧 잊어버리지 않았다.

흥미가 없다는 얼굴로 멸시당한 순간의, 그 분함과 절망의 기억을.

내 인생은 그 기억과 함께 걸어가게 된 것이다.

당시의 나에겐 의지할 수 있는 자도, 살아남을 힘도, 아무것도 없었다. '마왕'인 레온에 기대는 것 말고는 살아남을 방법이 없었던 것이다.

그렇기 때문에 힘의 상징과도 같은 레온이 나를 저버린다는 건 죽음을 의미한다.

그걸 본능적으로 이해했기 때문일까? 나는 무의식적으로 레온에게 손을 뻗고 있었다.

"사, 살려줘……."

하지만 매달리듯이 뻗은 내 손은 마왕 레온에겐 도달하지 못했다.

(아아, 역시 나는 여기서 죽는구나——.)

나는 포기함과 동시에 분노가 치밀어 올랐다.

구해줌과 동시에 무책임하게 저버리는 그 변덕스러움을 도저히 용서할 수 없었던 것이다.

"거짓말쟁이……. 살고 싶으냐고 물었으면서."

다 죽어가는 몸으로 마지막 힘을 짜내어 마왕에게 따졌다.

눈물이 흘러나오는 것이 멈추질 않는다. 나는 마왕을 똑바로 노려봤다.

(멋대로 불러내놓고는 멋대로 실망해서──나를 무시하다니, 너무하잖아!)

조리 있게 그렇게 생각할 수 있었던 건 아니지만, 말로 표현하자면 그렇게 되는 것이리라.

결국 나를 구해 준 것은 마왕의 변덕이었다.

"홋. 거짓말쟁이라. 잠깐 좀 볼까……."

흥미를 잃어가던 마왕의 눈에 수상한 빛이 감돈다. 무슨 생각을 떠올렸는지 마왕은 중얼거렸다.

나는 그게 기분 나빠서 더할 나위 없이 불안해졌다. 하지만 큰 화상으로 인해 죽어가던 내겐 어쩔 도리가 없었다. 나는 그저 마왕의 뜻에 우롱당할 뿐이었던 것이다.

"쓰레기인줄 알았더니, 이 녀석은 불에 대한 적성이 있는 것 같군."

그렇게 말하면서 소환술식 '이플리트(불꽃의 거인)'을 발동하는 레온. 주문도 외지 않고 아주 쉽게 시전했다.

그리고 소환한 이플리트에게 대수롭지 않게 명령했다.

"너에게 육체를 주마. 마음대로 쓰도록 해라."

그건 나를 인간으로서 보지 않는다는 증거. 분함은 증오로 변했다.

이것이 바로 어린 내 마음에 새겨진 트라우마(주박).

"살고 싶으냐? 그렇다면 그 의지를 보여라."

그러므로 틀림없이 내 기분 탓이라 생각한다. 마왕이 그렇게 말한 것 같이 느껴진 것은.

──불 속에서 다 죽어가던 내게 손을 내밀어 준 것처럼──.

하지만 이 빙의에 의해 내가 죽음에서 벗어날 수 있었던 것도 또한 진실이다.

소환된 이플리트는 명령에 따라 어린 내게 빙의를 시도한 모양이다. 나는 곧바로 자신의 손발의 감각이 무뎌져 가는 것을 느꼈다.

아무래도 이플리트라는 불꽃의 괴물이 내 몸을 빼앗으려고 하는 것 같다. 마왕 레온에게 명령받은 대로 주어진 육체를 이용하기 위해서.

《확인하겠습니다. 생존하기 위해서 이플리트의 빙의를 허가하시겠습니까?

YES / NO》

(나는 아직 죽고 싶지 않아! 그래도…… 싫어. 나는 내가 아니게 되는 건 절대 사양이야.)

자신 안으로 흘러 들어오는 기분 나쁜 힘에 두려워하면서도 나는 빌었다.

《확인했습니다. 이플리트가 빙의. ……성공했습니다. 이플리트의 빙의에 의해 이자와 시즈에의 마력요소를 안정화. ……성공했습니다. 계속해서 유니크 스킬 '변질자'를 획득. ……성공했습니다.》

이렇게 몇 번이나 거듭된 우연에 의해 나는 살아남게 된 것이다——.

제2장

고블린 마을에서의 싸움

Regarding Reincarnated to Slime

동굴 속 호수가 있는 곳에서 지상으로 나오는 길.

그건 한 줄기 동굴이었다.

나는 그 길을 통통 나아갔다.

생각보다 쾌적하게 이동할 수 있었다.

빛이 닿지 않는 어둠속이라 해도 '마력감지'를 응용한 현실에서는 낮과 다름없이 보이는 것이다.

눈이 보이지 않았을 때는 발밑을 확인하면서 이동했기 때문에 알아차리지 못했지만 슬라임의 이동속도는 그렇게까지 늦지는 않다.

일반적으로 걷는 것과 다르지 않은 속도로 이동할 수 있으며, 달려가는 것과 맞먹는 속도도 낼 수 있다.

지치는 건 아니지만 서두를 이유도 없었기 때문에 평상시에 걷는 것과 비슷한 속도로 이동하고 있다.

결코 마구잡이로 내달리다가 호수에 빠진 트라우마가 있어서 그런 건 아니다.

잠시 나아가다 보니, 커다란 문으로 길이 막혀 있었다.

동굴 속의 인공물.

더할 나위 없이 수상쩍어 보인다. 하지만 RPG에선 익숙한 것이기에 이상하다는 생각은 들지 않는다.

보스의 방 앞에는 문이 있는 것이 일반적이기 때문이다.

어디, 어떤 식으로 이 문을 열어야 되는 걸까?

'수인'으로 자를 수 있을까?

그런 생각을 하고 있으려니, 삐걱거리는 소리를 내면서 문이 서서히 열렸다.

나는 당황한 나머지 길가로 피해 상황을 살폈다.

"겨우 열렸나. 녹이 슬어서 자물쇠도 엉망진창이잖아……."

"뭐, 어쩔 수 없지. 300년 동안 아무도 안에 들어간 적이 없다며?"

"들어갔다는 기록은 남아 있지 않아요. 그보다도 정말 괜찮을까요? 갑자기 습격을 받거나 하진 않겠죠……?"

"카하하핫! 안심해. 300년 전에는 무적이었는지 모르지만 결국은 커다란 도마뱀이잖아? 나는 바질리스크를 솔로로 토벌한 적이 있다고. 내게 맡겨!"

"그거 전부터 생각했던 건데, 거짓말이죠? 바질리스크는 카테고리 B+ 랭크에 해당하는 마물이거든요? 카발 씨가 솔로로 토벌하기엔 무리가 있을 텐데요?"

"멍청한 녀석! 나도 B랭크라고! 크기만 한 도마뱀 따위는 상대가 안 돼!"

"네, 네. 알았으니까 방심은 하지 마세요. 뭐, 여차할 때는 제 이스케이프(강제이탈)로 도망칠 거지만요……."

"두 사람이 사이가 좋은 건 잘 알았으니까 슬슬 조용히 해 주면 좋겠군요. 제 은밀 아츠(기술)를 발동시킬 거니까요!"

뭔가 소란스러운 삼인조가 들어왔다.

어째서일까? 신기하게도 그들의 말이 이해가 된다.

《해답. 의사가 포함되어 있는 음파는 '마력감지'의 응용으로 이해가 가능한 말로 변환됩니다.》

그렇군.

내가 말을 거는 건 불가능하지만 무슨 말을 하는 건지 이해할 수는 있단 말인가.

다행이다. 나는 영어를 잘 못했었지. 일본에 살면서 외국어를 따로 공부할 필요 따윈 없다고 생각했다. 해외에 갈 예정이 있는 사람만 열심히 공부하면 되는 것이다.

하지만 이번에는 그런 변명이 통하지 않는다. 언젠가는 공부를 할 필요는 있을 것 같다…….

뭐, 그건 지금 어찌됐든 상관없다.

어떡하지? 문을 여는 것보다 복잡한 문제인데…….

뭘 하러 온 건지는 모르겠지만 모험자……인 것 같은데.

보물이라도 찾으러 온 걸까?

그들은 이 세계에선 처음 만나본 인간이다. 따라가 보고 싶은 마음은 있다.

그러나…… 말을 할 줄 모르는 슬라임이라는 마물인 내가 모습을 보인다면…… 다짜고짜 살해당할지도 모르지. 조심하는 편이

나을 테니 지금은 참도록 하자.

남 앞에 나서는 것은 적어도 말을 할 수 있게 된 뒤에 해야 한다.

잠시 숨어서 상황을 살폈다.

약간 말라 보이는 남자가 무슨 행동을 한 것인지 갑자기 세 사람의 모습이 흐릿해진다.

하지만 보이지 않게 된 건 아니다.

은밀, 이라고 했던가. 아마도 스킬의 일종이겠지. 저 기술이면 마음대로 훔쳐볼 수 있겠는데. 정말 불건전한 인간이다. 무슨 목적으로 배운 걸까. ……나중에 친구가 될 필요가 있어 보이는 군.

세 사람의 기척이 사라진 걸 확인한 후 나는 다시 이동을 시작했다.

조바심을 낼 필요는 없다. 더 이상은 인간을 만나지 못하게 되는 것도 아니다.

한 걸음 한 걸음 확인해가면서 나아가야지. '급할수록 돌아가라.'는 말은 선조들이 자주 말하던 격언이다.

나는 세 사람이 돌아오기 전에 재빨리 문을 빠져나가 그 자리를 뒤로 했다.

＊

문을 통과하여 잠시 전진하니, 길이 복잡하게 나뉘어 있는 지점에 도달했다. 어느 것이 지상으로 나가는 길일까? 아무리 생각해본들 내가 알 수 있을 리가 없다.

길 하나를 골라서 안으로 들어가 본다.

희번득!

눈이 마주쳤다.

슬쩍 시선을 돌린다. ⋯⋯눈앞에 흉측하게 생긴 커다란 뱀이 있었던 것이다. 전생(前生)에서 본 뱀 따위는 귀엽게 느껴질 정도로, 훨씬 더 단단하고 날카로워 보이는 비늘로 몸을 두른 시커먼 뱀. 뱀 앞에서 꼼짝 못하는 개구리, 가 아니라 슬라임 꼴이 되어 버렸다.

저는 공기입니다.

알아차리지 못한 거라면 어떻게든 도망칠 수 있지 않을까? 슬쩍, 후퇴하려 했지만 얕은 생각이었나 보다. 검은 뱀은 내 동작에 맞춰서 천천히 머리를 위로 쳐든다.

혀가 슬쩍 움직였고 시선으로 위협을 했다.

소용없다. 놓아줄 것 같으냐! 말을 나누지 않아도 그런 의사가 전해져온다.

싸울까?! 내겐 1주일 동안 특훈을 하여 얻은 필살기가 있지 않은가!

그렇다곤 해도⋯⋯ 이런 괴물과 싸우려면 각오가 필요하다.

쉽게 말해서 너무나 무서운 것이다.

하지만 당황하지 마라. 잘 생각해 보면 나는 훨씬 더 무서운 경험을 했었다. 그렇다, 베루도라다. 그 용에 비하면⋯⋯ 어라? 생각보다 별로 안 무서운 것 같은데.

이거, 이길 수 있지 않을까? 침착함을 되찾은 나는 냉정하게 검은 뱀을 관찰했다.

검은 뱀은 내가 위협에 겁을 먹고 움직이지 못 하게 된 것으로 생각하고 방심하고 있다. 날 어떻게 요리할까를 생각하고 있는 것 같다. 평상시처럼 통째로 삼키는 게 마음에 안 드는 걸까?

그렇다면 이쪽도 더는 봐줄 필요 없이……. 나는 주저하지 않고 검은 뱀의 머리를 노리고 '수인'을 날렸다.

처절한 기세를 내뿜는 물의 칼날이 공기를 가르면서 검은 뱀에게 도달한다.

그야말로 한순간. 내 눈을 의심할 정도로 너무 쉽게. 내가 뿜은 '수인'이 어떤 저항도 허락하지 않고 검은 뱀의 머리를 잘라 버린 것이다.

나를 한입에 삼킬 수 있을 것 같은, 흉측하고 커다란 뱀이었는데.

이건…… 스스로 생각했던 것 이상으로 강력한 기술이다.

인간 모험자한테 사용했다간 스플래터가 되었겠지. 맨 처음에 사용해본 상대가 마물이라 다행이었다.

추가로 언급하자면 위장의 현재 공간사용량은 베루도라가 15퍼센트, 물이 10퍼센트, 약초+회복약, 기타 등등을 합쳐서 2퍼센트, 광석과 재료가 3퍼센트를 차지하고 있으며, 이렇게 전체의 30퍼센트를 사용 중이다.

'수인'에 사용하고 있는 물의 양은 컵 한 잔 정도도 안 되기 때문에…… '수인'을 몇 천발을 날려도 남은 물의 양을 신경 쓸 정도는 아니다.

어설픈 마법보다 더 도움이 될 것 같다.

마물이 나타나면 당분간은 '수인'으로 대응하도록 하자.

그건 그렇고. 이 뱀 말인데.

포식해서 이해하면 이 뱀의 능력을 쓸 수 있게 되려나?

곧바로 포식해 본 결과…….

'열원감지'……고유 스킬. 주위의 반응열을 포착한다. 은밀의 효과를 무효화한다.

'독무 브레스'……고유 스킬. 강력한 독(부식) 계열의 브레스. 효과범위는 각도 120도에 7미터에 달하는 모든 구역 정도.

이상의 두 가지 스킬을 지니면서 검은 뱀의 모습으로 변신하는 것이 가능하게 되었다.

이 독은 대미지와 부식효과(장비파손 및 육체파손)를 주는 것 같다. 일반적인 모험자가 싸웠다면 상당히 애를 먹지 않을까?

이 세계에는 마법이 있으니까 의외로 쉽게 이길지도 모르지만.

나는 잠시 검은 뱀의 능력 해석에 시간을 소비했다.

쓸 수 있는 수단은 많을수록 좋은 법이다.

판명된 사실은,

1. 검은 뱀의 모습으로 변신하니 체적이 늘어났다.

2. 획득 스킬은 변신하지 않아도 사용가능. 단, 위력 등이 반감되는 경우도 있다.

이상 두 가지이다.

설명하자면,

1. 위장 속에서 포식한 마물의 신체를 분해하여 저장해 두고 있는 것 같다. 전에 대미지를 입었을 때 손상부분을 그대로 포식하

여 복구한 일이 있었지만 스페어 세포 같은 느낌으로 되어 있는 모양이다.

2. 고유스킬은 그 마물 특유의 스킬인 것 같다. 내가 갖고 있는 '용해, 흡수, 자기재생'이 그에 해당한다. 단, 고유스킬을 사용하려면 그 마물로 변신하지 않으면 완전한 성능을 낼 수 없는 것 같다. 그래도 부분 활용도 할 수 있는데다 '열원감지' 같이 일반적으로 사용할 수 있는 스킬도 있다.

정리하자면 대충 이런 느낌이었다.

'포식자'는 정말 쓸 만한 스킬이구나.

앞으로도 유용해 보이는 스킬을 보는 대로 계속 획득하고 싶다.

＊

검은 뱀과의 싸움에서 3일이 지났다.

나는 아직도 동굴 속에 있었다. 추위는 느껴지지 않지만 어쩌면 날이 상당히 추운 건지도 모르겠다.

햇빛이 거의 비쳐 들어오지 않기 때문이다.

어둠 속에서도 시야는 양호하다. 하지만 나는 어떤 불안 때문에 골치를 썩고 있었다.

아니, 그럴 리가 없다는 건 알고 있다. 그러나 결국은 이런 생각이 든다……. '나, 지금 길 잃은 거 아냐?'라고.

아니, 아니, 그럴 리가 없어. 보통은 처음 겪는 동굴에서 길을 잃고 헤맨다는 얘기는 들어본 적이 없다고.

난이도가 쉬운 동굴에서 초반의 발판을 마련하곤 하잖아? 게

다가 모험자처럼 보이던 3인조도 헤매지 않고 들어온 것 같았고……. 괜찮아. 그냥 길이 긴 것뿐일 거야.

그렇지만 길을 모르는 건 불안하긴 하네. 뭔가 길을 알 수 있는 방법은 없을까?

《해답. 머릿속에 현재 지나간 길을 표시할까요?
YES / NO》

풉. 뿜고 말았다.

뭐……라고?! 그렇게 편리한 기능이 있었다면 좀 더 빨리 알려달라고!

나도 모르게 딴죽을 넣고 말았다.

여기선 당연히 YES지.

오토 맵핑 따위는 사도야! 그렇게 생각했던 때가 내게도 있었다.

오래된 게임 중에는 진짜로 종이와 연필을 준비해서 한 걸음씩 나갈 때마다 계속 기입하면서 공략하는 것이 있다. 한 걸음, 한 걸음, 발밑을 확인하면서 전진하는 즐거움. 그러나 인간은 공략본에 의지하게 되었고, 이제는 게임 그 자체에 맵핑 기능까지 기본적으로 장착하게 되었다. 공략의 진짜 재미가 사라져 버린 것이다. 무엇보다 그 편리함에 익숙해져 버리면 원래대로 돌아가긴 상당히 어려운 법이다.

무슨 말이 하고 싶은 거냐면…… 그런 편리한 기능이 있다면 빨리 이용해야 한다는 것이다. 무엇보다 이건 게임이 아니고 현실이니까.

머릿속에 표시된 지도를 본다.

잘못 본 걸까? 같은 장소를 몇 번이나 돌고 있었던 것처럼 표시되어 있는데…….

……….

…….

….

머릿속의 지도를 따라 지금까지 가보지 않은 방향의 동굴로 들어갔다.

그러자 최근 3일 동안 본 적이 없는 풍경에 맞닥뜨렸다.

후후후. 아무래도 길을 잃고 헤매고 있었던 모양이다.

나를 현혹시키다니 이 동굴도 제법이로군. 여기선 솔직하게 동굴을 칭찬해 주자.

결코 내가 방향치라서 그런 건 아니니까!

동굴 입구, 밖으로 이어지는 통로가 가까워진 걸까.

동굴 안에 이끼랑 잡초가 눈에 띄기 시작했다.

햇빛이 어딘가에서 들어오고 있는 건지 살짝 밝아지기 시작하고 있다.

그렇다는 건 지금은 낮이란 얘기인가.

여기에 도달하기까지 몇 번인가 전투를 겪었다.

지네 괴물(이블 지네 : 랭크 B+)

커다란 거미(블랙 스파이더 : 랭크 B)

흡혈박쥐(자이언트 배트 : 랭크 C+)

갑옷도마뱀(아머 사우루스 : 랭크 B−)

이상의 네 종류와 조우한 것이다.

그 검은 뱀은 한 마리뿐이었는지 다시 만나지 못했다.

다들 강적이었다.

'수인'의 일격으로 쓰러트린 내가 말해 봤자 설득력이 없을지도 모르겠지만.

박쥐 녀석은 몇 번인가 '수인'을 피하면서 물어뜯으려 하질 않나, 도마뱀은 아예 각도가 좋지 않으면 '수인'을 튕겨낼 정도였다. 방심할 수가 없었다.

지네 괴물은 기척을 숨기고 뒤에서 기습을 걸어왔지만, '마력감지'와 '열원감지'로 늘 주위를 경계하고 있는 내겐 통하지 않았다. 등 뒤를 향해 '수인'을 날려 한 방에 끝냈다.

커다란 거미는 아슬아슬했다.

애초에 나는 벌레를 싫어한다. 생리적으로 혐오감을 갖고 있다. 보기만 해도 살려 주세요, 하고 외칠 정도다. 하지만 슬라임으로 전생하면서 마음이 강해진 것인지 도망치지 않고 싸울 수 있었다.

안됐지만 전력으로! 그렇게 생각하면서 가장 많은 수인 5개의 '수인'으로 조각을 내버렸다.

오래 보고 싶지 않은 상대였기 때문에 그 정도 선에서 봐주면 좋겠다.

일단 전부 포식하여 저장해 뒀다.

결국 이 세계는 약육강식. 지게 되면 상대의 먹이가 되는 법이다.

사실 거미와 지네를 먹는 건 망설여졌다.

그런 의미에서 나는 많은 노력을 한 것이다.

하지만 만약 바퀴벌레 마물이 나왔다면 나는 잡아먹기 이전에 있는 힘을 다해 도망칠 것이다.

이기고 지는 걸 따질 때가 아니다.

이 세상에는 '36계 줄행랑'이라는 멋진 말이 있으니까.

결국 이 동굴에서 다양한 마물을 흡수할 수 있었다.

입수한 스킬은 다음과 같다.

검은 뱀 '독무 브레스, 열원감지'.

지네 괴물 '마비 브레스.'

커다란 거미 '끈끈한 거미줄, 강한 거미줄'.

흡혈박쥐 '흡혈, 초음파'.

갑옷 도마뱀 '신체 갑옷'.

힘들여 얻은 것이니만큼 제대로 쓸 수 있게 만들어 둬야 한다. 그렇게 생각한 나는 '대현자'를 구사하여 마물로부터 얻은 능력의 연구를 시작했다.

검은 뱀의 스킬인 '독무 브레스'는 솔직히 말해서 제대로 쓰질 못했다.

실은 갑옷 도마뱀이 나타났을 때 검은 뱀으로 변하여 써 본 것이다. 그랬더니…… 도마뱀의 갑옷뿐만 아니라 도마뱀 자체가 점점 녹아내리기 시작했다.

거의 본 적이 없는 끔찍한 광경이었다. 내장이 다 드러난 도마뱀의 시체는 보는 것도 싫었기 때문에 '독무 브레스'로 완전히 소멸시켜 버렸다. 떠올리고 싶지도 않다.

이런 위험한 브레스 공격 같은 건 위력이 너무 강하기 때문에 쓰고 싶지 않다.

하지만 '열원감지'는 아주 훌륭했다.

대부분의 생물은 열을 발산하고 있다. 이 스킬에 '마력감지'를 병행시키면 나를 향한 기습은 거의 대부분 막을 수 있을 것이다. 인간이나 지혜가 있는 상위마물이라면 어떤 형태의 마법이나 특수 스킬을 사용할 수 있는지 모르기 때문에 방심은 금물이지만.

그 다음은 지네.

변신하는 것도 싫은 그 외모.

브레스의 사정거리는 검은 뱀과 거의 같다. 크기도 그렇게 다르지 않았다.

그 점을 통해 예상했던 대로 슬라임 상태에서 사용하면 사정거리는 1미터 정도다.

하지만 기습으로 마비 브레스를 사용하는 건 쓸 만할지도 모른다.

그렇다곤 해도 1미터 거리까지 접근당한 시점이라면 변신하든가 도망치든가 하지 않으면 패배는 확정이겠지만 말이다.

그리고 도마뱀.

독무 브레스에 의해 간단하게 녹아 버릴 정도의 갑옷.

기대가 되지 않는다.

솔직하게 말해서 내게는 '물리공격내성'이 있으니 그다지 의미는 없을 것 같다.

변신하지 않고 슬라임 상태에서 사용해봤다.

표면이 딱딱해졌다.

국민적 RPG에 나오는 메탈 느낌의 슬라임 같다.

내 월백색의 몸이 금속 같은 빛을 발한다. 표면이 딱딱해지면서 빛의 반사율이 변한 것 같다.

대미지를 받는 실험 같은 건 해 보고 싶지 않기 때문에, 어느 정도 효과가 있는 건지는 모르겠지만……

그러나 색은 아름답게 변했다.

상대를 겁먹게 하는 데에 써먹을 수 있을지도 모르겠다.

이 세 마리의 능력은 대충 이런 느낌이다.

문제는 나머지 두 마리. 이 두 마리의 능력은 흥미가 끌린다.

어떤 점이 흥미를 *끄느냐* 하면……

우선 거미.

그렇다. 거미의 능력을 지닌 유명한 히어로의 흉내를 내봤다.

쉬익! 하고 손목에서 거미줄을 뿜어내 몸을 지탱하면서 고층빌딩을 도약하며 건너는 그 유명한 남자 말이다.

'끈끈한 거미줄'이라는 스킬은 원래는 먹잇감에 칭칭 감아서 그 움직임을 봉하는 것으로 보였다.

하지만 이걸 사용하면 그 움직임을 재현할 수 있지 않을까?

당장 실험이다.

그럼 나뭇가지를 향해서…….

쉬익! ……대로———옹…………….

아, '강한 거미줄'을 설명했어야지.

'끈끈한 거미줄'? 그게 뭐야? 그냥 매달리기만 하는 스킬 따윈 난 모른다.

그러므로 '강한 거미줄'말인데, 이건 상대의 공격을 막는 목적으로 쓰는 건가.

집을 만들 때에 자신에게 유리한 상황(미로)을 만드는 데도 쓰이는 것 같은데……. 가는 줄 하나만 뿜어서 채찍처럼 나무를 때려 봤다.

피융! 빠직.

너무 쉽게 튕겨났다.

그러나.

내게는 '마력감지'로 확실히 보이기는 하지만, 이 가느다란 '강한 거미줄'을 평범한 인간의 눈으로 포착하는 건 아주 어려울 것이다. 연습하기에 따라선 유용한 무기가 될 것 같다.

이건 나중을 위한 과제로 남겨두고 계속 연습을 하기로 했다.

마지막으로 박쥐.

나는 이 박쥐를 가장 기대하고 있었다.

'흡혈' 스킬? 피를 빤 대상의 7할의 능력을 일시적으로 구사할 수 있다.

딱히 필요 없는 스킬이다.

포식 쪽이 효과가 더 좋다. 열화 스킬이라고 불러도 될 것 같다.

피 따위는 빨고 싶지도 않다. 데이터만 수집해 두고 '흡혈' 능력은 그대로 방치한다.

내 흥미의 대상, 그건 '초음파'이다.

이 스킬은 대상을 현혹시키거나 기절시키는 효과도 있지만 원래는 위치 특정 스킬이다.

원래 세계의 박쥐도 그랬었듯이 초음파의 반사로 위치를 알아내는 것으로 보인다.

여기서 중요한 점은 발성기관이다. 스킬 그 자체는 딱히 중요하지 않은 것이다.

이 '초음파'를 발사하는 기관을 슬라임 보디에 재현하는 것부터 시작한다.

아무것도 없는 곳에서 상상으로 몸을 조작하는 것이 아니라, 참고가 될 만한 기능을 지닌 마물을 흡수할 수 있었던 건 운이 좋았다.

이걸로 드디어 목소리를 낼 수 있는 방법을 손에 넣은 것인지도 모른다.

나는 자는 시간도 아까워하면서 연구를 계속했다.

뭐, 잘 필요도 없긴 하지만…….

3일 내내, 자지 않고 쉬지 않으면서 연구한 결과!!

"우리는 외계인이다!"

성공이다!

선풍기 앞에서 목청을 울리면서 내는 것 같은 이상한 목소리지만 확실하게 발음에 성공했다!

여기까지 오면 남은 건 조정만 있을뿐!

나는 들뜨는 마음을 진정시키면서 성대의 조절을 시작했다.

그건 그렇고 초음파는 쓸 만하군.

음파포 같은 병기가 있었던 것 같은데.

소닉 버스터 내지는 소닉 블래스터라고 불리지 않았던가?

가능하지 않으려나?

《해답. 스킬 '초음파'에서 '초진동'으로 파생할 가능성이 존재합니다. 단, 현재는 습득할 수 없습니다.》

파생, 또는 능력의 변화가 필요하다는 얘기인가.

지금은 정보량이 너무 적어서 무리인 것 같았다.

노골적으로 말해서 뭐든지 쉽게 이룰 수는 없는 것이다.

아무래도 내가 욕심이 좀 과했던 것 같다.

가지고 있는 기술은 많을수록 좋다. 그러나 조바심을 낼 필요는 없다.

발성기관을 손에 넣은 것만 해도 충분히 만족할 만한 결과이니까.

생각해 보면 꽤 많은 능력을 획득한 상황이다.

나는 이렇게 계속 연구를 하면서 출구를 찾아 헤매 걸었다.

그리고 드디어 동굴에서 지상으로 나가는 것에 성공한 것이다.

이 세계에 다시 태어나 처음으로 태양의 빛이 내리쬐는 장소
로…….

＊

오랜만에 태양이 비치는 곳으로 나온 것 같다. 아니, 실제로 몇
개월만이긴 하지만.

흡혈귀처럼 태양빛에 녹아내리거나 화상을 입지는 않는 것
같다.

실제로는 그런 식으로 자신이 위험해질 행동이란 것은 마물의
본능으로 이해할 수 있게 되어있다고 한다.

알면서도 저지르고 만다. 종종 있는 일이다.

웃을 수가 없다.

자각이 있는 만큼 알아서 개선해 나가기로 하자.

동굴은 숲 속에 있었던 모양이다.

약간 높은 언덕 정도라 할 수 있을 산기슭에 뻥하니 입을 벌리
고 있었다. 커다란 나무들로 둘러싸인 속에서 그 언덕은 눈에 쉽
게 띈다. 뭐라고 말해야 될까. 그곳만 유일하게 태양이 보이고 있
다. 숲으로 한걸음 들어가면 당장이라도 으슥하게 어두워질 것
같다.

언덕의 정상에는 뭔가 수상쩍은 모양이 새겨져 있었다.

마법진? 같은 분위기다. 어쩌면 전에 스쳐 지나갔던 모험자들

이 무슨 장치를 해 둔 건 아닐까? 뭐, 어찌됐든 상관없으려나.

'군자는 위험한 곳에 가까이 가지 않는다.'

나는 재빨리 그 자리를 떠났다.

동굴에서 나온 뒤 잠시 시간이 흘렀다. 아무래도 해가 기울기 시작한 것 같다.

딱 정오쯤에 동굴을 나왔다는 계산이 나온다.

깜짝 놀랄 정도로 정확하게 돌아가는 체내시계가 있으니, 자정에 날이 바뀔 때마다 그걸 알 수 있도록 조정해 주고 싶다. 그렇게 생각하자 자연스럽게 변화했다.

이 정도는 별것 아니라는 뜻인가? 여전히 '대현자'는 믿음직스럽다.

현재는 오후 네 시를 넘긴 시점.

저녁식사 준비를 할 시간이지만 유감스럽게도 내겐 식사를 할 필요가 없다. 먹어도 괜찮지만, 맛을 알 수가 없으니 괜히 더 허무하게 된다.

그러므로 동굴 안에서 포식한 마물들에게서 새로이 손에 넣은 능력의 연구를 계속한다. 사용법이랑 조합, 그 외에 달리 뭔가 할 수 있는 일은 없을까 등등. 중점적으로 발성연습도 했다.

그렇게 여러 가지를 시험하면서 나는 길을 나아가고 있었다.

기대하던 곳이 있던 건 아니었다.

목표도 대충 잡은 것이고.

어딘가 마을이나 거리에라도 나서게 되면 마음이 자상할 것 같은 인간에게 말을 걸어보자고 생각하고 있긴 하지만⋯⋯.

그러나 요 며칠간은 너무나도 평화로웠다. 동굴 안에선 그렇게 나 자주 마물의 습격을 받았지만, 밖으로 나온 뒤로는 전혀 그런 일이 없다고 말해도 될 정도로 습격을 받지 않았다.

딱 한 번 발성연습을 하고 있는 도중에 늑대의 습격을 받긴 했 지만,

"어?"

하고 목소리를 낸 것만으로도,

"깨애애━━━━━앵!"

하고 한심한 비명소리를 지르면서 도망쳐버렸다.

일반적인 대형견보다도 크고 몸길이가 2미터는 넘는 거물이 몇 마리 있긴 했지만, 뭐라 해야 좋을까. 슬라임을 보고 벌벌 떠는 마물 따위는 한심스럽기만 할 따름이다.

내 입장에서는 습격당하지 않는다면 그 이상 좋은 일이 없다.

늑대를 먹어 버리면 후각 같은 걸 얻을 수 있을 것 같긴 하지만.

그러나 신경이 쓰여서 관찰을 계속해보니 아무래도 늑대만 있 는 건 아닌 것 같다.

내 주위 100미터 이내에 마물이 들어오는 기척이 없는 것이다.

어라? 왠지 날 두려워하고 있는 것 같은데…….

어째서지?

틀림없이 이 숲의 마물은 날 겁내는 것처럼 느껴진다.

그렇게 확신했을 때 내 '마력감지'가 마물집단의 접근을 감지 했다.

문제는 갑자기 찾아오는 법이다.

내 눈앞에 30마리 정도 되는 사람 모양의 마물이 우르르 나타났다.

자그마한 체구.

조잡한 장비.

약간 지저분하면서 지성이 떨어져 보이는 표정.

그래도 지성이 아예 없는 건 아닌 것 같다. 검이나 방패, 돌도끼나 화살까지 장비하고 있는 것도 있다.

내 회색의 뇌세포는 순간적으로 이 녀석들의 정체를 파악했다.

모험자를 습격하기로 유명한 마물. 그렇다, 고블린이다!

그야말로 기본적인 존재다.

그리고 습격을 받는 건 약한 마물. 응, 나말인가? 그건 그렇고 슬라임을 상대로 30마리라니, 너무 많은 것 같은데. 그러나 왠지 공포는 느껴지지 않는다.

본능이 이 녀석들을 두려워하지 않는 것이다.

검은 녹이 슬었고 방어구도 빈약하다. 지저분한 천을 걸치기만 한 녀석도 있다.

단단한 비늘에 덮힌 도마뱀이나 강인한 날이 달린 다리를 지닌 거미.

그런 마물들을 물리쳐 온 나로서는 이 녀석들의 장비로 대미지를 입을 것 같은 생각이 들지 않는다.

게다가 최악의 경우엔 검은 뱀으로 변신한 뒤에 브레스로 일망타진할 수 있을 것 같기도 하고…….

그렇게 생각하면서 응시하고 있으려니, 무리 중의 리더인 것으로 보이는 한 마리가 입을 열었다.

"크캇. 강하신 분이여……. 이 너머에 무슨 볼일이 있으십니까?"

고블린은 말을 할 줄 알았구나.

어느 정도는 '마력감지'의 응용 덕분에 이해를 하는 건지도 모르겠지만.

그 전에 강하신 분이라는 건 날 보고 하는 말이겠지.

무기를 들고 둘러싼 상태에서 정중하게 물어오다니……. 이 녀석들은 대체 무슨 생각을 하고 있는 거지? 나는 흥미가 생겼다.

아무래도 당장 덮치려는 건 아닌 것 같다.

내 말이 통하는지 시험해보는 것도 좋을지 모른다.

그렇게 생각한 나는 고블린과 대화를 나눠보기로 했다.

나는 고블린을 잠깐 바라봤다.

고블린들은 자신들 입장에서는 필사적이었을 것이다. 방심하지 않은 자세로 무기를 들고 이쪽을 살피고 있다. 아쉽게도 몇 마리는 이미 도망치려는 자세를 잡고 있는 것 같았지만.

그러던 중에도 리더 격은 역시 대단했다. 내게서 눈을 돌리지 않고 이쪽을 바라보고 있다.

흠.

이 녀석에게선 지성이 느껴진다. 의외로 대화가 성립될지도 모른다.

과연 통할까?

나는 발생시킨 목소리에 내 사념을 담아서 상대에게 말로 통할지 시험해본다.

"처음 뵙겠습니다, 라고 인사하면 될까? 나는 슬라임인 리무루라고 한다."

고블린들이 술렁거리기 시작했다.

슬라임이 말했기 때문에 놀란 걸까? 그렇게 생각했지만…… 그중에는 무기를 내던져버리고 엎드리고 있는 자도 있다.

잘 이해가 안 된다.

"크캇. 강하신 분이여! 당신의 힘은 충분히 알았습니다. 목소리를 가라앉혀 주십시오!"

음? 사념이 너무 강했나?

이래선 의사를 전달하기는 무리인 것 같다. 아예 제풀에 겁을먹고 있으니.

"미안하군. 아직 조정이 잘 되지 않아서."

일단 사과하기로 했다.

"화, 황송하게도 저희에게 사과라니, 그럴 필요는 없습니다!"

말이 통하는 모양이다. 좋은 연습이 될 것 같다.

추가로 언급하자면 내가 건 말은 일본어였다. 그런데도 뜻이통한다는 것에 놀랐다.

"그걸 그렇고 내게 무슨 볼일이지? 난 이 너머에 딱히 용무가있는 건 아닌데?"

상대가 정중히 말을 걸어왔기에 정중히 대응해야 할까 생각했지만, 너무나도 내 쪽을 겁내고 있다는 게 다 드러나 보이기 때문에 약간은 강하게 나서봤다.

"그렇습니까. 이 너머에는 우리 마을이 있습니다. 강력한 마물의 낌새가 느껴졌기에 경계하러 온 참입니다."

"강한 마물의 낌새? 나는 그런 건 못 느꼈는데……?"

"크캇. 크카캇. 농담도 참! 그런 모습을 하고 있어도 우리는 속지 않습니다!"

아무래도 이 녀석들은 완전히 착각을 하고 있는 것 같다.

힘이 있는 마물이 슬라임으로 변한 상태다, 그렇게 믿고 있는 모양이다.

결국은 고블린, 마물 중에서도 하등한 존재로서 유명하다 보니 그럴 수도 있겠다.

그리고 한동안 고블린과 대화를 나눠봤는데, 마을을 들러보는 걸로 얘기가 진행이 됐다.

듣자하니 날 묵게 해 주겠다고 한다. 초라한 행색과는 달리 친절한 녀석들이다.

잘 필요도 없지만 휴식을 취하는 것도 나쁠 건 없겠지. 그렇게 생각해서 나는 마을로 와달라는 초대를 받아들이기로 한 것이다.

나는 길을 가면서 많은 이야기를 들을 수 있었다.

듣자하니, 최근에 그들이 믿는 신이 사라졌다고 한다.

듣자하니, 신의 소실과 동시에 마물이 활발하게 활동하기 시작했다고 한다.

듣자하니, 숲 속에 힘을 가진 인간 모험자의 침입이 늘어났다고 한다.

그 외에 기타 등등.

그리고 대화를 계속하다가 상대의 말도 확실하게 들리게 되었다. 아무래도 '마력감지'의 응용으로 하는 대화를 주고받는 것에 익숙해진 덕분인 것 같다.

인간과 대화를 하기 전에 고블린으로 연습을 할 수 있었던 건 다행인지도 모르겠다.

그런 얘기를 나누면서 그들을 따라갔다.

응? 이라는 말이 나올 정도로 마을은 지저분한 느낌이었다.

결국은 고블린의 소굴, 섣불리 기대하지 말았어야 했다.

나는 그중에서 가장 괜찮아 보이는 건물? 로 안내받았다.

이미 썩어버린 것 같은, 짚으로 만든 지붕은 곳곳이 뚫려 있으며, 베니어판을 겹쳐 놓은 것 같은 벽이 있는 것이…… 전에 살던 세상의 감각으로 따지자면 슬럼가가 그나마 더 낫겠다! 는 생각이 들 정도의 집이었다.

"오래 기다리셨습니다. 손님."

그리 말하면서 한 마리의 고블린이 들어왔다.

그 고블린을 부축하듯이, 아까까지 날 안내해 온 고블린 리더가 옆에 서 있었다.

"아, 아뇨. 아뇨. 그렇게 오래 기다리지 않았습니다. 신경 쓰지 마십시오."

나는 그동안 영업 활동으로 익혀 온 미소를 띠면서 대응했다.

말하자면 슬라임 스마일이다.

미소 하나로 교섭을 유리하게 진행한다. 나 스스로 생각해도 무시무시한 기술이다.

뭘 교섭할지는 모르겠지만.

"제대로 된 대접도 못 해드려서 정말 죄송합니다. 저는 이 마을의 촌장을 맡고 있습니다."

그렇게 말하면서 눈앞에 차 같이 보이는 걸 내밀었다.

고블린에게도 그런 게 있다는 걸 알고 놀랐다.

나는 차를 마셨다(보기에는 찻잔을 뒤덮은 것처럼 보일 것이다).

맛은 느껴지지 않는다. 당연하다. 미각이 없으니까 당연한 것이다.

하지만 이 경우는 좋았던 건지 안 좋았던 건지……. 성분을 조사해 봤지만 독은 아니다. 독은 아니지만 엄청 쓸 것 같았다.

그러나 고블린 나름대로의 정성이 느껴졌기 때문에 나는 남김없이 차를 다 마셨다.

"그건 그렇고 저를 일부러 마을까지 초대했다는 건 무슨 볼일이 있기 때문입니까?"

직접적으로 대놓고 물어보았다.

같은 마물이니까 사이좋게 지냅시다! 그런 우호적인 초대만은 아닐 것이다.

촌장은 움찔 하고 몸을 떨었지만 각오를 굳힌 표정으로 나를 살폈다.

그리고——.

"실은 최근에 마물의 움직임이 활발해지고 있는 걸 아시는지요?"

그건 이리로 오는 길에 들었지.

"저희가 섬기는 신이 이 땅의 평온을 지켜주시고 계셨지만 한 달 전쯤에 모습을 감추셨습니다. 그래서 근처의 마물이 이 땅을 노리고 들락거리기 시작했고…… 저희도 가만히 있을 수 없기에 응전 하긴 했습니다만……. 전력 면에서 너무 버겁기에…………."

흐음.

신이란 건 베루도라를 말하는 건가? 시기적으론 맞긴 한데.

뭐, 고블린은 내가 도와주길 바란다, 이 말인가.

"무슨 얘기인지는 알겠습니다. 그러나 저는 슬라임이라서 기대 하신 만큼의 활약은 못할 거라 생각합니다만?"

"하하하, 농담도! 평범한 슬라임이라면 그 정도로 강한 요기를 뿜어낼 순 없지요! 왜 그런 모습이 되셨는지는 저로선 상상도 안 되지만……. 명성을 떨치시는 마물임이 틀림없지 않습니까?"

요기……라고?

그게 뭐지? 그런 걸 뿜어낸 기억은 없는데……. '마력감지'의 시점을 바꿔서 나 자신을 관찰해봤다. 뭔가 불길하게 느껴지는 오라 같은 것이 일렁이면서 내 신체를 뒤덮고 있었다.

변신이나 '신체장갑' 등을 시도해 봤을 때 알아차렸다면 좋았을 거라 생각했지만 이미 늦은 뒤이다.

이건 부끄럽군. 요기를 계속 내뿜고 있었으면서 전혀 알아차리 지 못하고 있었던 것이다.

큰 거리를 걸어가면서도 사회적 창문을 다 열어두었을 때 같은 감각이 나를 덮친다. 동굴 안은 마력요소가 짙었기 때문에 전혀 알아차리지 못했던 것이다.

이건 아니다! 명백히 아웃이야!

이때야 비로소 지금까지 동굴을 나온 후부터 마물이 보인 반응 의 이유를 알았다.

이런 위험해 보이는 녀석을 상대하고 싶어 하는 마물은 당연히 없을 것이다.

외모에 속아 넘어갈 바보는 없어! 라는 얘기가 될까.

이렇게 된 바에는 그냥 얼버무릴 수밖에 없겠군.

"후후후. 역시 촌장이로군. 알아차렸나?"

"물론이고말고요! 그런 모습이라 해도 풍기는 품격까지는 감출 수 없습니다!"

"그런가, 역시 알아차리고 말았나. 너희들은 제법 사람 보는 눈이 있는 것 같군!"

점점 분위기를 타기 시작했다! 좋아.

이 분위기로 촌장을 잘 구슬려서 얼버무리자.

동시에 불길한 느낌의 오라=요기를 지울 수 없는지 시험해 보았다. 몸 밖의 마력요소를 조절하는 것과 같은 요령으로 요기를 밖으로 내보내지 않게 집중했다.

"오오…… 저희를 시험하셨군요? 그 요기에 겁을 먹는 자들도 많았기 때문에 이제 좀 살겠습니다."

요기를 감추는 것에 성공했다.

내 외모는 평범한 슬라임이 되어 있다.

그러나 만약 보통의 슬라임과 같은 모습으로 돌아다니고 있었다면 오히려 마물의 습격을 받아 더 귀찮아지지 않았을까?

"그러게 말이지. 내 요기를 보고도 겁을 먹지 않고 말을 걸어오다니, 너희들은 자질이 있구나."

무슨 자질인데? 스스로에게 그렇게 따져 물어보고 싶지만 꾹 참았다.

"하하! 감사합니다. 그러니 진짜 모습을 감추신 이유는 묻지 않겠습니다. 단…… 부탁이 있습니다. 제발 들어주시지 않겠습니까?"

뭐, 그게 목적이겠지.

내게 부탁할 게 없다면 위험해 보이는 마물을 일부러 초대할 이유도 없다.

"일단 내용을 들어보지. 말해봐라."

나는 잘난 듯한 태도를 유지하면서 촌장에게 물었다.

얘기의 내용은 이러했다.

동쪽 땅에서 이 땅의 패권을 노리고 새로운 마물이 밀고 들어왔다.

이 주변에는 고블린 마을이 몇 개 있다고 한다.

이 마을은 그중 하나이지만, 그 새로 나타난 마물과의 분쟁으로 고블린의 전사가 다수 전사했다고 한다. 그리고 그중에 네임드 전사가 있었던 게 문제였다.

그 전사는 이 마을의 수호신 같은 존재였지만, 그 존재를 잃어버리게 되면서 이 마을의 존재가치는 격감했다.

다른 고블린 마을들은 이 땅을 포기한 것이다.

새로 나타난 마물이 이 마을을 공격하는 동안에 대책을 세운다. 그게 다른 모든 마을들의 뜻이었다.

촌장이랑 고블린 리더가 아무리 그들과 만나 얘기를 해도 아무리 차가운 반응을 받았다고 한다.

촌장 일행은 분한 감정이 실린 말투로 그렇게 말했다.

"그렇군……. 그런데 이 마을에는 몇 마리가 살고 있나? 그중에서 싸울 수 있는 자는?"

"네, 이 마을에는 100마리 정도 살고 있습니다. 싸울 수 있는 자는 암컷까지 합해서 60마리 정도입니다."

전혀 도움이 안 되겠다.

그러나 수를 대체적이나마 파악할 수 있다는 건 고블린치고는 똑똑한 건지도 모른다.

"흠. 상대인 그 마물의 수와 종족은 알고 있나?"

"네. 늑대의 마물로 아랑족(牙狼族)인 것 같습니다. 원래는 한 마리를 상대로 우리가 열 마리로 대응해도 이길까말까 한데……. 그게 100마리씩이나 무리를 짓고 있는 듯해서…….."

뭐? 그게 무슨 고난이도 게임이야? 나는 촌장의 눈을 바라봤다.

결코 농담을 말하고 있는 눈이 아니다. 진지한 표정으로 나를 마주 보기 시작했다.

약간 탁하기는 하지만 고블린치고는 진지한 눈빛이라 해야 할까.

"그 고블린의 전사들은 이기지 못할 거라는 걸 알면서도 적은 수로 대응했단 말인가?"

"……아니요. 이 정보는…… 그 전사들이 목숨을 걸고 입수한 것입니다."

그렇군, 묻지 말아야 할 걸 물었다.

좀 더 자세히 들어보니 네임드 고블린은 촌장의 아들이었으며 고블린 리더의 형이었다고 한다.

얘기를 듣고 어떡할 것인지를 생각한다.

촌장은 아무 말 없이 내 결단을 기다리고 있다.

내 기분 탓인지는 모르지만 그 눈에는 눈물이 맺혀 있는 것 같다. ……기분 탓이겠지.

마물에게 눈물은 어울리지 않는다.

오만불손하게 나가자. 그게 두려움을 사는 마물의 올바른 모습! 일 테니까.

"촌장, 하나 확인하고 싶은데. 내가 이 마을을 구해 주면 답례는 어떻게 할 거지? 너희들은 내게 뭘 내놓을 수 있나?"

그냥 내가 변덕을 부려서 도와줄 수도 있다.

그러나 이 녀석들이 열 마리가 달려들어 한 마리를 상대할 수 있을까 말까한 마물이 100마리.

절대로 쉬운 상대가 아니다.

검은 뱀으로 변신한다면 어떻게든 이길 수 있을 것 같긴 하지만…… 순순히 받아들일 얘기는 아닌 것이다.

"저희의 충성을 바치겠습니다! 저희들을 지켜 주십시오. 그렇게 해주시면 저희들은 당신께 충성을 맹세하겠습니다!!"

솔직히 말해서 그런 건 받아도 별로 기쁘지 않다.

그러나 고독한 90일을 경험한 나는 고블린과의 대화조차 즐겁다고 느끼고 있다.

인간이었다면 그 불결함에 혐오감을 느꼈을지도 모를 거라 생각한다.

하지만 지금의 나는 마물인 것이다. 병을 걱정할 필요도 없다.

게다가 무엇보다 촌장의 눈. 완전히 나를 믿고 있다는 마음이 전해져왔다.

전생(前生)을 떠올려 본다.

어찌됐든 간에 나는 부탁을 잘 거절하지 못했다.

불평을 하면서도, 후배에게 잔소리를 들으면서도, 의뢰주나 선배의 부탁을 들어주었던 것이다.

"좋다. 그 부탁을 들어주도록 하지!"

나는 과장된 몸짓으로 고개를 끄덕였다.

이렇게 나는 고블린들의 주인이자 수호자가 된 것이다.

⬤

아랑족.

동쪽 평원의 패자.

동쪽 제국과 쥬라의 숲 주변에 있는 여러 나라와의 교역을 행하는 상인들의 고민거리였다.

한 마리 한 마리가 C 랭크에 해당하는 마물이기에, 방심했다간 베테랑 모험자라고 해도 일격에 물려 사망한다.

그러나 그 위협의 본질은 무리를 지어 행동한다는 점에 있었다.

유능한 보스가 통솔했을 때 아랑족은 그 진가를 발휘한다.

무리로 움직이면서도 한 마리의 마물인 것처럼 일사불란한 행동이 가능한 것이다.

그리고 무리를 지었을 때의 그 평가는…… B 랭크에도 필적한다.

동쪽 평원은 광대한 곡창지대에 인접하고 있다.

그렇기 때문에 제국의 생명선을 쥘 수 있는 주요한 장소이기에 그 경비는 만전을 기하고 있다.

아랑족이 아무리 교활하고 뛰어난 능력을 가지고 있다 해도 제국의 방어를 돌파하는 것은 힘든 일이었다. 만약 돌파했다고 해도, 그건 결국 제국의 분노를 살 요인이 될 것이고 아랑족의 미래는 거기서 끝장이 나고 말 것이다.

그 무리의 보스는 그 사실을 잘 이해하고 있었다.

몇 십 년이나 이어진 제국과의 분쟁을 통해 학습하면서, 그걸 깊이 경험함과 동시에 배운 것이다.

소규모의 상인에게 손대는 것 정도라면 제국은 본격적으로 개입하지 않는다. 그러나 한 번이라도 곡창지대를 침입하려고 했을 경우엔 제국은 이빨을 들이댈 것이다.

과거에 몇 번이고 동족들이 범해온 실수를 다시 저지르는 어리석은 짓을 무릅쓸 수는 없다.

보스는 그렇게 생각했다.

그러나 마물의 본능을 통해 이대로 있으면 자신들의 진화가 멈추고 말 것이라는 것도 이해하고 있었다.

아랑족은 원래 식사를 필요로 하지 않는다.

사람을 습격하고 잡아먹는 건 간식을 먹는 정도로 인식하고 있다.

왜냐하면 인간에겐 마력요소가 그다지 포함되어 있지 않기 때문이다.

아랑족에게 식사란 것은 마력요소를 흡수하는 것이다.

보다 강한 마물을 공격할 것인가, 아니면 많은 인간을 죽여서 '재앙' 클래스의 마물로 진화할 것인가.

이대로는 어느 쪽 방법도 실행하는 것이 곤란했다.

아랑족에게 있어 제국은 너무나 강대했다. 그러나 이대로 상인을 계속 습격한다 한들 '재앙' 클래스로 진화하는 것은 꿈속의 꿈이었다.

남쪽에는 비옥한 대지에 은혜로운 숲, 강대한 마력을 지닌 마물들의 낙원이 있다고 들었다. 그러나 그곳에 도달하기 위해선 쥬라의 숲을 통과해야 할 필요가 있었다.

숲의 마물 자체는 대단하지 않다. 몇 번인가 숲에서 나온 마물을 사냥했던 경험이 그렇게 가르쳐 주었다. 그렇다면 왜 지금까지 숲에 침입할 수 없었는가?

'폭풍룡' 베루도라.

그 용의 존재가 모든 이유였다.

봉인된 상태에서도 그 무시무시한 마력의 파동은 그들을 겁먹게 만들었다.

그 숲의 마물은 베루도라의 가호를 받고 있다고 멋대로 믿고 있었다. 그래서 그 흉악한 파동 속에서 생활할 수 있는 것이다.

그렇게 믿지 않았으면 미쳐 버렸을 것이다.

지금까지 힘든 고생을 하면서도 그 존재 때문에 침입을 포기했던 것이다.

그렇다, 지금까지는…….

보스는 그 날카로운 핏빛의 눈동자를 숲으로 향했다.

그 불길하기 짝이 없는 사룡의 기척은 이제 느껴지지 않는다.

지금이라면 숲의 마물을 죄다 사냥해서 해치운 뒤에 숲의 패자가 되는 것도 불가능하지 않다. 보스는 그리 생각하면서 혀를 핥

았다. 그리고 진격을 알리는 신호로 허공을 향해 울부짖기 시작
했다.

●

자, 수호자가 되었으니 이제 뭘 하는 게 좋을까? 스스로 생각
하기에는 고용된 보디가드 같은 존재로 여기고 있지만 촌장의 대
우가 너무 거창한 것 같다.

어쨌든 싸울 수 있다고 하는 고블린을 모으도록 했다.

하지만 자세히 보니 모두 몰골이 말이 아니다. 전력으로는 도
저히 기대할 수도 없을 것 같다.

게다가 나머지 고블린이 멀찍이 둘러싼 채 이쪽을 살피고는 있지
만, 어린이나 노인밖에는 남아 있지 않은 것 같고……. 다른 마을에
있는 고블린들의 지원은 없는 상황이다.

이 상황은 촌장의 입장에서 본다면 미쳐 버릴 정도로 두려웠을
것이다. 도망쳐 봤자 먹을 것조차 없는 상황에선 그저 굶어죽기
만 할 뿐일 테니까.

그리고 모인 고블린들은 신앙에 가까운 눈빛으로 날 바라보기
시작한다.

무겁다.

압박감 따위는 느껴본 적도 없이 내키는 대로 살아왔던 내겐 이
시선은 말도 안 될 정도로 무거운 압박이었다.

"다들, 상황은 잘 알고 있나?"

개그를 말할 분위기도 아니었고, 달리 사기를 살릴 말도 떠오

르지 않았기 때문에 진지하게 질문했다.

"네! 우리가 살아남을지 죽을지가 걸린 싸움이 될 거라는 각오
는 되어 있습니다!"

고블린 리더가 즉시 답했다.

주위에 모인 고블린들도 마음은 마찬가지인 것 같다.

떨고 있는 자들도 있지만 그건 어쩔 수 없는 일이리라. 마음과
몸은 제각각이니까.

"부담 가질 필요는 없다. 편안히 생각해라. 부담을 가진다 해도
질 때는 진다. 최선을 다한다. 그것만을 생각하도록!"

살짝 멋진 말을 해 봤다.

내 기분이 편해졌다. 의외로 효과가 있는지도 모르겠다.

그러면 어디 시작해 볼까……

실패했다간 고블린의 운명은 끝장날 수도 있다.

그래도 나는 나의 길을 간다.

오만불손하게 간다! 라고 정했으니까.

좋아! 나는 기합을 넣고 고블린에게 최초의 명령을 내린다.

이 뒤에도 몇 번이고 내리게 될 명령.

그 최초의 말을──.

●

밤이 되었다.

아랑족의 보스는 눈을 떴다.

오늘 밤은 만월. 싸우기에는 더할 나위 없이 좋은 밤이다.

천천히 몸을 일으키고는 주위를 바라본다.

그런 보스의 모습을 동포들인 아랑들은 숨을 죽이면서 살피고 있다.

딱 좋은 긴장감이다.

보스는 그렇게 생각했다.

오늘 밤, 그 고블린 마을을 전멸시키고 이 쥬라의 숲으로 진입하는 발판을 만들 것이다.

그 후에 느긋이 주위의 마물들을 사냥하면서 이 숲의 지배자가 되는 것이다.

나중에는 새로운 힘을 쫓아서 남쪽을 침공하는 것도 계획하고 있다.

자신들에겐 그걸 가능하게 할 수 있는 힘이 있다.

자신들의 손톱은 어떤 마물이라 해도 찢어발길 수 있으며, 그 이빨은 어떤 갑옷이라 해도 물어뜯어 박살낼 수 있으니까.

"우오오———————————!"

보스는 포효했다.

유린을 시작할 시간이다.

그건 그렇고 신경이 쓰이는 게 있다.

며칠 전, 정찰을 보낸 동족이 마음에 걸리는 정보를 가지고 돌아왔다. 이상한 요기를 띠던 작은 마물이 있었다는 것이다.

그 마물의 요기는 보스인 자신을 상회하고 있었다고 한다.

그럴 리가 없다. 보스는 아예 무시했다.

이 숲에는 그런 위협 같은 걸 느낄 수가 없다. 만나는 마물은 전부 약했다. 숲 속이라 할 수 있는 현재 위치에서 저항다운 저항은 받은 적이 없었다. 한 번 고블린 열 몇 마리가 몇 마리의 동족을 죽이긴 했지만 단지 그것뿐이었다. 흥분하여 착각한 것이겠지. 그렇게 생각하면서 보스는 시선을 전방으로 향했다.

전방에 마을이 보이기 시작했다.

정찰의 보고내용과 같은 장소에 있다.

다친 고블린의 뒤를 쫓게 하여 장소를 알아냈다. 이 마을의 전력은 지금은 그리 대단치가 않다.

보스는 교활했다. 방심은 하지 않는다. 하지만 낯선 것이 마을을 둘러싸고 있었다.

인간의 마을에 있는 것 같은…… 그것은 울타리였다. 마을의 집들을 부숴서 마을을 둘러싼 울타리를 만들어 놓은 것이다.

그리고 전방에 열린 부분. 그곳에 한 마리의 슬라임이 있었다.

"좋─아! 거기서 멈춰라. 이대로 되돌아간다면 아무 행동도 하지 않겠다. 어서 물러가는 게 좋아!"

그 슬라임이 말을 했다.

시건방진 놈이군.

보스는 그렇게 비웃었다.

한 곳만 뚫린 공간을 만들어서 대규모로 공격해 오는 걸 막을 생각인가?

기껏해야 쓰레기 같은 마물들의 얕은 지혜.

저런 울타리 따위는 자신들의 손톱과 이빨 앞에서는 아무런 힘도 발휘하지 못하거늘.

우리의 힘을 보여 주지! 그렇게 생각하며 명령을 내렸다.

열 몇 마리의 아랑들이 마치 보스의 손발인 양 울타리 쪽으로 공격을 개시했다.

아랑족은 무리를 지으면서 하나의 마물이 된다. 그 진가를 발휘한, 일사불란한 공격이었다.

그건 '사념전달'에 의한 연계행동. 말로 명령을 내리는 것보다도 재빠르게 연계가 가능한 것이다.

최초의 일격으로 울타리는 박살이 났어야 했다.

하지만 고블린들이 자신들의 계획이 박살나면서 당황해하는 모습을 상상하고 있던 보스는 곧바로 놀라움의 비명을 지르게 되었다. 울타리에 공격을 가했던 부대가 튕겨 나온 것이다. 그중에는 피를 뿜으면서 지면에 뒹구는 자까지 있는 형국이다.

어떻게 된 거냐? 보스는 당황하지 않고 상황을 살폈다.

울타리가 뚫려 있는 부분의 슬라임은 움직이지 않는다.

녀석이 무슨 짓을 한 게 아니란 말인가?

부하 중의 한 마리가 옆으로 다가와 보고했다.

(저자입니다! 두목님보다 강대한 요기를 뿜어내고 있던 것은!)

말도 안 돼! 그리 생각하면서 슬라임을 보았다.

평원에 가끔씩 태어나곤 하는 작은 마물.

마물이라고 부르기도 우스운 왜소한 존재이다.

그런 것이 자신을 넘어서는 요기를 지녔다니…… 있을 수 없는 일이다! 보스는 분개했다.

아랑족의 보스는 교활하면서 노회한 마물이었다.

오랜 세월 살아남아온 경험을 기반으로 방심하지 않고 작전을 세운다. 그리고 냉정하게 실행하는 담력을 지니고 있었다. 그 오랜 세월의 경험이, 그 마물의 정보에 의거한, 자신보다 강자일 수도 있다는 가능성을 부정했다.

보스는 이때 처음으로 치명적인 실수를 범한 것이다.

그리고 그 실수가 스스로의 운명을 결정지었다.

(왜소한 마물 주제에──비틀어서 죽여주마!!)

●

아아, 깜짝 놀랐다.

갑자기 쳐들어올 거라곤 생각 못했다. 내가 "이대로 되돌아간다면 아무 행동도 하지 않겠다."고 폼을 잡고 말한 것까지는 좋았지만 깔끔히 무시당했다.

아랑이 일제히 움직이더니 사방팔방에서 울타리로 공격을 시작한 것이다.

대화부터 시작해 볼 예정이었는데, 생각하고 있었던 대사가 전부 날아가 버렸다. 예행연습은 쓸모없이 끝나 버린 것 같다.

작업 중에 틈틈이, 힘들여 연습했었는데 말이다.

내가 맨 처음 내린 명령은 부상자가 있는 곳으로 안내해달라는 것이었다.

60마리 중에 열 몇 마리가 살아남은 시점에서 작업 효율은 그렇게 다르지 않다. 그러나 모처럼 날 따르고 있는 거라면 해 줄 수 있는 건 해 주자고 생각했다.

부상자들은 불결해 보이는 커다란 건물에 한 덩어리로 얽힌 채 눕혀져 있었다.

그 부상자들을 보고 생각했다. 약초 같은 것으로 일단 치료를 하긴 한 것 같지만…… 이대로 방치해 두면 죽겠구나, 라고.

생각했던 것보다 상처가 깊다. 발톱이랑 이빨에 찢겼는지 상처가 크게 갈라진 채 곪아 있었다.

이왕 이렇게 된 거 분발해야겠다. 그렇게 생각하면서 모두를 치료하기 시작했다.

나는 눈앞의 한 마리를 포식했다. 그리고 몸 안에서 회복약을 잔뜩 바른 뒤 내뱉었다.

촌장이 무슨 말을 하려고 했지만 무시하고 끝에서부터 부상자들을 차례로 삼키고는 또 뱉었다.

몇 마리의 치료를 끝내고 돌아봤더니…….

어째선지 고블린들이 엎드려서 내 눈치를 살피고 있었다.

뭐 하는 거지, 이 녀석들?

아무래도 이 녀석들은 내가 소생의 힘으로 회복시킨 것이라 멋대로 착각하고 있는 것 같다.

슬슬 귀찮아져서 회복약을 몇 개 내뱉은 뒤에 나머지 부상자의 상처를 치료했다.

결국 회복에는 시간이 걸리긴 했지만 부상자들 전원에 대한 치료는 종료한 것이다.

해줄 수 있는 만큼의 치료를 마치고 나머지 고블린들에게 새로운 명령을 내렸다.

다음으로 시행한 게 울타리의 설치이다. 나무를 잘라 와서 만드는 게 좋겠지만 그럴 시간도 여유도 없다. 있는 것으로 만들 수밖에 없는 것이다.

주저하지 않고 집을 부순 뒤에 그 재료를 유용해서 울타리를 설치하게 했다.

이참에 마을 바깥을 전부 막을 수 있게 원형으로 설치하게 한다.

그 작업 중간에, 고블린 중에서도 눈치가 빠르면서 활을 장비한 자를 정찰로 보냈다.

상대가 늑대라면 코가 좋을 것이다. 무리하지 말라는 말을 해주면서 그들을 보냈다.

죽음을 각오한 눈빛을 하고 있는 것이 마음에 걸렸다. 이 목숨과 바꿔서라도! 라는 말을 뱉을 것 같은 분위기를 띠고 있었던 것이다. 지나치게 진지한 녀석들이라고 생각했지만, 이건 어쩔 수 없는 건지도 모른다고 선을 그었다.

내가 마을을 들른 다음 날 저녁에 울타리가 완성되었다.

나는 마무리 작업을 진행한다.

그렇다. 거미줄로 울타리를 고정하고 강도를 높인 것이다.

하는 김에 곳곳에 '강한 거미줄'로 트랩을 설치해 두는 것도 잊지 않았다. 아무것도 모른 채 울타리를 만졌다간 촤악! 하고 그 몸이 잘리게 된다.

이 싸움이 끝나면 회수하는 걸 잊지 말아야 할 것이다.

울타리는 정면에 뚫린 부분을 만들었다.

여기에 '끈끈한 거미줄'을 발라놓으면 준비는 완료된다.

정찰을 나간 고블린이 돌아오기를 기다렸다.

그때쯤에 부상 중이던 고블린들이 회복하면서 눈을 뜨기 시작했다. 자신의 몸을 만지면서 신기하다는 표정으로 몸 상태를 확인하고 있다. 보아하니 회복약의 효과는 상당했던 모양이다.

부상 정도를 보고 몇 번이나 회복약을 투여할 필요가 있겠다고 생각했지만…… 생각 이상으로 효과가 좋다. 기분 좋은 오산이었다.

그 후로 우리는 마을이 있는 장소의 중심에 남은 폐자재를 모아서 불을 붙였다. 캠프파이어를 떠올렸지만 그렇게 들떠도 괜찮을 장면은 아니다.

밤을 새서 경계해야 할 필요가 있다.

나는 잠이 필요 없기 때문에 내가 감시하겠다고 말했지만,

"말도 안 됩니다! 리무루 님께 그런 일을 시킬 수는 없습니다."

"그 말이 맞습니다! 저희가 감시를 하겠습니다. 리무루 님은 쉬도록 하십시오!"

그렇습니다! 그 말대로입니다! 그렇게 나오는 주위의 반응.

마음은 기쁘지만 이 녀석들 쪽이 훨씬 더 지쳐 있을 텐데. 어쩔 수 없어서 로테이션을 꾸려 감시 외에는 휴식을 취하도록 했다.

한밤중이 되기 전에 정찰을 나간 고블린이 돌아왔다.

아랑족이 이동을 시작했다고 한다.

다치기는 했지만 모두 살아서 돌아온 모양이다.

못생기고 지저분한 몬스터. 그렇게 생각했지만 이틀 사이에 정이 들어 버렸다.

바라건대, 누구 하나 죽는 일 없이 이 싸움을 끝내고 싶다.

그렇게 생각하면서 마무리 과정인 '끈끈한 거미줄'을 울타리의 뚫린 부분에 설치했다.

말하자면 그런 식으로 준비를 했던 것이다.

전투가 시작된 이상 어쩔 수 없다. 이렇게 되면 계획대로 진행시킬 뿐이다.

울타리의 강도에 불안감은 있었지만 아랑의 공격 정도로 부서질 우려는 없었다. 트랩도 잘 작동하고 있는 것 같다. 일단 안심이다.

이렇게 될 것을 예상하여 울타리에는 작은 틈을 만들어 두었다. 적의 움직임을 저지하면서 우리가 공격하기 위해서…….

화살을 쏠 수 있는 틈이다.

그 틈을 통해서 서툰 솜씨이긴 해도 고블린들이 활을 쏜다. 몇 마리의 아랑들이 화살을 맞고 비명을 질렀다. 그 틈을 파고들어 뚫으려는 시도를 한 부대도 있었지만 양옆에서 돌도끼를 든 채 대기 중인 고블린에게 목이 잘려버렸다.

연습할 시간은 두 시간도 되지 않았지만 그들은 필사적이었다. 필사적으로 내가 말한 걸 이해하고 실행하려고 했다. 그 결과가 지금 보답을 받고 있다.

확실히 아랑은 강하다. 혼자서도 고블린을 몇 마리는 상대할 수 있을 것이다.

무리를 지으면 그 전투력은 대폭적으로 상승할지 모른다. 그러나 혼자 있을 때 강하다면 여럿이서 대항하면 된다. 무리를 지어서 강해진다면 뭉치지 못하게 하면 된다. 요는 머리를 잘 사용하면 어떻게든 대응할 수 있다는 점이다. 이 세상에서 최강의 생물. 그건 바로 지혜가 있는 인간이니까!

운이 없었구나……. 나는 그렇게 생각하면서 아랑의 보스를 차가운 시선으로 바라봤다.

짐승 따위가 날 이길 수 있다고 생각했다니…… 자만심도 어느 정도가 있어야지.

아랑족의 보스는 자신이 생각했던 전개와 너무도 다르다는 것에 낭패감을 느꼈다.

　부하인 아랑들이 당황하기 시작하고 있다.

　이대로 가면 곤란하다.

　아랑족은 집단으로 행동해야만 그 진가를 발휘하는 종족. 보스에 대한 불신은 치명적인 결과를 초래하는 원인이 된다.

　보스는 그걸 충분히 이해하고 있었다. 그렇기 때문에 여기서 최대의 실수를 저질렀다. 저 정도의 울타리조차 파괴하지 못하는 무능력함에 화는 나지만, 동료들의 화가 자신에게 향할 것을 두려워하는 바람에…….

　보스는 자신의 힘을 보여줄 필요가 있다! 고 생각한 것이다.

　자신은 무리 중에서도 최강의 존재이며, 혼자서도 충분히 강하다! 라고.

　그 순간에 모든 것은 끝이 났다.

●

　아랑족의 보스의 움직임에서 눈을 떼선 안 된다.

　그래도 주위의 고블린들에게는 보스가 사라진 것으로 비칠 것이다.

　내게는 너무도 느려서 하품이 날 정도의 움직임이었지만.

모든 건 계획대로다.

몇 가지 패턴을 생각하긴 했지만 그중에 한 가지 시나리오대로 진행되었다.

결국은 짐승. 전에 인간이었던 내 적이 아니다.

울타리의 뚫린 부분에 설치한 '끈끈한 거미줄'에 보스가 붙잡힌다. 아랑족의 보스의 힘이라면 '끈끈한 거미줄'을 끊는 것도 가능할지 모른다.

내겐 그걸 확인할 수 있는 방법은 없지만 그건 딱히 상관없다. '끈끈한 거미줄'의 목적은 한순간이나마 보스의 움직임을 멈추게 만드는 것이니까.

움직임을 멈추게 하지 못한 상황에서 '수인'을 날렸다가 피하기라도 한다면 꼴사납게 된다. 하물며 그게 같은 편에 맞기라도 하면 최악이다. 전장의 상황에 따라선 그렇게 되어도 이상하지 않다.

그런 이유로 설치해둔 것이지만 지나친 생각이었던 모양이다.

이 녀석들은 울타리를 파괴하는 단계까지도 가지 못했다. 뚫린 부분에 '강한 거미줄'을 설치하는 계획도 생각했지만, 마무리 공격을 날리지 못했을 경우 등을 고려하여 이번에는 그러지 않기로 했다.

이 장면에선 내가 압도적인 강자임을 연기할 필요가 있다. 그러기 위한 장치였으니까.

나는 망설이지 않고 '수인'으로 보스의 목을 노린다.

'수인'은 빗나가지 않고 보스의 목을 잘라냈다.

너무나 쉽게, 나는 보스를 죽이는 모습을 보여준 것이다.

"들어라, 아랑족들아! 너희의 보스는 죽었다! 너희에게 선택할 수 있는 기회를 주마. 복종인지, 죽음인지를!"

자, 이 녀석들은 과연 어떻게 대답할까?

보스의 복수를 하겠다며 죽기를 각오하고 미친 듯이 달려들지는 말았으면 좋겠지만…….

아랑들은 움직일 낌새가 없다.

위험한데……. 복종할 바에야 죽음을! 그런 분위기로 일제히 달려들 생각인가?

그렇게 되면 전면전이다.

수적으로 밀리고 있으니, 이쪽도 아무 피해 없이 이기긴 못할 것이다.

겨우 지금의 단계에서 아무런 부상자가 생기지 않았는데, 지지는 않겠지만 가능하면 싸우고 싶지 않다.

방금까지의 전투가 마치 거짓말인 것처럼 조용하다. 아랑들의 시선이 내게 집중되고 있다.

나는 그 시선 속을 천천히 걷기 시작했다. 이게 어떤 반응을 받을지는 모르겠지만, 이 녀석들에게 보스의 죽음을 더 강하게 인식시켜 주기 위해서.

아랑족의 보스였던 시체 앞에 도착한다. 나를 방해하려고 하는 자는 없다.

보스의 옆에 서 있던 한 마리가 한 발 뒤로 물러났다.

나는 아랑족의 보스를 포식했다. 이 행위는 싸워서 얻어낸 정당한 권리이므로.

《해석이 완료됐습니다. '변신 : 아랑'을 획득했습니다. 아랑의 고유스킬 '초후각(超嗅覺), 사념전달, 위압'을 획득했습니다.》

내 마음속에 '대현자'의 말이 들렸다. 아랑의 능력을 획득하는 것에 성공한 모양이다.

아랑들은 눈앞에서 자신들의 보스가 잡아먹혔는데도 불구하고 움직일 낌새가 없다.

으음······.

이렇게까지 하면 겁을 먹고 도망치든가, 공포에 질려서 덤비든가 둘 중 하나일 거라 생각했는데······.

아! 복종이냐, 죽음이냐 라고 말했던가?

이런. 분위기에 취해서 괜히 쓸데없는 짓을 한 건지도 모르겠군.

어쩔 수 없지. 도망갈 길을 마련해 주자. 그리 생각하면서 나는 아랑으로 변신했다.

그리고 커다란 음성으로 포효하면서 '위압'을 시전했다.

"크크크, 들어라! 이번만큼은 놓아주도록 하겠다. 날 따르지 않겠다면 이 자리를 떠나는 걸 용서하마!!"

그렇게 계속하여 아랑들에게 선언했다.

이러면 이 개들은 도망을 치겠지. 그렇게 생각했지만 예상이 빗나갔다.

(저희들은 당신을 따르겠습니다!)

복종의 선언과 동시에 일제히 엎드린 것이다. 개가 엎드려 누운 걸로밖에 보이지 않지만 말이지.

아무래도 날 따를 것을 선택한 것 같다. 움직이지 않았던 것은 '사념전달'로 자기들끼리 회의라도 하고 있었던 것일까? 뭐, 싸울 필요가 없어진 것은 좋은 일이다.

이렇게 고블린 마을의 싸움은 종결된 것이다.

*

그렇긴 한데.

싸움보다 그 후의 뒤처리가 더 큰일이었다.

누구냐, 집을 부수라고 명령한 게…… 이제 어떡할 생각인데?

게다가 오늘밤부터 고블린들이 잘 자리는 어떡하지?

애초에 개들을 돌보는 건 누가 하냐고…….

몇 마리가 죽은 것 같긴 하지만 아직 80마리는 살아남아 있다.

이거야 원……. 어쨌든 오늘은 이걸로 끝! 생각은 내일부터 하자. 이 녀석들이 일어난 뒤에 하자고.

나는 일단 고블린들에겐 모닥불 옆에서 자도록 하고, 개들에겐 마을 주변에서 대기하도록 명령한 뒤에 그 자리에서 해산을 시켰다.

날이 밝으면서 다음 날이 되었다.

어젯밤 내내 생각했다. 그리고 내린 결론이 고블린이 아랑을 돌보게 하는 작전! 이었다.

싸울 수 있는 고블린은 전부 74마리였다. 어제 싸움에서 부상자는 나오지 않았다.

다들 무사했고 잘해야 찰과상 정도이다.

아랑족의 생존자는 81마리.

이족은 부상을 입은 자들도 있긴 했지만 회복약으로 금방 치료했다.

그냥 내버려둬도 되었을 것이다. 그 정도로 아랑족의 치유력은 높아 보였다.

일어난 고블린들을 정렬시켰다.

싸우지 못하는 자들은 주위에서 바라보고 있었다. 보다시피 집은커녕 아무것도 없는 황무지다. 눈에 띄는 건 어쩔 수가 없다.

촌장은 내 옆에 서 있다.

어떻게든 날 보좌하려 했지만 고블린 영감이 날 보살펴 준다 한들 기쁘지는 않았다. 내 미적 감각은 생전 그대로니까.

아무리 마물로 전생했다고 해도 그 점만은 양보할 수 없다. 그러나 마물의 마을에 귀여운 여자애 같은 건 있을 리가 없다. 그 점은 당분간 포기할 수밖에 없겠지.

정렬한 고블린 옆에 아랑족을 불러왔다.

"어―, 너희들은 지금부터 페어가 되어서 같이 지내기로 한다!"

반응을 살폈다.

내 말을 기다린다는 뜻을 보이면서, 잡음 하나 내면 안 된다는 분위기로 나를 바라보기 시작했다.

페어가 된다는 것에 거부감을 보이는 자는 없다. 보아하니 괜찮은 것 같다.

"내 말뜻을 알았나? 일단 둘이서 한 조가 되도록 해라!"

내가 그렇게 말한 순간, 고블린과 아랑들이 옆에 앉은 자들끼리 시선을 나누고 있었다.

명령에 따라 순순히 차례로 2인 1조를 이루기 시작한다.

'어제의 적은 오늘의 친구.' 약간 다른 점은 있겠지만 대충 그런 식으로 납득했으리라.

그때 나는 한 가지 사실을 깨달았다. 이 녀석들한테 이름은 없는 건가?

부르려고 해도 불편하기 짝이 없다.

고블린과 아랑들이 2인 1조를 이루는 모습을 눈으로 쫓으면서,

"촌장, 너희들을 부르는 게 불편하다. 이름을 지어 줄까 하는데, 어떤가?"

내가 그렇게 말하자마자 주위의 시선이 촤악! 하고 내게 집중됐다.

옆에서 보고 있던 비전투원인 고블린들도 일제히 동요의 시선을 보낸다.

"괘, 괜찮으시겠……습니까?"

너무나 조심스럽게 촌장이 물었다.

뭐야? 왜 흥분하는 거지?

"으, 응. 문제가 없다면 이름을 지어 줄까 하는데."

내가 그렇게 말을 끝내자마자 마른침을 삼키는 표정으로 나를 살피고 있던 고블린들에게서 기쁨의 소리가 터져 나왔다.

대체 왜들 이러는 거지?

뭐가 뭔지 모르겠지만 대 · 흥 · 분! 그런 분위기로 보이는데…….

이름을 지어 주는 게 그렇게 기쁘다면 스스로 붙이면 될 것을.

나는 그때 그렇게 가벼운 마음으로 생각하고 있었다.

일단 맨 처음은 촌장부터다.

자식이 받았던 이름을 물었다. '리그루'라는 이름이었다고 한다. 촌장에게 '리그루 도' = 리그루도라고 이름을 지어 주었다. 이름에 딱히 의미가 있는 건 아니었고, 어감이 좋다는 이유만으로 적당히 붙인 것이다.

자식이 있다면 리그루라는 이름을 쓰게 하고 자신에겐 '도'를 붙여라! 라고 농담조로 말했더니 아주 진지하게 진심으로 받아들였다. 게다가,

"자식에게 이 이름을 이을 수 있는 허가까지 받다니, 감격스러워서 눈물이 멈추지 않습니다!"

라고 말하면서 과장스럽게 기뻐하는 모습을 보였다.

그런 식으로 대충 지었을 뿐이라 살짝 죄책감이 들었지만…….

뭐, 됐어! 그냥 그렇게 넘기기로 했다.

그런고로 고블린 리더의 이름은 '리그루'가 됐다. 2세 같은 호칭을 붙여봤자 귀찮기만 할 뿐이니 리그루면 됐다. 왠지 내게 기도를 바치는 듯한 자세로 감격하고 있다. 정말 과장이 심한 점만큼은 많이 닮은 부자간이다.

그런 식으로 고블린에게 이름을 차례로 지어 줬다. 기왕 하는 김에 옆에서 구경을 하고 있던 자들도 부모 사이라면 이름을 확정해 줬다. 홀몸인 자와 고아에게도 이름을 지어 줬다.

이 녀석들은 앞으로 몇 년이나 이 이름을 계속 이어가게 될까……?

손자가 태어나면 촌장은 '리그루 도도', 증손자가 태어나면 증손자가

'리그루'에 촌장은 '리그루 도도도'가 된다. 진심이냐? 라는 소릴 들을 정도로 대충 지은 거긴 하지만……. 뭐, 괜찮겠지.

이렇게 나는 차례로 이름을 지어 주었다.

그런 내게,

"리무루 님…… 너무나 감사합니다만……. 저기, 괜찮으시겠습니까?"

약간 당혹스러운 느낌으로 촌장, 아니 리그루도가 물었다.

"뭐가 말이지?"

"아니, 리무루 님의 마력이 강대한 건 알고 있습니다만……. 그게, 그렇게 한꺼번에 이름을 부여하셔도…… 괜찮으신지요?"

무슨 소리를 하는 거람? 이름을 지어 주는 것 정도로 뭘……?

"음? 뭐, 문제는 없겠지."

그렇게 말하면서 이름을 지어 주는 걸 다시 시작했다.

그러시다면…… 리그루도는 뭔가 말하고 싶어 했지만 내 머릿속에는 중요하게 남지 않았다.

그리고 고블린의 이름을 다 지어 준 뒤에 아랑족의 차례가 되었다.

아랑의 새로운 리더는 전 보스의 자식이었다.

아버지를 닮아 탄탄한 몸집에 이미 품격까지 갖추고 있다.

그 금색의 눈동자를 바라보면서 이름을 생각했다.

그래! 폭풍우(嵐)의 이빨(牙)이란 뜻으로 '란가(嵐牙)'. 이걸로 하자! 이것 참, 또 대충 이름을 지었군.

나 자신의 패밀리 네임이 폭풍우니까 거기에 이빨을 더해서 란가(嵐牙).

뭐, 이름을 짓는 건 대충 적당히 하는 게 좋다. 어차피 나한텐 그런 센스는 없으니까.

내가 '란가'라고 이름을 지어 준 순간, 내 몸 안에서 마력요소가 몽땅 빠져나가는 느낌이 들었다.

맹렬한 허탈감이 나를 덮친다!

뭐……야, 이건? 이 몸으로 다시 태어난 뒤로는 느껴본 적이 없는 피로감.

《경고. 몸 안의 마력요소 잔량이 일정치 이하로 떨어졌습니다. 슬립 모드(저활동상태)로 이행하겠습니다. 또한 완전회복까지의 예상 시간은 3 일 후입니다.》

의식은 있다.

내게 수면은 필요가 없으니까.

'대현자'의 목소리도 들리고 있다. 천천히 나는 마음속으로 이해했다.

마력요소를 너무 썼다……고? MP(매직 포인트)를 다 써 버린 것 같은 건가.

그렇지만 대체 뭘 했기에 마력요소를 소비한 거지? 지금까지 축적된 피로가 일시에 덮쳐 오기라도 했나?

아니, 애초에 그런 느낌도 아닌 것 같은데…….

몸을 움직이려고 해도 움직일 수가 없다.

슬립 모드라는 건 동면 상태 비슷한 것인가 보다. 자고 있는 건 아니지만 몸이 움직이지 않는 것이다.

리그루도가 크게 놀라면서 내 몸을 부축하고 있다.

그래봤자 달리 할 수 있는 게 없으니, 모닥불 옆에 설치된 윗자리에 날 앉히는 게 전부이지만.

의식은 있으면서 할 수 있는 게 없다.

나는 지금의 현상에 대해 고찰했다.

이름을 지어 주고 있었는데, 마력요소가 고갈을 일으킨 건 어째서일까?

이름을 짓는 행동에 마력요소를 소비하기라도 한단 말인가?

그러고 보니…… 아랑 리더에게 이름을 지어 준 순간, 마력요소가 크게 빠져나간 것 같은데…….

가정이긴 하지만, 역시 마물에게 이름을 지어 주면 마력요소를 소비한다는 게 틀림없는 것으로 보인다.

그런 결론을 내는데 이틀이 걸렸다.

그렇게 생각하니, 리그루도가 걱정했던 이유에도 생각이 미친다.

잠깐…… 혹시 마물에겐 그게 상식이었던 건가?

미리 말하라고!! 그런 생각이 들기도 했지만 듣고 흘려 넘긴 건 나 자신이다.

여기서 불평을 해 봤자 괜한 화풀이가 된다. 그렇지만 몸이 자유롭게 움직였다면 불평을 했겠지.

화풀이? 그딴 건 난 모른다.

그건 그렇고 처음엔 내 움직임이 멈춰 버린 것을 걱정하던 고블린들이었지만…….

어느샌가 내 몸을 닦는 임무를 둘러싸고 치열한 싸움을 벌이고 있었다.

뭘 하고들 있는 건지. 농담이 아니라 진짜로 이런 하렘은 사양하고 싶다.

뭐라고 할까……. 어딘가에 있는, 매만지면 행운이 온다는 장식물 같이 다루는 것이다.

그리고 3일이 지났다.

완 전 회 복 !

마력요소의 고갈을 일으켰지만 쓰러지기 전보다도 마력과 마력요소의 총량이 올라간 것 같다.

마력이란 조작하는 힘.

마력요소란 사용하는 에너지의 근원.

그런 인식이 대강은 맞을 거라 생각한다.

다 죽어가다가 살아나면 강해진다! 그런 느낌이려나?

한순간 시험해 볼까? 하는 생각이 들긴 했지만 그만두자.

그렇게까지 할 필요를 느끼지도 않고, 죽을 각오로 임했다가 정말 죽어버리면 아무런 의미도 없으니까.

보다시피 나는 금방이라도 일선을 넘어 버리고 말 남자인 것이다. 방심했다간 진다.

그건 그렇고.

내가 깨어난 걸 깨닫고 작업 중이던 고블린들이 모여들었다.

밖에 나가 있던 아랑들도 안으로 들어온다.

그건 별일 아니다. 하지만 이건 대체…….

"너희들…… 왠지 커진 거 아니냐?"

그렇다.

키가 150센티미터 정도였던 고블린. 그런데 지금은 180센티미터는 되어 보인다.

내 눈앞에 서 있는 녀석은 아예 2미터는 넘어 보인다.

어? 고블린…… 맞지?

아랑들도 그을린 갈색이었던 털이 칠흑으로 색이 변해 있으며, 윤기 있는 광택을 발하고 있다.

한 단계 더 커진 것 같은 모습으로 몸길이가 3미터 가까이 커진 녀석도 있다. 분명 전에는 2미터 정도밖에 안되었을 텐데…….

특히 눈에 띄는 것이 맨 앞에서 소리도 없이 걸어 온 녀석이라 할 수 있다.

그 몸길이는 5미터에 달할 정도로 이상한 요기와 품격을 띠고 있다.

내가 쓰러트린 아랑족의 보스를 가볍게 능가할 것 같은 거대한 몸은 명백하게 상위 마물에 해당하는 패기를 띠고 있던 것이다.

이마에는 특징적인 별 모양의 반점이 있었고, 거기에서 훌륭한 뿔이 하나 돋아나 있었다.

약간 무섭다.

그런 위험해 보이는 녀석이,

"나의 주인이시여! 회복하신 걸 진심으로 기쁘게 생각합니다!!"

그렇게 말하면서 유창한 인간의 말로 말을 걸어왔다.

설마…… 이 녀석, '란가'인가?!

이 3일 동안 대체 무슨 일이 있었던 거지?

내 당혹스러운 감정과는 관계없이 마물들은 기쁨의 함성을 지르기 시작했다.

*

으음…….

이 3일 동안 마물들은 크게 자라나 버렸다.

놀라운 일이다.

이건 그러니까……. 이미 진화라 할 수 있을 것이다.

이름을 지어 주는 것. 그건 설마 마물의 진화를 촉진하는 행위인 건가?

그러고 보니 베루도라가 이름을 지어 주겠다 운운했던 것 같은데…….

분명 '네임리스(무명)'랑 '네임드 몬스터(이름이 있는 마물)'가 어쩌고하면서 말이지.

그렇구나! 마물에게는 이름을 얻는다='네임드 몬스터'라는 의미. 그건 마물로서의 격을 올리는 일이 되면서 결과적으론 진화를 촉진하게 되는 것이다.

과연…… 그래서 그렇게 기뻐했던 것인가.

내 마력요소가 몽땅 빠져나간 이유도 이걸로 확실해진 셈이다.

마물의 진화는 놀랍다.

자랐다고 하기 보다는 아예 다른 마물이 되었다고 해도 될 정도다.

고블린의 탁했던 눈은 반짝반짝 빛나면서 지성의 빛을 띠고 있다.

암컷 고블린에 이르러서는…… 이럴 수가! 나름대로 여성스럽게 변해 있었다.

너무 놀라서 목소리도 잘 나오지 않는다.

어? ……어?

그렇게 한 번 더 봤을 정도였다.

원숭이에 가까운 자그마한 도깨비 같은 마물이었는데.

수컷 고블린은 '홉고블린'으로.

암컷 고블린은 '고블리나'로.

각자 진화한 상태였다.

리그루도에게 물어보니 '세계의 언어'가 들렸다고 한다.

이건 진화한 자 모두가 들었다고 했으며, 너무나 드문 일이었습니다! 라고 흥분하면서 얘기해줬다.

하지만 너무나 난감하다.

헤진 천 조각으로 온몸을 감싸고 있던 암컷 고블린들이었지만, 진화를 한 탓인지 나올 곳이 나오면서 색기를 띠기 시작한 것이다.

더 이상은 암컷 고블린이라고 얕볼 수가 없다.

수컷들은 그걸 보고 아주 기뻐하고 있는 것 같다.

자신들은 허리에만 천 조각을 두르고 있으면서 말이다…….

우선은 의식주, 그중 첫 번째인 옷부터 어떻게든 해야 할 것 같다.

그것과는 별개의 문제가 바로 '란가'다.

내가 회복한 것이 어지간히 기뻤는지 옆에 딱 달라붙어서 떨어지질 않는다.

푹신한 털을 좋아하는 것은 다르지 않지만, 나는 굳이 말하자면 고양이 파다.

뭐, 싫은 건 아니지만.

"그런데, 란가······. 나는 네 이름밖에 지어 주지 않았을 텐데, 어째서 아랑들이 전부 진화를 한 거지?"

그렇다. 나는 란가의 이름을 지어준 시점에서 마력요소가 고갈되어 버렸는데······.

"나의 주인이시여! 우리들 아랑족은 '모두가 곧 하나'입니다. 동족들은 모두 이어져 있기 때문에 나의 이름은 곧 종족명이 된 것입니다!"

흠흠.

공통의 이름하에 종족 전체가 진화했단 말인가.

그에 의하면 전의 보스는 '모두가 곧 하나'라는 것을 완전히 믿지는 않았다고 한다.

만약 믿고 있었다면 그 싸움은 좀 더 다른 형국으로 바뀌었을지도 모른다.

그에 비해 란가는 동족에 대한 완전지배를 이뤄냈다고 한다. 그래서 아랑족(牙狼族)에서 람아랑족(嵐牙狼族)으로 종족 진화를 성공시켰다고 했다.

뭐, 쉽게 말해서 강해졌다! 고 말하고 싶은 거겠지.

너무나 노골적으로 칭찬을 해 주길 바라는 모습을 하고 있기에,

"잘됐구나!"

라고 말을 해 주니 끊어질 것처럼 꼬리를 흔들고 있었다. 커다란 몸집에 안 어울리게 귀엽다.

그러나 5미터나 되는 괴물 급의 덩치를 자랑하는 늑대가 꼬리를 흔드니 풍압으로 날아갈 것 같았다.

"조금쯤은 남을 생각해야지!"

내가 그렇게 말하면서 노려보자, 풀이 죽어 버리는 게 웃음이 나왔다. 그것도 모자라 몸길이가 3미터 정도로 줄어든 것이다. 아무래도 크기를 자유자재로 조절할 수 있는 것 같다.

편리한 능력이라고 감탄하면서 평소에는 그 모습으로 있으라고 명령했다.

그건 그렇고 문제는 이 녀석들을 어디서 키우느냐 하는 것이다.

페어가 된 늑대와 홉고블린은 같이 자고 있는 것 같긴 한데……. 아니, 집이 없어졌기 때문에 아예 늑대의 털을 요 대신으로 쓰고 있는 것 같다. 입는 것도 문제지만 집도 문제였다.

자, 이제 어떡한다.

✳

눈앞에 산처럼 쌓인 먹을 것이 있었다.

그게 의식주 중에서 식료품이 어떤 사정에 있는지 확인한 내 질

문에 대한 대답이었다.

내가 마력요소를 다 써 버림과 동시에 모두 진화가 시작되었다고 한다.

진화는 하루 만에 끝났으며, 그 기쁨과 싸움이 끝난 걸 기리는 잔치를 같이 치르기로 했다! 고 한다.

그러나 내가 아직 회복을 하지 않았기에 허가를 받을 수가 없어서 먼저 먹을 것만 모아두었다고 한다.

마력요소가 고갈되어 있던 중에 내 몸을 닦는 걸 둘러싸고 서로 다퉜다는 건 알아차리고 있었지만, 진화를 한 것과 먹을 것을 모으고 있었던 건 인식할 수 없었다. 슬립모드란 건 아주 무방비해지는 모양이다. 앞으로는 주의가 필요할 것 같다.

하지만 내 명령을 기다리지 않고 스스로 할 수 있는 일을 하려고 한 마음가짐, 이건 평가할 만하다. 진화를 하면서 지성이 대폭적으로 늘어난 모양이다. 육체보다도 정신 쪽이 더 큰 영향을 받은 건지도 모른다.

식료품 사정에 대해서 말하자면 진화하기 전의 고블린이었을 때는 나무열매나 먹을 수 있는 풀을 모으거나, 먹을 수 있는 마물이나 동물을 사냥하면서 살고 있었던 모양이다.

현재는 람아랑족이랑 행동하게 된 덕분에 행동범위가 몇 단계 이상 넓어졌다.

놀랍게도 페어가 된 자들끼리도 '사념전달'이 가능해졌다고 한다.

기사보다도 우수한, 늑대를 다루는 고블린들.

이젠 단순히 덧셈만으로는 전투력을 따질 수 없을지도 모른다.

지금까지 이기지 못했던 마물이라 해도 쉽게 사냥을 할 수 있게 된 모양이다. 이 이틀 동안에 이렇게까지 많은 양의 식재료를 모을 수가 있게 된 것이다.

그렇지만.

숲의 은혜에 기대기만 하는 생활은 무슨 일이 생기면 곤란해지게 된다. 언젠가 때가 오면 농경이나 벼농사 같은 걸 가르쳐 주기로 하자. 먹을 것의 안정된 공급은 풍요로운 생활을 보내기 위한 기본이니까 말이다.

농경에 적합한 작물이나 쌀을 생산하기 위한 벼를 따져보자면, 적절한 품종이 있는지를 조사하는 것부터 시작해야 하지만……그건 나중에 생각할 과제다.

오늘은 아무것도 생각하지 말고 잔치를 즐기기로 하자.

그날 진화를 축하하고, 전쟁이 끝난 것을 축하하면서 잔치는 밤늦게까지 계속되었다.

다음 날.

모두를 모이게 했다.

이후에 해결할 과제는 잔뜩 쌓여 있지만 가장 중요한 일을 전할 필요가 있다.

그건 이 마을에서 생활하기 위한 규칙!

이런 건 맨 처음에 미리 정해둘 필요가 있다.

집단생활에 규칙은 필수이다. 일본인이라면 당연한 감각인 것이다.

'규칙이란 건 지키게 해야 하는 것이지 지키는 것이 아니다!'

그런 농담을 하는 어른도 있었지만(주로 나 같은 인간), 그래서는 안 된다!

기본적인 세 가지만 생각했다.

그 세 가지는 최소한 지키게 하고 싶다.

그 외의 세세한 규칙은 그냥 포기할 예정이다.

"다들 모였나? 그럼 규칙을 발표하겠다! 규칙은 세 가지다. 최소한 이 세 가지는 지켜 주길 바란다."

그렇게 서론을 꺼낸 뒤에 세 가지의 규칙을 발표했다.

하나. 인간을 습격하지 않는다.

둘. 동료들끼리 싸우지 않는다.

셋. 다른 종족을 업신여기지 않는다.

이 세 가지이다.

여러모로 깊이 생각해 보면 더 많이 늘어나겠지만, 처음부터 다 지킬 수 있을 거란 생각이 들지 않는다. 내가 보기에 중요하다고 생각하는 걸 열거해 봤다. 자, 반응이 어떨까?

"질문을 드려도 되겠습니까! 왜 인간을 습격하면 안 되는 겁니까?"

리그루가 질문을 했다.

리그루도가 무시무시한 표정으로 자식을 노려본다. 내 뜻에 반발하는 행동으로 비친 것일까?

좀 더 가볍게 대해도 괜찮은데 말이지.

"이유는 간단하다. 내가 인간을 좋아하기 때문이다! 이상."

"그렇군요! 알겠습니다!"

어? 알겠……다고? 아니, 아니, 그렇게 간단하게?

하지만 다른 이들의 얼굴을 돌아봐도 불만을 지닌 자가 없는 것 같다. 반론이 좀 더 있을 줄 알았는데 예상이 너무 빗나가서 허탈할 지경이다.

"어, 그러니까 인간은 집단으로 생활하고 있다. 손을 대면 큰 반격을 받을 가능성도 있다. 진심으로 공격해 온다면 쉽게 물리치지 못할 것이다. 그렇기 때문에 이쪽에서 먼저 손을 대는 건 금지한다. 그리고 사이좋게 지내는 게 여러모로 득이 되니까 말이지……."

어쩔 수 없이 미리 준비한 명목상의 이유를 일단 말해 두었다.

말할 것도 없이 인간이 좋으니까! 라는 게 본심이다. 어쨌든 나는 원래 인간이었으니까.

이런 내 설명에 란가는 고개를 크게 끄덕이고 있다. 뭔가 생각하는 바가 있는 모양이다.

그에게도 인간에게 손을 대기가 어려운 이유가 있을 테지.

홉고블린들은 그보다 더 확실하게 납득했다! 라는 표정을 짓고 있으니, 문제는 없는 것으로 치자.

"또 다른 질문이 있나?"

"다른 종족을 업신여기지 않는다……는 건?"

"아니, 너희들은 진화해서 강해졌잖아? 거기에 취해서 약한 종족에게 잘난 체 굴지 마라! 그런 의미다. 조금 강해졌다고 해서 너희들이 대단하다고 착각하지 마라. 언젠가 상대가 강해져서 앙갚음을 당하기라도 하면 곤란하겠지?"

다들 열심히 얘기를 들어줬다.

괜찮은 것 같다.

아무리 충고해 봤자 결국 말을 듣지 않는 자가 나오겠지만.

그래도 문제의 원인은 가능한 한 적게 만드는 게 좋다.

"대충 말하자면 그 정도다. 가능한 한 지켜 주길 바란다!"

그리 말하면서 나는 마을의 새로운 규칙을 정했다.

다들 고개를 끄덕이면서 알았다는 뜻을 표시했다.

이렇게 새로운 공동생활의 막이 오른 것이다.

자, 규칙을 정했으면 다음은 역할 분담이다.

마을의 주변을 경계할 자.

식량을 조달하러 갈 팀.

마을에서 생산용 재료를 모으러 갈 팀.

집이나 가구 등을 정비할 자들.

마을의 경계는 '사념전달'이 가능한 람아랑족 중에 페어를 이루지 못하고 남은 자들에게 맡겼다.

페어를 이루고 남은 건 일곱 마리였지만 란가가 내게 찰싹 붙어 있기 때문에 나머지 여섯 마리를 경계로 세웠다.

세세한 구역 분담은 원래 촌장이었던 리그루도에게 맡기기로 한다.

"리그루도, 자네를 '고블린 로드'로 임명하겠다! 마을을 잘 다스리도록."

대놓고 말해서 그냥 떠넘긴 것이다.

그야말로 있는 힘을 다해 내던져서 떠넘긴 것에 가깝다.

하지만 생각해 보라.

생전의 내가 했던 일은 종합 건설 회사의 근무직이었다. 통치 같은 건 애초에 무리인 것이다. 무엇보다 이 마을에 몸이 묶여버리는 바람에 인간의 마을로 갈 수가 없게 되면 곤란하게 된다.

이 부분은 다소 억지를 부려서라도 다른 사람에게 잘 넘겨주는 것이 맞는 것이다.

그렇게 생각했는데——.

"네!! 이 리그루도, 제 목숨을 다 바쳐 그 임무를 맡도록 하겠습니다!!"

감격의 눈물을 흘리면서 너무나 쉽게 받아들이고 말았다.

응. 나는 기본적으로 입만 살아 있는 대장인 게 편하다.

'군림하되 통치하지는 않는다.'

너무나 좋은 말이라고 생각한다. 가끔씩 의견 정도만 제시하자.

그건 그렇고 이 리그루도라는 고블린, 비틀비틀거리면서 주름투성이에 다 죽어 가던 고블린이었는데…… 지금은 근골이 탄탄한 장년의 홉고블린이 되어 있다. 어쩌면 자식인 리그루보다 강하지 않을까? 이게 대체 어떻게 된 일인지…… 정말로 마물은 신기한 점투성이인 것 같다.

"음. 자네한테 맡기겠다! 그건 그렇고 집을 짓고 있는 모습을 보고 있는데, 영 서툴군."

대놓고 말해서 집이라 부를 만한 물건이 아니었다. 기껏해야 고블린이므로 기술적인 면 따위는 기대할 수 없다는 건 어쩔 수 없는 일이긴 하지만.

"부끄럽습니다……. 지금까지는 그렇게까지 큰 건물이 필요하지 않았기 때문에……."

"흠. 뭐, 몸이 커져 버렸으니 말이지. 나머지는 옷이 문제인데…… 노출이 좀 과하군. 조달할 수 없는가?"

"아! 지금까지 몇 번인가 거래를 한 적이 있는 자들이 있습니다. 그 자들을 통하면 옷의 조달 등도 가능할지 모릅니다. 솜씨가 좋은 자들이므로 집을 만드는 법도 알고 있을지도 모릅니다!"

흠.

나도 종합 건설 회사에서 근무했던 적이 있는 몸이기에 건물의 상태가 좋고 나쁜 건 알고 있다 해도 스스로 할 수 있는 것은 휴일에 목공예 정도나 가능한 레벨이다.

남을 지도할 수 있을 정도로 기술을 지니고 있는 건 아니다. 그런 상황에서 이곳으로 와 지도를 해줄 수도 있을 것 같은 거래 상대가 있다면——가 보는 것도 좋을 것 같다.

"그렇군. 한번 가 보는 것도 괜찮을 것 같군. 그런데 뭐로 거래를 했었지? 돈인가?"

"아니오, 모험자의 몸을 털어 나온 돈도 어느 정도는 있지만 쓰지 않고 보관해 두고 있습니다. 돈보다도 물물교환이나 일을 해주는 대신 재료를 가공해 주고 있습니다. 저희들의 도구는 그 자들이 마련해준 것을 받은 것입니다."

"호오. 그 자들의 이름은?"

"드워프 족이라고 합니다."

드워프! 제련의 달인이라는 이미지가 있는, 그 유명한 종족 말인가.

가볼 수밖에 없군!

옷에 신경 쓰느라 뒤로 미루긴 했지만, 애초에 이 자들의 무기도 대부분이 엉망이다.

갑옷 같은 건 천 조각이랑 큰 차이가 없었지만, 지금은 아예 사이즈가 맞지 않아서인지 아무도 장착하지 않는다.

그 부분의 개선도 할 필요가 있으니 이참에 다 같이 정리할까 한다.

그렇지만 모험자에게서 뺏은 약탈품 중에서 쓸 만한 게 남아 있지 않은 데다, 보관하고 있는 돈도 조금밖에 없다고 한다. 뭘 가지고 거래를 해야 될까?

지금은 생각해 봤자 소용없나…….

"가보도록 하지. 리그루도, 준비는 맡겨도 되겠나?"

"!! 맡겨만 주십시오! 오늘 정오쯤에는 모든 준비를 끝내놓도록 하겠습니다!"

엄청난 의욕을 보이는 리그루도.

준비는 맡기도록 하자. 돈도 있는 만큼 준비해 주겠지. 그렇다곤 해도 지나친 기대는 금물이지만.

이 세계의 통화(通貨)라……. 지폐였다면 빵 터질 것 같다.

생각해 보니 나 자신은 아무것도 지니고 있지 않다. 이 세계에 돈이라는 개념이 있는 것만이라도 다행이라 할 수 있을 것이다. 있을 거라 생각은 했지만 유통형태가 어떻게 되어 있는지는 모르니까.

인간의 마을에 갈 예정이라면 금전가치도 미리 조사해 둬야겠군.

뭐, 그것도 일단 드워프를 만난 뒤의 일이다. 최근에는 바쁘게 지냈으니까 관광 겸 해서 느긋이 드워프를 만나러 가보기로 할까.

언젠가는 인간의 마을에 가게 될 것이다. 그 전에 드워프의 마을을 견학하는 것도 좋은 경험이다.

아인종이긴 하지만 드워프가 사는 곳은 상당히 큰 마을이라고 한다. 놀랍게도 왕까지 있다는 듯하지만, 역시 고블린은 만날 수 없는 모양이다.

기본적으로 마을에 들여 준 것만으로도 대단한 것이다.

고블린에 대한 차별 같은 건 괜찮으려나?

나는 일단 마물인 슬라임이긴 하지만 놀라거나 하지 않을까?

여러 가지로 불안한 점은 있지만 드워프를 만날 수 있다는 기대가 더 크다.

나는 오랜만에 두근거리는 기분으로 그날 밤을 보냈다.

ROUGH SKETCH

소녀와 마인

나는 이플리트의 빙의 덕분에 목숨을 건졌다.

그건 틀림없는 사실이다. 그대로 방치되었더라면 공습에서 입은 큰 화상 때문에 죽었을 테니까. 그렇기에 마왕 레온의 의도가 어떤 것이든지 간에 나는 그에게 목숨을 구원받았다는 사실을 인정할 수밖에 없는 것이다.

불꽃의 상위정령인 이플리트는 당사자인 내 상상을 넘어서는 능력을 지니고 있는 것 같다. 내 안에서 넘쳐 나오는 마력요소의 폭주를 어려움 없이 제어하면서 내 몸을 차지했다. 하지만 그 덕분이라고 할 수도 있겠지만——나는 안정을 찾은 덕분에 한 가지의 능력을 손에 넣을 수가 있었다.

그게 유니크 스킬인 '변질자'다.

원래는 이플리트가 내 몸을 차지함과 동시에 어디론가 사라져 버렸어야 할 내 자아는 유니크 스킬 '변질자'에 의해 보호를 받은 것이다. 육체의 지배권은 이플리트가 쥐고 있지만, 나는 불꽃의 정령과 동화하면서 자아를 유지할 수가 있었던 것이다.

마왕은 나를 곁에 두었다.

이플리트와 동화했다 하더라도 내 육체는 아직 어린아이 그대로이다. 의자에 앉은 마왕의 옆에 서 있어도 아직 마왕의 얼굴은 내 머리 위에 있었다.

육체의 지배권은 이플리트가 쥐고 있으므로 내가 할 수 있는 것은 아무것도 없다. 눈에 비치는 것을 그저 바라볼 수밖에 없는 것이다.

지치는 일도 없었지만 너무나도 지루한 것이 약간 힘들었다. 하지만 이것도 이플리트와 동화한 덕분이겠지만 나는 그 상황을 순순히 받아들일 수가 있었다.

어느 날──.

"레온 님, 침입자입니다!"

마왕의 부하인 기사가 상당히 당황한 모습으로 집무실로 뛰어들어와 소리쳤다.

나는 평소 때와 같이 마왕 옆에 서 있었다. 달리 할 일이 아무것도 없었고 할 줄도 몰랐으니 그게 당연했다.

마왕의 오른쪽에 서 있던 검은 갑옷의 기사가 칼을 쥐었다.

"케엣──켓켓케! 마인 쾨니히 님이 인사 차 들렀다."

갑자기 난입해온 새와 인간이 뒤섞인 것 같이 생긴 괴인이 귀에 거슬리는 목소리로 울부짖었다.

"레온, 네놈을 쓰러트리면 내가 마왕이 될 수 있다. 원래 인간이었던 네놈 따위가 마왕을 칭하다니, 분수를 모르는 것도 정도가 있어야지! 내가 네놈을 대신해 줄 테니 안심하고 죽어라!!"

쉬지 않고 멋대로 떠들기 시작한 괴인을 보면서도 레온은 표정 하나 바뀌지 않았다.

"흠, 저만이라도 호위병으로 남아 있기를 잘했던 것 같습니다. 잔챙이 한 놈이 이 장소를 냄새 맡은 모양이군요."

흑기사는 당황하지도 않고 냉정하게 마왕에게 말하면서 손에 쥔 칼을 뽑으려 했다.

"흥, 보나마나────주변 놈들이 부추긴 것이겠지. 마침 좋은 기회다."

그렇게 말하면서 마왕이 내 얼굴을 바라봤다.

"이플리트, 네가 나설 차례다."

무슨 소릴 하는 거지? 나는 당황했다.

"──? 뭘 하고 있나, 이플리트?"

내 당황하는 표정이 옳은 건지 마왕도 이상하다는 표정을 짓고 있었다.

하지만 그런 두 사람의 행동에 질렸는지,

"날 얕보다니, 이 몸을 무시한단 말이냐——."

쾨니히라고 이름을 밝힌 괴인——아마도 상급마인인 모양이다——이 날개처럼 생긴 팔을 얼굴 앞에서 교차시켰다.

그때 내게는 쾨니히의 손이 빛나는 것처럼 보였다.

《확인했습니다. 엑스트라 스킬 '마력감지'를 획득. ……성공했습니다.》

머릿속에 울린 이상한 목소리를 무시하고 나는 무의식적으로 앞으로 나서고 있었다. 한 걸음, 두 걸음. 그리고 정신을 차려보니 마왕 레온의 앞에 서 있었다.

마인 쾨니히와 대치하는 듯한 모습으로.

"먼저 죽고 싶은 거냐, 꼬맹이! 좋아, 그래봤자 누가 먼저 죽느냐의 차이겠지만. 나는 거기 있는 가짜 마왕을 죽이고 나서——."

그 계속 떠벌여대는 귀에 거슬리는 소리 때문에 나는 왠지 불쾌한 기분이 들기 시작했다.

눈앞의 마인의 양쪽 날개에 나름대로 강한 마력이 주입되고 있는 것이 보인다.

"죽어라!!"

그 목소리보다 늦게, 천천히 날개가 펼쳐졌다. 보아하니 우리를 향해 깃털을 날린 것이라는 걸 이해할 수 있었다.

깃털 하나하나에 힘이 깃들어 있어서 자칫 닿으면 파열되면서 고통스러울 것 같다.

그렇게 생각했을 때, 무슨 이유인지 격렬한 분노가 끓어오르면서 나는 머리가 불타는 것처럼 뜨거워지는 것을 느꼈다. 그건 나와 동화하고 있는 이플리트의 분노였을 거라고 생각한다.

그 후의 일은 눈 깜짝할 새에 벌어졌다.

한순간에 모든 깃털이 불에 타면서 그대로 마인 쾨니히를 감싸듯이 불길이 춤을 춘다. 잘 보니, 내가 앞으로 내민 오른쪽 손바닥에서 마치 채찍처럼 불길이 뻗어 나온 것이었다.

"케, 케엑!! 그만, 그만. 내 몸이 타고 있어. 그만, 그만해──."

마인 쾨니히는 뭔가를 소리치고 있었지만 마지막까지 하려던 말을 끝맺지는 못했다. 내 불길에 의해 완전히 타 버리고 말았던 것이다.

공포가 내 마음을 채운다.

내가, 이 손으로, 눈앞에 있던 마인을 죽였다는 걸 이해했다. 그런데도 마음속에 끓어오르는 건 신기한 만족감. 당연한 일을 한 것이라는, 한마디로 이해하기 힘든 감각.

자신의 마음이 마치 다른 사람의 것인 양 느껴지는 것이 두렵고 두려워서 참을 수 없었다.

그렇지만──.

그건 아주 짧은 시간에 회복되었다. 이플리트의 자아가 마음을 채우면서 내 불안과 공포를 억지로 흘려보낸 것이다.

결과적으로 말하자면 그 덕분에 나는 미치지 않고 살아 있을 수 있었을 것이다. 자신이 죽였다는 걸 이해하면서도 죄책감을 느끼지 않고 넘어갈 수 있었으니까. 아니, 느끼지 않는 게 아니라 이플리트가 그런 감정이 일어나지 않게 모든 것을 제어하고 있었던 것인지도 모른다. 숙주인 내가 미쳐서 죽어 버리지 않도록…….

내가 바랐던 것은 아니지만, 이플리트와의 신기한 공생관계는 이렇게 시작되었다.

그 후에도 몇 번이고 비슷한 일이 일어났지만, 나는 아무것도 느끼지 않고 마왕 레온을 위해 침입자를 계속 죽였다.

후회는 없었다. 어렸던 나는 선악을 판단하지도 못한 채 이플리트에게 모든 걸 맡기고 있었으니까. 그저 방해자는 제거한다는 이플리트의 뜻에 이끌린 채 아무것도 느끼지 않고 행동할 뿐이었다.

"후후, 후하하하하. 재미있군. 그렇게 살고자 하는 뜻을 보이더니 결국 훌륭하게 살아남았단 말이구나. 다시 봤다."

어느 날, 마왕이 날 보면서 그렇게 말을 걸었다. 어째서인지는 모르지만 불쾌한 기분은 들지 않았고──오히려 약간은 자랑스러운 기분이 들었다.

"네 이름은 뭐냐?"

"──시즈, 에."

"시즈, 에? 흠, 좋다. 네 이름은 시즈다. 오늘부터 시즈라는 이름을 쓰도록 해라!"

그 이름을 듣고 나는 순순히 받아들이고 있었다.

나는 시즈. 그렇다 이자와 시즈에가 아니라 시즈로서 살아가겠다고.

이리하여 나는 불꽃의 마인으로서 마왕의 성에 군림하게 됐다.

마왕의 측근인 상위마인으로서.

*

　내가 시즈라고 불리게 된 후로 몇 년이 지났다.

　그 무렵에는 자신의 뜻대로 어느 정도는 움직일 수가 있게 되었다. 이플리트와의 공생관계가 원활해진 상태라고 안심하고 있었던 것이다.

　마왕 레온이 거주하는 성에는 훈련시설이 있었다.

　훈련장에선 흑기사가 사범이 되어 아인이나 마인의 아이들──그중에는 어른도 섞여 있었지만──을 지도하고 있었다. 그의 가르침은 엄격했으며, 탈락자는 밥을 먹지 못하는 일도 있었다. 그렇기 때문에 다들 미친 듯이 노력했다. 나도 이플리트의 힘에 의존하지 않고 검을 들고 싸우는 법을 익혔다. 다른 사람들에게 지고 싶지 않았던 데다 특별 취급을 받는 것은 싫었으니까. 하지만 그 덕분에 내 검술 실력은 향상하게 되었다.

　어느 날, 피리노라고 하는 소녀와 친해지게 되었다.

　나보다 약간 연상인, 차분하고 온화한 성격의 여자아이.

실전훈련의 일환으로 숲에 사냥을 하러 갔을 때 그녀와 몇 마디 말을 나눈 것이 계기가 되었다. 매번 몰래 다른 곳으로 빠지는 피리노를 수상하게 여겨서 몰래 뒤를 밟은 것이다.

"퓨이!"

거기서 피리노와 장난치면서 노는 바람여우의 새끼를 발견했다. 피리노가 몰래 먹이를 주면서 돌봐 주고 있었던 모양이다. 마수라고는 해도 아직 혼자서 사냥도 제대로 할 줄 모르는 귀여운 생물. 부모와 헤어져 홀로 남았지만 그래도 열심히 살아가려고 하는 생명.

"앗──!"

내가 모습을 드러내자 피리노는 놀라서 바람여우를 뒤로 숨겼다. 하지만 이내 단념했는지,

"이 애는 내가 돌봐주고 있었던 애야……. 아직 어리고 불쌍해서……. 부탁이야, 못 본 척해 줄래?!"

내게 그렇게 부탁했다. 그 눈은 불안하게 흔들리고 있었지만, 자그마한 생명을 지켜주고 싶다는 의지를 느끼게 했다.

나는 바람여우가 부러웠는지도 모른다.

나와는 달리 외톨이가 아니었다는 생각이 들었기에.

"응, 좋아. 그런데 나도 같이 돌봐줘도 될까?"

나는 조심스레 그렇게 물어봤다.

피리노는 잠깐 눈이 휘둥그레졌지만, 이내 그 얼굴에 만면의 미소를 지었다.

"응! 나야말로 잘 부탁할게. 내 이름은 피리노야. 우리, 사이좋게 지내자!"

나도 이름을 밝히면서 서로 자기소개를 했다. 내게 있어 피리노는 태어나서 처음 생긴 친구가 되었다.

"저기, 이 애는 이름을 뭐라고 불러?"

내 질문에 피리노는 이상하다는 표정을 지었다.

"이름? 마물은 이름이 없어. 왜냐하면 마음과 마음으로 서로 통하잖아?"

"하지만 이 애만 이름이 없는 건 불쌍해. 그럼 내가 생각해봐도 돼?"

"뭐──? 그렇지만 마물에게 이름을 붙이는 건 안 된다고……."

"부탁이야! 응, 괜찮지?"

피리노가 하는 말은 잘 이해가 되지 않았다. 하지만 나는 무슨 일이 있어도 바람여우 새끼에게 이름을 지어 주고 싶었다. 내가 부탁을 하자 피리노는 마지못해 고개를 끄덕거렸다. 하지만 이내 곧 자신도 신이 나는 표정으로 같이 생각해준 것이다.

바람여우는 피즈라는 이름을 붙여서 귀여워해 주게 됐다. 둘이서 열심히 생각한 끝에 피리노와 시즈에서 한 글자씩 따서 붙인 이름이다. 둘의 우정의 징표 같은 느낌이 들어서 나는 기뻤다.

"퓨이이이이!!"

나와 피리노가 피즈라고 부르자 바람여우 새끼는 기쁜 듯이 그렇게 소리를 높이면서 대답해 주었다.

이름을 마음에 들어 하는 것 같아서 나도 기뻤다. 피리노도 기쁜 표정으로 웃고 있다.

(아아, 즐거워라!)

고독했던 내게 피리노와 피즈는 마음의 안식을 주었던 것이다.

그 후로 가끔씩 둘이서 피즈를 만나러 갔다.

피즈라고 이름을 붙인 뒤 며칠 만에 바람여우 새끼는 손바닥 위에 올라갈만한 크기에서 사람의 머리 정도 되는 크기까지 성장했다. 놀랐지만 나와 피리노를 따르는 걸 보고 그렇게 신경을 쓰지는 않았다. 오히려 스스로 먹잇감을 사냥할 수 있을 정도로 성장했다는 것을 기뻐할 정도였다.

우리가 만나러 가면 새나 야생토끼의 숨통을 끊고 있을 때도 있었다.

"저기, 시즈. 이 애를 성으로 데려가면 안 될까? 한몫 할 수도 있을 것 같고, 영리하기도 하니까……."

"뭐——?"

솔직하게 말하자면 둘만의 비밀로 해 두고 싶었다. 하지만 피리노의 애원하는 얼굴을 보고 있으니 쉽게 말이 나오지 않았다.

내 고집만 부리다가 피리노를 슬프게 하고 싶지는 않으니까.

성에선 마수도 키우고 있다. 이렇게 영리하고 사람을 잘 따르는 바람여우라면 시종마로서 인정해줄 것이라고 피리노는 역설했다.

그랬기에 내가 허락하자, 깊이 생각하지 않고 성으로 데리고 가버린 것이다.

하지만——그게 비극의 시작이었다.

"퓨이이이이——!!"

성의 홀에서 마왕 레온과 마주치고 만 것이 불행이었다고 한다면 그걸로 끝날 수 있었다. 하지만 사실은 그렇지 않았다. 힘도 없는 내가 다른 누군가를 돌봐줄 자격 같은 건 있지도 않았던 것이다.

"……도망쳐, 도망쳐…… 피즈!!"

레온과 마주치면서 피즈는 공황상태에 빠져 버렸다. 안고 있던 피리노의 품에서 뛰쳐나와 마왕 레온을 향해 위협하는 동작을 취하고 만 것이다. 그리고 피즈의 레온에 대한 적의에 반응하여 마인이 눈을 떴다.

순간, 나는 행동의 자유를 잃어버렸다.

가까이에 있으면서도 멀리서 들리는 것 같은 피리노의 목소리.

이플리트는 내 뜻 따위는 상관도 하지 않고 위협하는 피즈를 향해 그 이빨을 들이댔다. 멈추려고 해도 멈출 수 없는 내 손으로 피즈를 붙잡아 불태워 죽인다. 내 자신의 손으로.

그것만으로 끝나지는 않았다.

내 손에서 발생한 불꽃은 하얗고 거센 소용돌이가 되어 피즈를 안고 있었던 소녀까지 덮친 것이다. 소리도 채 지르지 못하고 피리노는 재가 되어 사라져 버렸다.

마치 처음부터 아무도 없었던 것처럼.

불꽃의 마인은 그제야 겨우 만족했는지 마왕에게 공손하게 인사를 하고는 조용해졌다.

(──방금 무슨 일이?)

현실을 따라잡지 못한 채 멍하니 서 있었다.

(소, 손이…… 몸, 몸이…… 멋대로 움직인 거, 야? 어째서. 불꽃, 불꽃으로…… 나는, 대체 무슨 짓을?)

피즈만이 아니라 그 주인인 피리노까지 이플리트가 적으로 여겼다는 것을 깨달은 것은 그 후로 몇 시간이 지난 뒤였다.

그렇다──나는 이 손으로 친구들을 죽인 것이다.

나는 구토했다. 위액이 더 이상 나오지 않아도 오열은 계속되었다.

차라리 날 죽였으면 좋았을 것을──.

미쳐버릴 것만 같은 후회와 슬픔이 내 마음을 가득 채웠고──그 직후, 아무 일도 없었던 것처럼 마음이 차분해졌다.

울고 싶어도 눈물이 나오지 않는다. 미쳐 버리고 싶어도 미칠 수가 없다. 소리를 지르고 싶어도 목소리가 나오지 않았다.

나는 마음까지 마인으로 변해 버린 것일까? 마음을 메워 버릴 정도로 공포의 감정이 솟아올랐다가 이내 냉정함이 되돌아왔다. 나는 이미 인간이 아니었던 것이다. 평범한 인간의 행복을 추구

한다는 것은 아무리 바란다 하더라도 결코 이루어지지 않는 소원이었다는 걸 깨달았다.

　나는 그날 이후로 울지 않았다. 어차피 눈물은 이미 다 말라 버렸으며, 한 방울도 남아 있지 않으리라 생각했다.

　왜냐하면 그날 나는 인간으로서 소중한 것을 잃어버리고 말았으니까.

　마왕 레온은 그런 나를 차갑게 바라보고 있었다. 벌을 내리지도 않고, 그저 조용히.

제3장

드워프의 왕국에서

Regarding Reincarnated to Slime

리그루도는 자신 있게 말한 대로 정오쯤에는 준비를 다 끝냈다.

드워프의 왕국으로 갈 자를 선발하는 것도 빠짐없이 마쳐 놓았다.

자신의 아들인 리그루를 필두로 전부 다섯 개조. 나머지는 나와 란가다.

그건 그렇고 리그루에겐 대장의 임무를 맡기지 않아도 괜찮은 걸까?

약간 걱정이 되었지만 본인들은 납득하고 있는 모양이다.

리그루도 쪽도 젊어진 것 같은데다 본인의 의욕도 가득한 것 같으니, 내가 걱정이 지나친 건지도 모른다.

그건 그렇고 짐을 받아들자 란가가 기쁜 표정으로 나를 등에 태웠다.

탱글탱글———! 란가의 모피 속에 파묻힌다. 생각했던 것 이상으로 푹신푹신해서 기분이 좋다.

떨어지지 않도록 주변의 털에 내 몸을 고정시킨다. '끈끈한 거미줄'이 나설 차례다. 이런 장면에선 손발이 없는 것이 정말로 불편하긴 하지만, 그 점은 능력으로 어떻게든 해결할 수밖에 없다. 이런 기회도 유효하게 활용해야 한다.

나는 몰래 거미줄을 조작하는 연습을 해둔 것이다.

거미줄로 적을 벤다! 이건 어찌 보면 하나의 로망이 아닐까? 습득할 수 있을지는 모르지만 앞날은 길다. 끈기 있게 연습을 계속하자고 생각한다.

짐의 내용물은 돈과 식량이다.

식량은 3일 분. 이 이상 시간이 걸릴 것 같으면 자급자족을 할 예정이다.

오래 보존할 수 있는 걸 가지고 가도 좋겠지만 짐이 늘어나는 걸 피하고 싶었다.

내가 집어삼킨다면 얼마든지 가지고 갈 수 있겠지만…… 너무 이 기능에 의존하는 건 좋지 않을 것 같다.

스스로 식사를 할 필요가 없기 때문에 더욱더 냉정하게 판단한 것이겠지만 말이다.

돈은 은화가 일곱 개에 동화가 스물네 개.

일단 틀림없이 그리 큰 액수는 아니다.

큰 기대를 하지 않았기 때문에 문제가 되진 않는다. 나머지 일은 도착한 뒤에 어떡할지를 생각해보자.

*

드워프 왕국은 고블린의 발로 걸어서 2개월 정도의 거리에 있다고 한다.

숲 속을 흐르는 아멜드 대하.

이 강을 따라 가면 산맥이 나온다고 하던가.

그 산맥에 우리가 목표로 하는 드워프 왕국이 있다.

동쪽에 있다고 하는 제국과 쥬라의 대삼림 주변에 있다고 하는
여러 국가.
이 사이를 가로지르는 것이 카나트 대산맥이다.
그렇기 때문에 교역용 루트는 세 개로 나눠진다.
하나는 쥬라 대삼림 속을 통과하는 루트.
그리고 또 하나가 대산맥을 넘어가는 험난한 등산로.
마지막으로 해로.
원래 쥬라의 대삼림 속을 통과하는 루트가 가장 짧고 안전하지
만, 무슨 이유인지 그다지 이용하지 않는다. 주로 대산맥을 넘어
가는 험난한 등산로가 주류를 이루고 있다.
해로를 따지자면 비용이 드는 데다 바다의 거대마물의 위협도
있는 모양이다. 그렇기 때문에 가장 이용이 적은 루트라고 한다.
이 세 가지 루트 외에 드워프 왕국을 빠져나가는 것도 가능하
긴 하지만 통행세가 붙게 된다. 또한 상품을 수송하는 경우엔 관
세가 붙게 되는 것도 모자라 짐 검사까지 받을 필요가 있다. 위험
물을 가지고 들어오는 것을 방지하는 목적이 있는 이상 이 검사
는 필수라고 한다. 적은 수의 사람들이라면 괜찮겠지만, 상단을
꾸려서 지나가려면 시간과 비용이 너무 많이 들기 때문에 많이들
꺼리는 모양이다.
안전한 것은 틀림없기 때문에 얻을 수 있는 이익을 포함한 주
머니 사정과 상담을 해야겠지만 말이다.
이번에는 제국에 용무가 있는 것은 아니다.

동쪽으로 숲을 빠져나가면 제국이 나오지만, 북상하여 카나트 대산맥을 목표로 한다.

산 정상까지 오를 필요는 없다. 드워프 왕국은 아멜드 대하의 상류에 있는 카나트 대산맥의 산기슭에 그 영토를 보유하고 있다.

산맥에 있는, 자연의 대동굴을 개조한 아름다운 도시.

그게 드워프의 왕국인 것이다.

우리는 예정대로 아멜드 대하를 따라 북상하고 있었다.

강을 따라 이동하기 때문에 길을 잃을 일도 없다. 만약을 대비해 머릿속에 지도도 표시해 두고 있지만.

안내는 드워프 왕국에 전령 임무로 한 번 가본 적이 있는 고부타라는 자가 있었기 때문에 그자에게 부탁했다.

고부타는 내 앞을 앞서서 달리고 있다.

그건 그렇고 흑랑(=랑아랑족)으로 진화한 아랑들 말인데, 정말 빠르다! 게다가 지치지도 않아 보인다.

이동을 시작한 지 세 시간 정도 되지만 한 번도 쉬지 않았다. 그럼에도 불구하고 시속 80킬로미터에 가까운 속도로 계속 달리고 있다.

사방에 바위들이 튀어나와 있는데도 전혀 상관하지 않는다. 타고 있는 사람이 흔들려서 지치지 않게 천천히 달리고 있는데도 말이다!

굳이 말하자면 아주 편하다.

이 페이스라면 1주일도 안 걸릴 것 같다.

뭐, 무리하지 않고 가면 된다.

옷과 주거지는 빨리 준비하고 싶지만 서둘러 봤자 어떻게 되는 게 아니니까.

"다들, 너무 무리하지 않아도 돼!"

그렇게 말을 해 두었다.

왠지 속도가 약간 빨라졌다.

세 시간동안 바이크보다도 빠른 속도감이나 빠르게 스치고 지나가는 풍경을 즐기고 있었지만 이제 슬슬 지루해지기 시작했다.

평소라면 이 속도에서 대화를 나누는 건 너무나 어려운 일이 겠지만, 내게는 아랑족의 보스에게서 얻은 '사념전달'이 있다. 다들 사이좋게 얘기를 나누면서 이 여행을 즐기는 것도 좋을지 모른다.

그렇게 생각하면서 다른 이들과 사념으로 이루어진 네트워크를 구축했다.

어디, 무엇부터 물어볼까…….

"리그루 군. 그러고 보니 자네 형은 누가 이름을 지어 준 거지?"

"네! 그냥 제 이름은 편하게 부르셔도 됩니다! 그리고 형의 이름은 우연히 지나가던 마족 남자가 지어 줬다고 들었습니다."

"호오. 마족이 고블린 마을에 왔단 말인가?"

"네, 10년 정도 전의 일입니다. 제가 아직 아이였을 때 마을에 며칠간 머무르다가 형에게 자질이 있다고, 하면서."

"헤에. 훌륭한 형님이었나 보군."

"네! 자랑스러운 형이었습니다. 그 마족인 게르뮈드 님도 언젠 가는 자신의 부하가 되었으면 좋겠다! 그리 말하셨을 정도였습니다.”

“그때 데려가진 않은 건가?”

“네. 당시에는 형도 아직 젊었기 때문에, 몇 년 후에 더욱 강해졌을 때에 한 번 더 들르겠다고 말하시면서 여행을 떠나셨습니다.”

“그렇군, 다시 오게 되면 상황이 너무 바뀐 나머지 놀라겠군!”

“그럴 거라 생각합니다. 하지만 지금은 리무루 님을 따르는 몸. 영광스러운 마왕군이라 해도 게르뮈드 님을 따라 갈 수는 없습니다만──.”

“마왕군? 그런 게 있었군. 그건 그렇고, 데려갈지 아닐지도 모르는데 상당히 자신이 있어 보이는데?”

“네, 자신이라기보다는 확신합니다. 형도 네임드 몬스터로 진화했었지만 이 정도로까지는 진화하지 못했습니다. 분명히 말해서 진화의 격이 다릅니다. ‘세계의 언어’ 같은 건 평생 들을 일이 없을 줄 알았기에 너무나 감동하고 있습니다!”

주위에서 이야기를 듣고 있던 고블린들도 그렇습니다! 라는 듯이 고개를 끄덕이고 있었다.

그렇단 말인가?

이름을 지어 주면 진화한다. 단 이름을 지어 준 자에 따라 진화의 수준도 변화하는 것인가…….

다음에 비교해 볼 수 있는 기회가 있다면 실험을 해 보도록 할까.

그건 그렇고 마왕군이라. 역시 이 세계에는 존재하고 있었단 말이지!

마왕이 공격해 오기라도 하는 걸까? 아니, 그때는 어느 쪽의 편을 들어야 되는 거지?

뭐, 그건 공격해 왔을 때 생각하기로 하자.

다행히도 '용사'라는 존재도 있는 것 같으니까. 마왕의 상대는 용사가 하는 게 상식이다.

300년이 지났으니 용사가 살아 있는지는 의문이지만……. 분명 전생이나 그 비슷한 걸 하면서 건강하게 수행이라도 하고 있겠지.

하지만 뭐, 일단은 기억 한쪽에 메모해 두기로 한다.

그리고 다음 화제는.

"란가, 나는 네 아버지를 죽인 원수가 되지 않나? 그 점을 염두에 두지 않아도 괜찮은가?"

나를 너무나 잘 따르는 흑랑에게 그렇게 물어봤다.

"솔직히 말해서 그런 생각은 하고 있습니다. 그렇지만 싸움의 승패란 건 마물에겐 반드시 정해져 있는 법입니다. 비록 어떤 싸움이라고 해도 이기는 것이 정의라고 생각하고 있습니다. 지면 아무것도 남지 않습니다. 그럼에도 불구하고…… 주인님께서는 우리를 용서해 주신 것만으로 모자라 진명(眞名)까지 부여해 주셨습니다! 감사는 못할망정, 원망하는 일은 있을 수 없습니다!"

"흠……. 만약 복수를 하고 싶다면 언제든지 받아 주겠다."

"후후후. 진화를 하고 나서 더욱 확실히 인식할 수 있었습니다. 전에 싸웠을 때도, 만약 본 실력을 발휘하셨다면 저희는 모두 죽었을 겁니다. 그렇게 되었다면 종족의 비원이었던 진화를 해 보지도 못한 채 사라졌겠지요. 저희의 충성심은 주인님인 당신께만 존재할 뿐입니다!"

무슨 소리를 하는 건지…….

확실히 검은 뱀으로 변신했더라면 전멸시킬 수 있었을지도 모르지만, 그런 위험한 도박 따윈 하고 싶은 생각도 없다. 이 녀석은 나를 지나치게 과대평가하는군.

뭐, 멋대로 착각을 하는 것만큼 나는 편하긴 하지만······.

"그게 느껴진단 말인가? 너도 성장을 한 것 같구나!"

"넷! 정말 감사합니다!"

적당히 말을 맞춰 주면서 고개를 끄덕였다.

일단은 부모가 살해당한 몸이다. 원한이 없다고 하면 거짓말이겠지.

란가 녀석이 언젠가 내게 복수를 하러 온다고 해도 기꺼이 받아줘야 하지 않겠는가.

나도 방심하고 있을 순 없다. 그때까지 확실하게 힘을 길러둘 필요가 있을 것 같다.

어쨌든 지금은 어떻게 봐도 검은 뱀과 비슷할 정도로 강해진 것 같은 느낌이 드니까······.

그런 식으로 얘기를 나누면서 길을 나아갔다.

예정보다 훨씬 더 순조롭다.

"조금 지나치게 서두르는 건 아닌가?"

"괜찮습니다! 진화한 덕분인지 저희는 그렇게 피곤하지 않습니다!"

"저희 걱정은 하지 않으셔도 됩니다. 주인님처럼 수면이 아예 필요 없는 정도는 아닙니다만, 장시간은 필요가 없습니다! 식사도 자주 할 필요가 없으며, 며칠 정도는 식사를 하지 않아도 지장이 없습니다!"

리그루가 그리 대답했고 란가도 그 말에 동의했다.

다른 이들의 상태를 봐도 다들 의욕이 넘쳐 있었다.

이래선 가장 가만히 있는 내가 가장 의욕이 없는 것처럼 보이겠는데.

지금 반나절을 계속 달리고 있는데 말이지……. 이 녀석들, 정말 터프해진 것 같다.

이틀째의 여정이 끝나면서 자기 전에 식사를 하고 있을 때.

지금 향하고 있는 드워프 왕국에 대해서 고부타에게 물어봤다.

"네, 네에에엣! 어, 어어, 그러니까 말이죠. 정식으로는 무장국가 드워르곤이라는 이름을 가지고 있습니다. 드워프 왕은 영웅이라고 불리는 인물로서——."

내가 말을 걸자 긴장 반, 기쁨 반의 심정으로 당황한 것이겠지.

혹시나 혀를 씹은 게 아닌가? 싶은 생각이 들 정도로 당황한 채 대답을 했다.

그런 고부타의 말을 종합해 보면 현재의 왕인 가젤 드워르고는 초대로부터 세어보면 3대에 해당한다고 한다. 젊었을 적의 할아버지와 닮은 패기를 가진 위대한 영웅이면서, 이 땅을 공평하게 통치하는 현명한 왕으로서 명성도 높다고 한다.

그야말로 현대에 살아 있는 영웅 중 한 사람.

드워프의 초대 영웅왕 그란 드워르고가 나라를 일으킨 지 1,000년이 지났지만 초대 왕의 유지를 이어 역사와 문화, 그리고 기술을 지키고 발전시켜왔다고 한다.

그런 현명한 왕이 다스리는 땅이 무장국가 드워르곤인 모양이다. 그렇게 오랜 수명을 가진 영웅왕의 통치를 받고 있다면 그야말로 훌륭한 나라라 할 수 있겠지.

나는 두근거리는 마음으로 이제 도착하기까지 얼마나 남았는지를 물었다.

"그런데 고부타. 앞으로 얼마나 걸리겠나?"

"확실하진 않지만 내일쯤에는 도착할 수 있을 거라 생각합니다요! 산이 엄청 크게 보이고 있으니까요!"

그렇군, 그러고 보니 산이 크게 보이고 있다.

어제까지는 그 모습이 보이지 않았는데, 참으로 터무니없는 이동속도다.

"그건 그렇고 문득 궁금해졌는데, 무슨 이유로 드워프 왕국까지 간 건가? 가끔씩 행상인들이 온다면서?"

고블린의 왕국에 대해 리그루도에게서 들었을 때 행상인인 코볼트 족이 있다는 얘기를 들었었다.

일부러 2개월이나 걸려서 드워프 왕국까지 갔다는 것도 이상한 얘기다.

"네! 마법 무기와 도구는 말이죠, 드워프족이 비싼 가격으로 거래해줍니다. 그렇다고 해 봤자 도구 같은 걸로 지불해 줍니다만……. 일부러 행상인들에게 들려서 운반해 오기 때문에 많은 도움이 됩니다요! 그리고 마을 주변의 마물 중에는 마법도구를 쓸 수 있는 자가 없습니다요……."

그렇군.

가끔씩 모험자가 들고 있는 무기류를 팔기 위해 갔다는 얘긴가. 어쩐지 제대로 된 장비가 남아 있지 않다 싶었다.

코볼트 족은 물건의 질을 잘 모르기 때문에 일부러 높은 가격으로 거래해주는 드워프 왕국으로 갔단 말인가. 애초에 고블린에게 쓰러질 정도의 자라면 초심자 주제에 숲에서 헤매다가 들어온 햇병아리겠지. 대단한 물건을 지니고 있으리란 생각은 들지 않는데……

"그뿐만이 아닙니다. 드워프들이 만드는 물건은 무기류를 필두로 해서 질이 좋은 것들뿐이며, 인간들도 인정하는 훌륭한 것들뿐입니다. 그 땅에선 그런 물건들을 구하기 위해 인간에 아인은 물론이고 지혜가 있는 마물조차 관계없이 모여듭니다. 그게 드워프 왕국의 전통임과 동시에 그 땅에서 분쟁은 왕의 이름하에 금지되어 있습니다."

고부타의 더듬거리는 설명에 더해 리그루가 보충 설명을 해 줬다.

장비를 판다는 목적보다도 필요한 도구를 사는 게 더 중요하다는 뜻인가.

그리고 무엇보다도, 그 중립성 때문에 마물이라 해도 차별을 받지 않고 도구를 조달해 주는 점이 매력인 모양이다.

"그걸 가능하게 하는 것이 무장국가 드워르곤의 강대한 군사력입니다. 코볼트 상인들로 들은 바로는 1,000년 동안 드워프 군은 불패를 자랑한다고……"

드워프 왕국은 중무장의 보병으로 이루어진 벽으로 보호를 받는 고화력의 마법병단을 보유하고 있다고 한다. 싸우는 상대는 보병의 벽을 무너트리지 못한 채 마법의 화력에 의한 공격으로 전멸하는 것이 보통이라고 한다.

그 실력을 뒷받침하는 것…… 그것이 바로 높은 기술력으로 제작된 장비이다.

최첨단의 기술로 만들어진 무기류는 인간이 만든 것을 압도적으로 상회한다. 그런 무력을 지닌 나라와 귀찮은 일을 일부러 일으키려는 자는 당연히 없을 것이다.

당연한 흐름이겠지만 인간은 드워프 족과 전쟁이 아니라 우호적인 관계를 맺는 걸을 선택했다. 그렇기 때문에 그 지배하에 있는 곳에선 마물과 마주친다고 해도 그 자리에서 싸움을 일으키는 어리석은 자는 적을 것이다.

마물이라고 해도 차별하지 않고 융통성 있게 대해 준다는 걸 보면 드워프 족은 의외로 친절한 종족일지도 모르겠다. 잘만 하면 우호적인 관계를 쌓을 수 있을 것 같다.

아니, 무슨 일이 있어도 잘 구슬려서 양호한 관계를 맺고 싶다.

인간과 마물이 뒤섞이는 도시.

드워프의 왕국은 이 지상에 있는 이질적인 땅 중 하나이리라.

무력을 위한 무기들이 넘쳐나는 도시이면서 평화를 누리는 나라. 무기상인의 본거지가 가장 전쟁에서 먼 곳에 있다는 건 어떤 의미론…… 아이러니한 일일지도 모른다.

그게 이 여행 동안에 내가 들은, 무장국가 드워르곤의 전모였다.

그리고 여행에 나선지 딱 사흘이 경과했다.

카나트 대산맥의 기슭에 펼쳐진 목초지.

산맥의 대동굴을 개조한 아름다운 도시.

대자연이 창조한 천연의 요새.

무장국가 드워르곤.

드워프의 왕국에 도착한 것이다.

*

문 앞에 사람들이 줄지어 서 있었다.

천연의 대동굴을 막은 것처럼 설치된 대문.

이 대문이 열리는 것은 군대의 출입이 있을 때뿐이며, 한 달에 한 번 정도라고 한다.

아쉽게도 오늘은 닫혀 있다.

그 대문 밑에 작은 출입전용의 문이 설치되어 있으며, 대개는 그곳을 이용하는 모양이다.

대문의 양쪽에 문이 있는데 오른쪽에는 줄이 없다. 보아하니 귀족이나 높은 분들이 이용하는 통로라는 명목으로 아마 비워 놓은 곳이리라. 줄을 서 있는 곳은 왼쪽 통로이며 프리패스로 출입하는 자가 있는가 하면, 다른 방에서 체크를 받고 있는 자들까지 다양했다.

그 왼쪽 문이라 해도 무장국가의 이름에 부끄럽지 않게 엄중한 경비체제가 갖춰져 있는 것은 마찬가지였다.

무장국가의 이름은 그저 장식이 아니다, 라는 뜻이겠지.

안으로 들어가면 비교적 자유롭게 활동할 수 있는 것 같지만……. 그건 그렇다 쳐도 정말 엄청난 줄이다.

여행보다도 여기서 기다리는 게 더 시간을 잡아먹을 것 같다.

"과연 드워프 왕의 슬하에 있는 곳이로군. 굉장한 위용을 자랑하는 문인데."

"저기 봐, 저 병사가 입고 있는 방어구. 우리가 10년을 일해도 살 수가 없을 것 같아⋯⋯."

"그야 그렇겠지. 듣자 하니 동쪽 제국조차도 여기랑 공공연히 대립하는 걸 피한다던데. 저 장비를 보면 그것도 당연해."

"말할 것도 없지. 드워프들과 잘못 얽혔다간 그대로 끝장이니까 말이야. 어느 나라든지 끔찍한 보복을 당하면서 유린당하고 싶진 않을걸!"

왼쪽 통로에 서서 주변을 관찰하고 있으려니 그런 대화가 들려왔다.

이 세계의 드워프란 존재들은 내가 상상했던 것처럼 온화한 성격은 아니란 말인가? 의외로 과격한 성격을 가지고 있는 것 같다.

이 나라는 자유교역도시이면서 다른 종족 간의 교역의 중심지. 그렇기 때문에 절대중립도시라는 면모를 갖추고 있다. 이 도시 내부에서 무력행위가 일어나는 걸 드워프의 영웅왕은 허락하지 않는다, 라는 것이 모험자들 사이에선 유명한 얘기라고 하던가.

평화를 유지하기 위해선 무력이 필요하다는 것은 이세계에서도 마찬가지인 모양이다.

내가 그런 생각을 하고 있었을 때,

"이봐, 이봐! 마물이 이런 곳에 있는데?! 아직 도시 밖이니까 여기서라면 죽여 버려도 되는 거 아냐?"

"어이, 너희들이 왜 줄을 서 있는 거야, 건방지게시리. 죽고 싶지 않으면 그 자리에서 비켜! 그리고 가진 것들도 전부 놓고 가.

그러면 이번엔 봐주도록 하지!"

그런 식으로 알아들을 수 없는 말을 하면서……가 아니라, 이쪽을 향해 협박을 하는 목소리가 들렸다.

지금 여기에는 고부타랑 나, 둘밖에 없다. 허리에 천만 두른 자들을 끌고 다녀봤자 안 좋은 의미로 더 눈에 띌 뿐이다. 여기에는 안내인인 고부타와 나, 이렇게 둘만 가겠다! 고 내가 발언하여 결정한 것이다.

리그루도 가고 싶어 했지만 거절했다.

그들은 숲의 입구에서 노숙을 하면서 우리가 돌아오길 기다리고 있다.

그런 연유로 둘만 온 것인데, 그게 만만하게 보인 것일까?

줄을 서는 걸 싫어하는 2인조의 모험자들 눈에 찍혀 버린 모양이다.

"이봐, 고부타 군, 무슨 소리가 들리지 않아?"

"네, 들리네요……."

"전에 왔을 때도 이렇게 시비를 걸던가?"

"당연하죠! 여기서 실컷 두들겨 맞은 뒤에 코볼트 상인들이 절 거둬줬다니까요! 그 자리에서 절 거둬 주지 않았으면 전 죽었을지도 모릅니다요!"

"……두들겨 맞았단 말이지. 그럼, 어쩔 수 없나?"

"약한 마물의 숙명 같은 겁니다요……."

시비를 걸었다고 한다. 그것도 당연하다는 듯이.

미리 좀 말해줬으면 좋았을 텐데.

고부타는 뭔가를 깨달은 듯한 눈을 하고 고개를 숙이고 있었다.

겨우 긴장하지 않고 나랑 이야기를 나눌 수 있게 되었는데, 이번 일로 다시 원래대로 돌아가 버리지는 않으려나?

약간 걱정이다.

"야! 잔챙이 마물 주제에 우릴 무시하지 마ー!"

"아니, 그 전에 말하는 슬라임이라니, 이거 레어 아냐? 구경거리로서 팔 수 있지 않겠어?"

그렇게 짜증을 유발하는 대화를 이어가는 2인조.

부처님 같이 자비롭다는 말을 들은 적이 있는 것도 같고, 없는 것도 같은 나이지만, 이 말에는 역시 화가 나기 시작했다.

"고부타 군……. 전에 내가 말했던 규칙을 기억하고 있나?"

"네! 물론입니다요!"

"그렇군. 그러면 잠시 눈을 감고 귀를 막고 있게! 결코 이쪽을 봐선 안 되네!"

"? 잘 이해는 안 됩니다만, 알겠습니다요!"

어디 보자.

규칙을 정한 내가 맨 처음 규칙 위반…… 그렇게 여겨지는 것도 교육 상 좋지 않겠지. 방해되는 고부타군에겐 눈을 감도록 했으니 쓰레기 청소를 해보실까!

그때 오른쪽에 있던 남자의 시선이 움직였다.

그 시선 끝을 확인했다. 3인조가 히죽거리면서 이쪽의 상황을 살피고 있었다.

눈앞에 있는 2인조는 검사와 경장비(輕裝備)를 입은 남자. 아마 도적계통의 직업을 가진 것 같다.

3인조는 마법사 내지는 승려로 보이는 로브 차림의 두 사람과 덩치가 큰 전사.

예상하기에——이 녀석들은 하나의 파티원이고 2인조가 우리를 쫓아내 줄을 확보하는 역할. 그리고 3인조가 쫓겨난 우리를 몰래 처리한 뒤에 시치미를 떼고 2인조와 합류한다. ——아마도 그런 시나리오일 것이다.

그런 식으로 약한 마물이 있으면 죽이고 짐을 빼앗아 온 거란 말인가.

잘도 머리를 썼군.

그러나…… 이번에는 상대가 안 좋았어!

"이봐, 이봐! 줄은 지키라고! 나는 관대하니까 지금이라면 특별히 용서해 주지. 어서 뒤로 가!"

도발을 시작했다.

2인조는 한순간 눈을 휘둥그레 뜨더니 금세 얼굴이 시뻘게졌다.

참을성이 없는 녀석들이다.

"빌어먹을 잔챙이 마물 주제에 우릴 얕봤겠다!"

"야, 너, 이 자식, 죽었어! 갖고 있는 걸 얌전히 두고 가면 죽이지는 않고 보내주려 했더니……. 우릴 화나게 만든 이상 그렇겐 안 되지."

그런 식으로 질 낮은 건달이나 내뱉을 법한 대사를 내뱉었다.

훗. 종합건설회사에선 말이야, 엄청 험악하게 생긴 아저씨들을 턱으로 부릴 수 있게 되지 않으면 일할 수 없는 법이거든. 하청업자인 종업원 중에는 몸에 아예 낙서를 한 성질 더러운 아저씨들도 있다.

이 정도의 애송이들 협박 따위 씨알도 안 먹히지.

"빌어먹을 잔챙이 마물? 그건 날 말하는 건가?"

"당연히 네놈이지! 슬라임 따위 잔챙이 중에 잔챙이라고!"

"당장 이리 와라. 말을 할 줄 아는 것 같으니, 죽이지는 않고 마물 노예로 만들어 주마!"

마물 노예? 그런 것도 있나?

그건 일단 뒤로 미뤄두고.

주위의 상인들이나 모험자들도 이 소동을 알아차리기 시작하고 있다.

우선은 주목을 끌어야겠다.

정당방위라는 개념이 있는지 없는지는 모르지만…… 나중에 조금이나마 증언이 나와 주면 도움이 된다.

그건 그렇고 내가 도와주겠다! 라고 나서는 마음 착한 인간은 없는 건가?

내가 미소녀였다면 있었을지도 모르겠지만 슬라임이라면 무리려나.

"아까부터 잔챙이 운운하며 큰 소리를 치는군! 그리고 내가 슬라임이라고……?"

"어딜 어떻게 봐도 슬라임이잖아!"

"이 자식, 분수를 모르고 까불었겠다……! 너 같은 잔챙이한테 업신여김을 당하다니, 절대 용서 않겠다! 역시 죽여 버리겠어! 이제 와서 살려달라고 빌어봤자 늦었다!!"

그리고 무기를 쥐는 2인조.

아! 드디어 이 녀석들 무기를 빼들었다.

아아─, 맨 처음 얘기를 나눈 인간이 이런 놈들이라니, 참 재수가 없군. 마물 쪽이 더 우호적이라니.

주위에 있는 자들은 우릴 멀리서 둘러싸듯이 거리를 벌리기 시작했다. 괜히 휩쓸리고 싶지 않은 모양이다.

문지기들도 이 소동을 알아차린 건지 서둘러 움직이기 시작하고 있다.

그걸 곁눈질로 살피면서 나는 천천히 앞으로 나섰다. 그리고,

"크크크. 내가 잔챙이라고 했겠다? 슬라임? 언제부터 내가 슬라임이라고 착각하고 있는 거지?"

일부러 분위기를 띄워보았다.

아무리 봐도 슬라임이다. 당연히 처음부터 슬라임이라고 생각했겠지.

이건 연출인 것이다…… 아마도.

"뭐라고? 허세도 정도껏 부려!"

"흥! 슬라임이 아니라면 어서 정체를 보여봐! 죽은 뒤엔 변명도 못 하니까!"

변신하는 걸 기다려 줄 생각인가 보다.

계획대로 됐어!

슬라임인 채로 싸워도 이길 수 있을 거라 생각한다.

하지만 힘 조절이 어렵기 때문에 금방 좌악! 하고 두 조각을 내 버릴 것 같았다.

기절시키는 정도로만 끝내도록 위력을 조절하는 건 어렵다.

"좋아. 보여주지, 내 진정한 모습을!"

그렇게 일부러 소리친 뒤에 억제시키고 있던 요기를 방출했다.

물론, 아주 조금만.

소량의 요기를 알아차린 자가 있는지 주위를 확인해봤다. 멀리서 이쪽을 보고 있는 자들 중 몇 명이 알아차린 정도다. 눈앞의 이 두 멍청이와 그 동료인 것처럼 보이는 녀석들은 알아차린 낌새가 없다.

이 녀석들, 실력이 입만큼도 안 되는 것 같군.

이젠 눈치를 볼 필요도 없겠다. 자, 그럼 뭐로 변신할까…….

내 몸에서 검은 연기가 분출됐다.

그리고 내 몸을 덮었고…… 연기가 사라진 그 자리에는 한 마리의 마물이 출현했다.

검은 늑대.

어라? 전에 포식한 후 바로 변신했을 때는 아랑족의 형태였는데……. 지금은 진화한 란가 쪽과 비슷하게 검은 털이 나 있다. 그리고 란가조차 상회하는 체구.

이마에는 두 개의 뿔.

변신 : 템페스트 스타 울프(흑람성랑, 黑嵐星狼).

……아무래도 포식한 마물의 계통이 진화하게 되면 내 변신에도 적용이 가능한 것 같다. 그러기는커녕 오히려 란가의 다음 진화 단계라는 느낌이 드는 모습이었다. 란가가 뿔이 하나였다는 것을 봐도 이쪽이 상위의 모습이라고 생각해도 틀리진 않겠지. 압도적인 힘을 느낀다. 두 멍청이도 이 모습을 보면 역시 도망치겠지. 그렇게 생각했지만…….

"흥! 외모가 아무리 위협적이라도 네가 슬라임이라는 건 달라지지 않아!"

"야야, 그걸 보고 우리가 겁을 먹고 도망칠 거라고 생각했냐!"

전혀 알아차리지 못하고 있다!

어이, 어이, 웬만하면 알아차릴 거라 생각했는데……. 보면 알아차릴 수 있을 수준으로 위험해 보이는 모습이잖아!

애초에 슬라임이 변신했다면 환각인지 뭔지는 모른다 하더라도 경계는 해야 하지 않겠냐고.

그런데도 이 녀석들은 전혀 상관하지 않는다.

숨어 있는 동료가 세 명 있다는 것 때문에 안심하고 있는 건지도 모르겠지만…….

쓸 수 있는 스킬이 늘어나 있다.

'초후각(超嗅覺), 사념전달, 위압, 그림자 이동, 검은 번개' 이렇게 다섯 개인가.

'그림자 이동'은 란가와 다른 람아랑이 지금 연습 중인 스킬이었지.

페어가 된 자의 그림자에 숨어 있다가 호출을 받으면 출현한다! 그게 목표였다.

지금은 그림자에 들어가는 연습을 하고 있으니 앞길은 멀다.

그리고 '검은 번개' 말인데……. 시험하지 않아도 알 것 같다. 시험해봤다간 눈앞에 있는 이 불쌍한 사내놈들은 시커먼 숯덩이가 되고 말겠지.

내 예측은 확실하지 않으니까 더 지독한 꼴이 될 수도 있다. 그렇다면 쓸 만한 스킬이 없다.

이 바보들에게 '위압'이 효과가 있었으면 좋았을 텐데! 어떤 의미론 바보들은 무적이려나?

어찌됐든 지켜보는 자들이 오히려 겁을 먹고 뒤로 물러서고 있는 지경이다.

"이런, 이런…… 이제 됐다. 귀찮으니까 덤벼라!"

선제공격을 양보했다. 변신상태에서 대미지를 입으면 어떻게 될까?

실은 제대로 실험을 통해 확인했었다. 도마뱀으로 변신해서 공격을 계속 받아본 것이다.

그때 판명되긴 했지만, 대미지가 일정치 이상을 넘어서면 변신이 풀리는 모양이다. 그때 슬라임 본체에는 대미지가 발생하지 않는다. 아마도 사용한 마력요소로 본체를 덮었듯이 변신을 구성하고 있기 때문에 대미지는 본체까지 미치지 않는 것이리라.

제한은 다음에 변신할 수 있게 되기까지 3분 정도 걸린다는 점과 변신한 마물에 따라 마력요소를 대가를 지불한다는 점이다.

즉, 실컷 공격을 받아도 문제가 없다.

만약 상대가 강한 경우라 해도 슬라임으로 돌아간 순간에 도망치면 되는 것이니까.

"헷, 뒈져버려라!"

내 말에 반응한 검사가 욕을 뱉으면서 칼을 휘두르며 달려들었다.

"우오오오! 풍파참(風破斬)!"

그건 검사의 스킬이려나? 손에 든 검이 녹색으로 빛나고 있다.

하지만 유감스럽게도 내게는 통하지 않는다. 불쌍하게도……

자랑거리였을 검이 뚝 부러져 버렸다.

그런 검사의 공격과 동시에 경장비를 입은 전사도 단검을 투척했다.

그러나——.

세 자루의 단검을 동시에 던진 건 훌륭했지만, 템페스트 스타울프의 단단한 털을 꿰뚫을 만한 위력은 없었던 것 같다.

"방금 뭘 한 거지?"

나는 악당이 종종 그러듯이 상대를 완전히 업신여기면서 물었다. 아니, 정말 뭘 한 건지 모를 정도로 대미지가 전혀 없었다.

그 스킬은 겉보기만 화려한 건가?

"마, 말도 안 돼! 저렇게 털이 단단할 수가……."

"있을 수 없는 일이야. ……이건, 이건…… 있을 수 없는 일이라고! 내 검은 백은으로 만든 거야! 마물에 대한 위력증대 효과가 있는 거라고!"

……아니, 당연히 은으로 만들었으면 약한 거지. 무슨 소릴 하는 거야…… 이 인간은.

"이봐! 너희들도 도와줘!"

체면을 차릴 상황이 아니게 된 것인지, 검사가 동료들을 불렀다. 역시 그 세 명은 동료였었나.

"헷! 너는 이제 끝이다!"

"이런, 이런…… 설마 우리가 나설 차례가 올 줄은 몰랐는데!"

"슬라임의 변신마법이라? 흥미가 생기는데. 죽으면 해부해 보도록 하지."

"아까부터 그 자식, 전혀 움직이지 않고 있어. 움직이면 마법이 풀리는 거겠지. 어때? 정곡을 찔렸냐?!"

도와주러 온 자들도 제멋대로 지껄이고 있다.

그리고 다섯 명은 나를 중심으로 흩어지더니 동시에 공격을 가해왔다.

경장비를 입은 전사는 쇼트 소드로 베기 공격을,

검사는 마법 주문을 읊으면서 진공 베기로 공격을,

중장비를 입은 전사는 "중파참(重破斬)!"이라고 외치면서 그레이트 액스로 공격을,

마법사는 "파이어 볼(화염구)!"이라고 말하면서 마법으로 공격을,

승려는 내 공격을 대비하며 마법 방어를 구축하고 있다.

파티로 따지자면 밸런스가 좋은 구성이라 할 수 있을 것이다. 그들에겐 아쉽게도, 그 모든 공격이 내게는 전혀 효과가 없었을 뿐……

슬쩍, 그들을 봤다. 너무 놀랐는지 말도 제대로 나오지 않는 모습이다.

지금이라면 '위압'이 효과가 있을지도 모르겠다.

나는 포효에 '위압'을 실어서 구사했다. 그러나 이건 대실패였다. ……보고 있는 자들까지 기절을 하거나 가랑이 사이에서 뭔가를 흘리는 등…… 간단히 말해서 대참사가 벌어지고 만 것이다.

이런, 어떡하지? 나는 머리를 끌어안고 후회했다.

응? 5인조?

'위압'을 지근거리에서 받은 그들. 그 결과는 굳이 말할 필요도 없지 않을까.

내 '마력감지' 덕분에 이쪽으로 달려오는 드워프 경비대의 모습

을 감지할 수 있었다.

끝으로 한마디.

"망했네."

그렇게 중얼거렸다. 정말 완전히 망해버린 것 같다.

그러고 나서 여러 가지를 질질 흘리고 있는 그들을 바라보며 저걸 뒤처리하려면 정말 고생이겠는데, 그렇게 생각하면서 마치 남의 일인 양 현실도피를 시작했다.

＊

"정말 죄송합니다———!!"

나는 깊이 머리를 숙였다(그런 심정이었다).

우리는 경비대의 대기소로 연행되었다.

그 후 그 정도의 소동을 벌였지만 무죄방면! 처리를 받으면서 그 자리에 해방되는 일 따위는 역시 있을 리가 없었다. 우리는 달려온 드워프 경비대에 의해 포위된 것이다.

그렇다곤 해도 아까 그 다섯 명은 완전 기절 상태였으니 나 혼자를 둘러싼 형태가 되었다.

그렇지! 슬그머니 슬라임으로 돌아가서 도망치자.

그렇게 생각하고 슬라임으로 돌아가서 탈출을 시도해 봤지만……

덥석! 하고 붙잡히고 만다. 그리고 날 덮치는 부유감.

깔끔하게 체포되고 말았다.

그냥 놓아줄 생각은 없거든? 그런 표정을 지으면서 경비대원이 미소를 짓고 있었다.

하지만 이마에 보이는 힘줄이 그의 심정을 대신 말해주고 있었다.

"잠깐만요! 우린 아무 짓도 안 했다니까요! 우리도 피해자란 말입니다!"

그렇게 고부타의 말투를 흉내 내면서 말해 봤지만,

"응, 그렇겠지. 하지만 얘기는 대기소에서 들을 테니까 도망칠 수 있을 거란 생각은 버리는 게 좋을 거야!"

멋진 미소에 설득당했다. 그냥 포기하는 게 나을 것 같다…….

고부타는 뭘 하고 있는 거지? 그렇게 생각하면서 찾아보니, 아직도 눈을 감고 귀를 막고 있었다.

……저 바보! 무슨 생각을 하고 있는 거람?

아니, 아무 생각이 없는 거겠지. 왜냐하면 바보니까. 뭐, 순수하다고 할 수도 있겠지만.

어이없어 하면서 고부타를 이리 오도록 불렀다. 이렇게 우리는 경비대의 대기소로 연행된 것이다.

이번에 벌어진 세 가지 일!

하나, 시비에 휘말렸다!

둘, 늑대로 변신했다!

셋, 조금 큰 소리로 울부짖었다.

어때? 내가 잘못한 게 아니잖아? 그렇게 생각하면서 슬쩍 경비대원으로 보이는 군인을 쳐다봤다.

여전히 멋진 미소를 짓고 있다.

덥수룩하게 기른 수염이, 사람 좋아 보이는 호쾌한 인상에 잘 어울린다.

아쉽네. 그 이마에 힘줄만 없었다면 말이지.

"저기…… 제가 왜 같이 끌려온 겁니까?"

"이 바보야! 무슨 소릴 하는 거야, 너? 네가 시비에 휘말리는 바람에 우리가 꾸중을 듣는 거잖아?"

"네?! 그랬나요? 죄송합니다……. 제가 또 일을 저질렀네요……."

"뭐, 이번에는 어쩔 수 없긴 했지만, 다음부턴 조심하도록 해."

후우. 그럭저럭 얼버무려 넘기기는 한 것 같다. 이것이야말로 필살기인 '남 탓으로 돌리기!'이다.

오랜 세월의 사회경험을 통해 비로소 몸에 익히게 도는 고도의 기술인 것이다. 포인트는 상대가 의심하지 않게 만드는 것.

꽤 어려운 기술이지!

사실 농담처럼 말하긴 했지만, 그 세 가지 일은 대충 그 표현이 맞았다. 보고 있던 자들에게서 증언을 들어 봐도 비슷한 결과가 나온 모양이다.

우리들에 대한 태도가 약간은 누그러진 것 같다.

"그래서? 그 늑대 마물은 뭐지?"

눈앞에서 조사를 맡고 있는 군인이 내게 물었다.

뭐냐, 라는 건 무슨 의미일까? 종족 이름말인가?

"어, 그 늑대의 종족 이름은 말이죠……."

"그게 아냐. 이름 같은 건 상관없어. 왜 그런 마물이 그 자리 출

현한 거지? 대체 어디서 나타나서 어디로 사라진 거냐고? 알고
있는 걸 전부 불어!"

으응? 내가 변신한 거라고 말했는데, 믿지 않는 건가?

히어로는 변신할 수 있다는 걸 숨기지만 나는 히어로가 아니다.
그러므로 다 오픈하면서 실컷 말했는데.

"아니, 그러니까 말이죠……. 그건 제가 변신한 모습이라고 말
했잖습니까!"

"뭐? 너 말이야, 슬라임이 말을 할 줄 하는 건 신기한 일이지만
아무리 그래도 변신은 아니지?"

"아니, 아니, 그럼 어디 여기서 보여드릴까요?"

"흥. 그럴 필요는 없어. 가령 네가 변신한 모습이었다고 해도
어떻게 변신이 가능하지? 넌 슬라임이잖아?"

어? 그런 질문을 받으면 어떻게 대답해야 되지?

유니크 스킬입니다! 라고 멍청하게 순순히 대답하는 건 내가
위험하다. 그런 짓을 했다간 고부타랑 같은 레벨이 되어 버린다.

잘 생각해라. 나이스한 변명을, 지금 당장 생각해내……!!

"실은 말이죠……. 전 마법사에게 저주를 받은 몸입니다. 아마
제 재능을 질투한 것이겠죠……. 전 환각마법을 쓸 줄 알았으니
까요."

"흐음. 마법사에게 저주를 받았단 말이지. 그래서?"

"음, 그러니까, 네. 환각마법을 몇 가지 익혔고 아직 공부를 하
던 중이었지만, 사악한 마법사에 의해 슬라임의 몸으로 억지로
변하게 되는 바람에……. 지금은 그 저주를 풀 수 있는 방법을 찾
아서 여행을 하고 있었다, 일이 이렇게 된 겁니다!"

"무슨 이유로 사악한 마법사를 만나게 된 거지? 죽이지 않고 마법을 건 이유는?"

끄으응……. 순순히 믿어 주면 될 것을. 끈질기게도 의심하고 있네.

뭐, 그게 당연한가. 이 말을 그대로 믿어줬다면 넌 고블린보다도 머리가 나쁘냐! 고 생각했겠지.

그 후로 계속해서 두 시간 정도.

나와 군인의 공방이 되풀이됐다.

……….

…….

….

두 사람의 뜨거운 논의 끝에 한 편의 이야기가 완성되려 하고 있었다.

한 명의 미소녀가 나쁜 마법사에 의해 슬라임이 되는 저주에 걸려 버리는 이야기.

오는 말이 고와야 가는 말이 곱다는 속담이 여기에 맞는 표현은 아니겠지만, 군인의 지적에 일일이 반응하다 보니 어느새 이상한 내용의 망상 스토리가 만들어졌다.

남자애 같은 말투를 쓰는 변신계통의 환각마법을 쓰는 천재소녀. 그녀가 마녀의 저주를 받는 바람에 그걸 풀기 위한 여행에 나서는 이야기.

어쩌다 이렇게 된 거지? 게다가 왜 마법소녀인건데?!

내가 이상한 내용의 말을 하면 군인이 심문하는 식으로 이야기의 수정이 가해진다.

듣고 보니 그렇군! 그런 식으로 이야기를 고쳐가다 보니 완성된 것이지만……. 나와 군인은 드디어 완성했다! 는 느낌으로 뜨거운 눈빛을 교환했다. 애초에 나한테 눈은 없지만 말이지!

말은 하지 않아도 마음은 통하고 있었다.

"좋아! 진술서가 완성됐군. 협조해줘서 고맙다! 그러나, 자네들의 신변은──."

터어──엉!

마치 군인의 말을 가로막는 것처럼 문이 활짝 열렸다. 그리고 다른 군인이 거친 기세로 들어온다.

"크, 큰일 났어─!! 광산에 아머 사우루스가 나타났어요. 광석을 채취하고 있던 광부들이 여러 명 다친 모양입니다──."

"뭐라고?! 그래서, 아머 사우루스는 물리쳤나?"

"그쪽은 괜찮습니다! 지금 토벌대가 갔어요. 하지만 심하게 다친 사람들이 있습니다. 전쟁 준비 때문인지 모르겠지만 약이 다 팔려서 바닥난 상황이라 성의 비축분도 내놓을 수 없다나봐요……."

"회복술사는?"

"그게…… '마광석'을 채취하러 광산 안쪽까지 들어가 있는 상황이잖습니까? 대기소의 회복술사들도 동반해서 가 버리는 바람에 지금은 얼마 남아 있지도 않아요!!"

"뭐라고?!"

큰일이 벌어진 모양이다.

나는 아예 공기 취급이다.

성에 비축분이 있으면 그걸 내놔야지! 그렇게 생각했는데…….

회복약이라. 내가 가지고는 있는데 어떻게 할까?

가능하면 인상을 좋게 남겨서 무죄방면. 그런 생각이 머리를 스쳤다거나 하는 건 절대 아니다.

인명구조는 당연하기 때문이다. 그리 말하면서도 나도 내가 의심스럽긴 하지만……

'선행을 베풀면 돌아온다.'라는 말이 있다. 선행을 쌓아 두면 돌고 돌아 내게도 좋은 일이 생길지도 모르지.

"잠깐만요, 군인 나리!"

"뭐냐? 지금은 바빠. 조사는 끝났지만 아직 풀어 줄 순 없다. 상황이 정리될 때까지는 잠시 이 방에서 대기하고 있어!"

"아뇨, 아뇨, 그게 아니라. 저한테 이런 게 좀 있는데요."

그리 말하면서 품에서 꺼낸 것은 회복약(보기에는 꿱! 하고 토해낸 것처럼 보이겠지만)이다.

"……? 응, 이게 뭐냐?"

"회복약입니다. 마셔도 되고! 발라도 되고! 아주 효능이 뛰어난 거죠!"

"뭐? 왜 슬라임인 네가 회복약 같은 걸 갖고 있지?"

이봐, 이봐. 남자애 말투를 쓰는 소녀란 설정은 어디로 간 거야.

완전히 슬라임으로 취급하고 있잖아! 역시 이 인간도 그냥 흥이 나서 이야기를 만들었을 뿐이었나.

뭐, 됐어. 나도 마찬가지였으니까 불평은 할 수 없는 입장이다.

"그런 거야 딱히 상관없잖습니까? 일단 한번 써 보세요. 몇 개가 필요하죠?"

"다친 사람은 여섯 명인데…… 괜찮을까?"

알리러 온 젊은 군인이 의심스러운 표정으로 날 바라봤다.

마물이 약을 건네준다. 내가 군인이라면 받지 않을 것이다.

"쳇! 여기서 얌전히 기다려라! 이봐, 어서 가보자고!"

"네? 하지만 대장…… 이 녀석은 마물인데요?"

"시끄러워! 어서 가자. 빨리 안내해."

그렇게 말하면서 대장으로 불린 수염을 기른 군인은 내가 내민 여섯 개의 회복약을 움켜쥐고 뛰쳐나갔다. 얘기는 적당히 맞춰줬을 뿐이지만 일단은 날 믿어준 것 같다.

생긴 모습대로 성격은 좋은 사람인 것 같다. 대장이었다는 사실은 놀라웠지만.

"다 끝난 건가요?"

시종일관 말이 없이 내 이야기에 고개만 끄덕이고 있었던 고부타가 물었다.

"끝나지는 않았지만 한동안은 상황을 지켜봐야겠지."

"알겠습니다요!"

머———엉하니 앉아 있는 우리들.

대기소 안에 때때로 드나드는 군인들이 우리를 의아한 얼굴로 보면서 고개를 갸웃거리곤 했지만…….

기다린 지 1시간. 심심풀이로 거미줄을 다루는 연습을 하고 있으려니 대장 일행이 돌아오는 발소리를 느꼈다.

거미줄을 집어넣고 방에 들어오는 걸 기다렸다.

고부타는 자고 있었다. 이 녀석…… 의외로 큰 인물인지도 모르겠는데!

"덕분에 살았다, 고맙다!!"

방에 들어오자마자 대장이 그렇게 말하면서 고개를 숙였다.

대장을 따라 광부들까지 들어왔다.

"댁이 약을 줬다면서? 정말 고마우이!!"

"솔직히 말해서 팔이 갈가리 찢기다시피 하는 바람에 살아남지 못해도 어쩔 수 없는 상황이었어…… 정말 고맙네!"

"…………."

감사의 말을 전하는 광부들.

거기 맨 뒤에 있는 사람. 뭐라고 말이라도 좀 해 봐. 뭐, 감사의 마음은 전해지긴 했지만.

그리고 한동안 고맙다는 인사를 전한 다음 광부들은 돌아갔다. 회복약이 도움이 된 건 무엇보다 기쁜 일이다.

이런 저런 일을 겪다보니, 태양이 이미 지면서 바깥은 컴컴해져 있다.

그 후에 대장과 잠시 동안 얘기를 나눴다.

이번만큼은 진지한 얘기다.

나와 다퉜던 5인조는 이 나라의 자유조합 소속인 모험자들이었다. 재능은 있지만 문제를 일으키는 것으로 유명했던 모양이다.

솔직히 대놓고 말해서 놈들한테도 좋은 약이 됐겠지! 그리 말하면서 웃었다.

실제로는 우리가 아무 짓도 하지 않은 건 이미 확인이 된 상황이지만, 주위의 피해자의 감정을 고려해서 일부러 구속해 둔 것이라고 가르쳐줬다.

피해에 대한 고소장도 없다고 한다.

더럽혀진 속옷을 변상하라! 같은 요구는 부끄러워서 차마 말할 수가 없었겠지.

우리의 사정도 얘기했다.

고블린 마을의 부흥 및 의류와 무기류의 조달. 가능하면 기술을 지도해줄 수 있는 자의 파견 의뢰 등등.

대장은 열심히 내 얘기를 들어줬다. 사정을 알게 된 대원들도 여러 얘기를 해줬다.

고부타 녀석도 여러 질문을 받는 바람에 눈을 휘둥그레 뜨면서 대답하고 있었다.

그렇게 날이 밝아져 갔다…….

다음 날.

아직 대기소에 체류 중이다.

고부타는 수면실에 신세를 지고 있기 때문에 지금은 여기 없다. 아직 자고 있을 것이다.

나는 잠이 필요 없기 때문에 아침부터 뒤뜰에서 행해지고 있는 훈련 광경을 바라보고 있었다.

목검을 휘두르는 속도, 모의전에서 가볍게 공격을 주고받는 모습, 그 외에 구보를 하는 모습.

그 모든 걸 느긋이 관찰하고 있다.

그 상황을 머릿속으로 시뮬레이트하면서, 그동안 포식해 온 각종 마물들과 싸우게 해봤다.

시간을 때우는 중이라 마치 게임을 하는 감각이다. 그건 그렇고 '대현자'를 이런 데다 써도 괜찮은 걸까? 보물을 괜히 썩히고만 있는 느낌이 들기는 한다. 하지만 재미있으니 어쩔 수 없잖아.

문제는 없겠지.

그 결과 마물들의 압승. 조건을 아무리 나쁘게 만들어 봐도 거미와 도마뱀을 이길 수 있는 자가 몇 명 있을 정도다.

일대일의 싸움에선 마물 쪽으로 저울이 기울 것 같다. 단 네 명~여섯 명이 기본적인 전투소대를 이룬다고 했으니, 집단으로 싸운다면 거미에 이길 수 있는 조합도 존재했다.

하지만 여기 있는 스무 명 전원이 달려든다 해도 지네에는 이길 수 없을 것 같다.

이 군인들이 이 나라의 최강 전력인 것도 아니므로 대충 이런 결과가 나온 것인지도 모르지만.

그렇게 시간을 보내고 있다 보니 고부타가 일어나서 날 찾아왔다.

대장도 출근을 한 모양이다.

"석방이다. 구속해둬서 미안하군. 인간들의 체면도 생각해서 하루는 여기에 잡아 두었네, 미안하네!"

"아뇨, 아뇨. 숙박비를 절약할 수 있어서 좋았습니다."

"그렇게 말해주니 고맙군. 사과의 뜻으로 솜씨가 좋은 대장장이를 소개해 주지!"

"그건 정말 도움이 되겠군요. 감사합니다!"

징조가 좋다. 이런저런 일을 겪긴 했지만 입국심사도 우선적으로 받은 셈이고 숙박비도 절약했다. 대장장이를 찾는 것도 애를 먹으리라 생각했는데, 군인이 소개한 것이라면 확실할 것이다!

낙천적으로 생각해보면 좋은 일만 가득하다!

"그 대신……."

응? 얘기가 잘 된 줄 알았는데 또 다른 뭔가가 있는 건가?

1+1은 마트 상품 정도면 충분한데 말이지……

"회복약의 재고가 아직 있다면 넘겨주면 좋겠네."

그렇군. 듣자 하니 재고가 얼마 없다는 식으로 어제 얘기했었지.

재고는 많이 남아 있으니 파는 거야 딱히 문제는 없지만…… 시세를 모르니까 말이지.

어떻게 할까?

……뭐, 됐어. 어차피 스스로 만든 제작비 무료의 소모품이다. 원한다면 몇 개 넘겨주기로 하자. "좋습니다. 그렇지만 이쪽도 필요한 물건이니 몇 개를 원하느냐에 따라 얘기가 달라집니다만?"

"여유분만으로도 충분하네. 남은 게 한 개뿐이라면 한 개라도 좋네."

응? 이상한 말을 하네? 예비용으로 회복약을 놓고 가주길 원하는 게 아닌가? 한 개뿐이라면 여차할 때 곤란할 텐데.

뭐, 어지간히 절박한 상황인가 보군.

"음, 그럼 다섯 개 정도면 되겠습니까?"

"다섯 개! 정말 고맙네!!"

"아아, 그리고 아마도 물로 희석시켜서 써도 효과가 있을 거라 생각합니다. 크지 않은 자상 정도라면 10분의 1정도로."

내가 설명하자 그야 당연하다는 듯한 얼굴로 고개를 끄덕이고 있다.

납득한 것 같아 보이기에 다섯 개를 건넸더니 작은 주머니를 주었다.

안을 봤더니 금색의 동전이 들어 있다.

"적을지도 모르지만 이 정도로 부탁하네. 한 개에 금화 다섯 개로 팔아주게!"

회복약이 다섯 개이니 금화 25개 정도 되는 것 같다.

이런 상황인데다, 애초에 손해인지 아닌지도 모르는 상황이니이 가격으로 넘기기로 했다. 그 대신 이 금화의 가치를 물어보고미리 알아 놓도록 하자.

"저기, 죄송합니다⋯⋯."

"돈이 적은가? 하지만 이게 최선인지라⋯⋯."

"아뇨, 금액은 이걸로 됐습니다만, 가르쳐 주셨으면 하는게⋯⋯."

"응? 이 금액으로 됐단 말인가? 그, 그럼 묻고 싶은 게 뭔가?"

응? 으으응? 이 반응은⋯⋯ 이거 혹시 너무 싸게 넘긴 건가. 좀더 높게 불러도 좋았을지도 모르겠군.

하지만 뭐, 이 정도면 됐다. 이 대장도 좋은 사람인 것 같으니그렇게 심하게 사기를 당한 건 아니겠지.

"금액 문제도 그렇긴 합니다만, 돈의 가치와 물가 같은 것도 전혀 몰라서 말이죠⋯⋯. 가능하면 그에 대해서 좀 가르쳐 주십시오! 아무래도 전 슬라임이라서 말이죠!"

나 자신도 어제 기껏 생각해낸 남자 말투를 쓰는 여자애라는 설정을 부정하는 듯이 자칭 슬라임 발언을 한다.

하지만 피차 마찬가지다. 어차피 믿지 않고 있으니 아무 문제없다.

이렇게 출발 전의 얘기가 길어지면서, 드디어 출발! 이라 말하며 나섰을 때는 점심시간이 지난 후였다. 나는 맛은 모르지만 마물인 내게도 같이 점심식사를 차려 주는 마음씀씀이가 기뻤다.

오랜만에 맛있게 식사를 대접받았다.

●

아아…… 왜 이렇게 바쁜 거람…….

드워프 족의 사내인 카이진은 투덜거렸다.

나 원, 동쪽 제국이 움직일지도 모른다! 라고? 그런 멍청한 얘기가 어디 있담!

그리 생각하는 게 그의 본심이었다.

애초에 최근 300년 동안 줄곧 평화로운 시대가 계속 이어져 왔다.

제국은 풍요로운 나라인데, 무슨 이유로 일부러 침략을 해올 필요가 있단 말인가.

그는 그 점이 이해가 되지 않는다.

뭐, 무기류를 제작하는 일을 하고 있는 그들에게 전쟁이 벌어지는 건 큰 벌이를 할 수 있는 찬스이긴 하지만……. 그렇다곤 해도 왜 갑자기 이렇게 일이 늘어나는 거냐고! 그게 숨길 수 없는 그의 심정이었다.

게다가 그를 골치 아프게 하는 문제가 또 하나…….

그 빌어먹을 대신 녀석! 속으로는 그 대신을 실컷 두들겨 패면서 골치를 썩고 있다.

무슨 이유인지 그는 한숨을 쉬면서 생각에 잠겨 있다.

기한은 이제 얼마 안 남았다.

거절했다간 신용이 얽힌 문제가 된다.

만들 수가 없었습니다! 라는 말로 끝나지 않는 문제인 것이다.

지금은 지인들로부터 연락을 기다리고 있지만, 그 결과에 따라선 두 손을 들 수밖에 없게 된다.

나름대로 이름이 알려진 무기 제작 장인인 그라고 해도 불가능한 것은 존재한다.

그렇다, 재료가 없으면 아무것도 만들 수 없는 것이다!

그런 그에게 기다리고 있던 연락이 도착했다.

"미안…… . 어제 연락할 수 있었으면 좋았겠지만 그럴 상황이 아니었어…… ."

그리 말하면서 세 명의 남자들이 들어왔다.

세 명은 드워프 족 형제이면서 채굴 작업을 맡겨놓았던 자들이다.

장남인 가름. 솜씨가 좋은 방어구 제작 장인이다.

둘째인 도르드. 세공 솜씨는 드워프 중에선 최고인 것으로 유명한 남자다.

셋째인 미르드. 과묵한 남자지만 뭐든지 솜씨 좋게 해낸다. 건축이나 예술에도 정통하다. 일종의 천재였다.

원래는 각자가 자신의 가게를 차려도 이상하지 않을 정도의 실력자들이지만 애석하게도 편하게 살기에는 너무나 요령이 없었다. 자신이 잘하는 분야 외에는 재능이 없었던 것이다.

그렇기에 더욱더 그랬던 것일까. 교섭이나 판매를 할 수 있는 성격도 아니었다. 주위 사람들에게 실컷 이용만 당해 왔다.

그러다가 믿고 있던 자에게 맡겨놓았던 가게를 빼앗기거나, 사형이나 사제들에게 자신의 재능 때문에 질투를 사 함정에 빠지기도 하고, 대신의 의뢰를 거절해 나라의 미움을 사기도 하는 등…… 결정적으로 어쩌지도 못하는 처지가 되어 어릴 적 친구이자 세 명의 형님뻘이었던 카이진에 의탁하러 온 것이었다.

좀 더 빨리 부탁하라고! 그리 생각했지만 이제 와선 의미가 없다.

세 명을 자신의 가게에서 다 같이 고용하기로 한 것이다.

하지만 세 명에게 맡길 만한 일이 없었다. 카이진의 가게는 무기상점을 경영하고 있지만, 무기 이외의 물품은 다른 곳에서 사들여 보충하고 있다.

무기는 자신이 만들고 있으므로 그걸 도와주기로 하면 되지만……. 여기서 방어구와 세공품을 제작할 수 있게 되면서, 기존의 거래를 중지하게 되면 쓸데없는 트러블의 원인이 될 우려가 있었다.

세 사람이 정착할 때까지는 현 상황을 유지하면서 영업을 계속할 필요가 있었던 것이다.

그래서 어쩔 수 없이 이 세 사람에겐 인부를 써서 광석과 소재의 수집을 지휘하게 시킨 것이다.

세 사람에게서 사정을 들어보니 아무래도 마물이 출현했던 모양이다.

카이진은 머리를 감싸 쥐었다.

지금은 세 명이 무사함을 축하해야 할 상황인 것이다.

다행히도 다치지 않고 끝났다고 한다. 그렇게 생각하면서,

"뭐, 너희들이 무사해서 다행이다. 용케 피했구나. 다치지 않아서 정말 다행이야!"

그렇게 말했다.

그렇다. 몸이 무사하다면 또 광석을 캐러 가면 된다. 친구가 무사한 쪽이 몇 배 더 중요하다! 그리 생각하던 참이었다.

그러자 세 사람은 어색한 표정으로 서로를 바라봤다.

그리고——,

"아니…… 무사히 피한 게 아니었어."

"음. 실은 지금도 어제 있었던 일이 믿어지지 않을 정도지만……."

"…………."

——그리고 자세한 얘기를 듣게 되었다.

신기한 슬라임에게서 받은 약으로 목숨을 건졌다는 내용의 얘기를.

평소라면 '믿을 수 없는 얘기'라며 웃어넘겼겠지만 이 삼형제는 거짓말을 하지 않는다.

거짓말을 할 수 있을 정도로 능수능란한 성격이 아닌 것이다.

그렇다면 이 얘기가 진짜란 말인가? 그건 그렇고 광석채굴장에서 마물의 습격을 받은 자가 있다면 새로운 인부를 고용하는 건 무리일 것이다. 어제까지 고용했던 인부들은 어제가 지나기 전에 그만두고 달아나버린 상태다. 그들도 상당히 심하게 다쳤으

니 아무런 불평도 할 수가 없다.

원래는 이런 때야말로 자유조합에 의뢰를 해야 하겠지만 그것도 무리일 것이다.

채굴의뢰는 이미 해 놓은 상태이지만 대답이 오지 않는다.

다른 공방에서도 같은 의뢰를 하고 있는지라, 품귀현상이 벌어지면서 의뢰를 제대로 소화시키지 못하고 있는 것이다.

호위 의뢰를 하면 몸값이 비싼 것은 물론이고, 그들은 의뢰한 내용 외엔 움직이지 않는다. 호위 일을 의뢰하면 호위밖에 하지 않는 것이다. 하물며 '랭크 B-'를 물리칠 수 있는 모험자가 필요한 얘기라면…….

안 된다! 채산을 맞추기는커녕 파산하고 말 것이다.

쳇! 왜 광산이 얕은 구역에 그렇게 강력한 마물이 들끓는 거냐고!

카이진은 깊은 한숨을 쉬었다.

어떻게 하지?

기한은 앞으로 얼마 남지 않았다. 무리를 해서라도 자신이 채굴을 하러 가야 할 것인가?

좋은 생각이 떠오르지 않는다. 시간만 하염없이 흘러가고 있는데 말이다…….

네 명이서 머리를 모아 생각에 잠겼다.

이상한 무리가 나타난 건 바로 그때였다.

"형! 여기 있어?"

그리 말하면서 대장, 아니 카이도 씨가 가게에 들어갔다.

얘기를 나누다 보니 친해지게 되면서 서로 이름을 편하게 부르는 사이가 되었다. 그리고 소개하겠다는 가게는 카이도 씨의 친형이 경영하고 있는 가게라고 한다.

아담한 분위기의, 딱 봐도 완고한 아저씨가 경영하고 있을 것 같은 가게다.

"실례합니다~."

"안녕하십니까요!"

그리들 말하면서 우리도 카이도 씨를 따라 가게 안으로 들어선다.

가게에 들어간 순간, 여러 명의 시선이 우리에게 향했다.

"""아!!"""

어제 회복약으로 도움을 받은 3인조가 놀란 나머지 소리를 지르면서 우리를 보고 있었다.

보아하니 다들 건강해 보인다. 웬일인지 우울한 표정을 하고 있지만.

그리고 그야말로 예상대로, 하청 건축업을 하는 사장 못지않게 위엄 있는 얼굴을 한 아저씨가 거기 있었다.

이 가게의 주인장이겠지. 솔직히 말해서 카이도 씨와는 안 닮은 것 같지만.

"뭐야? 너희들, 서로 아는 사이냐?"

"카이진 씨, 이 슬라임입니다! 어제 우릴 도와줬다던……."

"그렇구나. 대장님이 형님의 동생이었군요!"

"…………."

"오오, 아까 얘기했던 그 슬라임이란 말인가! 어제 이 녀석들을 도와줬다고 했었지, 고맙네."

"아뇨, 아뇨, 그렇게 감사 인사를 받을 정도는 되는 것도, 아닌 것 같습니다만. 핫핫핫핫하──!"

띄워주면 어디까지라도 솟아오르는 내게 칭찬의 뜻이 담긴 말은 금물이다.

한동안은 계속 콧대 높게 굴 것 같다.

"그건 그렇고 오늘은 무슨 일로 여길 온 건가?"

약간 뜸을 들인 뒤에 가게 주인장이 물었다. 그래서 자세한 사정 얘기를 했다.

우리는 가게 안으로 자리를 옮겼다. 그 후에 카이도 씨가 짧게 상황을 설명해 줬다.

나도 약간 보충 설명을 했고 대화는 원활하게 진행되었다.

그건 그렇고 셋째인 미르드라는 드워프, 뭐라고 말 좀 하라고! 아니, 어떻게 저런 상태로 말이 통하는 거지? 정말 신기하다.

"얘기는 잘 알았네. 하지만 미안하군. 힘이 되어줄 순 없을 것 같아……. 실은 말이지, 우리도 어떤 나라에서 의뢰를 받은 상태이거든……."

이건 비밀이네. 그리 말하면서 중요한 부분은 빼고 얘기해주었다.

그 말에 의하면 어떤 곳의 바보가 전쟁을 일으킬지도 모른다는 공포심 때문에 앞다투어 여러 나라가 무기를 주문하고 있는 모양이다.

어제의 약과 물자의 재고가 바닥난 것과도 연결되는 이야기이다.

"그래서 말이지. 구리로 만든 창 200자루는 철야로 준비할 순 있겠지만……. 중요한 검 스무 자루가 아직 한 자루도 완성되지 않은 상태라네. 재료가 없어서 말이야……."

주인장은 고개를 숙이면서도 푸념을 늘어놓았다.

"무리라고 말해서 거절하면 되지 않나?"

카이도 씨가 당연한 얘길 물었다.

"멍청한 녀석! 나도 무리다! 라고 처음엔 그리 말했어. ……그랬더니 그 빌어먹을 대신인 베스터 놈이…… '왕국에서 이름 높은 카이진 씨나 되시는 분이 이 정도의 일도 해내지 못한단 말입니까?' 라는 소리를 지껄였단 말이다! 그것도 국왕 앞에서 말이다. 용서할 수 있겠냐? 그 빌어먹을 자식을!!"

격노하면서 말했다.

얘기를 듣자 하니, 셋째인 미르드 씨가 전에 베스터 대신의 집을 만들어달라는 의뢰를 거절했다고 한다. 그래서 앙심을 품고 계속 괴롭힌 끝에 미르드 씨는 나라에서 쫓겨나기 직전까지 몰렸던 모양이다.

그걸 거두어준 사람이 카이진 씨라는 걸 보면, 아무리 생각해도 적반하장으로 자기가 앙심을 품고 괴롭히는 것이겠지.

내 짐작이긴 하지만, 그런 이유로 재료를 사들여 독점한 뒤에 만들지 못하게 하려는 건 아닐까? 나는 그런 생각이 들었다.

창과는 재료가 다른 것인가? 내가 그렇게 물어보니 툭 던지듯이 대답이 돌아왔다.

"그래, '마광석'이라는, 특수한 광석이 필요하지. 창은 그저 구리로 만들면 되는 거야."

명인도 재료가 없으면 평범한 사람. 아무것도 할 수 없는 것이 어지간히도 분한 것 같다.

대신도 스스로 울면서 포기하기를 기다리고 있는 게 아닐까?

"게다가 말이지⋯⋯. 한 자루를 완성하는데 하루가 걸린다고. 각 담당 별로 나눠서 효율적으로 만든다고 해도 스무 자루를 만드는데 2주는 걸린단 말이야⋯⋯."

기한은 언제까지인지를 물어보려다가 관뒀다. 묻지 않아도 그 표정이 절망적이라는 걸 말하고 있었다.

"기한은 이번 주말까지⋯⋯. 다음 주 첫째 날에 왕에게 전달하지 않으면 안 돼. 나라에서 요청해서 각 장인에게 할당되는 일이야. 해내지 못하면 장인의 자격이 박탈되는 일도 있을 수 있다고⋯⋯."

간단히 말하자면 앞으로 5일밖에 남지 않은 모양이다. 아니, 오늘은 이미 무리인 것 같으니 실질적으로는 4일? 뭔가 심각한 얘기가 되어 버렸군. ⋯⋯난 아무 관계도 없는데 왜 여기 있는 걸까?

응, 잠깐만? 아니, '마광석'이라면 내가 가지고 있잖아? 나랑 그다지 관계는 없지만⋯⋯.

문득 정신을 차리니, 무슨 착각을 하고 있는 건지는 모르겠지만 모두가 날 바라보고 있다.

남자가 바라봐도 기쁘지 않아! 이 인간들⋯⋯ 슬라임을 뭐로 생각하고 있는 거야?

어쩔 수 없구먼.

이 자리에선 아주 거창하게 은혜를 베풀기로 할까. 그리고 고블린 마을의 부흥을 돕도록 만들자!

"훗훗후. 핫핫하! 하아―――핫핫하!! 이봐요, 소인배처럼 그렇게 부정적인 말을 하고 있으면 안 되죠, 주인장. ……이거 써 보겠소?"

쿵! 하고 눈앞의 제작용 책상 위에 광석을 추출한 재료를 놓았다.

그리고 나는 소파에 몸을 잔뜩 기대어 앉았다!(그런 기분으로 앉았다.)

"……자, 잠깐, 잠까마아아안―――!! 이, 이거 '마광석'이잖아―――! 게다가 순도가 말도 안 될 정도로 높아!!"

후. 하지만 그건 '마광석'이 아니지.

이미 가공이 끝난 '마강괴(魔鋼塊)'라고!!

"쯧쯧, 주인장. 당신 눈은 장식이요?"

이걸 감정하지 못할 정도의 실력이라면 그다지 도움은 안 되겠는데.

적당히 재료만 팔아넘기고 관계는 거기까지로 끝내야겠다.

"뭐라고……? 설마…… 아니, 그런 말도 안 되는 일이! 이 덩어리 전체가 '마강'이라고?!"

주인장은 역시 알아본 건가. 하지만 그 놀라는 모습에 내가 놀랐다.

"이, 이걸 내게 넘겨주겠나? 물론 돈은 말하는 대로 주겠네!"

후후후, 낚였군!

"음, 어떻게 할까나—."

"큭, 바라는 게 뭔가? 할 수 있는 거라면 뭐든 해주지!"

"그 말을 듣고 싶었지! 우리 사정은 이미 들었겠지? 주인장이 아는 사람 중에 기술지도자로 마을까지 와 줄 수 있는 사람은 없는지 찾아주면 좋겠소."

"뭐라고? 그거면 된단 말인가?"

"흠. 우리에게 최우선적인 문제는 의식주 중에 옷과 주거지요! 아, 그리고 앞으로 옷을 조달할 연줄이랑 무기류도 부탁하고 싶은데."

"그 정도는 쉬운 일이지!"

이렇게 해서 나는 주인장, 즉 카이진 씨에게 '마강괴'를 넘겨주기로 약속을 했다.

자세한 내용은 작업이 종료된 후에 얘기할 예정이다.

아까 그 반응을 보면 아마도 좀 더 크게 불렀어도 받아들였

을 것 같지만, 너무 욕심을 부리는 건 좋지 않다.

왜냐하면 늘 그렇게 실패했으니까.

나도 배우기는 한다.

그날 다 같이 저녁을 먹고 나서 카이도 씨는 돌아갔다.

그 아저씨도 경비대 대장 주제에 대낮부터 일을 빠지다니 팔자도 참 좋다.

뭐, 날 안내해 주려고 그랬던 것이니 내가 뭐라고 할 입장은 아니지만.

그리고 드워프 3형제는 내게 너무나도 고맙다는 인사를 했다.

카이진이 자신들 탓에 나라에서 미움을 받게 된 것을 미안하게 생각하고 있는 것 같다.

그렇다면 당신들이 우리랑 같이 가지 않겠나? 그렇게 말하자, 잠깐 멍하니 있다가 셋이서 상담을 시작했다. 세 사람이 와 준다면 그게 가장 좋을 것 같은데 말이지.

다음 날.

재료를 얻었다 해도 기한이 빠듯하다는 상황은 여전하다.

그럼 어디 슬슬 나서볼까.

"카이진 씨, 남은 4일 동안 완성은 가능한 거요?"

"……솔직히 말해서 무리라고 생각하네. 그래도 해 볼 수밖에 없지!"

기합으로 어떻게든 해보겠다는 건가?

하지만 나는 알고 있다. 무리인 건 무리라는 것을.

할 수 있는 건, 할 수 있는 요소가 다 모였을 경우일 뿐이다.

어쩔 수 없군. 이왕 도와주는 거라면 끝까지 도와줘야지.

"그렇다면 내게 생각이 있소. 일단 지금부터 최고의 완성도로 만들어진 한 자루를 만들어 주시오."

"뭐라고? 자넨 이런 일은 처음이잖아? 뭘 할 수 있단 말인가?"

"비밀이오. 믿어보시오! 믿을 수가 없다면 알아서 하시고. 의뢰는 실패하겠지만."

"……믿어도 되겠나? 만약 불가능하다면 자네에게 '마강'의 대금은 지불하지 않겠네. 뭐, 나도 무사하게 넘어가진 못할 테니, 지불하려 해도 할 수 없게 되겠지만……. 그러나 약속을 지켜 주겠다면 나도 약속을 지키겠다고 맹세하지. 최고의 장인을 준비해 주겠네!!"

약속은 성립됐다.

그리고 약속이란 이뤄지기 위해 존재하는 것이다.

장소를 작업실로 옮긴다.

어제는 제자가 쓰는 빈방을 빌려 묵었다. 그 은혜도 있으니 약속대로 확실하게 카이진 씨를 도와주자고 생각했다.

우리가 방에 들어가자, 그곳에는 이미 3형제가 '마강괴'를 바라보고 있었다. 한숨을 쉬면서 몇 번이고 몇 번이고 뒤집어보면서 확인하고 있다.

내가 만들어낸 덩어리는 인간의 주먹 사이즈 정도 된다. 너무 호들갑스럽게 반응하고 있는 것 같은 게 그렇게 희귀한 거란 말인가?

내가 그런 의문점을 입 밖으로 뱉자…….

"자넨 지금 무슨 소리를 하는 건가?"

그게 카이진 씨로부터 나온 대답이었다.

카이진 씨의 설명에 의하면——.

'마광석'은 '마강'의 원석이다. 원석인 상태에도 금에 필적하는 가치가 있다고 한다.

이유는 간단하다. 그 희소성과 용도의 유용성 때문이다.

이 세계를 구성하는 요소인 '마력요소'. 원래 세계에는 없었던 이 '마력요소'라는 것이 이 세계에서 큰 역할을 차지하고 있는 것이다.

마물을 물리치면 아주 드물게 마석(魔石)이라고 부르는 마력요소의 덩어리를 얻게 된다. 이 마석은 에너지 덩어리 같은 것으로, 정령공학이라는 이 세계의 독자적인 발명품의 연료가 되는 모양이다.

또한 상위 마물의 핵이기도 한 마석은 보석보다 아름답고 내장된 에너지의 양도 차원이 다르다고 한다.

그런 상위 마석은 여러 제품의 코어(핵)으로 사용되곤 한다.

세공사가 가공하는 장식품 같은 것도 이런 재료가 사용되고 있다고 한다.

그 성능은 착용자의 능력 상승이나 부속 효과 등, 다양한 은혜를 베풀어준다고 들었다…….

그리고 '마광석'이 일반적인 광석과 결정적으로 다른 점은 반드시 상위 마물 부근에서만 채굴할 수 있다는 점이다. 왜냐하면 마력요소의 농도가 높은 장소에 있던 광석이 오랜 세월을 거쳐 마력요소를 대량으로 흡수하여 변질된 물질이 바로 '마광석'이기 때문이다.

말하자면 광물의 돌연변이에 가깝다.

당연하지만 마력요소의 농도가 높은 장소에는 강력한 마물이 살고 있다. 모험자가 용돈 벌이로 물리칠 수 있는 그런 잔챙이들의 서식지에서는 '마광석'은 잘 발견되지 않는다. 최소한 B 랭크에 해당되는 마물의 서식지가 아니면 '마광석'은 존재하지 않는다고 한다.

덧붙여 언급하자면 이때 처음으로 마물의 랭크에 관련된 설명을 들었다.

"그렇단 말입니까! 그럼 저도 B 정도는 되는 거란 말입니까?"

""………."""

아마도 바보인 고부타 말고는 모두가 같은 생각을 하고 있었겠지.

바보는 그냥 내버려 두자.

그만큼 발견하기 어려운 '마광석'이지만 거기서 얻을 수 있는 '마강'은 3~5퍼센트 정도만 함유되어 있다. 즉, 주먹만 한 크기라고 해도 '마강괴'의 가치는 같은 크기의 금과 비교하면 스무 배 이상은 된다는 뜻이다.

추가로 언급하자면 금의 가치는 원래 살던 세계와 거의 비슷하다. 금화가 유통되고 있는 것도 금의 가치가 높기 때문이다. 그렇기 때문에 각 나라의 공통적인 기준으로서 금본위제(金本位制)가 채용되어 있을 정도다.

역시 내 예상대로 희귀한 금속이었던 것이다.

한마디만 더 말하자면, 나는 지금 엄청나게 많은 양의 '마강괴'를 보유하고 있는지라 약간 두려워진 건 비밀이다. 들킬 리는 없겠지만…… 들키면 어떻게 될까? 그런 생각이 저절로 드는 건 소시민이라서 그런 걸까?

그리고 본론은 여기서부터.

'마강'이 희귀하다는 이유만으로 가치가 높은 건 아니다.

그 가치의 진짜 이유. 그건 마력의 유도와 아주 상성이 좋은 성질에 있다.

마력요소란 어느 정도의 이미지로 조작이 가능하다.

내 '마력감지' 같은 것도 그렇지만, '수조작' 같은 것도 마력요소의 조작으로 행하고 있다. 마물의 스킬도 그 대부분이 마력요소를 이용하고 있는 거라 할 수 있을 것이다.

마법에 대해선 잘 모르지만 아마도 비슷한 원리로 이루어져 있을 거라 생각하고 있다.

그렇다면 무기 재료에 마력요소가 대량으로 들어 있다면 어떻게 될까?

놀랍게도 '성장하는 무기'를 만들 수 있다고 한다!

이 무슨 로망이란 말인가!

어, 그게 무슨 소리야? 갖고 싶잖아!!

꾹 참아내긴 했지만 목구멍까지 그 말이 튀어나오려다가 말았다.

사용하는 사람의 이미지에 따라 서서히 이상적인 형태로 그 모습을 바꾼다는 무기.

그리고 사용자의 마력에 따라 전투 중에 자유자재로 모양이 변화하는 것도 가능하다니!

게다가 마력요소와의 상성도 좋기 때문에 스킬의 위력도 늘어난다.

어떤 의미로는 일반적인 무기와 비교했을 때 어지간한 기량차가 없다면 매직 웨폰(마법무기)을 들고 있는 쪽이 이기겠지.

어쩌면 돈과 기술을 쏟아부었을 경우의 얘기이긴 하지만, 순수하게 마동만으로 만든 칼날에 마석을 박아 넣는다면 '불꽃의 검'이나 '빙설의 검' 같은 물건도 만들어낼 수 있지 않을까? 꿈이 점점 커지는군.

내 마음이 빨리 만들어봐!! 라고 떠들어대고 있지만 서둘러선 안 된다. 가능할 것 같은 느낌은 드니까, 나중에 기회가 되면 마석을 손에 넣어서 실험을 해보고 싶다.

내게 한참 설명한 후 카이진 씨 일행은 작업에 들어갈 예정인 것 같다.

배워두기 위해 나도 견학을 한다. 고부타 녀석은 어차피 자고 있을 테고…….

검이라고 해도 다양한 종류가 있다. 내 안에서 최강의 검이라고 하면 물론 일본도다. 그러나 날만 따져도 다양한 형상이 있다. 그렇기 때문에 어떤 검을 만들 것인지 흥미진진하다.

만들기 시작한 지 열 시간.

보기에는 평범하고 아무 특징이 없는 한 자루의 롱소드가 만들어졌다.

어라? 마강이 엄청 많이 남았는데.

주먹만 한 크기밖에 없다. 한 자루를 만드는 재료로 충분하려나? 그렇게 생각했을 정도였는데······.

듣자하니, 모든 재료를 마강으로 만들려고 하면 얼마나 들어갈지 알 수 없다고 한다.

생각해 보면 당연한 것인가. 어쩐지 '불꽃의 검'이나 '빙설의 검' 내지는 '번개의 검' 같은 발상을 하지 않는다 했다. 돈이 너무 많이 드는 것이다.

그렇단 말이지.

마강을 심으로 쓰고 평범한 강철로 칼날을 마무리한다고 한다. 그래도 마동의 마력요소가 강철부분의 칼날에 침식하면서 언젠가는 일체화되는 모양이다. 오랜 세월을 거친 무기가 더 강한 게 많은 것은 이런 이유가 있다고 한다. 오래 되어도 주위의 마력요소를 흡수하여 자기재생을 하기 때문에 날에 녹이 슬거나 빠지는 일이 없는 것도 특징인 모양이다.

하지만 신기하게 검에도 생명이 있다고 한다. 부러지거나 완전히 비틀리거나 했을 때는 마력요소가 빠져나가면서 순식간에 풍화된다는 얘기를 들었다.

완성된 검을 보여주면서 그런 얘기를 해 줬다.

상당히 재미있는 얘기였다.

완성된 검을 손에 쥐고 바라본다(손 따위는 있지도 않지만 기분 상 그렇다는 거다).

잘 보니 심플한 모양으로 완성되었지만 잘못된 부분이 없다.

쓸데없는 부분이 없다고도 할 수 있겠다.

일본도처럼 베는 게 주체는 아닌 것 같지만 날에 의한 참격도 가능할 것 같다.

그렇군. 이걸 베이스로 개개인의 목적에 따라 변화한다는 건가.

그렇게 생각한다면 제작자의 의도를 줄이고 심플하게 정리해서 만들어낸 것도 납득이 간다.

자, 그건 그렇고.

카이진 씨 일행은 약속대로 훌륭한 검을 만들어줬다.

여기서부터는 내가 나설 차례다.

"좋아! 여기서부턴 비밀 작업을 할 거요. 미안하지만 전부 방에서 나가주시오!"

그렇게 말하면서 다들 나가게 했다.

아무리 그래도 제작방법을 보여줄 수는 없는 노릇이다. 설명하기 귀찮다는 게 제일 큰 이유이기도 하고.

"재료는 이 방에 전부 갖춰 놓았네. 하지만 정말 괜찮은 건가? 뭐든 도울 게 있다면 돕겠네."

"음, 괜찮소! 그보다 3일 동안 이 방을 엿보지 마시오. 약속이오!!"

"알았네. 자네를 믿고 기다리지……."

그리 말하면서 카이진 씨 일행은 방밖으로 나갔다.

무슨 이유인지 고부타도 나가 버렸다…….

저 바보는 대체 무슨 생각을 하면서 살고 있는 걸까? 한 번쯤 따끔하게 꾸짖어줄 필요가 있을지도 모르겠다…….

자, 오늘의 요리는 '롱 소드'가 되겠습니다.

만드는 방법은 간단해요!

우선 견본이 되는 한 자루를 삼킵니다!

계속해서 여기 놓아둔 재료들을…… 한입에 삼킵니다!

우물우물, 꿀꺽!

그리고 배 속에서 잘 섞은 뒤…….

《알림. 해석대상 : '롱 소드' 성공했습니다. 뒤이어 복제본 제작……
성공했습니다.》

이걸 열아홉 번 반복하면 끝이랍니다~!!

간단하죠?

하지만 착한 아이는 따라하면 안 돼요.

그런 얼빠진 생각을 하면서 작업을 행했다.

위험한데…… 복제본을 하나 만드는 데 걸린 시간이 약 10초.

190초…… 3분 좀 더 걸린 시간 만에 열아홉 자루의 롱 소드를
만들고 말았다…….

카이진 씨를 내쫓은 뒤 5분도 걸리지 않았다. 아니, 가능할 거
라곤 생각했지만 왠지 장인에게 미안할 정도로 쉽게 만들어 버리
고 말았는데…….

'포식자', 이건 진짜 너무 사기 스킬이다.

자, 이제 어떡한다?

3일 동안 여길 엿보지 마! 라고 말하긴 했지만, 여기에 3일 동
안 아무 짓도 하지 않고 틀어박혀 있어 봤자 아무 소용이 없다.

이미 다 완성되었다고 솔직히 밝혀 버릴까…….

힘차게 문을 열고 나는 밖으로 나왔다.

걱정스러운 표정으로 이쪽 상황을 살피고 있던 네 명이 놀라면서 일어났다.

고부타는…… 자고 있었다.

야, 너…… 5분 정도 있다가 나왔는데 벌써 잠이 들어 있다니, 이게 대체 어떻게 된 거야? 역시, 넌 안 되겠다.

내 마음속에서 녀석(고부타)에게 따끔한 꾸짖어줄 것을 확정한 순간이었다.

"이봐, 왜 그래? 무슨 일이라도 생겼어?"

"부족한 재료라도 있는 거야?"

"……그게 아니면 역시 무리, 였나?"

각자 걱정스럽게 물어오는 드워프들.

"으, 음. 아니, 실은…… 말이지."

그 걱정스러워하는 시선들이 아프게 다가온다. 나도 모르게 그만 뜸을 들이고 말았다.

여전히 나는 성격이 못된 놈이다. 못된 성격은 죽어도 고쳐지지 않는 모양이다.

"짜자안~! 실은, 이미 다 만들었지!"

""""……………뭐라고오—?!"""""

내가 다 완성했다는 걸 알리자 놀라움의 함성이 일제히 일어났다.

그야 당연히 그렇겠지…….

＊

“““건배———!”””

우리는 뒤풀이라는 명목으로 밤에만 운영하는 어떤 가게를 찾아왔다.

납품이 무사히 끝났으니 그걸 축하하자는 이유로 말이다.

아니, 난 분명히 그렇게 해 주지 않아도 괜찮다고 말했거든……?

“자자, 예쁜 누님들이 잔뜩 있다고!”

“그럼, 그럼! 젊은 애부터 분위기 있는 연상까지!! 신사들 전용의 가게란 말이야!”

“…………!!”

“어서 오라니까, 리무루 형씨가 안 오면 시작할 수가 없잖아?”

다들 입을 모아 그렇게 말하니 어쩔 수가 없다.

정말 사람 곤란하게 만든다니까.

가게 이름은 ‘밤나비’라고 했다.

정말 나비인 거 아냐? 나비라면 용서 안 할 거야—!

……아니, 아니, 흥미는 전혀 없거든? 뭐, 그래도 신사로서 일단, 응.

그런 생각을 하면서 가게 안으로 들어갔다.

“어머나, 어서 오세요~!!”

“““어서 오세요———!!”””

우효———!!

엄청나게 예쁜 아가씨들이 줄지어 서 있는 게 아닌가!

우오————!! 귀가 길어!

에, 에로프, 아니, 엘프다————!!

잠깐! 이거 위험한데———! 옷이 너무 얇아아아———!!

아아…… 보일 듯 말 듯해…….

뭐지?! 있는 힘을 다해 '마력감지'를 발동했는데!!

이 누님들은 보일 듯 말 듯한 라인을 사수하고 있잖아!

큭…… 도전인가? 내게 대한 도전인 건가?!!

젠장, 젠장……!!

"우와———! 귀여워!!"

"잠까안! 내가 먼저 찜해 두고 있었거드은?!"

사뿐~! 몽글몽글! 몽글몽글!

이, 이거야————————!!

내 몸이 탱글탱글!

내 등에서 몽글몽글!!

여긴 낙원인가?

"……. 으, 으음……. 싫다고 한 것 치고는 제법 즐기는 것 같은데?"

헉! 안 돼, 안 돼. 내가 또 무슨 짓을…….

"어……? 아니, 그 정도는 아닌데요?"

무리가 조금 있었나……. 누구 하나 날 믿어 주지 않았다.

하지만 어쩔 수 없다. 어쩔 수 없다고! 왜냐하면 나는 지금 엘프의 무릎 위에서 안겨 있단 말이다……. 감동으로 가슴이 벅차다고!!

아아…… 죽어(사라져) 버린 내 '자식 놈'이 살아만 있었다면 지금쯤 감동으로 한껏 날뛰고 있었을 텐데…….

그렇게 우리는 즐거운 시간을 보내고 있었지만──.

"이런, 이런, 카이진 님이 아니십니까! 이러시면 안 되지요. 이런 고급스러운 가게에 하등한 마물 따위를 데리고 오다니!"

마치 시비를 거는 것처럼 말을 거는 자가 있었다.

누구야? 이 남자는……?

한순간 주위가 조용해졌다.

여자들도 그 남자를 싫어하는 건지 불쾌한 표정을 짓고 있다. 잘 관찰하지 않으면 알아차리지 못할 정도이긴 하지만.

그 남자는 드워프치고는 드물게 호리호리한 체형에 장신이었다. 그렇다 해도 보통 인간과 비슷한 정도의 키다.

"이봐, 마담! 이 가게는 마물을 데리고 와도 되는 건가?"

"아, 아뇨, 마물이라 하더라도 해가 없는 슬라임이라서……."

"뭐? 일단은 마물이지 않은가! 내 말이 틀린가? 슬라임은 마물이 아니라고 말하는 건가?"

"아뇨…… 그런 건 아닙니다. 절대로……."

마담이 이리저리 말을 흐리면서 화를 가라앉히려고 하지만, 그는 말을 들으려 하지 않았다. 이 남자의 목적은 명백하게 우리인 것 같았다.

"곤란하게 됐군……. 대신인 베스터야──."

이 남자가 소문으로 듣던 그 베스터 대신이라고? 과연…… 그러고 보니, 신경질적이고 끈덕진 성격으로 보이는 얼굴을 갖고 있다.

그때였다.

"흥! 마물에겐 이런 게 어울리지!!"

그렇게 지껄이면서 베스터 대신이 내게 물을 끼얹었다.

이 정도라면 역시 머리에 열이 뻗치긴 하지만 꾹 참는다.

상대는 대신이다. 내 성질대로 날뛰었다가 카이진 씨 일행이나 이 가게의 마담에게 폐를 끼칠 수는 없다.

이 가게에 출입금지를 당한다니, 그런 씁쓸한 처분은 받고 싶지 않다.

내가 그런 생각을 하면서 일부러 참고 있었는데,

"이 자식…… 잠자코 듣고 있으려니, 점점 기어올라서는!"

큰 소리와 함께 테이블을 발로 차면서 카이진 씨가 일어섰다.

"야, 베스터! 너 이 자식, 내 손님에게 그런 건방진 짓을 하다니, 각오는 되어 있겠지?"

……어? 잠깐, 카이진 씨…… 상대는 대신인데, 괜찮겠어요?

베스터 대신도 놀라서 물러서긴 했지만 나도 놀라서 펄쩍 뛸 노릇이다!

내 등 뒤에서도 부드러운 탄력감이 느껴졌다!

……일부러 그런 건 아니다. 절대로!

"네, 네, 네 이놈이! 나한테 감히 그런 말투를……!"

분노과 경악으로 목소리도 제대로 못 내는 베스터 대신.

"너 이 자식, 그 입 못 다물겠냐!!"

그렇게 말하면서 주저 없이 베스터 대신의 얼굴을 두들겨 패는 카이진 씨…….

"리무루 형씨, 솜씨가 좋은 장인을 찾는다고 했었지? 내가 맡는 건 불만인가?"

불만이기는커녕……. 아니, 그래도 괜찮은 건가?

하지만 대신을 두들겨 패다니, 이제 이 나라에서는 살아갈 곳이 없어지겠지.

그렇지만 남자에겐 말이 필요 없을 때가 있다.

"그 말을 기다리고 있었지! 나야말로 잘 부탁하오, 카이진!"

세세한 건 됐다. 카이진이 와 준다면 나는 받아들이기만 하면 된다. 허울 좋은 말 따위는 개나 주라지! 우리는 하고 싶은 대로 살면 되는 것이다!

카이진과 나는 마주 보면서 뜨겁게 고개를 끄덕였다.

그러나…… 이제 어떻게 도망을 칠까?

역시 세상은 신중히 행동하지 않으면 문제가 엄청 발생한다.

아무리 폼을 잡아봤자 이 다음의 문제가 저절로 사라져 주지는 않는 것이다…….

*

그건 그렇고.

당연한 얘기겠지만, 대신을 때린 건 아주 좋지 않은 상황이다.

"형…… 무슨 짓을 한 거야?"

경비병을 데리고 찾아 온 카이도가 한 말이다.

아무리 그래도 매일 일을 게을리 할 수는 없는 건지, 오늘은 모습을 보지 못했다.

같이 술을 마시러 가지 않겠냐고 권유해 봤지만 일이 있다고 거절한 것이다.

그랬는데 자신이 일이 있어서 자리를 비운 사이에 소동을 일으켰으니 어이없어 하는 것도 당연할 것이다.

그냥 도망치는 거라면 쉽겠지만, 아무래도 그건 좋은 방법은 아니겠지…….

"흥! 거기 있는 멍청한 자식이 내 손님이자 은인이기도 한 리무루 형씨한테 무례한 짓을 했기 때문에 잠깐 뜨거운 맛을 보여준 것뿐이야!!"

그리 말하면서, 데리고 있던 네 명의 기사한테 보호를 받고 있는 베스터 대신을 가리켰다.

베스터 대신은 아직도 충격에서 벗어나지 못 하고 있는 것 같다.

코피를 뚝뚝 흘리면서 우리를 노려보고 있다.

그 얼굴은 넋이 나간 표정을 하고 있어서 우스꽝스러웠다. 맞을 거라는 상상은 전혀 하지 못했겠지. 너무 놀라서 고통도 느끼지 못하는가 보다.

"이거 참……. 잠깐 뜨거운 맛을 보여 준 거라니, 대신을 상대로 그건 좀 곤란하지……."

한숨 섞인 목소리로 카이도가 중얼거렸다.

"어찌됐든…… 형이랑 다른 사람들은 일단 구속하도록 하겠어!"

그리 말하면서 부하들에게 지시를 내리는 카이도.

하지만 우리에게만 들리게 "거칠게 다루지는 않을 테니까 얌전히 있어줘."라고 중얼거렸다.

물론 나한테 소동을 일으킬 생각은 전혀 없다.

나는 마담이 있는 곳으로 몰래 이동해서 마담에게 금화 다섯 개를 쥐어 줬다.

어? 하고 놀라는 마담에게 "폐를 끼친 것에 대한 사과의 마음도 좀 담았소! 다시 오지!"라고 인사했다.

이렇게 우리는 연행을 당하게 되었지만…… 뭔가를 잊어버리고 있었다.

그렇다! 고부타다.

그 멍청이는 가게에 데려오지 않았다.

거듭되는 녀석의 어리석은 행동에 대해 벌로 '도롱이지옥'을 집행 중이기도 했다.

맨 처음엔 거꾸로 매달아 놓을까 하고 생각했지만, 아무리 그래도 그건 좀 심한 것 같다.

그런고로 '끈끈한 거미줄'로 빙글빙글 감아서 방에 매달아 놓고 온 것이다.

"잠깐만요! 이건 너무 심합니다요! 저도 데리고 가 주길 바랍니다요!"

그렇게 비통한 소리를 지르고 있었지만, 금방 봐주면 또 기어오르겠지.

"이 바보 녀석! 요즘 네놈의 평소 행실이 너무 지나쳐! 분하다면 파트너(람아랑)라도 소환해서 도와달라고 하든가!"

그렇게 불가능에 가까운 엄포를 내려놓고 그대로 내버려두고 온 것이다.

고블린이라면 또 모를까, 홉고블린으로 진화한 지금의 녀석이라면 1주일 정도는 먹지도 마시지도 않아도 괜찮겠지.

여러 날 구속되어 있을 것 같으면 한 번 정도 빠져나와서 녀석을 구해 줘야겠다.

그리 생각하면서 녀석에 대해선 그대로 잊어버리기로 했다.

아주 잠깐, 불쌍하지 않으려나? 라는 생각이 들기도 했지만 씩씩한 녀석이다. 문제는 없을 것이다.

우리 다섯 명은 왕궁으로 끌려갔다.

그렇다곤 해도 삼엄하게 구속이 된 건 아니다. 임의동행에 가까운 느낌이다.

그리고 결국 감옥에서 2일 정도 지내게 되었다.

그래도 나름 괜찮은 식사가 나왔고, 방도 나름대로 깔끔한 곳이다.

다섯 명이 같이 들어가 있었기 때문에 감옥이라기보다는 큰 방 같은 느낌이다.

대우는 그럭저럭 괜찮은 인상을 받았다.

"내가 성질이 급해서 소동을 벌인 건데 다른 사람들까지 끌어들이고 말았군⋯⋯. 미안하네!"

카이진이 사과를 했다.

그렇지만 여기에 그런 걸 신경 쓰는 사람은 없다.

"카이진 씨, 괜찮습니다! 문제없어요!"

"그럼요, 그럼요, 카이진 씨가 마음 쓸 일이 아니에요!"

"……………!"

세 사람도 같은 마음인 것 같았다.

"그것보다 석방되면 우리도 카이진 씨를 따라가겠습니다!"

"리무루 형씨, 우리가 따라가면 안 되겠나?"

"…………?"

마지막 인간은 무슨 말을 하고 싶은 건지 내 이해력으로는 판단할 수 없지만, 그 기분은 전해졌다.

"흥! 다들 한꺼번에 돌봐 주기로 하지! 하지만 실컷 부려먹을 테니까 단단히 각오해 두라고!"

"""좋았어!!"""

말하자면 이런 느낌으로 우리는 석방된 후의 일을 상담하기 시작했다.

첫째 날은 그렇게 보내면서 둘째 날 밤이 되었다.

"그러고 보니 그 대신은 카이진을 꽤 눈엣가시로 여기던데, 무슨 이유라도 있나?"

별생각 없이 내가 질문했다.

이 질문에 카이진은 벌레라도 씹은 표정을 지으면서 한숨을 쉬더니 얘기를 시작했다.

실은 카이진은 예전에 왕궁기사단의 단장 중 한 명이었다고 한다.

그렇다곤 해도 왕궁기사단은 전부 일곱 개의 부대가 있었으며, 그중의 한 곳을 맡았다는 모양이다.

공작부대, 병참부대, 구급부대로 나눠지는 후방을 맡는 세

부대.

중장타격부대, 마법타격부대, 마법지원부대로 나눠지는 전방을 맡는 세 부대.

그리고 가장 중요한 왕실 직속호위부대이다.

카이진은 공작부대의 단장을 맡았던 모양이다.

그때의 부관이 베스터였다고 한다.

"녀석은 후작 가문 출신이었지. 돈으로 지위를 샀다는 얘길 들었어. 나는 서민 출신이었으니, 더더욱 내 지위를 질투하고 있었겠지. 복잡한 심정이었겠지. 서민 밑에서 명령을 받는 것도 굴욕이었을지 몰라……. 나는 당시에 다른 사람의 기분 따윈 신경 써줄 여유가 없었으니까 말이야. 왕의 기대에 부응하고자 필사적이었거든……. 그런 때에 그 사건이 일어났었지……."

그리 말하면서 당시에 일어난 사건을 얘기해 주었다.

카이진이 군인을 그만두게 된 계기가 된 사건을.

마장병(魔裝兵) 사건.

당시 드워프 공작부대는 새로운 기술을 개발하지도 못하게 되면서, 일곱 개의 부대 중에서 최악의 평가를 감수하고 있었다.

기술입국(技術立國)의 입장에서 공작부대는 전방에 소속되어야 한다! 그렇게 주장하는 베스터 파.

지금 상태를 유지하면서 건실하게 연구를 진행해야 한다! 그렇게 주장하는 카이진 파.

양쪽은 격렬하게 말싸움을 했지만 회의에서 결론이 나는 일은 없었다고 한다.

그러던 중에 엘프 쪽 기술자와의 공동개발로 '마장병 계획'이
세워졌다.

이 계획을 무슨 수를 써서라도 성공시켜서 공작부대의 지위를 확
고하게 만들자! 베스터는 그렇게 생각했던 모양이다.

이 베스터의 조바심을 카이진이 지적했지만, 베스터는 서민 출
신의 상사의 충고에는 귀를 기울이지 않았다. 그 결과 조바심을
낸 베스터의 독주로 인해 '정령마도핵'의 폭주를 일으키게 됐으
며, 초기단계에서 실험은 실패, 계획은 좌절되게 된다.

당시의 최고 기술자를 모아서 진행한 '마장병 계획'은 이렇게
끝을 맞이하게 된 것이다.

결국 실패의 책임을 뒤집어쓰고 카이진은 군을 떠나게 되었다.

베스터가 자신의 실패를 모두 카이진에게 떠넘긴 것도 모자라
서, 군의 간부를 끌어들여 거짓 증언까지 준비해 놓았기 때문이
었다.

간단히 말해서 이게 마장병 사건이란 것의 진상이었던 것이다.

얘기를 마친 카이진은 지친 표정으로 한숨을 쉬고 있었다.

기분은 이해가 된다. 오랜 세월 동안 쌓인 원한도 상당했을 것
이다.

그건 그렇고, 그 베스터란 인간은 그야말로 전형적인 악당이로
군. 어떤 의미로는 알아보기 쉬울 정도다.

쉽게 말해서 베스터 입장에서 보면, 카이진이 이 나라에 있는
이상은 언제 다시 군으로 복귀하여 자신의 지위를 위협할지 모른
다는 얘기가 되려나.

이런 비겁한 자식은 사형을 시켜야 되는 거 아냐? 뭐, 사형은 과한 건지도 모르겠지만…….

"말하자면 그런 사정이니까, 내가 이 나라를 나가면 그 녀석도 조금은 사람답게 변할지도 모르지."

그렇게 말하면서 살짝 아쉬운 표정으로 이 얘기를 마무리 지었다.

3형제도 당시의 사건의 진상을 아는 자들이라 베스터 대신을 싫어한다고 한다.

그런 얘길 들으니 나도 싫어지게 된다.

그러나 귀족을 때리고 말았다. 이대로 무사히 석방이 될 거란 생각은 들지 않는데…….

그런 내 걱정에 대해,

"괜찮을 거요. 일단은. 나는 퇴역했다곤 해도 단장 자리까지 올랐던 덕분에 준남작 지위를 받은 몸이오. 서민이 귀족에게 그런 짓을 했다간 재판도 없이 사형을 당하는 일도 있을 수 있겠지만 말이지."

그리 말하면서 크게 웃는다.

나는 전혀 웃을 수가 없지만.

여차하면 탈출하자! 나와는 관계없는 걸로 치고 소동이 마무리 될 때까지 평범한 슬라임 흉내를 내면서 지내는 거다.

나는 내심 그런 생각을 하고 있었다.

＊

그리고 재판일이 되었다.

우리는 왕 앞으로 끌려왔다.

드워프의 영웅왕.

눈앞에서 직접 보니 그 압도적인 위압감은 보통이 아니었다.

현재 이 나라를 다스리고 있는 왕인 가젤 드워르고.

눈을 감고 의자에 깊숙이 기대어 앉아 있다.

드워프답게 탄탄한 체격. 용솟음치는 에너지가 담겨 있는 근육의 갑옷.

그 특징적인 갈색의 피부. 뒤로 모아서 넘긴 칠흑의 머리카락.

강하다. 내 본능이 오랜만에 전력으로 경보를 울리고 있었다.

양옆에 기사가 대기하고 있다.

이 두 사람도 강하다는 걸 느끼지만, 왕을 앞에 놓고 보니 비교가 되지 않는다.

이 왕은 괴물인가.

쉽게 도망칠 수 있으리라 생각했지만 이래서는…….

완전히 느슨해져 있던 내 의식은 왕의 앞에 온 순간 눈을 뜨고 있었다.

어쩌면 이 세계에 온 이후로 처음 느끼는 '위기감'일지도 모른다.

한 명의 남자가 왕 앞에 무릎을 꿇고 뭔가를 확인하고 있다.

왕의 허가를 얻은 것인지 일어서서 선서문을 낭독했다.

"재판을 시작한다! 모두 정숙하라!!"

그 말을 신호로 재판이 시작됐다.

장장 1시간 동안 쌍방의 주장이 발표된다.

우리는 당사자였지만, 여기에서는 발언이 허용되지 않는다. 이 자리에서 자유롭게 발언할 수 있는 건 백작 이상의 귀족뿐이다. 그 외에는 왕의 허가를 받을 때까지 발언이 허용되지 않는 것이다.

발언을 하면 어떻게 되는 건가?

발언한 시점에서 유죄가 확정된다. 게다가 불경죄까지 추가된다고 한다. 면죄나 다른 어떤 결과와도 관계없이 말이다. 그게 이곳의 규칙이라고 한다.

대리인에게 모든 걸 맡길 수밖에 없는 것이다.

이 대리인과는 구속당한 이틀 동안 몇 번이고 만나서 얘기를 나눴다.

말하자면 변호사 같은 존재라 할 수 있겠다.

이 대리인은 과연 괜찮을까?

그런 불안한 예상은 흔히들 잘 맞아 떨어지고는 하지…….

"들으신 것처럼, 이렇게 가게에서 유유자적히 술을 마시고 있던 베스터 경을 여러 명이서 가게에 쳐들어와 폭행을 가한 것입니다! 이전 결코 용서받을 수 없는 행위이옵니다!"

"그게 사실인가?"

"네! 저도 카이진 경에게서 들은 것뿐만 아니라 가게 쪽으로부터 조사서를 받아서 보았습니다. 방금 말했던 것과 다르지 않다는 건 틀림없사옵니다!"

……응? 뭐, 뭐라고?

우리 편인 줄 알았던 대리인이 설마 하는 예상대로 우릴 배신했다.

이거 위험한 거 아닌가?

카이진을 살펴보니 순식간에 얼굴이 붉어지더니, 다음에는 창백해지기 시작하고 있다.

그야 그렇겠지. 제대로 된 변명도 해 보지 못하고 있으니까.

당연한 얘기지만 대리인이 거짓말을 하는 건 허용되지 않는다. 들키면 사형에 해당하는 벌을 받게 된다. 어지간한 각오가 되어 있거나, 무슨 사정이 있는 게 아니라면 거짓말을 한다는 건 생각도 할 수 없다. 그러나 지금, 그 생각할 수 없는 사태가 일어나고 있었다.

왕 앞에서 미천한 자(이 경우는 죄인)에게 발언을 허용하지 않도록 하기 위한 시스템이 이번에는 최악의 방향으로 이용당하고 만 꼴이었다.

"폐하! 사정은 충분히 들으셨을 것이옵니다. 이자들에 대한 처벌을 간청드리옵니다!"

베스터가 지금의 분위기를 살려 왕에게 진언한다.

그리고 이쪽을 한 번 보면서 자신이 이겼다는 표정으로 웃었다.

저 자식…… 역시 그때 패둘 걸 그랬네…….

왕은 눈을 감은 채 미동도 하지 않았다.

그 모습을 확인하면서 시종이 왕을 대신해 발언한다.

"정숙! 이제부터 판결을 내리겠다! 주범 카이진. 이 자는 20년 동안 광산에서 강제노역형에 처한다. 그 외에 공범들. 이 자들은 10년 동안 광산에서 강제노역형에 처한다. 그러면 이 재판을 폐정——."

"──기다려라."

묵직하면서 깊고 조용한 목소리가 폐회선언을 가로막았다.

왕이 눈을 뜨고 카이진을 바라봤다.

"오랜만이구나, 카이진. 잘 지내는가?"

"……네! 폐하께서도 건강하신 것 같아서 무엇보다 다행이옵니다."

한 박자 늦게 카이진이 대답했다.

왕의 질문에는 대답을 해도 괜찮은가 보다.

"됐다. 짐과 그대의 사이이지 않은가." 그렇게 카이진에게 대답하더니, 이어서 "돌아올 생각은 없는가?"라고 본론을 꺼냈다.

그건 이례적인 일인 듯, 주위에서 술렁거림이 일어나고 있다.

베스터는 순식간에 얼굴이 새파래졌다.

슬쩍 보니 우릴 배신한 대리인은 거의 죽기 직전으로 보일 만큼 얼굴이 흙빛이 되어 있었다.

"황송하옵니다만 폐하! 저는 이미 새로운 주인을 얻었습니다! 이 맹세는 저의 보물이기도 하옵니다. 이 보물은 폐하의 명령이라 하더라도 저버릴 수는 없사옵니다!"

그 발언에 주위에 있는 사람들의 분위기에 분노의 빛이 감돈다. 호위 중인 병사들은 카이진을 향해 살기를 내뿜고 있다.

그래도 카이진은 겁을 먹지 않고, 오히려 당당하게 가슴을 펴며 왕을 바라보고 있었다.

그 눈을 보고 왕은 다시 눈을 감았다.

"그렇단 말인가……."

주위에는 다시 정숙이 감돌았다.

그리고──.

"판결을 내리겠다. 잘 들어라! 카이진을 비롯한 그 동료들은 왕국으로부터 국외추방을 명한다. 오늘 밤, 날이 바뀐 이후로 이 나라에 체류하는 것을 짐은 허용하지 않겠다. 이상이다. 그러므로어서 짐의 면전에서 사라지도록 하라!!"

왕이 눈을 뜨고 커다란 목소리로 소리친다.

이게 왕자의 패기! 몸이 떨릴 정도의 위압감. 그럼에도 불구하고 내겐 왕이 외로워 보였다.

이렇게 재판은 끝이 났고 우리는 카이진의 가게에 되돌아왔다.

잠깐 한잔하러 갈 생각이었는데 일이 이렇게 커져 버렸다.

어서 짐을 꾸려 출발해야 한다.

그러고 보니 고부타는 무사한 걸까?

뭐, 아직 사흘밖에 안 됐으니까…….

아주 약간 불안한 심정으로 벌을 내려 가둬둔 방문을 열었더니…….

"아! 이제 오십니까요! 지금까지 즐기다 오신 건가요? 다음에는 저도 데려가 주시면 좋겠네요!"

그런 소리를 하면서 소파에서 벌떡 일어나는 고부타의 모습이!

어……떻게 된 거야? 이 녀석, '끈끈한 거미줄'에서 어떻게 빠져나온 거지?

자세히 보니, 고부타가 베개 삼아 누워 있던 것은 람아랑이었다.

이거 정말이야? 소환을 성공시켰단 말이야?!

"이, 이봐, 고부타 군. 설마 자네, 늑대 소환에 성공했단 말인가?"

"아! 그렇습니다! 와 달라고 속으로 빌었더니 와줬습니다!"

아무것도 아니라는 듯이 말하다니……. 아직 다른 홉고블린 중에서 성공했던 사례는 없는 상황인데 말이다.

어쩌면 이 녀석은 머리의 영양분이 재능 쪽으로 가 버린 거 아닐까?

설마. 고부타 주제에 그럴 리가 없다.

분명 우연이겠지.

그런데 그때 람아랑을 보고 드워프가 굳어 버리는 것을 눈치챘다.

"뭐 하고 있소? 빨리 준비하고 나가야지."

"이봐, 이봐, 잠깐, 잠깐! 왜 이런 곳에 흑아랑이 있는 거지?!"

"그러게 말이야! 빨리 도망쳐야 해. 저건 B 랭크짜리 마물이라고!"

보아하니 엄청 당황하고 있는 것 같다.

그 모습이 우스꽝스럽고 재미있었다.

"괜찮아, 괜찮다니까! 문제없소. 그냥 개랑 별 차이가 없으니까! 집에서 기르고 있는 늑대요!"

안심시킬 생각으로 말한 거지만 왠지 네 명이 다 절규하고 있었다.

덧붙이자면 흑아랑은 아랑의 상위종족인 모양이다. 아랑이 마속성에 치우쳐서 진화했을 경우에 털이 검게 변한다고 한다. 람아랑도 검은색이지만 윤기가 다르다. 애초에 평상시에는 폭풍우 속성으로 진화하는 일은 아예 없다. 내가 이름을 지어 준 것 때문에 일어난 돌연변이 같은 것이다.

화산지대 같은 데서 불 속성으로 진화하면 적아랑, 물 주변이라면 청아랑, 숲이라면 녹아랑이 된다. 간단히 말해서 속성을 얻으면 상위종으로 진화가 가능하다는 뜻이다. 마속성의 흑아랑은 인간을 습격하는 위험한 마물이라 두려움의 대상이 되는 것도 어쩔 수 없는 얘기라고 한다.

폭풍우 속성으로 인해 색이 흑자색이 되어 버렸기 때문에 그 차이를 자세히 아는 사람이 아니면 구별이 잘 안 될 것이다.

시간이 없기 때문에 지금은 카이진 일행에게 설명을 해 줄 여유가 없다.

애완동물이라는 말로 억지로 납득시킨 뒤에 마음을 새로 다잡는다.

드워프들에게 여행용 옷으로 갈아입게 한 뒤에 전부 밖으로 내보냈다.

그리고 나 혼자 집안에 남은 뒤에 이 집에서 가져갈 것들을 전부 차례로 집어 삼켰다.

용량에는 아직 여유가 있다.

그렇지만 역시 건물을 집어 삼키는 건 안 좋은 방향으로 너무 눈에 띄기에 수상하게 여길 것 같아서 참도록 했다.

이렇게 여행 준비를 마친 뒤 우리는 리그루 일행과 합류하기로 한 장소인 숲의 입구로 향했다.

●

그 자리는 고요함에 싸여 있었다.

방금 전까지 소란스러운 소동이 있었다고는 생각할 수 없을 정도로.

다섯 명의 범죄자가 도망치듯이 이 자리를 떠난 후 누구 하나 움직이는 자가 없다.

베스터는 침을 꿀꺽 삼켰다. 왕이 침묵을 지키고 있는 것에 공포가 밀려온다.

그리고 그 고요함을 부수듯이 왕인 가젤이 입을 열었다.

"베스터, 뭔가 하고 싶은 말이 있는가?"

"화, 황송하오나 폐하! 이건 오해이옵니다! 무슨 착오가 있는 것이옵니다!"

꼴사납게 왕에게 매달리다시피 하면서 울부짖고 있는 베스터.

그에 비해 왕은 시종일관 감정을 드러내지 않는 냉철한 태도를 유지하고 있다.

"오해, 라. 짐은 충실한 신하를 한 명 잃게 됐다."

"무슨 말씀이옵니까! 그자는 왕에게 충성을 맹세하기는커녕 어떤 자인지도 모르는──."

"베스터여. 너는 착각을 하고 있구나. 카이진 녀석은 예전에 짐의 곁을 떠난 자였다. 짐이 잃게 될 충실한 신하…… 그건 바로 너를 말하는 것이다."

베스터의 심장이 빠르게 뛴다.

뭐라고 변명을 해야 한다. ……그렇지만 머리는 헛돌기만 할 뿐, 말도 잘 떠오르지 않는다.

아무런 생각도 할 수가 없게 되었다.

지금, 왕이, 뭐라고 말했지?

잃어버리는 것은, 너다. 그 말은 즉…….

베스터는 어떡해야 좋을지를 생각했다. 하지만 아무 생각도 떠오르지 않는다.

"한 번 더 묻겠다, 베스터. 뭔가 하고 싶은 말이 있는가?"

두렵다.

베스터는 머릿속이 공포로 꽉 찼다.

왕이 묻고 있다. 대답해야 한다……. 하지만 아무 말도 떠오르지 않는 것이다.

"화, 황송, 황송하옵니다만……."

"짐은 너에게 기대를 하고 있었다. 계속 기다리고 있었다. 마장병 사건 때도 네가 진실을 말해 주기를 기다리고 있었다. 그리고 이번에도……."

가젤 왕은 오히려 자상하다고까지 형용할 수 있을 것 같은 표정으로 베스터를 바라봤다. 그러나 그 표정과는 반대로 그 말은 검보다 날카롭게 베스터를 찌른다.

"이걸 보라——."

왕이 두 가지의 물건을 보여 주었다.

어느샌가 시종이 가져온 것이다.

베스터는 넋이 나간 눈으로 그걸 보았다.

하나는 베스터가 본 적도 없는 액체가 가득 담긴 주머니 모양의 구체였다.

또 하나는 한 자루의 롱 소드.

"뭔지 알겠는가?"

그 질문을 받고 자세히 보니 구체는 잘 모르겠지만 롱 소드는 본 기억이 있다.

카이진이 가져온 검이었다.

"설명해 주도록 해라."

왕의 명령을 받고 시종이 설명을 시작했다.

베스터의 머리가 그걸 이해하기에는 약간의 시간이 필요했다.

엘릭서(소생약)는 아니지만 히포크테 풀의 완전추출액. 그건 풀 포션(완전 회복약)이었다.

드워프의 기술을 총동원해도 98퍼센트의 추출이 한계다.

98퍼센트로는 하이퍼 포션(상위 회복약)의 효과밖에는 얻을 수가 없다. 그런데 99퍼센트라니!

놀라움에 베스터의 얼굴이 일그러졌다. 알고 싶다! 그 추출방법을──.

더욱 놀라운 정보가 베스터에게 설명을 통해 전달됐다.

그 롱 소드.

심으로 사용한 마강이 이미 침식을 시작하고 있다는 보고였다.

있을 수 없는 일이다. 보통 10년의 시간이 지난 뒤에야 서서히 침식이 일어나는 것인데!

너무 놀라운 나머지, 베스터의 사고회로가 다시 활성화된다.

그게 사실이라면! 그런 생각이 베스터를 지배했고.

"그걸 가져온 자가 바로 그 슬라임이다. 너의 행동이 그 마물과의 연결고리를 끊어 버렸다. 뭔가 하고 싶은 말이 없는가?"

결정적으로 베스터는 왕의 분노가 얼마나 깊은지를 알아차렸다. 이미 어떤 변명도 통하지 않는다는 것을.

"아무것도…… 아무것도 드릴 말씀이 없습니다, 폐하."

눈물이 솟아올랐다. 자신은 왕에게 버림을 받았다는 것을 비로소 이해했다.

왕의 도움이 되고 싶었다. 그리고 왕에게 인정을 받고 싶었다.

그의 바람은 단지 그것뿐이었는데.

언제부터 자신은 잘못을 저지른 것일까.

카이진에게 질투를 했을 때부터다.

어쩌면 훨씬 전부터…….

모르겠다. 다만 알고 있는 건 자신은 왕의 기대를 배신했다는 그 사실이다.

"그런가. 그럼 베스터여! 너에겐 왕궁의 출입을 금지시키겠다. 두 번 다시 짐 앞에 그 모습을 보이지 말라……. 하지만 마지막으로 너에게 한마디 해 주마. 수고했다!"

베스터는 왕의 말을 듣자 일어서서 왕에게 깊이 머리를 숙여 사죄했다.

그리고 그 자리를 떠났다.

자신이 저지른 어리석은 행동의 대가를 지불하기 위해서…….

베스터의 퇴출과 동시에,

근위병이 달려와 베스터의 공범인 대리인을 체포한다.

그 모습을 보면서,

"암부(暗部)여, 그 슬라임의 동향을 감시하라! 절대로 들키지 마라. 절대로, 알겠는가!"

거듭 다짐을 하면서까지 왕이 명령을 내렸다.

과묵한 왕이 거듭 다짐을 시키면서까지 내리는 왕의 명령. 그게 얼마나 중요한지를 깨달으면서 주위의 사람들은 모두 긴장한다.

"목숨과 바꿔서라도 완수하겠습니다!"

암부는 그렇게 말하면서 사라졌다.

왕은 생각했다.

그 슬라임은 대체 정체가 뭔가?

그건 일종의 괴물이었다. 그런 마물이 멋대로 돌아다니고 있단 말인가.

영웅으로서의 직감이 왕에게 무시할 수 없는 뭔가를 느끼게 했다.

그 직감을 믿고 왕은 행동을 개시했다.

●

숲의 입구에서 리그루 일행과 합류했다.

안에서 지낸 것은 결국 5일. 대충 예정대로 시간이 걸렸다.

여러 일을 겪긴 했지만, 어쨌든 목적은 달성할 수 있으니 다행이다.

욕심을 좀 더 부리자면 이 거리에서 모험자 길드 비슷한 존재인 자유조합에도 가보고 싶었다. 없을 거라 생각은 하지만, 혹시나 '이세계인'이 있었을지도 모르니까…….

또 모처럼 드워프의 나라에 왔으니 세공품과 방어구와 관계된 물건도 견학을 해 두고 싶었지만 이제 와선 어쩔 수 없는 일이다. 장인 자체를 동료로 받아들일 수 있었으니까 그걸로 만족해야겠지.

금화도 20개나 벌었으니 수확은 있었다.

리그루 일행에게 카이진 일행을 소개했다. 앞으로는 동료가 될 사이이니 사이좋게 지냈으면 좋겠다.

그러고 보니 드워프는 차별의식 같은 게 거의 보이지 않는다. 반 요정족이라는 걸 생각해 보면 당연한 것인지도 모르겠지만, 앞으로의 일을 생각해도 좋은 점이라 생각한다.

그건 그렇고 여행을 다시 떠나게 되면서 문제가 하나 발생했다.

나를 태울 생각으로 의욕만만하게 꼬리를 휘두르면서 날 따르는 란가에게 5미터에 가까운 원래 모습으로 돌아가서 3형제 중의 두 사람을 태우라고 말했더니…….

란가는 그 기뻐하던 표정이 일시에 무표정으로 돌아가더니 슬슬 뒷걸음질을 치면서 주저앉아 버렸다.

그러더니 "이 녀석들이 사라져 버리면 문제가 해결되는 거 아냐?"라고 말하는 것 같은 표정으로 드워프를 바라보았다.

당장이라도 잡아먹어 버릴 것 같은 그 표정을 보고 드워프들이 겁을 먹고 있었다.

그렇지 않아도 처음 란가를 본 순간,

"""구에에엑───!! 왜 이런 곳에……?"""

그렇게 소리치면서 엄청 놀랬는데 말이다.

란가가 어지간히 무서웠던 걸까, 아니면 그게 그들이 가진 개인기 중 하나인 걸까?

잘은 모르겠지만 그 행동 어딘가에 개그 요소가 있었는지도 모른다.

"잠깐, 란가. 실은 말이지, 나도 흑랑으로 변신해 보긴 했다만 그 성능을 여러모로 확인해 두고 싶다. 그러니까 드워프 두 사람은 너에게 맡기마!"

그렇게 내가 말하자 눈을 번쩍———! 빛내면서,

"알겠습니다! 나의 주인이여!"

그리 말하면서 겨우 승낙을 했다.

카이진과 3형제 중의 장남인 가름을 내 등에,

둘째인 도르드와 셋째인 미르드를 란가의 등에 태운다.

란가의 등에 두 사람이 올라탄 걸 확인한 후에 '끈끈한 거미줄'로 고정시켰다.

일단 시속 80킬로미터로 내달릴 테니, 오토바이도 없는 이 세계에선 상당한 공포체험이 될 것이다.

내가 그 속도로 달릴 수 있는지는 모르기 때문에 그렇게까지 스피드를 낼 생각은 없기도 하지만.

다음은 나다.

변신 : 템페스트 스타 울프

내 변신이 끝났다.

"훌륭합니다!! 역시 나의 주인!!"

"후하하! 역시 그렇겠지. 너도 이 모습으로 진화할 수 있게 열심히 노력해라!"

그렇게 란가의 칭찬에 대답하는 나.

"넷! 그 기대에 반드시 부응하겠습니다!"

새로운 목표가 생기면서 란가의 눈동자가 찬란하게 빛나고 있었다.

그런 란가의 마음에 자극을 받으면서 람아랑들도 흥분하고 있는 것 같았다.

모두 의욕이 생긴 모양이다. 아주 좋은 일이다.

카이진 일행을 태우려고 돌아봤더니…… 어찌된 거지? 입에 거품을 물면서 기절해 있었다.

뭐 하고 있는 거야? 이 아저씨들은…….

뭐, 됐다.

평소했던 연습의 성과를 보여 주지! 나는 등에서 '끈끈한 거미줄'을 발사했다. 그리고 카이진 일행을 끌어당겼다.

성공이다! 사실은 틈틈이 거미줄을 발사해서 조종하는 연습을 하고 있었던 것이다.

이렇게 기절한 카이진 일행을 태운 뒤에 우리는 출발했다.

여담이지만, 처음에는 가볍게 달릴 생각이었는데 100킬로미터를 넘어서는 속도를 내버렸다. 카이진 일행이 기절해 있었던 건 어찌 보면 다행이라고 할 수 있을 것이다.

아마 출발하자마자 낸 속도에 기절하고 말았을 테니까…….

란가의 등에 탄 드워프 두 사람, 도르드와 미르드를 보았다.

그들은 근성이 있는 건지 괜찮아 보이——는게 아니었다. 저게 그 말로 듣던 눈을 뜬 채 기절하다! 라는 것인가 보다. 애도를 표한다.

기절한 드워프들을 내버려둔 채 돌아가는 길을 서둘렀다.

아마 기절하고 있는 쪽이 혀를 깨물지 않을 테니까 오히려 더 무사할 것 같다.

실제로 내가 그들의 입장이었다면 깨어나자마자 또 공포체험을 하는 건 싫을 테니까.

의식을 잃고 있는 동안에 모든 게 다 끝나는 게 더 행복하다.

그래도 식사 시간에는 깨워야겠지만.

역시 난 성격이 못됐다.

그러고 보니…….

"리그루! 하나 묻겠는데, 흑랑의 소환에는 성공했나?"

"아니오, 부끄럽습니다만……. 아직 성공하지 못했습니다……."

흠. 리그루도 아직 성공하지 못했을 줄이야.

다른 고블린들도 분해하고 있다. 마찬가지로 페어인 흑랑들도 분한 표정이었다.

그렇다면 고부타만 성공했단 건가?

"아니, 고부타 녀석이 성공을 시킨 것 같던데 말이지?"

"뭐라고요! 고부타, 그게 사실이냐?"

"넵! 불렀더니 와 줬습니다!"

그 말에 다른 고블린&흑랑이 투지에 불타는 눈빛을 띠었다.

"……그럴 수도 있겠군요. 어찌됐든 고부타는 이 드워프 왕국과 고블린 마을을 도보로 왕복한 적이 있는 강자니까 말입니다!"

과연, 그러고 보니……. 완전히 바보다! 라고 생각했지만 할 때는 하는 남자였구나.

뭐, 고부타는 바보이지만 무능하진 않다는 얘기겠지. 생각해보니 왕복 4개월, 먹을 것을 스스로 조달하면서 이 거리를 걸어서 여행을 했다. 쉽게 해낼 수 있는 일이 아니다.

약하기는 하지만 이 부근에는 마물도 출현하곤 하니까 말이다.

내 안에서 고부타에 대한 평가가 몇 단계 올라갔다. 그래 봤자 금방 다시 떨어지겠지만 말이다.

밤이 되었기에 일단 쉬기로 한다.

나는 전혀 피곤하지 않았지만 다른 자들에겐 휴식이 필요하다.

다른 자들에게 휴식을 취하게 한 뒤 나는 능력을 확인하는 시간을 가졌다.

템페스트 스타 울프의 신체능력은 엄청나게 높다.

마치 분출이라도 하는 것처럼 온몸에서 힘이 솟아오르는 감각.

가볍게 땅을 박차자 순식간에 하늘 높이까지 도약했다. 땅을 내달리자 하늘을 나는 것 같은 속도로 질주했다. 내 반응속도와 합치면 그 성능을 쉽게 이끌어낼 수가 있을 것 같다.

애초에 지금까지의 싸움은 '수인'으로 적을 베는 걸로 끝이었다.

그렇기 때문에 그다지 의식은 하지 않았지만 근력이랑 순발력 같은 능력도 싸움의 중요한 요소인 것이다.

그런 점에서 이 템페스트 스타 울프라면 아쉬울 것 없는 전투력을 보유하고 있다고 할 수 있었다.

내 예상이지만 '대현자'에 의한 보정을 생각한다면, 내가 변신한 흑랑이라면 동굴에 있던 검은 뱀을 순식간에 죽일 수 있을 것이다. 특수능력을 사용하지 않고도 말이다.

드워프의 도시에서 들었던 설명으로는 도마뱀이 'B-'였다.

다른 마물도 '대현자'의 시뮬레이션을 이용하여 대강의 랭크를 산출해냈다.

그 랭크로 말한다면 검은 뱀은 A까지는 되지 않는다.

지네 열 마리에겐 이길 수 있었으니까 'A-'정도 될까.

마찬가지로 내가 조종하지 않은 템페스트 스타 울프라면 검은 뱀보다는 강하지만 열 마리를 상대하기에는 무리일 것으로 생각한다. 아니, 잠깐. '검은 번개'라는 수상한 스킬이 있다…….

하지만 내 본능이 이건 위험하지 않을까? 라고 호소했다.

만일을 대비해 슬라임으로 돌아간 뒤에 한번 시험해 보기로 하자. 원래 성능보다는 떨어지는 위력이 나오겠지만 시험 삼아 써보는 느낌으로 말이지.

그리고 '검은 번개'를 써봤는데…… 상상을 넘어서는 위력이었다.

섬광. 그 직후에 엄청난 굉음이 울려 퍼진다.

시험 삼아 날려본 목표물인 강가의 큰 바위가 박살이 나면서 사라졌다.

음속을 가볍게 능가하는 속도로 번개가 날아간 건 확인할 수 있었지만……. 이거 참, 그 파괴력은 대단하다는 말로밖에 표현할 방법이 없다. 내 예상을 훨씬 넘어서고 있다.

후후후……. 없었던 일로 치자! 나는 즉시 그렇게 판단한다.

그렇다. 나는 지금 아무것도 하지 않은 것이다! 어쩌다가 번개가 친 것일 뿐이다!

그런 걸로 치자.

이 스킬도 검은 뱀의 '독무 브레스'와 마찬가지로 봉인해두자.

적어도 위력을 조절할 수 있게 될 때까지는 사용하지 않는 게 좋을 것 같다. 무엇보다 마력요소가 엄청 소비되어 버린다. 조절하지 못하면 난발할 수 없다. 마력이 다 되어서 전투불능에 빠질 위험도 있으니까.

단, 그 위력은 말할 것도 없이 효과범위도 광대했기 때문에 비장의 수는 될 수 있을 것 같다.

바위가 있던 장소를 중심으로 반경 2미터의 범위가 고열로 인해 유리 형태로 변해 버린 걸 바라보면서 나는 그렇게 생각했다…….

무슨 일인가 싶어서 달려온 리그루 일행에겐 눈앞에서 번개가 떨어졌다고 얼버무렸지만 그들의 휴식을 방해하고 만 셈이 되어 버렸다. 미안한 짓을 했다.

앞으로 위험할 것 같은 실험은 안정된 상태에서 할 수 있는 곳에서 해야만 할 것 같다. 방음효과도 있으면 더 말할 것이 없다. 그런 장소가 아니라면 가볍게 실험하는 것도 불가능할 것 같다.

하지만 일단 데이터는 얻을 수 있었다.

머릿속으로 시뮬레이트를 재개한다.

그 '검은 번개', 그걸 사용한다면 내가 조종하지 않아도 흑랑이 열 마리의 검은 뱀에게 이길 수 있을 것 같다.

그 말은 즉, 템페스트 스타 울프는 A랭크의 범위를 넘어선다는 뜻이 될지도 모른다.

A랭크의 마물은 작은 도시 하나를 궤멸시킬 수 있는 레벨. '재해'로 지정된 종이다.

앞으로 도시 부근에서 흑랑으로 변신하는 건 자제하는 게 좋을 것 같다.

그 이후 내 연구는 비밀리에 날이 샐 때까지 계속되었다.

다음 날.

리그루 일행에게 아침식사를 준비시켰다.

고블린의 요리는 굽는 것뿐이다. 도저히 요리라고 부를 수 있을 물건이 못된다.

지금은 괜찮다. 내겐 미각이 없으니까. 하지만 언젠가 미각을 손에 넣는다면 요리라 할 수 있는 것을 억지로라도 가르쳐야 하겠지. 맛있는 식사야말로 문화적인 생활의 첫걸음이 될 테니까.

고블린이 문화적인 생활에 길들여질 수 있을까?

나는 가능하다고 생각하고 있다. 어떻게 될지는 모르겠지만, 나는 할 수 있는 건 전부 시험해 볼 생각이다. 요리 정도에서 막혀 버리면 곤란하다.

억지로 깨운 드워프들은 아직도 창백한 얼굴을 하고 있다. 괜찮으려나?

"괜찮은가?"

"아, 응…… 여긴?"

의식이 점점 뚜렷해지면서 주위의 경치가 낯설다는 것을 알아차리고 당황하기 시작했다.

고블린의 마을을 향해 여행 중이라는 사실을 알린다.

"뭐라고? 대충 잡아도 2개월은 걸리는 여행이 될 텐데! 어딘가 마을을 경유해서 마차를 조달해야해. 먹을 것도 부족하고!"

이제 와서 새삼 놀란 것처럼 무슨 소릴 하는 건가 ──그렇게 말하려 하다가, 잘 생각해보니 아무 설명도 해 주지 않은 것을 떠올렸다. 여기까지 어떻게 왔는가와 이동속도에 대해서도.

어차피 급한 여정도 아니다. 이참에 드워프들에게 우리의 상황을 설명해 주기로 했다.

마침 식사 준비가 다 된 것 같다. 야생토끼를 구운 것이지만 공복 상태인 드워프들의 배가 자극을 받으면서 소리를 냈다. 보아하니 몸 상태는 양호한 것 같다.

아침식사를 먹으면서 앞으로의 예정을 말했다.

그때 말한 김에 방금 한 질문에도 대답을 했는데…… 앞으로 이틀 정도면 마을에 도착할 거라 설명해 주자,

"""'말도 안 돼……!'"""

그렇게 중얼거리면서 절규하고 있었다.

이틀이면 도착한다=그 정도의 속도로 이동, 이라는 뜻이 되기에 그들이 놀라는 것도 무리는 아니다.

안심하라, 익숙해지면 쾌적하다! 그렇게 달랬다.

빨리 익숙해지면 좋겠지만 그 전에 목적지에 도착하게 되겠지.

이동을 재개했다.

자, '사념전달'을 사용해서 대화가 가능한 환경을 만든다. 몇 번이나 해 본 일이라 이제는 익숙해졌다.

드워프들에게도 유효한 것 같아서 다행이었다.

'사념전달'은 '염화'의 상위 버전 같은 거라 링크시켜 여러 명과도 대화가 가능해진다는 게 매력이다.

동시에 작전행동을 실행할 때도 도움이 될 것이다.

유효범위는 최대일 경우에도 1킬로미터 정도밖에 안 되지만 충분하다고 생각한다.

두 번째이기도 해서 마음을 단단히 먹고 대비하고 있었는지, 기절하지도 않고 등에 매달려 있는 드워프들.

풍압으로 눈을 뜨지를 못 하는 것 같아서 거미줄로 얇게 막을 만들어봤다. 헬멧의 대용품이라는 생각으로 만들어봤는데 의외로 괜찮게 만들어졌다.

사념으로도 '끈끈한 거미줄'을 어느 정도는 조절할 수 있게 됐다.

마력요소의 조작에 익숙해지면 뜻대로 조절할 수도 있을 것 같다. 이건 '끈끈한 거미줄'만 그런 게 아니라 다양한 것에도 응용할 수 있을 것 같다. 그야말로 마법의 요소가 되는 거라 할 수 있을 것 같다.

드워프들도 익숙해지면서 차분함을 되찾은 것 같다.

헬멧의 대용품도 효과를 발휘해 주었다.

그 덕분에 대화도 가능하게 되면서 적당히 드워프들로부터 상식을 배워가면서 길을 나아갔다.

드워프들의 얘기를 고블린들도 열심히 듣고 있다. 그리고 자신들의 상식과 맞춰가면서 얘기는 열기를 띠고 있다. 잘 어울리는 것 같아서 일단 안심이다.

이런 상태라면 마을에서도 잘 해나갈 수 있을 것 같다.

드워프도 고블린도 근본적인 뿌리는 같다고 한다.

반요정이면서 장수하는 드워프족.

반마족이면서 단명하는 고블린들.

진화의 과정에서 차이가 발생했다. 아니, 그보다는 생활환경이 맞으려나?

애초에 고블린은 진화가 아니라 퇴화가 아닐까 생각한다.

그 고블린이 진화한 홉고블린은, 말하자면 드워프의 마족 버전 같은 존재일지도 모른다. 격세 유전처럼 마력도 엄청 증가했으니까. 진화에 따라 수명도 늘어났을지도 모른다고 생각하지만 아마 틀린 건 아니겠지.

뭐, 그다지 손재주가 있어 보이지는 않는 데다, 마물과 요정이란 차이는 있겠지만…….

같은 반요정이라 해도 드워프는 엘프보다는 마물에 가까운 종족.

그렇기 때문에 익숙해지면 위화감 없이 어울릴 수 있을 것 같았다.

문득 생각이 나서 물어보았다.

"카이진, 이제 와서 묻는 것도 그렇지만 괜찮은가? 당신은 드워프의 왕을 존경하고 있었잖아?"

"아아, 그거 말인가. 존경하고 있었지. 드워프 중에서 그분을 존경하지 않는 자는 없네. 옛날이야기에 나오는 영웅이 바로 자신들의 왕이니까 말이지."

확실히 그렇긴 하다. 잠자리에서 듣곤 했던 옛날이야기의 영웅.

그 영웅이 살아 있으며, 자신들을 지켜 주는, 자신들의 왕인 것이다. 듣고 보니 모두가 동경하면서 존경하는 건 당연한 일이리라.

모두가 왕의 도움이 되기를 바란다.

절대적으로 옳은 일을 행하며 잘못을 용서하지 않는다. 이상의 왕이다.

이런 모습을 현실에서 계속 유지하려면 얼마나 자신을 희생하고 있었단 말일까.

어떤 의미로는 공포조차 느껴진다. 어마어마한 정신력이 있어야 할 테니까.

그렇기 때문에 모두가 왕을 믿는 것일까……. 과연 나에겐 그 정도의 각오가 있을까?

얘기를 나누다보니 고블린의 주인이 되었다. 하지만 그 다음에는?

"카이진. 왜 나를 따라온 거지? 아무리 생각해 봐도 왕의 곁으로 되돌아가는 게 더 좋은 게 아닌가?"

이 질문에 카이진이 답했다.

"가하하하하! 형씨도 의외로 섬세하구먼. 그야 재미있을 것 같기 때문이지. 직감으로 느꼈어. 이 녀석은 뭔가 큰일을 해낼 녀석이다! 라고 말이야. 이유는 그 정도면 충분하지 않을까?"

그 정도면 충분하다라…….

충분하다. 그건 틀림없어!

"흥. 나중에 우는 소리나 내뱉지 말라고. 나는 사람을 거칠게 다루기로 유명한 남자거든?"

그렇다. 사실 나는 스스로는 아무것도 하지 않으니까.

남에게 맡기고 남에게 의존한다. 하지만 부탁을 받는다면 도와주고 싶어 한다.

그렇게 있을 수 있는 자신이 되고 싶다고 바란다.

"알고 있네!"

되돌아온 대답을 듣고 나는 만족하면서 고개를 끄덕였다.

이틀 후, 예정대로 마을에 도착했다.
우리는 목적을 달성하고 마을로 돌아온 것이다.

소녀와 용사

뚜벅뚜벅뚜벅……

성 안에 조용한 소리가 메아리친다.

이미 마왕은 도망친 상태. 이 성은 버림받았다.

나는 후군. 버림받은 말이다.

마왕은 마지막까지 나를 도구로서 취급했다. 감정 같은 것은 일절 배제한 채로.

내게 이름을 지어 준 것만이 그가 보여준 유일한 자상함이었다고 생각한다.

나는 마왕을 미워하고 있었던 걸까? 사실은 스스로도 잘 몰랐다.

마왕을 따르는 것이 불꽃의 상위정령인 이플리트의 뜻이었을까, 아니면 내 뜻이었을까.

지금도 잘 모르겠다.

그리고 버림받은 것도 원망스럽지는 않다. 이젠 어찌되든 상관없다고 느끼고 있었으니까.

이 성은 어떤 실험시설이었던 모양이다. 포기한다고 해서 마왕에겐 딱히 큰 손실은 없었던 모양이다.

　이상하게 생각하는 건 내가 여기 남아 있을 의미가 있는 건가? 하는 점이었다.

　찾아온 자를 적대하지 않고 그냥 후퇴하는 것도 가능했다. 그런데도 마왕은 내게 남으라고 명령한 것이다.

　무슨 의도로 그랬던 것인지 지금도 그의 생각은 이해하지 못한 채로 남아 있다.

　이곳을 찾아온 자는 '용사'다.

　길고 은빛이 감도는 검은 머리를 뒤로 묶었고 몸에 걸치고 있는 것은 짙은 흑색으로 통일된 경장비.

　마왕에 뒤떨어지지 않는 미모. 차이점은 '용사'가 소녀였다는 것이다.

　본 순간에 직감했다. 이길 수 없다고.

　그렇지만 마지막까지 인간이 아니라 불꽃의 마인으로 '용사'와 대치하자고 생각했다. 그게 지금까지 살아남아 온 것에 대한 최소한의 속죄가 될 것이라고, 그렇게 생각하면서.

　농축된 불꽃으로 만들어낸 검은 용사의 칼로 너무나도 쉽게 막혀 버렸다. 어떤 것이든 베어 버릴 수 있을 초고온의 칼날이 한 자루의 칼로 박혀 버리는 광경에 내 눈을 의심했다. 어쩌면 칼의 성능이 아니라 용사의 능력이었을지도 모른다.

마왕의 측근인 흑기사에게 단련된 덕분에 내 검술 실력도 어느 정도의 수준은 되었다. 이플리트가 검술을 배울 일은 없으니, 순수한 내 능력이라고 흑기사가 칭찬해 준 걸 기억하고 있다.

마인이 된 내 신체능력은 마왕 레온의 부하들 중에서도 상위에 속했다. 그 신체능력은 물론이고, 흑기사의 지도를 받고 숙달된 검술 실력까지. 내가 마왕의 심복으로서 군림할 수 있었던 이유는 이플리트의 힘만으로 이루어진 것이 아니었던 것이다.

하지만——모든 공격은 용사에겐 통하지 않았다.

미칠 듯이 배웠던 검술도 용사의 칼에 의해 전부 빗나가 버린다. 모든 공격을 부드럽게 받아 넘기는 바람에, 날과 날이 맞부딪히는 코등이싸움조차 마음대로 되지 않았다.

그리고 이플리트의 초고열의 불꽃으로 둘러쌌는데도 불구하고 땀 한 방울 흘리지 않고 평온하게 서 있는 용사.

맨 처음에 직감했던 대로 용사는 격이 다른 존재였다.

이플리트가 마력요소를 지나치게 소모하는 바람에 내 속에서 잠들어 버리는 것이 느껴졌다. 싸움을 속행하는 건 불가능했다. 나는 아무것도 하지 못한 채 진 것이다.

나는 그 자리에서 땅바닥에 주저앉았다. 마왕에게 받은 은혜는 갚았다고 생각한다. 할 수 있다면 좀 더 살고 싶었지만, 마인이 된 나를 용사는 절대 놓아 주지 않을 거라 생각했다.

"이제 마음이 풀렸어? 넌 왜 여기 있는 거니?"

용사가 말을 걸어왔다.

나는 바로 죽을 거라 생각하고 있었기 때문에 그 질문은 약간 의외였다.

고개를 갸웃거리면서 용사를 보았다. 용사는 마물을 사냥하는 자이며, 나는 그런 용사에게 적대하는 마인이었다. 그렇다면 두말없이 베인다고 해도 아무 불평을 할 수 없는 것이다.

그런데도——무슨 변덕인지 용사는 내게 질문을 계속 했다.

나는 용사의 질문에 따라 조심스럽게 입을 열어 답했다. 그리고 이 세계에 소환된 후로 지금까지 어떻게 살아왔는지, 무슨 짓을 저지르고 말았는지를, 전부 용사에게 얘기한 것이다.

보나마나 내 입장에 유리하게끔 지어낸 이야기로 들렸을 것이다.

이렇게 마인이 되어 버린 내 말을 믿어 줄 리도 없는데 말이다…….

　그렇지만 조금이라도 내게 흥미를 가지고 내 이야기를 들어주는 사람이 있었단 것이 기뻤던 것은 사실이다. 즉, 이건 내가 살아왔다는 증거를 남기려는 것이었으니까. 누군가의 기억 속에만 남아 있을 뿐이라 해도, 나는 틀림없이 여기 살고 있었다는 걸 가슴을 펴고 주장하자, 그렇게 생각했던 것이다.

　마인인 내 얘기 따위는 용사는 믿어 주지 않을 것이다. 그래도 좋았다. 적어도 기억에 남을 수 있다면 그걸로 충분했다.

　그랬는데,

　"이제 괜찮아. 지금까지 열심히 살았구나."

　용사는 믿어 준 것이다.

　그 말을 듣고 내 눈에 눈물이 흘러나왔다. 정신을 차려보니 나는 용사에게 기댄 채 울고 있었다.

　이 세계에 온 후 처음으로 나는 안도의 감정에 휩싸인 채 자신의 감정을 솔직하게 드러냈던 것이다.

＊

그 후 나는 용사에게 보호를 받게 되었다.

용사는 내 커다란 화상자국을 보고는 표정이 어두워졌다. 내 입장에선 익숙한 것이기도 했고, 내 몸에 반 가까이 퍼져 있는 그것을 살아 있는 증표로 생각하고 있었다.

용사는 회복마법으로 화상자국을 치료할 수 없는지 시험해 봤다. 그러나 그건 이뤄지지 않았다. 이플리트와 동일화되면서 내 몸은 화상자국이 있는 상태로 안정되어 버렸기 때문일 것이다.

용사는 잠시 생각하더니 품에서 예쁜 가면을 꺼냈다.

"이건 말이지, 마법저항을 높여 주는 효과가 있단다. 네 안에 있는 이플리트를 억제하는 효과도 기대할 수 있을 거야."

그렇게 말하면서 소중한 것을 대하듯이 가면을 한 번 쓰다듬은 후에 내게 건네줬다.

'항마의 가면'으로 이플리트를 억제함과 동시에 화상자국을 가린다. 하지만 효과는 그뿐만이 아니었다.

이플리트의 의지가 억제되면서 지금까지 억압되고 있었던 내 감정이 넘쳐서 흘러나온 것이다.

혼자 남게 된 외로움과 마인이 되어 버린 공포. 처음 생긴 친구를 죽여버린 것에 대한 참회의 감정. 이 부조리한 세계에 대한 분노……. 가면을 쓰면서 나는 어린애로서의 감정을 되찾을 수가 있었던 것이다.

내가 진정하게 될 때까지 용사는 계속 날 안아 주었다.

그 후로 한동안은 유일하게 용사와만 얘기할 수 있을 정도로 두려워하며 살았던 걸 기억하고 있다.

용사는 그런 나를 귀찮아하지 않고, 마치 부모라도 된 것처럼 날 돌봐주었다. 그리고 조금씩 내 마음을 터놓을 수 있게 도와주었고, 평범한 사람처럼 얘기를 나눌 수 있도록 교육시켜준 것이다.

나는 온몸을 로브로 가리고 용사를 따랐다. 행여 날 두고 떠나지 않을까 두려워서 늘 필사적으로 그 뒤를 따라 다녔다.

모험자 상호협동조합이라는 조직에 소개를 받은 것도 그 무렵이었다.

늘 가면으로 얼굴을 가리고 있는 말이 없는 소녀. 그게 당시의 내 평판이다.

용사의 그늘에 숨어서 아무것도 할 줄 모르는 짐이었던 것이다.

어느 날, 용사를 따라 몇 번인가 얼굴을 보이게 된 조합에서 이런 일이 있었다.

"거기 있는 가면 쓴 애는 여자애 맞지? 이번 일은 위험하니까 남아서 대기하는 게 좋지 않겠어?"

용사가 마물 토벌을 갈 때도 늘 같이 따라가는 나를 걱정한 누군가가 그런 말을 했던 것이다.

하지만 나는 겁을 먹고 떨 수밖에 없었다. 왜냐하면 당시의 나는 믿을 수 있는 사람이 용사뿐이었기 때문이다.

내게는 용사가 전부였기 때문에 떨어진다는 건 생각도 할 수 없는 일이었다.

마인이 된 것이 발각되면 어른들이 날 죽일 거라고 생각하고 있었다. 그런 생각을 할 수 있을 정도로 나는 일반적인 상식을 익히고 있었던 것이다.

그런 나를 보며 쓴웃음을 짓고는,

"괜찮아, 여기 있는 사람들은 착한 사람들이니까. 그리고 말이지, 넌 강하단다. 그러니까 괜찮아."

그리 말하면서 용사는 날 달래 주었다.

그랬기에 기운을 낼 수 있다고 생각한다. 용사의 기대에 보답하고 싶었고, 사실은 나도 이대로는 안 된다는 걸 알고는 있었으니까. 게다가 용사의 말은 무슨 이유인지 확신에 가득 차 있어서 정말 그렇다고 내가 믿게 만들어 준 것이다.

스스로도 신기할 정도로 안정을 되찾은 나는 그날부터 용사가 돌아오길 기다리며 대기하게 되었다.

조합의 접수처 옆에 있는 대합실에서 나는 공부하고 있었다.

나라의 이름이 블루문드 왕국이라는 걸 배운 것도 이 무렵의 일이다. 그 외에도 쥬라의 대삼림 주변에는 여러 나라가 있다는 걸 배웠다.

배운 것은 나라 이름뿐만이 아니었다. 접수 업무 중에 시간이 남는 사람이 산수를 가르쳐 준 것이다. 그 외에도 여러 종류의 문자도 배웠다.

주변국의 정세를 얘기하는 모험자들의 목소리에도 귀를 기울이면서 이 부근에 어떤 나라가 있는지, 어떤 역학관계가 있는지도 어렴풋이 이해할 수 있게 됐다.

학교에 다니지 못했던 내게 조합이 배움터가 된 것이다.

그리고 마법도.

소서러(법술사)나 샤먼(주술사), 매지션(마술사)에 인챈터(부적술사).

조합에 들르는 자들 중에는 그런 마법에 정통한 자도 있었다.

이런 세계의 신비를, 친하게 된 모험자들로부터 배울 수가 있었던 건 행운이었다.

내 이해력이 미치지 못하는 심연도 존재하는 것 같았지만, 당시의 내게 필요했던 건 정령을 대하는 방법을 아는 것이었다.

상위정령인 이플리트는 나와 동화되어 있다. 그 덕분에 계약이라는 순서를 생략한 채로 나는 이플리트의 능력을 구사할 수 있게 된 것이다.

단, '항마의 가면'으로 이플리트를 봉인해 둔 상태라는 걸 잊어서는 안 된다. 나는 주의 깊게 이플리트를 대하는 방법을 모색했다. 그리고 어느 정도는 몸에 부담을 주지 않고 능력을 쓸 수 있게 되었다.

어느샌가 나는 '폭염의 지배자'라는 별명으로 불리게 되었다. 불꽃을 마음대로 다루면서 폭렬마법을 장기로 하는 엘레멘탈러(정령사역자)로서.

용사와 함께 모험에 나서도 아무도 걱정하지 않을 만큼은 성장할 수 있었다. 그걸로 끝이 아니라 같이 여행을 하는 동료로서——용사의 파트너로서——인정을 받은 것이다.

나는 기뻤다. 나는 자신의 은인인 용사에게 인정을 받고 싶어서, 조금이라도 도움이 되고 싶어서 노력을 해왔으니까.

그 노력이 결실을 맺으면서 나는 절정의 행복을 맛보고 있었다.

하지만 몇 년 후, 용사는 여행을 떠났다. 나를 남겨두고⋯⋯.
그 이유는 모르겠다. 어쩌면 용사에게는 용사 나름대로 어떤
사정이 있었을지도 모른다.
내게 존재하는 과거의 그것과 마찬가지인 사정이. 언젠가는 나
도 여행을 떠날 생각이었기 때문에 용사에게 불평을 할 수 있는
입장은 아니었다.
마왕을 죽이기 위해서? 아니, 사실은──.
나를 살리고, 그리고 버렸다. 그 진의를 알고 싶었을 뿐인지도
모른다.
그리고 한 번 더 인정을 받고 싶었다. 나라는 인간이 살아 있다
는 것을.
그런 제멋대로의 바람을 가지고 있었던 나였기에, 용사가 혼자
여행을 떠나는 걸 막을 자격 따윈 없었던 것이다.
나는 이미 어른이 되었으며, 분별을 하지 못하는 어린애가 아
니었다. 그렇기 때문에 이 가면 안에서 흐르는 물방울은 분명 기
분 탓임이 틀림없다. 그렇게 믿으면서 나는 용사를 배웅했다.

──분명 다시 만날 수 있을 거야──.

그 말을 가슴에 담으면서 나는 강해지자고, 그렇게 결심했던
것이다.

*

용사가 떠난 후에도 나는 여러 나라를 널리 돌아다녔다.

그녀와 마찬가지로 괴로워하는 사람들을 돕고 싶다고, 그렇게
생각했기 때문이다.

이플리트와 동화된 탓인지 내 육체는 열여섯 내지는 열일곱 살
의 단계에서 성장이 멎어 버리고 말았다. 마왕의 저주일지도 모
른다고 느꼈지만, 모험자로서 행동하기에는 딱 적당했다.

모험자란 숲에서 희귀한 식물을 채집하거나 마물을 처치하고
마력요소를 입수하는 것 같은 거친 일을 직업으로 삼고 있는 자
가 많았다. 그래서였을까, 실력이 강한 자를 더 높게 쳐주는 풍조
가 있었다. 늘 죽음을 가까이 두고 살아가기 때문에 강한 자는 그

것만으로도 존경을 받고 모두에게 의지가 되는 것이다.

모험자 상호협동조합이라는 조직은 국가에 소속되지 않은 채 자유롭게 살아가는 자들이 모인 조직이었다.

그렇기 때문에 마물과 싸우다가 다친다 하더라도 나라가 돌봐주는 일은 없었다. 나라는 나라대로 기사단을 결성하여 자국의 진지를 지키고 있었던 것이다.

도시가 마물에게 습격을 당하거나 하면 영주로부터 토벌 의뢰가 나오는 일도 있다. 하지만 기본적으로는 국가와 모험가 사이에는 상호협조하려는 생각이 없다. 그렇기 때문에 국가는 군이 수비 가능한 범위 외에는 영토를 가지지 않으며, 해당되는 생활권은 현격히 좁았다.

강대한 마물이 도시를 덮치는 일도 있었다.

세 개의 머리를 가진 뱀이나 날개가 있는 사자 등등. 재해 급으로 불리는 마물이 도시 근처에 출현했을 때는 국가 전체가 관여하는 전쟁 수준의 소동이 일어난다.

국가 간의 틀을 넘어 상호 국가 간에 대한 지원체제가 협정에 의해 이뤄져 있는 것은 당연하다 할 수 있으리라. 단, 그런 지원은 어디까지나 안전이 확보된 후에 행해진다. 마물을 토벌하는 건 국가의 위신을 걸고 해당국이 치러야 할 필요가 있었다.

그러므로 시민권을 지닌 국민은 더욱더 우대를 받았으며, 그 외의 자들은 위험이 많은 성벽 주변에 거주구역을 설치하여 수용하는 체제가 차츰 이루어졌다.

시민권이 없는 자는 빼앗기는 것에 익숙해졌고, 힘이 있는 자는 자신의 몸을 지키기 위해 모험자가 된다. 빈부의 격차가 커지는 것은 당연한 일이었다.

이 세상은 약육강식이며, 약자가 학대를 받는 것은 어쩔 수 없는 일이었다.

나는 그런 가난한 사람들을 지키고 싶다고 생각했다.

내가 정말로 바랐던 구원을 선사해 준 용사처럼.

내가 그들을 저버린다면 나는 마왕과 다를 것이 없다. 그러므로 나는 늘 약자의 편으로서 필사적으로 활동하기 시작했다.

그리고 언제부터인가 영웅으로 불리면서 사람들이 의존하는 존재가 되어 있었다.

*

도시에 드래곤이 습격해왔다.

그 전투력은 일개 군대에 필적하는, 명백한 재해 급의 마물이다. 블루문드 왕국은 즉시 긴급사태를 선언하고 엄중한 경계태세에 들어갔다. 당연하게 내게도 의뢰가 들어왔다.

몇 년에 한 번, 재해 급의 발생이 확인되었지만 이번의 마물은 거물이었다.

드래곤은 어중간한 공격은 통하지 않기 때문에 공격력이 약한 기사단은 전력으로서 의지할 수가 없었다. 나도 사력을 다해 전투에 참가했지만 검이 통하지 않는 상대에겐 큰 위협이 되지 않는 것 같았다. 이대로는 수많은 사상자가 나올 것이다. 그렇게 생각한 나는 오랜만에 잠들어 있던 이플리트를 불러냈다.

드래곤이 내뿜은 작렬의 브레스가 내 몸을 휘감는다. 그러나 이플리트와 동화되어 있는 내게 그런 공격은 산들바람과 비슷한 자잘한 공격이었다.

자신 있던 브레스가 먹히지 않는다는 걸 깨달은 드래곤이 본능적으로 내게 겁을 먹었을 때는 이미 때늦은 뒤였다. 내 양손에서 백열의 불길이 채찍처럼 뻗어 나와 도망치려 하던 드래곤을 붙잡아 묶어 버렸다.

그 결과 드래곤을 불태우는 데 성공했다. 그렇지만 그 대가로 나는 1주일에 달하는 혼수상태에 빠져 버리고 말았다.

원인은 마력요소의 감소였다. 초로에 접어들어 있던 나는 젊은 시절과 마찬가지로 정신을 집중시킬 수가 없었던 것이다. 정신력의 쇠퇴는 즉 마력의 쇠퇴를 의미한다.

에너지(마력요소량)는 이플리트와 동화한 덕분에 채워졌지만, 그걸 다룰 수 있는 기력이 쇠약해져 있었다. 육체의 노화가 진행되어 있지 않은 탓에 자신의 기력이 쇠약해져 있었다는 걸 깨닫지 못했다. 생각해 보면 늘 이플리트를 억제해두고 있었으니, 기력이 소모되는 것도 이상한 일은 아니었던 것이다.

어떻게든 드래곤을 격퇴할 수 있었으니 결과적으로는 잘된 것이겠지만, 자칫했으면 드래곤 이상으로 흉악한 이플리트를 풀어놓았을 가능성이 있었다.

옛날 일을 떠올리면서 그 공포에 창백해진다.

자칫 잘못하면 또 이 손으로 지켜야 할 사람들을 불태워 버렸을지도 모른다.

──슬슬 때가 온 건지도 모른다. ──나는 그렇게 생각했다. 내가 약해지면 이플리트가 폭주할 수 있다. 슬슬 은퇴를 생각할 때가 온 건지도 모른다고 생각했다.

내가 어렸을 때부터 돌봐주었던 모험자 상호협동조합의 운영자 중의 한 사람인 하인츠 씨에게 그 일을 상담했더니.

"그렇다면 잉그라시아 왕국으로 가 보도록 하게. 분명 거기서 기본적인 전투기술을 신인에게 교육시켜줄 인재를 모집하고 있을 거야. 은퇴한 모험자는 많지만 남을 교육시킬 줄 아는 인물은 귀중하니까 말이지."

그렇게 말하면서 소개장을 써 주었다.

"감사합니다. 너무 많은 신세를 졌습니다."

"인사는 됐네. 우리는 시즈 씨한테 고마워하고 있어. 여러모로 도움을 받은 건 우리 쪽이야."

내가 인사를 하자 쑥스러운 표정으로 웃으며 그렇게 대답했다.

"잘 지내게. 나중에 휴가라도 받으면 이쪽에도 또 들러주면 좋겠군."

마지막에는 그리 말하면서 모두와 함께 날 배웅해 주었다. 그 일을 겪으면서 나는 모두와 동료였다는 걸 느끼면서 너무나 기쁜 마음이 들었던 걸 기억하고 있다.

이렇게 하여 나는 모험자를 은퇴한 뒤에 교관의 길을 걷기 시작하게 된 것이다.

제4장

폭염의 지배자

Regarding Reincarnated to Slime

우리는 고블린 마을에 도착했다.

마을을 출발한 후 2주일도 걸리지 않았지만 왠지 그리운 느낌이 든다.

뭐, 마을이라고 하기에도 쑥스러운, 울타리로 둘러싼 광장일 뿐이지만…….

우리가 여행에 나가 있는 동안에 간이 텐트 같은 걸 만들어서 생활하고 있었던 모양이다.

마을의 중심에 모닥불을 피운 흔적과 큰 솥이 설치되어 있는 걸 알아차렸다.

굽는다! 그것뿐이었던 요리 방법에 삶는다! 가 추가된 것 같아. 괄목할 만한 진보이다.

그 솥은 어디서 구한 걸까? 잘 보니 빅 터틀(거대 뱀거북)의 껍데기를 가공한 것으로 보인다.

얼마나 사냥 범위를 넓히고 있는 건지…….

뭐, 다른 마물에게 공격을 받지는 않는 것 같아서 일단 안심했다.

마을로 들어오자 살고 있는 홉고블린들이 곧바로 우리가 온 걸 알아차리고 기쁨의 함성을 지르면서 우리를 맞아주었다.

미안하지만 선물은 없다.

하지만 사냥으로 잡은 마물의 모피 같은 걸 말린 게 보이는 걸 보니, 드워프들이 당장이라도 옷은 만들어 줄 것이다.

때가 되면 고블린들도 스스로 옷을 만들어 입을 수 있게 되면 좋겠지만 말이다.

그건 그렇고 드워프를 소개할 수 있게 모두 모이도록 하기 위해 리그루도를 찾으려 했다.

하지만 그럴 필요는 없었던 게, 리그루도가 알아서 달려왔다.

우리를 맞이하느라 서두르고 있는 건가 생각했지만 왠지 난감한 얼굴을 하고 있다.

무슨 일이 있었던 거지? 그리 생각해서 물어보려 했지만 그럴 필요는 없었다.

"어서 오십시오! 돌아오자마자 이런 말씀을 드려 송구합니다만, 리무루 님을 찾는 손님이 와 계십니다……."

피곤하실 텐데 죄송합니다! 그렇게 사과하면서 내 질문에 답해 주었다.

손님……? 난 아는 사람이 없는데?

어쨌든 드워프들에겐 자유롭게 마을을 견학하도록 했다. 그들도 여기에 살 게 될 테니까 흥미가 있겠지.

가지고 온 도구들은 비어 있는 텐트에 넣어두게 했다. 바닥에 늘어놓는 것보다는 낫겠지.

드워프들을 돌보는 건 리그루에게 맡기고 나서 손님이 있다는 곳으로 안내를 받았다.

리그루도는 나를 큰 텐트로 안내해줬다. 어느샌가 응접용으로 세운 모양이다.

대체 누굴까? 뭐, 만나보면 알게 되려나. 그렇게 생각하면서 텐트 안으로 들어갔다.

텐트 입구를 지나가다가 놀랐다.

안에 있던 것은 몇 마리의 고블린들이었다.

옷차림이 좋은 자가 몇 마리, 그들을 따르고 있는 자가 각각 몇 마리씩 있다.

족장과 그들의 호위병인가? 무기는 소지하고 있지 않은 것 같다. 소지하고 있다 해도 별문제는 없지만.

내가 당황하고 있는 것과는 관계없이 갑자기 고블린들이 엎드렸다.

"""처음 뵙겠습니다, 위대하신 분이여! 부디 저희들의 소원을 들어주십시오!!"""

일제히 날 보고 외쳤다.

위대하신 분? 날 말하는 것 같긴 한데, 너무 심하게 띄우는걸. 하지만 이자들이 날 바라보는 눈은 진심이란 글자가 바로 보일 것 같은, 그런 눈을 하고 있었다.

내게 뭘 기대하고 있는지 모르겠지만 일단 얘기를 들어보기로 할까.

"흠. 말해보라."

"네, 정말 감사합니다! 저희의 소원은 당신의 휘하에 들어가는 것입니다!!"

한 명의 족장이 대표로서 내게 말했다. 주위 사람들도 동의한다는 듯 고개를 끄덕이고 있다.

"""부디 이렇게 부탁드립니다!!"""

기대에 찬 눈으로 나를 바라보더니, 다시 일제히 엎드려서 고개를 깊이 숙였다.

솔직히 말해서 귀찮다고 생각했다.

우린 아직 제대로 된 부흥도 시작하지 않았다고. 너희를 상대할 틈은 없단 말이야!

그리 말하면서 거절하고 싶었지만, 이 마을의 인원수가 줄어든 것도 사실이다. 어차피 나중에 이 부근의 영역 다툼으로 충돌하게 될 것은 예상할 수 있는 일이었기 때문에, 이참에 미리 정리해 두는 것도 좋을지 모른다.

내부에서 배신 같은 일이 벌어진다면 그때는 전부 다 죽여 버리자.

나는 배신은 용서하지 않는다.

마물을 다스리는 데에 있어 어중간한 각오를 갖고 있으면 방해가 된다. 냉철하게 대처해야만 한다. 그런 각오를 하기 위해서라도 이 녀석들을 받아들이기로 했다.

한 번 더 스스로에게 다짐한다.

이 녀석들이 배신한다면 나는 이 녀석들을 죽인다, 라고.

그건 그렇지만…… 나도 참 이렇게 쉽게 죽인다! 라는 생각을 할 수가 있었구나.

나 스스로 자신에게 놀랐다.

뭐, 좋다. 고민하는 것보다는 나을 지도 모른다.

그런 그렇고 이 녀석들은 대표만 온 것 같은데, 과연 몇 마리 정도의 세력이 있는 걸까?

나는 이 녀석들의 이름은 생각해야만 한다는 것에 생각이 미치면서 한숨을 쉬었다…….

각각의 전령 고블린들이 자신들의 마을로 연락을 하기 위해 되돌아갔다.

그리고 남은 마을 대표들에게 얘기를 듣기로 했다.

얘기를 듣고 그 내용을 요약해 보니…….

애초에 이 일의 발단은 숲의 질서가 흐트러지기 시작한 것에 원인이 있다. 아랑족이 습격했을 때 리그루도 쪽 마을이 버림을 받은 것도 전력을 배당할 여유가 없었던 것에 기인했다.

오크에 리저드맨, 그리고…… 오거——.

이 숲의 지혜가 있는 마물들이 숲의 패권을 두고 움직이기 시작한 것이다.

지금까지도 자잘한 분쟁은 있었지만, 암묵의 합의 하에 무력충돌까지 가지는 않았던 모양이다.

그러나 이 숲의 지배자가 사라진 사태가 일어나자 지금까지 쌓아온 불만을 풀자는 움직임이 일어난 것 같다.

원래 마물이란 스스로의 힘을 과시하고 싶어 하는 성질을 가지고 있다. 그렇기 때문에 쌓이고 쌓인 불만을 풀어내기 위해 각 종족이 모두 준비에 여념이 없다. 전쟁이 벌어지는 건 시간문제라는 생각이 들었다.

약소종족인 고블린 따위는 녀석들 앞에 그저 유린될 뿐인 존재에 불과한 것이다.

고블린의 각 족장들은 당황했다. 이대로 있다간 자신들은 전쟁에 휩쓸려 파멸하고 말 것이라 생각했다.

족장회의를 열어서 매일 얘기를 나눴지만 결국은 지혜가 없는 마물들.

좋은 생각이 떠오를 리가 없었다⋯⋯.

그러던 중에 아랑족의 습격 사실을 보고받았지만 지금은 그걸 신경 쓸 때가 아니다. 그렇기 때문에 리그루도의 부족의 버림을 받았고, 그렇게 잊혀졌던 것이다.

그랬는데⋯⋯ 여전히 좋은 생각을 떠올리지도 못한 채 식량을 비축하는 것도 힘들어지기 시작했을 무렵, 숲에 새로운 위협이 나타났다는 보고가 날아들었다.

검은 짐승과 그걸 몰고 다니는 자들에 대한 소문.

그자들은 평지를 내달리는 것처럼 숲 속을 질주하며, 강력한 숲의 마물을 차례로 처치했다.

대체 정체가 뭔가? 전전긍긍하고 있던 고블린들에게 전해진 경악스러운 보고.

아무래도 그들은 예전에 고블린이었던 것 같다는 내용.

이 보고를 받고 의견이 갈라졌다.

지금 당장이라도 그자들의 보호를 받아야 한다는 주장.

너무나 수상하다! 무슨 함정임이 틀림없다! 라고 경계해야한다는 주장.

함정이라고 외치는 자들에게, 우리를 함정에 빠트릴 이유가 없다고 설득해 봐도 말을 듣지 않았다.

또한 함정이 아니라고 해도 자신들을 받아줄 것이라는 보장이 없다. 무엇보다도 리그루도 쪽의 마을을 저버렸던 걸 떠올린 자들은, 역시 자신들을 용서하지 않을 것이라고 반대했던 모양이다. 고블린들에게도 수치심이란 개념이 있나 보다.

지혜가 없는 자들의 슬픔이라 해야 할까. 결국 말로는 결론이 나지 않았다고 한다.

그렇기 때문에 보호를 받으려는 자들의 대표들이 이 자리까지 직접 찾아오게 된 것이라 한다.

그렇군. 들어 보니, 참 뻔뻔한 얘기이긴 하다. 그러나 약소한 데다 지혜도 없는 고블린. 그 점은 어쩔 수가 없었을 것이다. 어찌되었든 이미 받아들이기로 결심한 상황이다.

오고 싶은 자들은 오면 된다.

나는 마을을 방문한 고블린들의 대표에게 그렇게 전했다.

내 말을 듣고 고블린들은 자신들의 마을로 되돌아갔다.

✳

여기서부터가 문제다.

찾아온 고블린들을 바라보면서 나는 생각했다.

조금…… 지나치게 많지 않나?

이 마을의 공간만으로는 도저히 수용할 수 있는 수가 아니다.

아니, 그 전에, 왜 내가 그런 일로 고민해야 하는 거지?

최근 며칠 동안은 도끼를 만들거나, 만든 도끼로 나무를 베어서 목재로 가공하는 등, 아직 집을 지을 수 있는 단계까지도 도달하지 못했다. 할 일이 너무 많은 것이다.

카이진이 목재 관련 업무를 담당해주고 있다.

드워프 3형제는 부지런히 모피를 가공하여 홉고블린의 의복류를 만들고 있었다.

드워프 3형제가 고블리나(여자 고블린)들을 바라보는 눈이 심상치가 않다. 그래서 옷 만들기를 서두르는 게 좋겠다고 생각한 내가 지시를 내린 것이다.

그런 저런 일로 정신없이 보내고 있는 중에 고블린들이 찾아 온 것이다.

네 개의 부족, 다 합쳐서 얼추 500마리.

나머지들은 반대파의 마을로 떠났다고 한다.

이사를 할 수밖에 없나. 지금이라면 조금이나마 수고를 덜 수 있다.

그렇게 생각하면서 머릿속의 맵을 확인한다.

입지적으로 물이 가까우면서 농지에도 적합하며 널리 펼쳐진 장소가 있는 곳이 바람직하다.

내가 걸어왔던 곳 중에서 조건에 제일 가까운 곳은…… 맨 처음 동굴에서 나왔을 때 바로 근처에 있던 장소 주변.

흠. 리그루도를 불러서 그 주변의 정세를 물었다.

"그 주변은 불가침영역으로 되어 있습니다. 동굴 내부는 숲과 달라서 강력한 마물의 소굴이 되어 있기 때문에……."

"그렇다면 문제는 없겠군. 나는 그곳에 살고 있었으니까."

"뭐, 뭐라고요?!"

"아니, 거기서 태어났다고 할 수 있으니 괜찮겠지."

"……역시 대단하십니다. 이 리그루도, 다시 감탄했습니다."

알아듣지 못할 말을 한다.

그 동굴에서 태어난 것만으로 왜 감탄을 하는 걸까?

뭐, 일단 납득은 한 것 같으니 괜찮으려나.

곧바로 3형제의 셋째인 미르드를 부른다. 건축 관계 지식으로 도움을 주기 위해서다.

나는 미르드와 여러모로 상담을 했다. 전생(前生)의 건축 관계 지식을 기억나는 대로 미르드에게 전했다.

이 세계의 측량기술은 마법을 최대한 동원해도 어중간한 레벨의 수준인 모양이다. 그때 내가 갖고 있는 잡다한 지식을 더해서 현지 측량의 계획을 세웠다.

흑랑에겐 필요 없겠지만, 고블린이나 드워프에겐 배설물의 처리 시설 같은 것도 필요로 한다. 기왕 할 거라면 하수처리 절차를 정비해서 배설물을 발효시켜서 비료로 만드는 게 좋겠다고 생각했다. 위생 면에서 봐도 전염병 등의 감염원이 되기 쉬운 것은 상식일 테니까. 그 점을 미르드에게 전했다.

마물인 고블린이 병에 걸리나? 그렇게 생각했지만 평범하게 전염병에 걸린다고 한다. 마물 주제에 허약한 녀석들이다. 뭐, 그 정도로 비위생적인 환경이라면 그야 병에 걸리는 것도 당연하겠지…….

고블린의 경우는 그 왕성한 생식력으로 새로 태어나는 자의 수가 죽는 자의 수보다 많기 때문에 개체 수를 유지하는 게 가능했던 모양이다.

그러나 진화를 하게 되면서 그 번식력은 격감한 것 같다. 그걸 감안해 보면 아마 수명도 늘어났을 거라 생각되지만……. 병으로 죽는 자가 많아지면 개체 수를 유지할 수 없게 됨을 의미한다. 의료지식이 없는 나로선 병에 대한 대처는 할 수가 없다.

마법에 의한 치료도 가능할지 모르지만 쓸 줄 아는 사람이 없으므로 기대해선 안 된다.

그런고로 어차피 만들 거라면 철저하게 위생적인 주거환경을 만드는 게 낫다고 생각한 것이다.

미르드는 배설물의 처리 관계에 대해 일단 지식 자체로서는 나름대로 알고 있었다. 역시 '이세계인'이 몇 명인가 확인된 적이 있는 세계인 것만큼 그런 지식도 존재는 하고 있었다.

이 세계는 정령공학이라는 독자적인 학문에 의해 여러 가지 신기한 현상이 해명되어 있다고 한다.

그래도 배설물의 이용에 대해 그다지 자세하게 알고 있진 않아서 내 말을 들으며 놀라고 있었다.

이렇게 어느 정도 상담을 마친 뒤에 미르드를 건축반장으로 임명하여 모든 것을 맡겼다.

내 장기인 책임 미루기이다.

리그루도에게 미르드 밑에 몇 명 정도 붙여주도록 지시하고 현지시찰을 보내게 했다.

만약을 위해 란가도 동행시켰다.

그 동굴에서 마물이 나오는 일은 없을 거라 생각하지만, 만일의 경우가 있을 수도 있다. 하지만 란가가 있으면 대응할 수 있겠지. 이렇게 미르드 일행, 즉 건축반을 보냈다.

문제가 하나 정리되긴 했지만 또 하나 중요한 안건이 있었다. 그렇다, 이름을 지어주는 것이다.

생각할수록 우울해진다. 500마리 가까이 이름을 지으라니, 이렇게 되면 금단의 ABCD를 동원해야할지도 모른다. 가나다라마바사로는 아무래도 한계가 있으니까 말이다.

곧바로 이름 짓기를 시작했다.

역시 도중에 슬립모드에 빠지긴 했지만 4일 만에 모두의 이름을 지을 수가 있었다. 상당히 긴장했지만 나 자신을 칭찬해주고 싶다.

저번보다도 피로감이 적었던 게 그나마 다행이긴 했지만, 두 번 다시 하고 싶지도 않다.

족장들을 불러 모았다.

내 앞에 무릎을 꿇은, 진화한 족장들

'리그루 도'를 필두로 '루그루 도', '레그루 도', '로그루 도'.

나열해놓고 보니 일목요연하다. 그렇다! 라, 리, 루, 레, 로 ('가나다' 순처럼 일본어의 오십음도에선 '라'행의 글자를 이런 순서로 나열한다.)이다.

라=란가가 된 건 우연이다.

내가 생각해도 대충 지은 거지만 괜찮다! 누구에게도 들키지 않을 것이다.

필사적으로 생각해낸 거다, 라는 어필도 잊지 않는다.

나는 열심히 일하고 있습니다, 라는 어필을 잘하는 남자인 것이다.

남은 네 번째의 족장은 여성이었다.

여성스러운 이름이라는 의미로 리리나라고 이름 지었다.

진화하게 되자 누구라도 구별할 수 있을 수 있게 변했다. 내 경우에는 '마력감지'로 고블린이라 해도 성별판단은 가능하지만, 외모만으로는 알아보기가 힘들었다.

이후에 이 이름도 시리즈화를 할 수 있을까? 그런 생각이 머리를 스치기는 했지만 앞날의 일을 생각하는 건 그만두자. 지금은 그럴 때가 아니니까.

그건 그렇고 눈앞에 있는 홉고블린들. 그들에게 상하관계를 만들어줘야 할까?

사이가 좋은 게 다 좋은 것, 모두가 평등! 그런 일은 현실에는 있을 수가 없다.

명확한 명령체계는 필수일 것이다. 특히 역학관계를 중시하는 마물에게 있어서는.

나는 그리 생각했고 결단을 내렸다.

"잘 들어라, 너희들에게 지위를 내려 주겠다!"

그렇게 선언했다.

리그루도를 고블린 킹으로 승격시켰다.

그리고 나머지 네 족장을 고블린 로드로 임명했다.

주위에 있던, 마을에 남은 모든 고블린들이 땅에 엎드린 채로 그 광경을 마른침을 삼키면서 지켜보고 있다.

""""네엣! 잘 알겠습니다!!""""

그 말을 신호로 떠나갈 듯한 기쁨의 함성이 솟아올랐다.

고블린의 새로운 역사가 시작된 것이다.

목공도구는 카이진이 빠짐없이 준비하고 있다.

의복류는 가름과 도르드의 지휘 하에 순조롭게 제작되고 있다.

목재류는 마을의 공터에 순조롭게 쌓이면서 확보 중에 있었다.

준비가 착착 진행되고 있다.

모든 고블린이 진화를 마치고 그 확인을 종료했을 무렵, 새로운 마을의 건설 예정지 측량을 마치고 미르드가 귀환했다.

모든 것이 순조롭다.

새로운 마을의 건설예정 구획을 확인했다.

그건 마을이라기보다 도시라고 불러야 할 규모였다.

우리의 새로운 거처.

모든 준비가 끝났음을 확인하고 우리는 출발했다.

새로운 땅을 향해 내디딘 것이다.

우리의 새로운 나라를 만들기 위한 첫 걸음을!

●

그 남자의 이름은 휴즈.

약소국인 블루문드에 소속된 자유조합 블루문드 지부의 길드 마스터이다.

그 실력은 실로 대단하여 'A−' 랭크까지 도달한 엄청난 실력의 모험자이기도 했다.

베르야드 남작과의 약속대로 그는 재빨리 독자적으로 조사를 하게 했다.

그 결과 정보부에서 연락을 받고 제국의 움직임은 없다는 것을 확인해놓은 상태다.

이대로 제국이 움직이지 않을 가능성도 있으려나……. 그런 생각을 하긴 했지만 잘못 판단해선 안 된다.

계속해서 제국을 감시하도록 시킨다.

원래는 자신이 할 일이 아니지만 그 점은 어쩔 수가 없다. 그렇게 결론을 지었다.

그런 그에게 또 하나의 조사팀이 귀환했음을 알려왔다.

방에 들어오자 천천히 소파에 앉았다. 비밀 얘기를 하기 위한 응접실이다.

그와 마주 놓인 소파에 세 명의 남녀가 앉아 있다. B랭크의 모험자들.

은밀한 행동에 능한 기도. '시프(도적)' 클래스이며 정보 수집에 능한 남자다.

방어력이 뛰어난 카발. '파이터(중전사)' 클래스이며 파티의 방어벽 역할로서 그 직무를 충실히 행한다. 입이 좀 가볍지만 일처리는 진지하다.

특수마법에 특화된 에렌. '소서러(법술사)' 클래스이며 다채로운 마법을 다루지만, 그중에서도 특히 이동마법이 아주 우수하다. 파티의 생존율을 높여 주는 용의주도함은 특필할 만한 점이 있다.

베루도라가 봉인되어 있는 동굴을 조사하기 위해 보낸 팀이었다.

맨 처음에 떠오른 생각은 용케도 무사히 돌아왔다는 것이었다.

애초에 그 동굴의 적정 레벨은 랭크 'B+'에 해당한다. 동굴의 주인을 고려한다면 'A−'의 모험자에게 의뢰해도 이상할 게 없을 정도로 위험한 장소였다. 만약 자신이 움직였다고 해도 솔직히 혼자서 공략하기에는 힘든 장소이다.

그 전에 자신은 길드 마스터인지라 자유롭게 움직일 수는 몸이긴 하지만…….

그런 와중에 'B+' 모험자들을 제쳐두고 그들에게 베루도라의 현재 상황 조사를 의뢰한 것이다. 그들에게 의뢰한 이유. 그건 높은 생존율과 정보 수집력 때문이다. 토벌이 아니라 전투를 피하면서 정보 수집을 하는 거라면 'B+' 모험자를 능가한다고 판단한 것이다.

그러나 그들에게 무슨 일이 생겼다면 길드 마스터인 그의 책임은 중대하다. 명백한 규정위반을 지부장 스스로가 솔선하여 저지른 셈이니까.

그렇지만 그는 어떻게든 확인할 필요가 있다고 생각했다.

그렇기에 그들의 귀환을 제일 기뻐한 건 휴즈였다.

"보고를 듣도록 하지."

휴즈는 결코 표정을 드러내지 않은 채 질문했다.

속으론 아무리 고맙게 생각한다 해도 수고했다는 말은 하지 않는다.

세 사람도 이미 익숙한 지라,

"얼마나 힘들었는지 알아? 나 참!"

"빨리 목욕하고 싶어……."

"제일 고생한 건 형씨랑 누님의 말싸움을 말려야 했던 저라고 생각하는데 말입죠……."

늘 그렇듯이 평상시와 임무보고와 같은 대응이다. 그러나 그 눈빛에는 가벼운 분위기가 없었다. 즉, 이번 일은 상당히 힘든 미션이었다는 것이 엿보이는 반응이다.

그리고 세 사람은 보고를 시작한다.

동굴 안의 마물과 벌어진 전투.

수호자, 템페스트 서펜트(람사, 嵐蛇)의 감지능력을 속이고 봉인된 문 안으로 침투한 것. 베루도라의 소실을 확인한 것. 그 후에 문 내부에서 1주일 정도 조사를 행하면서 어떤 존재도 확인할 수 없었던 걸 보고했다.

그중에서도 그들이 가장 마음에 걸려 하던 사실――.

"그리고 말인데, 내부조사를 마치고 문에서 나왔는데…… 템페스트 서펜트가 보이질 않았어."

"그렇다니까요! 제 이스케이프(이탈마법)는 문 내부에서는 발동할 수가 없기 때문에 템페스트 서펜트한테서 어떻게 도망칠까를 내내 고민했던 게 바보 같아요!"

"제 환각+열원을 이용한 미끼도 쓸 일이 없었지요. 뭐, 들어갈 때는 괜찮았지만 돌아올 때는 효과가 없지 않을까 걱정을 했었는데……. 다행이라면 다행이라 할 수 있겠네요."

보고의 내용은 이상과 같았다.

대체 무슨 일이 일어난 것인가?

그건 추정 레벨 'A-'의 마물. 그 동굴 내부에서 최강의 존재다. 아마 자신도 이기지 못할 마물이다. 그게 있었기 때문에 이 임무의 성공확률이 대폭 줄어든 것이었는데…….

휴즈는 생각에 잠겼다.

역시 그 땅에는 무슨 일이 일어나고 있다. 그걸 알아낼 필요가 있다. 휴즈는 그렇게 결론을 내린다.

"좋아, 자네들에게 3일 휴가를 주지. 그 뒤에 한 번 더 숲을 조사하러 가 주면 좋겠네. 이번에는 동굴 안으로 들어갈 필요는 없네. 주변의 조사를 샅샅이 신중하게 해 주게. 그럼 이만 가도 좋네."

"가도 좋네, 가 아니지!"

"3일이라니, 그게 뭐예요!! 좀 더 휴가를 주세요!!"

"네, 네⋯⋯. 어차피 뭐라고 말해봤자 소용없겠죠?"

그런 목소리가 들린 것 같지만 휴즈는 신경 쓰지 않았다.

그보다도 지금 가져온 정보를 정리했다. 대체 그 숲에서 무슨 일이 일어나고 있는 건지⋯⋯.

휴즈는 깊이 생각했다.

문득 뭔가가 느껴져서 눈을 떠 보니 원망스러운 세 명의 시선이 보였다.

이 녀석들이⋯⋯. 한숨을 쉬고는 늘 그랬듯이 큰 소리를 지르면서 화를 내는 휴즈.

"뭘 하고 있나? 빨리 가지 않고!"

그렇게 말하면서 세 명을 쫓아냈다.

3일 후.

카발, 에렌, 기도의 3인조는 숲으로 조사를 갈 준비를 하고 있었다.

"짧은 휴가였어······."

"그러게 말이죠."

"이봐, 불평은 그만 좀 해. 허무해진다고──."

투덜대는 두 사람을, 일단은 리더인 카발이 달래고 있었다. 그 목소리에 힘이 없는 건 두 사람의 기분과 같기 때문일 것이다.

숲으로 가는 교통수단은 적다.

최근에는 마물의 활성화가 더 심해지면서 상인들의 짐마차도 숲으로는 출발하지 않는다. 호위를 고용하려 해도 돈이 너무 들어서 채산이 맞지 않는 것이다. 그렇기 때문에 숲으로 가려면 걷는 것 말고는 교통수단이 없는 것이 현재의 상황이다. 애초에 '봉인의 동굴'로 가는 길은 마차가 지나갈 수 없기 때문에 어쨌든 중간부터는 걸어가야 하지만 말이다.

그러므로 준비는 너무나도 중요하다.

몇 주 분량의 보존식을 준비하는 것만도 상당한 고생이다. 이 걸 게을리했다간 목적지에 도착하기 전에 길바닥에서 죽게 될 것이다. 에렌의 마법으로 언제든 물을 확보할 수 있다는 게 그나마 다행이다.

어느 정도 준비도 끝나서 이제 출발하려는 단계에 접어들었을 때 그들 앞에 한 사람이 말을 걸어왔다.

"실례. 만약 숲으로 가는 거라면 도중까지 같이 동행할 수 있을까?"

남자로도 여자로도, 노인으로도 젊은이로도 확실히 판단하기 어려운 목소리이다.

표정은 볼 수가 없다. 왜냐하면 그 인물은 가면을 쓰고 있었던 것이다.

표정이 없는, 아름다운 문양이 새겨진 가면.

그자가 자아내는 분위기는 수상한 기운을 띠고 있었다. ……그렇지만,

"좋아요."

"잠깐, 너! 리더인 내가 허락을 하기도 전에……. 정말 뭐하자는 거야?!"

"이런, 이런, 누님이 말을 꺼냈으면 더 이상은 무슨 말을 해봤자 소용이 없죠."

쉽게 허락을 하는 3인조.

"고맙군."

그렇게 한마디만 하고, 그 뒤로는 아무 말 없이 세 사람을 따라나서는 수상한 인물.

이렇게 카발 일행 3인조는 동료를 한 명 더 추가하면서 다시 조사에 나섰다.

●

숲에 나무를 자르는 소리와 망치를 두들기는 소리가 메아리치고 있다.

새로운 도시의 정비를 행한 후 순차적으로 집을 지어갈 예정이다. 그렇다곤 해도 맨 처음에 상하수로를 설치하기 위해 아직 집은 지어지지 않은 휑한 토지만 남아 있을 뿐이지만.

수로는 강에서 직접 물을 끌어오는 구조로 되어 있다.

건설 중이긴 하지만 수질관리를 위한 건물을 만들 예정이다. 여기서 물을 정화하고 각각의 집으로 배급하는 구조를 생각 중이다.

하수도는 목재로 만든 도랑을 지하에 매설해 놓았다.

나무 안쪽은 잘 썩지 않게 방부처리를 했고 시멘트로 굳혀 놓았다. 지금 하고 있는 공사가 이것이다. 근처에 있는 산 정상에서 석회 계통의 재료를 구할 수 있었던 게 도움이 되었다.

그리고 도시 바깥에 하수처리용의 시설을 만들어 비료를 만들 예정이다.

임시로 짓는 것이긴 하지만, 커다란 체육관 같은 건물을 짓게 하고 있었다. 임시로 숙박을 하기 위한 건물이다. 임시로 짓는 것이라 대충 만들고는 있지만 현 상황에선 문제가 없다.

구획정리는 순조롭다.

동굴에 가까운 쪽을 위쪽으로 설정하여 내가 살 곳을 지을 예정이다. 거기서 족장들의 살 곳이 연결되고 주민들의 집이 그 주위를 둘러싸게 된다.

맨 처음에 구획정리를 해 놓았기 때문에 난잡한 느낌이 없이 깔끔하게 배치를 할 수가 있었다.

십자 모양의 형태로 큰 도로를 만들어 놓았기 때문에 여차할 때 집단행동을 취하기가 쉽다. 비슷한 도로가 계속 이어지도록 궁리하지 않으면 길을 잃을 염려는 있다. 하지만 그런 걱정은 하지 않아도 될 것 같다.

걱정거리라면 공격당했을 때 적이 움직이기 쉽다는 점이랄까?

하지만 마을 안까지 진입한 시점에서 이미 큰 문제가 되는 것이니, 그건 그렇게 걱정하지 않아도 되겠지.

파괴된다면 다시 지으면 된다.

우선적으로 고블린에게 이름을 지어 주어 홉고블린으로 진화시킨 것은 올바른 선택이었다.

급격하게 지능이 발달하게 되면서 빨리 배운다. 또한 체격이 좋아지면서 힘이 세어졌다.

드워프의 얘기에 따르면 고블린은 F랭크의 마물이라고 하던데, 홉고블린은 C~D랭크에 해당하는 마물이라고 한다.

어쨌든 한 마리, 두 마리라고 세는 것보다 한 명, 두 명이라고 세는 게 더 적당할 정도로 변화하고 있다. 마물이라기보다는 인간에 가깝다. 그러므로 여러모로 강해졌다. 장비하는 무기류랑 그 개체의 클래스(직업) 내지는 아츠(기술)에 따라 평가가 변동한다.

듣고 보니 개개별로 천차만별에 강함은 크게 달라 보인다.

특히 내가 로드라고 임명한 네 명은 다른 자들보다 능력이 높은 것 같다.

하물며 왕으로 임명한 리그루도는,

"오오, 이런 곳에 계셨습니까! 찾고 있었습니다."

어디서 나타난 괴물이냐! 라는 말이 나올 정도로 근골이 튼튼하고 우람한 체격으로 변했다.

오거와 비교해도 손색이 없는 수준이 아니라 아예 압도할 것 같다!는 것이 카이진의 얘기였다.

이름뿐만이 아니라 클래스를 부여한 것에 따른 변화로 보인다.

정말 마물의 생태는 수수께끼투성이다. 다음에 다른 자를 임명해서 시험해 보는 것도 좋을지 모른다.

"무슨 일이지?"

"네! 수상한 자들을 붙잡았기에 보고를 드리러 왔습니다."

"수상한 자들? 어딘가의 마물들인가?"

"아니오, 인간입니다. 명령대로 저희가 손을 대지는 않았습니다."

"인간? 왜 이런 곳에?"

인간이라고? 드디어 왔구나! 여기선 좋은 사이가 되도록 해야겠지!

뭐, 얼마 전의 멍청한 모험자 같은 녀석들일 경우에는 몰래 처분해서 마물의 먹이로 삼거나 하면 되려나.

"자이언트 앤트(거대개미)의 집단과 전투 중이었던 모양인데, 리그루가 이끄는 경비대가 구출해서 보호했습니다만……. 아무래도 이 부근을 조사했던 흔적이 있는 것 같기에, 어찌하실 지를 여쭙고자……."

흠. 어떤 나라가 이 부근을 조사하러 온 것인가?

드워프들에게 확인했지만 쥬라의 대삼림은 어느 나라에도 속하지 않은 중립지대라고 했다. 영토 확대를 노리고 온 어떤 나라의 조사대일 가능성은 충분히 생각할 수 있다.

그렇다면 일이 귀찮아지겠군. 뭐, 얘기도 듣지 않은 채 고민해 봤자 소용없는 일이다.

만나 본 후 생각할까.

"좋아, 만나보지. 안내하라!"

그리 말하면서 리그루도의 어깨에 올라탔다.

란가는 정찰을 보낸 중이라 이동이 힘들기 때문이다.

평범하게 걷는 것과 별 차이는 없지만 슬라임의 키가 낮은 걸 보충하기 위해서다. 그대로 가면 도중에 만나게 될 자들이 날 내려다보는 형태가 될 것이다. 본인들이 그걸 알아차리고 일부러 무릎을 꿇거나 하면 작업의 방해가 되기도 하겠지만…… 위엄을 유지하기 위해서라도 상대가 날 내려다보듯이 시선을 보내는 것은 곤란하다. 여러모로 귀찮기는 하지만 필요 없는 트러블의 원인은 미리 차단해 두는 게 좋다는 게 내 결론이었다.

그런 이유도 있어서 내가 이동할 때는 대개 누군가의 어깨 위에 올라탄다.

리그루도는 나를 어깨에 태운 채로 붙잡혀 있다는 모험자들 쪽으로 향했다.

과연 어떤 자들일까? 그런 걸 생각하고 있던 내 귀(원래는 없지만)에,

"잠깐, 너! 그건 내가 노리고 있던 거야!!"

"너무하지 않아요? 그건 내가 굽고 있던 고기인데요?!"

"카발 형씨, 먹는 것만큼은 양보 못 합니다!"

"우물우물."

뭔가 시끄럽게 떠들썩거리는 소리가 들린다.

"……."

내 말 없는 질문에 "죄, 죄송합니다."라고 리그루도가 답한다.

"보아하니 짐들을 개미들에게 빼앗긴 것 같아서……. 게다가, 최근에 아무것도 먹지를 못했다고 하기에 식사를 준비를 준비해

주었습니다만…….”

흠. 리그루도 녀석도 제법 친절한 부분이 있는 것 같군.

“아니, 괜찮지 않을까? 오히려 잘 배려해 준 것 같군. 곤란에 처해 있는 사람에게 친절히 대해 주는 건 좋은 일이지.”

그렇게 칭찬해 주었다. 점점 내 판단을 묻지 않고도 모두를 이끌 수 있게 되어가고 있다. 그건 좋은 일이라고 나는 생각한다.

“네! 앞으로도 리무루 님에 폐를 끼치지 않도록 정진하겠습니다!”

사람이 딱딱한 건 변하지 않는 모양이다.

그렇게 납득한 후에 간이 텐트에 들어갔다. 입구를 감시하고 있던 자가 문을 열어줬다.

안으로 들어가자 내게 시선이 집중됐다.

입 안 가득히 야채랑 고기를 집어넣고 있는 모험자들.

눈을 크게 뜨고 날 바라본다. 표정이 이상해졌지만 본인들은 깨닫지 못하는 것 같다.

응? 어디선가 본 기억이……. 아, 동굴에서 지나쳤던 3인조였다.

한 사람만 처음 보는 사람이 있긴 하지만.

가면을 썼으면서 어떻게 음식을 먹을 수 있는 건지가 의문이다.

우물우물…….

완전히 마이페이스를 유지하며 먹고 있다.

그건 그렇고 구운 고기라니! 크읏, 나도 미각이 있었다면……. 그립구나, 고기야.

아아…… 미각이 어딘 가에 떨어져 있지 않으려나…….

이런, 생각이 이상한 방향으로 치우치고 말았다. 나는 마음을 다 잡았다.

리그루도가 윗자리로 가서 날 내려놓았다.

"손님들, 큰 대접은 못 해드렸지만 편하게 지내고 계십니까? 여기 계시는 분이 우리의 왕이신 리무루 님이십니다!"

그렇게 나를 소개하면서 옆에 앉았다.

꿀꺽, 하고 먹고 있던 걸 삼키는 소리가 났다.

"""뭐? 슬라임이?!"""

"우물우물."

모두가 일제히 경악했다.

한 사람만 반응이 이상했지만, 뭐 딱히 상관은 없다.

"처음 뵙겠소. 나는 슬라임인 리무루. 나쁜 슬라임은 아니오!"

풉!! 내 인사에 마시던 걸 내뿜는 가면의 인물.

그러나 가면에 막혀서 입에 머금고 있던 것이 흩뿌려지는 일은 없었다. 가면 안쪽이 어떻게 되었는지는 불명이지만.

예의가 부족한 인간이다.

슬라임이 말을 했다는 것에 어지간히 놀란 것으로 보인다.

3인조도 마찬가지로 놀란 모양이지만, 입 안에 아무것도 없었던 것이 다행인 것 같다.

그건 그렇고 이자들은 어떤 인간들일까? 분별이 있는 인간이라면 좋겠는데.

이윽고 다들 정신을 차렸는지,

"이거 실례했습니다. 설마 마족에게 도움을 받을 거라곤 생각도 못했지만 도움을 받았습니다."

"아! 우리는 인간의 모험자예요. 이 고기, 너무나 맛있네요! 최근 3일 동안 계속 도망만 치느라 제대로 뭘 먹지를 못해서……. 정말 감사합니다!"

"덕분에 살았습니다. 이런 곳에서 홉고블린이 마을을 건설 중일 거라곤 생각도 못했지 뭡니까."

"콜록콜록, 쿨쩍. 끄덕끄덕."

뭐, 당황할 건 없다.

"자, 천천히 식사라도 하다가 다 먹고 나면 얘기를 들려 주시오."

그리 말하면서 그들의 식사가 끝나기를 기다리기로 했다. 기왕이면 식사가 끝난 후에 불러 주면 좋았겠지만, 거기까지는 아직 배려를 하지 못한 것 같다.

당황했던 점도 있었겠지만 나중에 교육이 필요할 것 같다.

내 입장에서도 인간 손님(포로?)가 오는 것은 예상외였기도 했으니 어쩔 수 없겠지.

나는 식사 중인 모습을 가만히 보고 있는 건 어색할 것이라는 생각이 들어서 텐트를 나왔다. 그리고 식사가 끝나면 동굴 가까이에 설치한 내 전용 텐트로 안내하도록 감시병에게 일러두었다.

리그루도는 죄송하다는 표정을 짓고 있었지만,

"신경 쓸 것 없네. 나중에 잘하면 되는 거지."

그렇게 달랬다.

그들은 그들 나름대로 성장하고 있다.

처음부터 모든 걸 잘할 수는 없는 법이니까.

내 텐트에 들어가서 느긋이 기다렸다.

리그루도가 휘하의 고블리나에게 차를 준비시켰다. 전에 내놓은 것보다 더 좋은 차를 내놓을 수 있게 되었다지만 유감스럽게 도 맛은 잘 모르겠다.

이런 곳에도 진화의 영향이 있다는 건 재미있다.

문화적인 생활은 틀림없이 뿌리를 내릴 것이다. 그렇게 확신시 켜주는 변화가 있었다.

＊

이러저러하다 보니 시간이 지났고……

아까는 실례했습니다! 그렇게 말하면서 네 명이 텐트로 들어 왔다.

간이 텐트이다 보니 약간 좁게 느껴진다.

안내하는 고블리나가 물러남과 동시에 다른 고블리나가 차를 들고 들어왔다.

이것 보라니까? 어느샌가 이런 부분도 착실하게 성장하고 있 는 것이다.

밤이 되면 드워프들과 술을 마시면서 문화나 생활에 대해서 얘 기를 나누고 있다는 걸 나는 잘 알고 있다.

"그럼 다시 인사를 하지. 이곳의 왕 리무루라고 하오. 여기에는 뭘 하러 온 거요?"

내 질문은 예상 범위 안에 있었을 것이다.

제대로 상의할 시간을 주었다. 그런 질문에는 어떻게 대답할 것인가는 미리 정해 놓았겠지.

"처음 뵙겠소, 나는 카발이라고 하오. 일단은 이 파티의 리더를 맡고 있소. 이쪽이 에렌이고 이쪽이 기도요. 말해도 아마 모르겠지요. B랭크의 모험자니까."

"처음 뵙겠어요! 에렌이에요!"

"안녕하십니까, 기도라고 합니다요. 앞으로 잘 부탁드립니다!"

역시 이 세 명은 파티였었나.

B랭크라면 그럭저럭 강하기는 하지만 동굴은 좀 벅차지 않았을까? 어쩌면 숨겨진 특기나 재능 같은 걸 가지고 있는지도 모르겠다.

세 명은 그렇다 치고 나머지 한 명은? 동굴에서 지나쳤을 때는 없었던 것 같은데?

"그리고 이 사람은 갈 길이 같아서 임시 멤버가 된 시즈 씨요."

"시즈라고 합니다."

남자로도 여자로도, 노인으로도 젊은이로도 확실히 판단하기 어려운 목소리였다. 하지만 나는 성별 판단을 쉽게 할 수 있다. 고블린조차도 구별할 수 있게 된 나로서는 식은 죽 먹기다.

여성이었다. 그리고 어떤 예감이 들었다.

이 여자는…… 일본인이 아닐까? 그런 느낌이 드는 걸 어찌할 수가 없다.

차를 마시는 몸짓, 무릎을 꿇고 앉은 자세.

이 세계를 잘 모르니까 확실히 말할 수는 없지만, 무릎을 꿇은 자세는 특이하지 않은가?

실제로 다른 세 사람은 무릎을 꿇은 자세로 앉아 있지 않다. 늑대의 모피로 만든 융단에 다리를 벌리고 앉아 있다. 에렌이라는 여성도 옆으로 앉는 것 같은 느낌으로 편한 자세를 취하고 있다.

뭐, 이 세계 어딘가에 일본과 비슷한 문화가 있어도 이상할 건 없다. 그러므로 그 생각은 일단 보류하기로 하자.

문득 생각했지만, 이자들은 너무 경계가 느긋한 것 같군. 이 세계 사람들은 원래 위기의식이 적은 건가?

편히 앉아 담소를 나누고 있는 걸 당연하게 받아들이고 있긴 하지만, 잘 생각해 보면 이곳은 마물의 소굴이다. 나를 포함해서 이 장소에는 마물밖에 없는 셈인데…….

뭐, 상관없나. 이 모험자들이 그냥 멍청할 뿐이라고 생각하는 게 가능성이 높겠지.

아니, 이게 아니지. 얘기를 되돌리자.

"이거 참 반갑구려. 그래서?"

얘기를 더 들어 보기로 했다.

……….

…….

….

얘기를 들어 보니 의심을 받고 있는 걸 모르는 건지, 뭘 하고 있었는지를 줄줄이 얘기해줬다.

말하자면 길드 마스터의 의뢰를 받아서 이 부근에서 수상한 일이 일어나고 있지 않은가를 조사하고 있었다고 한다.

그렇지만 말이 안 되는 게,

"그런데 말이지, 수상한 것이라고 해 봤자 뭐가 수상한 것인지를 우리가 알 리가 없잖소!"

"그러게 말이예요! 확실하게 구체적으로 뭐를 조사해라! 라고 말해주면 좋을 텐데 말이지."

"아무리 우리가 조사 전문이라고 해도 한계는 있는 법이니까요."

이젠 아예 그런 식으로 길드 마스터의 험담을 말하기 시작했다.

이 인간들, 안 되겠네……

나는 본 적도 없고 알지도 못하는 길드마스터에게 동정이 갔다.

게다가 수상해 보이는 큰 바위에 난 구멍을 보고 이거다! 싶어서 검을 찔러 넣었더니…… 자이언트 앤트의 소굴이었다고 한다. 어이가 없어서 말도 나오지 않는다.

왜 거기서 검을 찔러 넣는 행동을 선택한 건지 묻고 싶다. 진심으로 캐묻고 싶다.

용케도 지금까지 살아남았군.

그 이후로 3일간 필사적으로 도망치다가 짐을 분실하는 바람에 지금에 이르렀다고 한다.

뭐라 할까, 고생했네! 라고밖에는 할 말이 없을 것 같다.

"애초에 이 부근에는 수상한 건 없지 않은가? 굳이 말하자면 동굴?"

내가 묻자 아니라는 듯이 고개를 젓는 에렌.

"거긴 아무것도 없었어요. 알고 있어요? 사룡이 봉인되어 있다는 말이 돌았는데 말이죠. 그래도 안에서 2주일이나 체류하면서 조사해 봤지만 아무것도 없었는 걸요! 목욕도 할 수가 없었는데 힘들여 조사했다가 손해만 봤다는 느낌이었다고요……."

"이 바보! 아무리 그래도 그건 말하면 안 되는 얘기잖아?"

"전 모릅니다요? 떠벌린 건 누님이니까요! 전 관계없다고요!"

아무렇지 않게 툭 내뱉은 에렌 때문에 남자들은 크게 당황하고 있다.

뭐, 그때 스쳐 지나간 사이이니 알고는 있었지만 말이지.

그건 그렇고, 목욕 문화는 있구나. 이 도시에도 목욕탕은 꼭 만들고 싶은 바이다.

어찌됐든 그건 나중의 일이다.

"그 동굴을 조사했다고 했는데 왜 그런 곳을 조사하러 간 거지?"

보물을 찾으러 온 건 아닌 것 같고.

그런 내 질문을 받으면서 카발은 절레절레 고개를 저었다.

"이미 말해버린 거니 어쩔 수 없지. 실은 에렌이 발했던 대로 사룡의 반응이 사라졌다는 소문이 돌아서 말이지……."

그렇군.

내겐 알 도리가 없었지만 베루도라가 사라진 것 때문에 인간들 사이에선 큰 소동이 일어났다고 한다.

봉인되어 있었는데, 그게 사라진 것만으로 대소동. 뭐랄까, 엄청난 용이었던 모양이다. 내가 보기에는 단순히 떠들기를 좋아하는 서글서글한 녀석이었지만…….

그러나 영향이 너무 컸나보군. 일부러 조사까지 하러 올 줄이야.

동굴 부근에 도시를 세우려고 한 건 실수였나?

"게다가 안은 마력요소가 진하다는 얘길 들었기 때문에 반응석까지 가져갔는데……. 생각보다도 농도가 낮아서 말이지. 지금 그 동굴은 다른 곳보다는 농도가 높긴 하지만 평범한 동굴이 되어 버렸어. 마력요소의 농도 저하가 이상하다고 하면 이상하긴 하니까 그게 유일한 조사 결과인 셈이지."

"뭐, 강한 마물이 잔뜩 있으니까 들어가지 않는 게 좋은 건 확실하겠지만 말이지. 보물은 아무것도 없었던 데다, 광석 같은 것도 전혀 없었으니, 위험한 마물을 물리치고 안에 들어갈 메리트는 아무것도 없어요!"

"찾아보면 도적들의 장비 정도는 떨어져 있을지도 모르겠지만 대단한 건 없어 보이더굽쇼!"

두근. 내부의 광석…… 눈에 띄는 걸 싹쓸이 회수해 버린 범인, 그건 바로 접니다!

마력요소 농도저하의 원인은 발생 원인 베루도라를 내가 회수해버렸기 때문이니……. 쉽게 말해서 거의 내가 원인 비슷하게 된 모양이다.

그렇지만 괜찮다.

말하지 않으면 들키지 않겠지.

그 후에도 얘기는 계속되었다.

이미 얘길 해 버렸으니 더는 감춰봤자 소용없다! 고 생각했는지 많은 정보를 제공해 주었다.

의외로 이 녀석들도 성격이 좋은 인간들이었다.

동굴의 가치가 줄어들었다고 하니, 그렇게 되었다면 이곳을 조사하는 일도 줄어들 모양이다.

최악의 경우에는 도시를 옮기는 것도 생각해봤지만 괜찮을 것 같다. 애초에 이쪽의 소유권을 지닌 나라는 없다고들 하니까 항의를 받을 일도 없겠지.

일단 도시를 만들고 있는 중인데 길드의 입장에서 문제가 있을지를 물어봤다.

"아니, 괜찮지 않을까?"

"그러네요……. 길드가 나설 문제는 아니니까요. 나라 차원에
선 어떠려나요?"

"으음, 전 모르겠는뎁쇼."

확실히 나라가 나설지 말지까지는 길드원으로선 알지 못하
겠지.

가령 나라 차원에서 나선다고 해도 다른 나라에 대한 대의명분
이 필요하게 될 것이다.

내가 그런 생각을 하고 있던 그때 지금까지 얌전히 얘기를 듣
고 있던 가면의 여자, 시즈 씨에게 이변이 발생했다. 갑자기 의식
을 잃고 그 자리에 쓰러진 것이다.

우리는 놀라서 시즈 씨를 부축하려 했지만——.

"으윽, 으그아아아아아아아————!!"

갑자기 그게 시작됐다.

*

시즈 씨가 신음소리를 지르는 걸 멈춤과 동시에 그 자리에 고
요함이 찾아왔다.

가면의 표면에 금이 가면서 그곳으로부터 요기가 새어나오고
있었다. 보통 일이 아닌 사태가 일어나고 있다. 누가 봐도 그건
명백했다.

천천히 시즈 씨가 일어서면서 주문을 읊기 시작했다.

"소환마법?!"

에렌이 놀라면서 소리를 질렀다.

"잠깐잠깐, 그게 정말이야? 갑자기 왜 저러는 거야?! 그건 그렇고 몇 랭크짜리 소환인데?"

"——어, 그러니까 마법진의 규모로 예상하건대 'B+' 이상의 마물이야."

"형씨, 느긋한 소리 하지 말고 빨리 중지시켜야죠!"

역시 숙련된 모험자들. 논의를 순식간에 끝내고 산개한다.

"대지여! 그녀를 속박하라! 머드 핸드(진흙의 손)!!"

"우오오오오———옷! 녹다운(중추돌, 重追突)!!"

에렌이 발을 묶은 뒤, 그 자리에 카발이 몸통박치기 기술을 건다. 기도는 대처요원으로서 즉시 움직일 수 있도록 경계를 하고 있는 모양이다.

흠. B랭크지만 콤비네이션은 일류란 말인가. 쓸데없는 움직임이 없다.

그러나 시즈 씨가 검지를 아래에서 위로 휙 가리키자 그것만으로 시즈 씨를 중심으로 소규모의 폭발이 일어났다. 내 텐트는 산산조각이 난다.

텐트는 상관없다. 그보다도 그 일격으로 세 명이 다치지는 않았을까?

소규모의 폭풍이 일어났지만 내게는 영향이 없다. 그러므로 세 명의 상태를 살폈다.

머드 핸드로 발이 묶여 있는 걸 확인하고 녹다운을 걸려 했던 카발이 타이밍 나쁘게 폭발의 영향을 받아 날아가 버렸다.

경계하고 있던 기도가 위험을 감지하고 에렌을 밀어낸 덕분에 두 사람은 화를 면한 것 같다.

"이봐, 괜찮나?"

"저희들은 괜찮습니다!"

"잠깐, 몸 곳곳이 다 아프거든! 위험수당을 추가로 받아야겠어!"

그렇게 두 사람의 대답이 들렸고,

"우오, 아파라…………. 너희들──조금쯤은 리더 걱정도 하라고!"

불만을 말하면서 카발이 일어섰다. 실로 튼튼한 남자다.

"시즈 씨, 마법을 쓸 줄 알 거라고 생각은 했지만 소환까지……."

"그건 그렇고, 뭘 불러내고 있는 거야?"

"아니, 아니, 그런 얘길 할 때가 아니죠. 제가 아는 한 소환 중에 마법을 주문 없이 발동시키다니, 그런 건 들어본 적도──."

기도가 그렇게 말하다가 멈칫했다. 그리고 믿기 어려운 걸 보는 것처럼 시즈 씨를 보고는,

"어…… 설마…… 폭염의 지배자──?"

뭔가 짚이는 게 있는 모양이다.

시즈 씨는 주문을 계속 읊고 있다. 온몸이 붉게 발광하면서 살짝 몸이 공중에 뜨고 있다.

가면이 유달리 눈에 띄었고, 로브에서 흘러나온 흑발이 둥실둥실 공중에 떠 있었다.

뭐가 목적이지? 갑자기 상태가 이상해진 것 같았는데…….

"리그루도, 모두를 피난시켜라! 이 근처로는 오지 않게 해!"

"그렇지만……."

"명령이다! 피난을 끝내면 란가를 불러와라!"

"넷! 알겠습니다!"

재빨리 행동을 개시하는 리그루도. 하지만 내 예상으로는 고블린들로는 상대가 안 된다. 쓸데없이 죽게 할 생각은 없는 것이다.

그리고 란가를 불러온 것은 시즈 씨와 싸우게 만들기 위해서가 아니다.

이유는 간단하다. 이 모험자들이 스스로 이 소동을 벌이고 연기를 하면서 이쪽의 빈틈을 노리고 있을 가능성을 생각해서이다.

애초에 처음부터 우릴 죄다 죽일 생각이었다면, 그렇게 전부 얘기를 해 준 것도 납득이 간다.

단순히 바보일 가능성도 있긴 하지만…….

만약 연기였을 경우엔 내가 시즈 씨와 전투 중에 밀리는 걸 기다렸다가 등 뒤에서 기습을 해 올 가능성이 있었다. 그걸 막을 목적으로 란가를 불러오게 한 것이다.

지나친 생각인지도 모르지만 일단 만약을 대비하기 위해서다.

"이봐, 기도! 폭염 어쩌구라는 건 뭐야?"

그 질문에 기도가 대답하기 전에,

"그거, 50년 전 쯤에 활약했다던 영웅 맞지?"

에렌이 묻는다.

유명한 사람인가? 내가 그렇게 생각했을 때 시즈 씨의 얼굴에서 가면이 떨어졌다.

휘몰아치는 불꽃.

공중에 출현한 세 마리의 샐러맨더(화염도마뱀).

그렇게 가면 속의 맨얼굴을 드러내는 시즈 씨.

검은 머리카락이 폭풍에 흔들리면서 사방으로 퍼지고, 불꽃을 받아 아름답게 빛난다.

아름다우면서 가녀린 여성. 그러나 그 눈동자는 사악한 빛을 뿜었고, 그 입가는 살육에 대한 희열로 일그러진 것처럼 보였다.

내가 그 외모에 뭐라 말하기 어려운 부자연스러움을 느꼈던 그때——.

《유니크 스킬 '변질자'를 발동합니다.》

주변에 세계의 목소리가 들렸다.

동시에 아름다운 소녀의 모습이 불꽃의 거인으로 변해간다.

"역시 틀림없네요. ……저게 바로 폭염의 지배자…… 이플리트를 사역하는 최강의 엘레멘탈러(정령사역자)입니다요——!!"

불꽃의 거인——이플리트——그것은 만물을 불태우는 불꽃의 지배자. 화염계통의 정령으로서는 왕 다음의 급에 해당하는 상위 정령이었다.

"크엑——!! 이플리트라니, A랭크 오버의 상위정령이잖아!!"

"우와아…… 처음 봤어……. 그건 그렇고——저런 건 무슨 수를 써도 이길 수 없겠는데에?!"

"무리입니다요……. 우린 여기서 죽는 거예요……. 짧은 인생이었네요—."

세 마리의 샐러맨더를 이끌고 폭염의 지배자인 이플리트가 군림해 있다.

세 사람이 혼란에 빠지는 것도 무리가 아닌 얘기다. 애초에 한 마리만 나타났다고 해도 샐러맨더는 'B+' 랭크에 해당하는 강함을 자랑하니까.

아니, 그런데 이건 뭐지……? 내 눈에는 시즈 씨가 조종하는 게 아니라 오히려——이플리트가 시즈 씨를 조종하고 있는 것처럼 보였다.

충격.

시즈 씨, 아니, 이플리트가 마력파동을 뿜어낸 것이다.

——뭐야……? 살의도 없이 단지 폭력 충동을 발산하는 것 같은 공격——?

이건 인간의 뜻에 따른 게 아니라 자동적으로 프로그램된 행동을 되짚는 것 같은 공격이다. 역시 틀림없다고 생각한다. 시즈라는 여성의 뜻이 아니라 사역되어 있어야 할 이플리트의 폭주인 것 같다.

하지만 그게 맞는지 아닌지는 지금 중요한 게 아니다. 문제는 그 공격이 흉악할 정도의 파괴력을 갖추고 있다는 것이다.

옅은 붉은색의 충격파가 주위를 덮친다. 충격파는 열기를 동반하면서 건설도중인 건물을 불태우고 있다.

젠장! 힘들어서 이제 막 만든 건데!!

모험자들 세 명은 매직 배리어(마법장벽)으로 막아보려 했지만 일격에 날아가 버린 모양이다.

죽지는 않은 것 같지만 무사하진 않을 것이다. 의식은 있는 것 같지만 움직이지는 못 할 것이다. 지금 움직였다간 이플리트의 공격대상이 되어버릴 테니까.

"이봐, 너희들, 거기서 움직이지 마! 자칫하면 공격 목표가 된다!"

내가 외치는 소리에 고개를 끄덕이면서 세 사람은 똘똘 뭉쳐 방어에 전념하는 자세를 취해 보였다. 그 자리에서 움직이지 않고 매직 배리어에 오라 실드(투기장벽)를 발동시키고 있다.

아무리 봐도 저건 연기는 아니로군. 진심으로 대항하고 있다. 그 말은 즉, 아무래도 의도적으로 여길 박살낼 생각으로 왔다는 의심은 하지 않아도 된다는 뜻이다.

그건 그렇고 상당한 위력이다.

모으지도 않고 마력을 해방하는 바람에, 이플리트를 중심으로 직경 3미터의 원형으로 열풍이 거칠게 불고 있다.

이건 내가 싸우지 않으면 전멸하겠는데. 이플리트에 샐러맨더까지 세 마리. 귀찮게 되었다.

그러나 신기한 게 있다.

이런 상황인데도 내게 공포심이 일어나지 않는 것이다. 마물이 된 영향일까? 뭐, 맨 처음에 베루도라에 검은 뱀을 만나서 벌벌 떨었던 것이 좋은 경험이 되었을지도 모르겠다.

"이봐. 네 목적은 뭐냐?"

"…………."

확!

내 후방에서 폭발이 일어난다. 보아하니 이플리트와의 대화 따윈 통하지 않을 것 같다. 내 질문을 완전히 무시하고 일방적으로 공격을 가해왔다.

방금 전과 같은 목적이 없는 마력해방이 아니라 나를 죽이려고 하는 명확한 뜻을 담아서. 이쪽을 향해서 발사된 그 열선은 접촉하는 모든 것을 증발시킬 수 있을 만한 열량을 보유하고 있다.

그 위력은 방금 전의 마력해방과는 비교가 되지 않는다. 그러나 맞지만 않으면 문제는 없다. 나는 이미 그 사선상에서는 대피를 완료한 상태다. 내 지각속도는 음속조차도 포착하는 게 가능하니까.

생각해 보니 도시가 완성되지 않은 게 다행이었다. 이런 때 할 생각은 아니지만 진심으로 그렇게 생각한다.

간이텐트나 가설주택은 불타고 말았지만 그건 큰 피해는 아니다.

나무를 잘라서 쓰러트려 놓았기 때문에 현재 이곳은 광장이 되어 있다. 만약 숲 속이었다면 지금쯤은 대화재가 일어나 큰일이 벌어졌겠지. 그렇게 생각하면 불행 중 다행이었다.

운반해온 자재들이 불탈 가능성은 있지만 그건 포기할 수밖에 없을 것 같다.

그건 그렇고 멋대로 날뛰다니! 우릴 그저 방해가 되는 장애물로밖에 인식하지 않고 있는 듯한 태도. 나를 화나게 만들기에 충분한 건방진 태도다.

나는 이플리트를 적으로 판단하고 반격을 가하기로 했다. 모체가 되고 있는 것으로 보이는 시즈 씨가 전혀 걸리지 않은 건 아니었지만, 이대로 반격을 하지 않는다 해도 문제가 해결되지는 않는다. 이플리트의 제압이 최우선이며 시즈 씨의 상태확인은 그 다음이다.

게다가 아직 시즈 씨가 조종당하고 있는 거라 확정된 것도 아니니까.

나는 이플리트의 복부를 노리고 '수인'을 발사했다.

그 공격은 불꽃의 거인에게 도달하기 전에 증발한다. 불꽃의 소용돌이가 거인을 둘러싸면서 지키고 있는 것이다.

으음. 아무래도 '수인'은 통하지 않는 것 같다.

앗차, 그렇게 느긋하게 자세를 잡고 있을 상황이 아니다. 내 공격에 반응해서 일제히 샐러맨더까지 움직이기 시작했다.

"아이시클 랜스(수빙대마창, 水氷大魔槍)!!"

그중의 한 마리를 향해 에렌의 얼음 마법이 박힌다. 그쪽을 보니 매직 배리어의 뒤쪽으로 마법을 다 발동시킨 에렌이 도망치고 있다.

제법 눈치 있는 행동을 하는 것이 감탄스러웠다. 계속 유지되는 형식의 방위마법이다 보니 제어에 집중할 필요가 없는 것이겠지. 단, 아이시클 랜스의 일격으로는 샐러맨더를 끝장낼 수 없었다. 한 마리가 세 사람을 향해 달려들었다.

"이봐, 괜찮겠어?!"

"마아알겨만 두세요오! 우리도 말이죠, 나름 목숨 걸고 모험자 노릇을 하고 있다고요오!"

"이봐, 좀 봐줘. ……리더는 나라니까. 뭐, 이렇게 된 이상 어쩔 수 없지. 한 마리는 우리가 맡겠어!"

"도적한테 정령이랑 싸울 수 있는 기술 같은 게 있을 리가 없지만 말이죠. 한 배를 탄 몸이니 어디 해보자고요!"

믿음직스럽기도 하고 아닌 것 같기도 하고.

받아들이겠다니, 일단 맡겨보자. 하지만 죽기라도 하면 꿈자리가 사납게 되겠지.

"그럼 그쪽은 부탁하겠어. 하지만 무리는 하지 마! 그리고 다치면 이걸 쓰도록 해──."

설명은 생략한다. 나는 회복약을 몇 개 꺼내서 3인조 쪽으로 던져서 건네줬다. 내가 던진 회복약을 기도가 재빨리 받았다.

"어…… 리무루 씨? 이건 대체……?"

"일단은 회복약이야. 제법 성능이 좋으니까 다치면 쓰라고!"

길게 설명하고 있을 때가 아니었다. 나는 설명을 생략하고 재빨리 이동을 시작했다.

세 사람과 샐러맨더의 전투가 본격화되면서 느긋한 대화도 할 수 없게 되었다. 한 마리만으로도 벅차겠지만 잘 싸워주길 기원하자.

내 움직임에 맞춰서 두 마리의 샐러맨더가 내 쪽으로 이동을 개시했고, 이플리트까지 유연하게 움직이기 시작한다.

자, 이제 어떡할까.

그렇게 생각했을 때 겨우 란가가 도착했다. 세 사람을 감시시킬 생각이었지만 그건 더 이상 할 필요가 없겠지. 그것보다도 란가는 내 발이 되도록 해야겠다.

"부르셨습니까? 나의 주인이시여!"

곧바로 란가의 위에 올라탔다. 이걸로 이동속도는 확보했다. 샐러맨더의 움직임은 상당히 재빠르지만 란가 정도는 아니다.

그리고 란가에게 명령했다.

"너는 회피에 전념해라. 공격은 일절 할 필요가 없다. 공격은 내가 한다!"

"잘 알겠습니다!"

이심전심에 가깝다. 란가는 내 의도를 이해하고 재빠르게 행동으로 옮겼다.

두 마리의 샐러맨더가 화염을 방사하는 것처럼 직선적인 플레임 브레스를 토했다. 그걸 란가가 가볍게 피하면서 불꽃의 영향이 없는 범위까지 후퇴했다.

위력은 그럭저럭 높았지만 시험해 보고 싶은 생각은 들지 않는다. 인간이었다면 한 발 맞기만 해도 숯덩이가 될 것 같다.

이플리트와 싸우기 전에 두 마리의 샐러맨더를 먼저 처치하는 게 좋을 것이다. 그렇게 생각하면서 '수인'을 샐러맨더를 향해 날렸다. 이플리트와는 달리 '수인'을 증발시킬 수 있을 정도의 화력은 없었던 모양이다. 다리 하나를 절단하는 데 성공했다.

그러나 어이없게도 샐러맨더의 다리는 금방 재생되고 말았다.

불꽃의 도마뱀은 겉모습대로 다리도 불꽃으로 구성되고 있었던 모양이다. 잘라낸 것만으로는 의미가 없는 것 같다. 느껴지는 힘의 크기는 검은 뱀이 더 위였지만 아무래도 샐러맨더의 특수능력 때문에 제압하려면 고생을 좀 해야 할 것 같다.

"──나의 주인이시여. 정령종(精靈種)에게는 물리적인 공격이 통하지 않습니다. 약점인 속성의 공격이나 마법이 유효합니다."

란가가 내게 의사를 전달했다. 그렇군, 정령에겐 통상공격이 의미가 없단 말인가.

내 공격이 통하지 않은 것은 '수인'도 물로 만들어진 날에 불과했기 때문이리라.

그렇다면 대량의 물을 끼얹는 작전은 어떨까? 내 '위장'에는 동굴 호수에서 길어 온 대량의 물이 있다. 이거라면 불꽃의 정령의 힘을 갉아먹을 수가 있을까?

《해답. 대량의 물을 방출하는 것은 가능합니다. 샐러맨더와의 접촉에 의해 수증기폭발이 발생하게 됩니다만 괜찮겠습니까?

YES / NO》

뭐? 수증기…… 폭발……? 그게 뭐야?

《해답. 열에너지의 덩어리인 샐러맨더를 물이 덮어 버리면 급격히 기화합니다. 수증기가 발생한 증기의 막이 샐러맨더를 덮어 버립니다만, 그 때문에 고온 및 고압축에 의해 압력파를 발생시키면서 연쇄폭발을 일으키는 현상입니다.》

——그러니까? 그걸로 샐러맨더를 물리칠 수 있단 말이야?

《해답. 압력×체적=방출하는 물의 양×기체정수——》

스토————옵! 내가 이해할 수 있도록 간결하게 말해 줘.

《해답. 대폭발이 일어나게 됩니다만, 샐러맨더를 흔적도 없이 없애버릴 수는 있습니다. 단, 이 일대도 다 날아가 버릴 거라 예상됩니다.》

바보냐! 그래선 의미가 없잖아! 나는 자살 따위는 바라지도 않는다.

그렇지만 어떻게 할까. 내 '수인'으로 베어도 효과는 없으니…… 그렇게 고민하고 있자니,

"아이시클 랜스!!"

마법사인 에렌을 중심으로 3인조가 열심히 싸우고 있는 모습이 눈에 들어왔다.

잠깐, 내 '수인'은 마법이 아니기 때문에 효과가 없다고 했는데, 그럼 마법이라면 된다는 뜻이 되니까——.

"에렌! 날 향해 아이시클 랜스를 한 발 날려줘!"

"네에?! 아니, 그런 말을 한다 해도오……."

"부탁이야!"

내 부탁에 당황해하면서도 에렌이 마법 주문을 외워서 빙결마법 : 아이시클 랜스를 발동시켰다.

"나중에 딴소리 하지 말아요오! 아이시클 랜스!!"

그렇게 외치면서 내게 얼음 기둥으로 만든 창을 날렸다.

내 생각이 맞다면 내게 날린 마법을 유니크 스킬인 '포식자'로 흡수할 수 있을 것이다.

그렇다고 하면——.

《알림. 유니크 스킬 '포식자'를 발동합니다. 아이시클 랜스의 포식 및 해석에 성공했습니다.》

됐어! 예상했던 대로다.

그건 그렇고 설명을 들었을 때는 반신반의했지만 이 '포식자'라는 스킬은 반칙에 가까운 레벨이다. 강력한 마법이었지만 일절 대미지를 받지 않고 흡수하며 게다가 습득까지 가능하니까 말이다.

"으에엑? 제 마법이 대체 어떻게 된 건가요오?!"

미안, 설명하고 있을 때가 아니야.

마법 해석은 한순간에 끝이 난 것인지 의식하는 것만으로도 발동이 가능해진 것 같다.

나는 마법을 주문 없이도 발동할 수 있다. 그게 또 하나의 유니크 스킬인 '대현자'의 영창파기 효과였다.

"아이시클 랜스!"

나는 주문을 생략하고 샐러맨더를 향해 마법을 발동시켰다. 그와 동시에 이해한다. 마법의 원리, 그 구조를.

내 '수인'으로 베어도 샐러맨더에게 대미지를 줄 수는 없었지만 에렌의 마법으로는 대미지를 줄 수가 있었다.

그 이유는 실로 간단한 것이었다. 마법의 발동이란 건 현상을 발동시키는 것이 아니라 이미지의 구현화에 가깝다.

즉, '대상의 열을 빼앗는다.'는 효과를 지니는 에너지를 쏘는 행위라고도 말할 수 있다. 그 부속 효과로서 에너지를 띠고 있는 얼음기둥이 만들어지는 식이리라.

얼음기둥이 메인이 아니라 그것이 지니는 에너지가 메인이라는 것. 그렇기 때문에 열과 불꽃으로 이루어진 샐러맨더에게도 대미지가 적용되는 것이다.

그리고 지금 내가 발사한 여러 개의 얼음기둥──창이라고 하기엔 큰 사이즈였다──이 두 마리의 샐러맨더를 꼬치로 만들어 버린다. 그것만으로 샐러맨더는 마력이 다 되었는지 두 마리 다 증발한 것처럼 증기로 변해 소멸하고 말았다.

"좋아! 이쪽은 끝났어. 그 녀석도 내가──."

에렌에게 여분의 마법을 날리도록 했기 때문에 도와주려 했지만──조금 많이 늦어버린 모양이다.

"위험해, 이 자식이 자폭을──."

방패 역할이었던 카발이 소리치면서 오라 실드를 발동했다. 하지만 샐러맨더의 자폭공격은 그 방어를 뚫어버리기에 충분한 위력이었다.

세 사람은 고열의 불꽃에 그대로 노출되면서 날아가 버리는 결과를 맞았다.

나는 놀라서 세 사람이 있는 곳까지 란가를 달리게 했다.

생각했던 것보다 세 사람의 화상이 심하다. 의식은 있는 것 같지만 움직이지 못할 정도의 큰 부상이다. 가장 심하게 다친 사람은 벽이 되었던 카발이다. 하지만 카발이 감싸 주지 않았다면 방어력이 낮은 에렌과 기도는 죽었을 가능성도 있었다.

"제길. 란가, 이 세 사람을 보호하면서 안전한 장소로 데려가라!"

"그렇지만――."

그 명령에 란가는 잠깐 반론하려 하다가 내 요기를 느꼈는지 입을 다물었다.

야생을 살아가는 동물로서의 본능이 반론을 허용하지 않겠다는 내 의사를 느꼈을 것이다.

"명령이다! 빨리 움직여라. 회복약을 건네 놓았으니, 안전이 확보됨과 동시에 치료해줘라."

"명령대로 하겠습니다. ――무운을 빕니다!"

"안심해라. 이플리트는 내가 쓰러트린다!"

란가는 내 말에 납득했는지 고개를 끄덕였다. 그리고 존경하는 것 같은 눈길로 날 보고는 세 사람을 입에 물고 그 자리를 떠났다.

뭔가를 착각하게 만든 것 같지만 딱히 상관없겠지. 남은 건 이플리트뿐이다.

이걸로 아무 거리낌 없이 싸울 수 있다. 더 이상 누군가 휩쓸리는 건 사양이다.

빨리 이 말도 안 되는 상황을 끝내야겠다. 그렇게 생각하면서 나는 이플리트를 노려봤다.

휘몰아치며 닥쳐오는 불꽃.

눈앞에서 이플리트가 분열한 것이다. 여러 명의 거인이 내가 도망칠 곳을 봉쇄한다.

이플리트는 아주 귀찮은 능력을 갖고 있는 것 같지만 나는 조바심을 느끼지 않는다.

내 감지능력은 열의 분포를 정확하게 파악했다.

예를 들면 이플리트가 만들어낸 복수의, 분신체가 동시에 공격을 발사한다고 해도 불꽃의 온도를 통해 위험도를 감지해서 대처하는 것은 간단하다. 모든 거인이 동등한 성능을 가진 게 아니라는 것을 이미 꿰뚫어보고 있었던 것이다.

이플리트는 나에게 유효한 공격수단을 맞추지 못할 것이다.

그러나 동시에 내 공격 수단도 이플리트에게 유효한 것이 없다.

저 불꽃이 나를 힘들게 만드는 원인이다.

지면이 마그마처럼 변하고 있다. 엄청난 온도로 보인다.

그 고온 속을 아무렇지 않게 다가갈 수는 없다. 잘 구워진 슬라임으로 클래스 체인지를 하고 싶지는 않으니까 말이다.

어떻게 할까……

애초에 '마비 브레스'와 '독무 브레스' 같은 건 최대 유효사정거리가 10미터이다. 즉, 브레스 계의 공격을 걸려면 적어도 10미터 이내로 접근할 필요가 있기 때문에…… 터무니없는 소리란 얘기가 된다.

원거리에서 안전을 확보하면서 결정적으로 대미지가 통할 수 있을 공격수단. 지금 막 배운 아이시클 랜스. 이것밖엔 없겠지.

"받아라, 아이시클 랜스!!"

내가 날린 여러 개의 커다란 얼음기둥 창들이 이플리트의 분신체를 증발시켰다. 얼음으로 증발된다는 게 이상하긴 했지만, 열을 식힐 때에도 증기가 발생하기 때문에 그런 표현이 가장 확실히 와 닿는다. 나는 분위기를 타면서 차례차례로 분신체들을 증기로 바뀠다.

그러나——,

위험하다! 는 걸 느꼈을 때는 이미 늦은 뒤였다. 그렇게 직감했을 때, 이미 나는 포위되어 있었던 것이다.

광범위형 포획결계?! 이플리트의 특수능력, 인가?

마법 주문도 없이 한 순간에 그려진 마법진. 영창파기가 나만 가지고 있는 특성이 아니었다는 걸 잊어버리고 있었다. 자신의 몸을 가스로 만들어서 직경 100미터 범위 안을 초고열의 불꽃과 열로 채운다.

그건 이플리트가 가지고 있는 화염계의 최상위 범위공격이리라. 그것도 그 범위 안에는 내가 소멸시킨 분신체의 에너지가 가득 차 있었으니——.

"플레어 서클(염화폭옥진, 炎火爆獄陳)."

남자로도 여자로도, 노인으로도 젊은이로도 확실히 판단하기 어려운 목소리가 울려 퍼졌다.

이건——피할 곳이 없다. 적의 술수에 놀아나고 있었던 모양이다. 이플리트는 일부러 내가 분신체를 공격하게 만들었던 것이겠지.

눈속임과 에너지 보충을 위해서.

나는 죽음을 각오했다.

아아…… 방심할 생각은 없었지만 좀 더 좋은 방법이 있었을 것 같다. 그것도 모자라 적의 생각대로 움직였다니 너무 최악이다.

괜히 폼을 잡지 말고 다 같이 덤볐으면 좋았을 텐데. 흑랑으로 변신해서 속도로 농락한 뒤에 화상을 각오하고 물어뜯는 방법도 있었다. 상대의 동향 따윌 지켜보는 바보짓을 하지 않고 '검은 번개'라도 꽂아 넣었으면 됐을 것이다.

그 외에도 수많은 후회가 솟아오른다…….

그러나 아무리 지각속도가 천배라고 해도 대미지가 너무 늦게 오는데. 뭐, 아프지 않게 죽을 수 있는 건 좋은 일이긴 하지만…….

아니, 너무 늦는 거 아냐?

애를 닳게 만드는 플레이인가?

이상하다…… 내 예측으로는 이미 불꽃에 휩쓸려 있었어야 하는데.

으음……?

※

《……해답. '열변동내성'의 효과에 의해 화염공격은 자동적으로 무효화하는 데에 성공했습니다.》

당신, '열변동내성'이 있었다는 걸 잊어버리고 있었지! 라고 말하는 것 같은 뉘앙스를 느꼈다.

그런 걸 일일이 대답하게 만들지 말라고! 이 멍청아!

그렇다. 그런 내게 대한 꾸짖음을 "……" 부분에서 느꼈다.

분명 내 기분 탓이겠지. 내게 충실하면서 자의식이 없는 '대현자'가 설마 그럴 리가, 응.

하하하. 분명 내 기분 탓일 거야. 틀림없어!

그건 그렇고.

이봐, 잠깐, 무효화하는 데에 성공했다고?

뭐야? 그럼 혹시──.

이거 낙승 모드인 거 아냐?

모든 것은 계획대로였던 거 아냐?

당했다! 그렇게 보이면서 사실은 대역전. 좋은 걸 배웠습니다!

그렇게 되었으니 빨리 싸움을 끝내기로 할까.

"방금 뭘 한 거지?"

나는 몰래 '끈끈하고 강한 거미줄'로 이플리트를 얽어맸다.

이제 녀석은 끝이다. 본체의 핵으로 시즈 씨를 이용하고 있다는 건 이미 해석한 뒤다. 샐러맨더처럼 완전한 정령이었다면 실로 붙잡는 건 무리였겠지만 핵이 있다면 이야기는 다르다.

그리고 내가 만든 '끈끈하고 강한 거미줄'은 '끈끈한 거미줄'과 '강한 거미줄'의 양쪽 성질을 병행시킨 내 연구 성과중의 하나다. 거기다 내 내성이 반영된 것도 특징이다. 즉, 불에 타서 끊어질 일은 없다는 뜻이다.

체크메이트다.

나도 널 얕보고 있었지만, 너도 날 너무 얕보고 있었구나.

용서하마, 피차 마찬가지니까. 그러니 네가 날 원망하는 것도 네 자유다.

"다음은 내 차례지?"

당황하면서 도망치려고 하는 이플리트.

그렇게 나올 줄 알았지. 당연하지만 내가 펼친 '끈끈하고 강한 거미줄'로부터 도망치는 건 불가능이다.

나는 천천히 다가간다. 이 녀석에게 마지막 공격을 하기 위해서.

이 녀석——아마도 시즈 씨에게 빙의하여 조종하고 있었을 이플리트에게.

서두를 건 없다. 나는 이리저리 발버둥을 치면서도 도망치지 못한 채, 불꽃으로 내게 뭔가 공격을 날리고 있는 불쌍한 사냥감에게 다가간다. 안 됐군, 불꽃은 내겐 통하지 않아.

그리고——.

《유니크 스킬 '포식자'를 사용하시겠습니까?
YES / NO》

대답은 당연히 YES! 다.
눈부신 빛이 주위를 감싸다가 갑자기 사라진다.
그 후에 남은 건 나와 한 명의 노파였다.

●

이건 꿈?
차가운 엄마의 손.
나를 보는 차가운 눈동자.
따뜻한 미소와 새하얀 재.
나를 괴롭히기만 하는 기억 따위는 떠올리고 싶지 않건만——.
그래도 그게 내가 걸어온 길.

용사와 만나지 못했다면 지금도 내 마음은 구원받지 못했겠지…….

하지만 요령이 없었던 나는 용사처럼은 될 수 없었다.

이런 나를 의지해 주던 사람도 있었는데…….

그래, 그건——.

내가 모험자를 은퇴하고 나서 몇 년이 지난 무렵의 일이었다.

신인 모험자의 지도를 맡아 후진을 육성하는 것에 종사함과 동시에 조합의 일을 도와주면서 지내고 있었다.

국가의 장벽을 넘어서 존재하는 모험자 상호협동조합은 교통의 요지인 잉그라시아 왕국에 그 본부가 세워져 있었다. 모험자로서의 활동은 은퇴한 몸이었지만 내가 할 수 있는 일이라면 무엇이든 협조하자고 생각하고 있었다.

어찌됐든 갈 곳 없는 내게 모험자 상호협동조합은 집이라고도 부를 수 있는 조직이었으니까.

그런 내게 우수한 학생을 얻을 기회가 있었다.

순진한 눈을 가진 소년.

절망으로 물든 눈을 가진 소녀.

같은 고향의 출신이라고 할 수 있는 '이세계인' 소년소녀.

두 사람은 실로 대조적이었다.

적극적이면서 밝은 성격을 가진 유우키와 늘 세상의 어둠을 끌어안은 것처럼 내성적인 성격을 가진 히나타.

히나타는 이 세계에 왔을 때 노상강도의 습격을 받았던 모양이다. 그렇기에 시간이 지나면 그 경계심을 풀어 줄 것이라고, 그때는 그렇게 생각했었다. 노상강도는 무참하게도 누군가에게 살해 당했다고 한다. 덕분에 히나타는 무사하긴 했지만 두려움에 마음을 닫은 것이라고 생각했다.

나 자신과 어딘가 비슷한 경우에 처한 히나타에게 친근감을 느끼고 있었으니까.

그러나 그건 내 멋대로의 생각이었던 모양이다.

"선생님, 신세 많이 졌습니다. 이제 더는 당신께 배울 건 아무것도 없군요. 두 번 다시 만날 일도 없겠지요."

히나타는 그렇게 말하면서 뒤도 돌아보지 않고 내 곁을 떠나가 버렸다.

쫓아가는 게 좋지 않을까 하고 생각했지만 나는 이 도시를 떠날 수가 없었다.

마침 그때 유우키가 제창하는 새로운 조직형태인, 국가와 조합의 상호부조관계의 구축이 한창 진행 중에 있었기 때문이다. 예전의 영웅으로써 나는 조합 측의 교섭대표 같은 입장에 서 있었다. 앞으로의 조합의 발전을 생각한다면 이 교섭은 어떻게든 성공시켜야 할 필요가 있었던 것이다. 결국——.

"길을 헤매게 되면 내게 부탁하면 좋겠다."

그렇게 말하면서 그녀를 배웅할 수밖에 없었다. 나는 고민 끝에 히나타보다도 유우키를 지지하는 길을 선택한 것이다.

히나타는 나와 비슷한 경험을 하고 있지만 나보다도 의지가 강한 소녀였다. 그렇기에 믿어보자고 생각했다. 마음속의 어둠을 스스로의 의지로 떨쳐내고 훌륭한 인물이 되어 줄 것을.

그 후로 몇 년 만에 그녀가 교회에서 중요한 지위에 올랐다는 걸 들었을 때도 솔직하게 납득할 수 있었다.

약간의 자랑스러움과 약간의 쓸쓸함. 그리고 작은 불안을 느낀 것을 기억하고 있다.

히나타는 외롭지 않았을까? 건강하게 잘 살고 있을까?

그런 생각이 솟아올랐지만 그 손을 잡아주지 못한 내겐 물어볼 자격이 없다고 생각했다.

나는 히나타가 무사하기를 바라며 기도할 수밖에 없었던 것이다.

히나타와는 달리 유우키는 활동적이었다.

모험자 상호협동조합을 자유조합으로 이름을 바꾸고 지금의 시스템을 구축한 것은 유우키다. 유우키가 제창한 대로 국가와 상호부조관계를 만들어낼 수가 있었다.

국가 간의 협정에 포함시켜서 평의회와의 교섭권을 획득해낸 것이다. 그로 인해 조합은 비약적으로 세력을 넓히기 시작하고 있었다.

당연한 일이라 할 수 있다. 그때까지 각 나라들은 자국의 영토를 지키는 것에만 집중하고 있었다. 그렇지만 자유조합이 마물의 토벌을 책임지게 되면서 각국의 부담이 줄어들게 되었으니까.

그뿐만이 아니다.

국가에 속박되지 않은 채 나라를 이동하는 모험자들에겐 여행을 통해 얻은 정보의 보고가 의무적으로 되어 있다. 이걸 자유조합이 총괄하면서 마물의 서식분포를 파악할 수 있게 되었다. 위험도를 지구별로 설정하여 안전한 여행이 가능하게 된 것이다.

그 외에도 큰 효과가 있었다. 마물의 분포를 파악할 수 있게 되면서 이상사태의 조기발견도 가능하게 되었다. 그때까지 확인되지 않은 마물을 발견하거나 너무 많이 늘어난 마물을 조기에 처리하는 식으로 말이다.

또한 평상시에는 모습을 드러내지 않는 마물이 도시 부근에서 발견된 경우 등에는 조사대를 파견하여 그 원인을 밝혀내는 것도 업무에 포함된다. 그 원인을 조기에 알게 되면서 국가와 협력하여 토벌대를 조직하는 것도 가능하게 된 것이다.

인류의 생활거점은 확대되었고, 최근 몇 년 동안 인구의 증가도 확인되었다.

그 외에도 마물에 대항할 때 랭크 평가를 도입함으로써 사망률은 대폭 감소했다.

이건 신인을 육성하는 교도관으로선 무엇보다 기쁜 일이었다. 유우키 덕분에 자유조합이라는 조직이 국가나 사람들에게 없어서는 안 될 존재가 되었으니까.

"사실은 이건 제가 하던 게임의 시스템을 흉내 내서 말해본 것뿐이지만요."

그렇게 말하면서 낭랑하게 웃는 유우키.

"뭐, 게임이다 보니 뭐든 있었지만 말이에요. 예를 들면 '나는 나쁜 슬라임이 아니야!'라고 마물이 말하면서 동료가 되기도 했거든요."

쓴웃음을 지으면서 그런 농담을 하곤 했다.

마물이 동료가 된다. 그런 꿈같은 얘기는 믿어지지도 않을 텐데.

내가 태어난 세계는 전쟁으로 모든 것이 불타기 직전이었다. 그런데 그런 느긋한 생각을 할 수 있을 정도로 풍족하게 바뀌었단 말일까?

게임이라고 하는 것이, 어린아이용의 장난감 비슷한 것이면서 이야기를 스스로 체험할 수 있도록 놀 수 있는 것이라는 설명을 들었지만…… 어린아이에게 그런 꿈을 줄 수 있을 만큼 여유가 생길 정도로 부흥할 수 있었다면 그건 너무나 멋진 일이라고 생각한다.

나는 유우키의 얘기에 귀를 기울이면서 다시는 돌아가지 못할 고향을 그리워했다.

그 후로도 나는 뒤에서 유우키를 지지하면서 살아왔다.

앞으로 나서는 일 없이 후진을 지도하며 살아가는 매일.

자유조합은 발전하면서 누구라도 이용할 수 있는 조직으로 성장했다. 약자를 구제하는 시스템도 도입하면서 모든 사람들이 이용 가능하게 된 것이다.

그리고 내 제자였던 유우키는 그랜드 마스터(자유조합 총수)가 되어 있었다. 각국의 길드 마스터(자유조합 지부장)를 총괄하는 최고책임자라는 자리이다. 그의 공적을 생각해 보면 당연한 결과라고 생각한다. 사람들이 안심하고 살 수 있게 된 건 그의 노력의 성과이니까.

해야 할 일은 전부 다 했다는 생각에 나는 만족했다.

그렇기에 그때——미련이 남은 걸 실천하기 위해 여행을 떠날 것을 결심한 것이다.

옛날——마인이었던 시절의 일을 종종 꿈에서 보게 되었다.

수명이 얼마 남지 않은 건지, 이플리트의 의식을 억누를 수 없게 된 것 같다. '항마의 가면'의 능력이 사라지지 않은 걸 봐도 그건 명백한 사실이었다.

그렇게 깨달은 나는 빠르게 도시를 떠나는 게 좋겠다고 판단했다. 이플리트의 의지가 언제 폭발할지도 확실하지 않은 데다, 내 죽음이 이플리트에게 어떤 영향을 끼칠지도 확실하지 않았으니까.

그리고 마왕에게 갚아주고 싶은 빚이 있다. 적어도 불평한 마디는 해주고 싶은 생각도 있었다.

그래서 여행을 떠날 것을 결심했다.

그 생각을 유우키에게 밝히자 그는 아무 말도 하지 않고 허락해주었다.

내가 마지막으로 부리는 응석이다. 받아주었으면 좋겠다. 어쩌면 용사도 이런 기분이지 않았을까. 그런 생각이 들었다.

내가 향한 곳은 블루문드 왕국.

하인츠 씨는 은퇴했으며 자식인 휴즈가 블루문드의 길드마스터에 취임했다고 한다.

인사를 나누고 세상 돌아가는 얘기를 조금 했다. 많은 얘기를 들을 수 있어서 다행이라고 생각한다.

놀랍게도 베루도라가 사라진 것이 확인되었다고 한다. 그 때문에 현재 한창 정신없이 조사를 하는 중이라는 얘기를 들었다.

"난 은퇴한 몸이라서 자세하게는 모르네. 자식 놈이 뭔가 골치 아파하긴 하던데 말이지."

그리 말하면서 쓴웃음을 짓는 하인츠 씨. 무책임한 것처럼 보이지만 그 만큼 자신의 아들인 휴즈를 신뢰하고 있다는 뜻이리라.

몇 번인가 같이 마물의 토벌전에 참가한 적이 있다. 나를 능숙하게 서포트 해 주던 것을 기억하고 있다. 그런 그가 모험자로서의 일선에서 물러나 총괄역으로서 아버지의 뒤를 이었다면 분명 유능할 것이다.

"감사합니다. 신세를 졌군요."

더 이상 방해하는 건 미안하다. 인사를 하고 일어선다.

베루도라가 사라진 것은 어떤 하늘의 계시가 아닐까? 어찌됐든 간에 숲을 통과할 필요가 있었다.

"음, 스즈 씨도 잘 지내게. 그리고 조사대가 내일 출발한다는 것 같더군. 숲을 통과할 생각이라면 도중까지 같이 가는 것도 좋겠지."

흥미가 없다는 표정으로 고개를 돌리면서 하인츠 씨는 그렇게 중얼거렸다.

나를 말리지는 않는다. 사람 대하는 게 서툰 그가 할 수 있는 최대한의 배려였다.

"여전하시네요, 하인츠 씨는. 마지막까지 폐를 끼치는군요."

"이 정도를 가지고 무슨 소리야. 그리고 마지막이란 말도 하지 마. 또 얼굴을 보여 달라고, 시즈 씨."

그런 그의 말에 마음이 따뜻해지는 걸 느꼈다.

"그러네요. 그럼 다녀오겠습니다."

깊이 머리를 숙인 뒤 그 자리를 뒤로 했다.

다음 날, 하인츠 씨가 말했던 조사대랑 용케 만날 수가 있었다.

세 명의 모험자들. 들었던 대로 밝고 성격이 좋은 팀이었다.

마지막 여행에 좋은 동료들을 만날 수 있었던 것을 감사히 여긴 건 사실이다. 하지만 그들은 너무나도 조심성이 없어서 난감했다.

쥬라의 대삼림을 통과하면서 수많은 트러블이 발생한 것이다.

이런 식으로 용케도 B랭크의 모험자 자리까지 올랐다는 것에 감탄했다. 전투기술만 보면 랭크에 걸맞을지도 모르지만 기본적인 부분이 엉망진창이었다.

그래도 그럭저럭 여행은 계속 할 수 있었지만, 자이언트 앤트의 소굴에 칼을 꽂아 넣는 걸 봤을 때는 나도 기겁을 했다. 그건 아니다 라고 충고할 틈도 없이 벌어진 일이었다.

설마 그들이 그런 식으로 행동할 줄은 예상하지 못했기 때문이다.

내 불꽃이라면 자이언트 앤트를 태워버리는 것도 쉬웠을 것이다. 그러나 힘을 제어하는 게 어렵다는 걸 자각할 수 있을 정도로 나는 체력이 쇠했음을 느끼고 있었다.

이플리트의 힘에 의해 젊은 육체는 유지하고 있었지만 내 지배력의 저하에 따라 노화가 시작된 모양이다. 아니, 원래의 나이에 해당하는 육체로 되돌아가고 있다는 게 바른 표현이겠지.

내 수명이 다했을 때 이플리트는 해방되는 걸까?

그렇지 않으면 나와 같이 사라지게 되는 걸까?

그건 그때가 되어보지 않으면 알 수 없는 일이었다. 그렇기에 내가 여행에 나선 것이기도 하고.

그러므로 불꽃을 만들어내는 것을 망설였던 것이다.

운 좋게 지나가던 자들의 도움을 받아서 별 피해 없이 넘길 수 있었다. 하지만 도와준 이들이 더할 나위 없이 수상한 마물들이었다는 것을 알고 곤혹스러웠다. 애초에 마물의 도움을 받는 것 자체가 처음 겪는 경험이었지만……

그 마물은 마랑(魔狼)을 다루는 홉고블린.

단편적이나마 사람의 말을 이해하는 것은 그렇다 치고, 상위마물을 따르고 있다는 건 명백하게 놀라운 일이었다.

틀림없이 세 사람이 조사해야 할 안건일 정도로 수상한 일이다.

내 목적지는 마왕 레온이 있는 성이다. 이 쥬라의 대삼림을 통과하고 나면 마왕이 지배하는 영역이 펼쳐져 있다. 그렇기 때문에 원래는 여기서 헤어지는 것이 정답이었다.

하지만 어째서일까. 나는 세 사람을 따라 마물들이 사는 곳을 한번 보고 싶다는 생각이 들었다.

그곳은 신기한 장소였다.

마물들의 구조를 받은 뒤에 끌려온 도시.

그렇다. 마물들이 사는 곳은 소굴이라는 어중간한 것이 아니었다. 그야말로 도시라고 형용할 수밖에 없는 장소였던 것이다.

내 이해력이 쫓아갈 수 없을 정도의 충격을 받았다. 그건 동굴 같은 걸 이용한 소굴이 아니라, 자신들이 제로부터 시작해 제대로 된 모양으로 만들어낸 도시였다.

정확하게는 건설 도중인 도시, 라고 해야 할 것이다. 구획정리가 끝났으며 건설예정 구획에 재료가 쌓여 있다.

마물들의 생활거점에도 텐트가 세워져 있을 뿐, 건물은 하나밖에 없다. 그것도 임시로 세운 것이다. 하지만 마물들이 기초 작업부터 시작해 도시를 건설한다니, 고금동서에 들어본 적도 없는 얘기였다.

이질적인 도시.

하지만 활기가 넘쳤으며 마물들임에도 불구하고 즐거운 표정으로 일을 하고 있다.

대부분이 홉고블린이지만 흑아랑도 공존하고 있는 것 같았다. 단순한 흑아랑족과는 약간 이질적인 느낌도 들지만 기분 탓은 아니라는 생각이 든다.

홉고블린의 주인은 상당히 유창하게 언어를 이해하고 있었다. 아마도 지혜가 있는 자인 것 같다. 식사까지 준비해 준 것이다.

그런데 놀랍게도 그 자는 홉고블린의 주인이 아니었다.

슬라임이 왕이라도 되는 양, 몸을 뒤로 젖힌 채 잘난 듯이 굴고 있었다. 슬라임이므로 몸을 뒤로 젖힌다는 표현이 이상하긴 하지만, 달리 표현할 말이 없는 태도를 취하고 있다.

이 도시에서 가장 이질적인 존재. 이 슬라임이야말로 마물들의 왕이었던 것이다.

재미있다.

그 슬라임의 말을 듣고 뿜고 말았다.

마물이면서 자신을 나쁜 슬라임이 아니라고 말하다니!

그때 나는 유우키가 말했던 게임에 관한 얘기를 떠올리고 있었다.

이건 우연일까? 문득 그런 의문이 마음속에 떠올랐다.

어딘지 모르게 안심할 수 있는 온화한 분위기.

그리운 고향을 떠올리게 하는 신기한 슬라임.

나는 마음이 채워지는 듯한 기분을 맛봤다. 잠시 딴 길로 빠지긴 했지만 오길 잘했다.

이 만남은 운명이다. ──그런 생각이 들었던 것이다.

그랬는데──.

즐거운 시간은 갑자기 끝을 고했다.

내 수명이 끝나려 하고 있는 것이다.

나는 아직, 나는──목적을 다 이루지 못했는데…….

수명이 다 하려고 하는 그 순간을 노리고 이플리트의 의식이 나를 차지하는 것을 느꼈다.

아직은 안 돼……. 여기서는 모두에게 폐를 끼치게…….

적어도 마지막으로────.

그런 나를 비웃는 것처럼 마인은 모습을 드러냈다.

내 의식은 어두워졌다.

●

그녀의 상태를 살폈다.

이젠 얼마 못 버틸 것 같다.

의식이 되돌아오는 일도 없을지 모른다.

그래도 같은 고향끼리인 사이로서 마지막까지 돌봐주도록 하

자. 그렇게 생각했다.

부상을 입은 세 명의 모험자들은 건강했다. 이렇게 크게 다쳤으니 위험수당만으로는 납득할 수 없다고 떠들어대긴 했지만.

"이게 어떻게 된 건가요? 전혀 화상자국이 남아 있지 않은데…… 아니, 오히려 피부가 번들번들, 매끌매끌한데요!!"

"굉장하군……. 그 상처라면 1주일은 움직이지 못할 거라 생각했었는데……."

"놀랬습니다요. 이렇게 대단한 회복약도 다 있었군요."

부상 정도도 문제없다. 건네줬던 회복약으로 원래대로 다 나았다.

"그건 그렇고, 이래서는 오히려…… 위험수당을 못 받는 거 아니에요?"

"그렇겠지. 아무도 안 믿어 줄 테니까……."

"그러게요……. 하지만 뭐, 상처가 안 낫고 남는 것보다는 좋은 일 아닙니까요!"

그렇게 다들, 현실적인 문젯거리로 입씨름을 시작하고 있었다. 정말 느긋한 인간들이다.

마물에 대한 차별도 없는 것 같으니, 내가 마을이 안정된 후에 한 번 놀러오면 좋겠다고 말했더니,

"기왕이면 길드 마스터한테 말을 전해 줄까요?"

그렇게 말하고 나섰다.

그 말에 나는 기뻐하면서 말을 전해 주길 부탁했다.

모험자를 동경하고는 있다. 신원확인 같은 귀찮은 일은 피하고 싶었던 데다. 마물인데 모험자 등록이 가능한지조차도 의심

스럽다.

카발이 리무루라는 이름을 대면 마스터에게 얘기가 가도록 미리 준비해 주겠다고 약속해줬다. 역시 좋은 사람이다.

나는 화끈하게 작별선물을 주기로 했다.

권유해서 데려온 드워프 3형제가 제작한 따끈따끈한 신품들이다. 재료부터 스스로 준비해서 만든 시험작이지만 성능은 나름대로 쓸 만하다.

스파이더 로브 : 거미줄로 짜서 만든 순백의 로브.

스케일 메일 : 도마뱀의 갑옷을 사용한 중장갑이지만 외관과 성능에 비해 가볍다. 하드 레더 아머 : 주변의 마물들의 모피를 가공한, 마법내성이 있는 물건.

그런 장비품이랑 회복약을 열 개, 그리고 식량을 준비해서 건네줬다.

"아! 이 로브는 대체 뭔가요!! 가벼우면서도 튼튼하네요! 아니, 그 전에 너무 예뻐요!"

"우오――!! 예전부터 갖고 싶었던 스케일 메일!! 가, 가름 씨의 작품이잖아?! 가보로 삼겠습니다!!"

"괜찮겠습니까요? 저한텐 너무 과분한 작품인데……. 아랑의 모피까지 쓰였는뎁쇼?!"

뭐라고 할까, 엄청 들떠하고 있었다.

그야 불꽃 때문에 장비는 죄다 파손되어 버린 데다, 보수로는 다시 살 수도 없다고 떠들어대기는 했다. 내 탓은 아니지만 약간 동정심을 느끼기도 했고.

내가 준 것은 대량생산을 하기 전에 시험 삼아 만든 것이긴 했지만 성능은 괜찮으니 불평이 나오진 않을 것이다. 저렇게 기뻐하고 있으니 문제는 없겠지.

뭐, 이렇게나 기뻐해 주고 있다. 잊지 않고 얘기를 전해 주겠지. 마지막에는 세 명이 다 나를 형씨! 라고 부르면서 친근하게 굴기도 했으니까 말이다.

세 사람은 마지막까지 시즈 씨를 걱정했었지만 3일 정도 머무른 뒤에 여행을 떠났다.

보고도 해야 하는 것 같았으니 오래 머물 수는 없었으리라. 애초에 처음부터 이 부근까지만 같이 가기로 했던 동행자에 불과한 시즈 씨를 걱정하는 것만 봐도 그들은 착한 사람들인 것이다.

내가 책임지고 돌보겠다고 약속을 하자 그들은 겨우 납득을 하고 떠났다.

＊

1주일이 지났다.

시즈 씨가 눈을 떴다.

"여긴──그런가······. 폐를 끼치고 말았군."

의식은 확실히 돌아온 것 같다.

마인화가 되었어도 기억은 선명한 모양이다.

"꿈을 꾸고 있었어······. 그리운 꿈. 이제는 돌아갈 수 없는······ 옛날에 살았던 마을──."

일본을 말하는 건가?

"슬라임 씨. 당신 이름은 어떻게 되지?

리무루라고 말했을 텐데…… 잊어버린 건가?

"리무루다."

내가 그리 대답하자 시즈 씨는 뭔가를 생각하는 듯한 표정으로 눈을 감았다.

"진짜 이름은 가르쳐 줄 수 없는 건가?"

그렇게 물었다.

알아차리고 있었나? 한순간 망설이긴 했지만,

"흥. 어차피 오래 살지도 못할 테니 가르쳐 주지. 미카미 사토루다."

진짜 이름. 이제 두 번 다시 얘기할 일이 없으리라 생각했었는데.

"역시 같은 고향 출신이었나……. 그렇지 않을까 생각했지. 분위기가 그랬거든."

침묵. 그리고,

"내 제자들로부터도 얘기를 들었지. 아름다운 도시로 바뀌었다면서? 그 주변을 둘러봐도 불바다였던 마을이……?"

"그래. 정 뭣하면 보여 주지."

그리 말하면서 '사념전달'로 내 기억을 전해준다.

이런 때는 정말 편하다는 걸 실감한다.

"아아……."

시즈 씨는 눈물을 흘렸다.

"슬라임 씨……. 아니, 사토루 씨. 부탁이 있는데 들어 주지 않겠나?"

"뭐지?"

어차피 변변치도 않은 부탁이겠지.

하지만 마지막까지 돌봐 주겠다고, 그렇게 약속을 했다. 부탁
정도는 들어주기로 하자.

"날 먹어 주게……."

뭐라고? 이 할머니. 무슨 소리를 하는 거야?

"내게 걸려 있던…… 저주를 먹어줬지……? 정말 기뻤어…….
내게 저주를 건 녀석에게——어차피 내겐 무리였겠지만——한
마디 해 주고 싶었는데 말이야……. 마지막 부탁이야——나를,
당신 안에 잠들게 해 주지 않겠나?"

조용히 말하는 시즈 씨.

그 눈에는 아직 포기하지 못한 상념이 넘쳐 나오는 것 같아
서——내 마음을 어지럽힌다. 부조리하고 잔혹해서…….

"난 말이지, 이 세계가——싫어. 그래도 이 세계를 미워할 수 없
었지. 마치 그 남자 같았어……. 이 세계에 그 남자를 겹쳐서——
보고 있었는지도 모르지……. 그렇기에 이 세계에 흡수되고 싶지
않은 거야. 부탁일세——부디 날 먹어주지 않겠나…………."

흥. 별 특이할 것 없는 부탁. 내겐 너무나 쉬운 일이다.

나를 얽어맬 저주가 될 부탁. 나는 그녀의 증오를 이어받게
된다.

망설일 게 있나?

그녀가 안심하고 떠날 수 있도록 하려면——답은 정해져 있다.

"좋아. 당신의 증오는 내가 이어받도록 하지. 당신을 괴롭혔던
남자의 이름은?"

내 말에 시즈 씨는 눈을 뜨고 화상자국이 남은 얼굴에 경련을

일으키다가 이내 눈물을 흘리면서,

"레온 크롬웰. 최강의 '마왕' 중 한 사람──."

기도를 하듯이 날 바라본다.

"약속하지! 미카미 사토루……. 아니, 리무루 템페스트의 이름을 걸고! 레온 크롬웰에게 확실하게 당신의 마음을 전해서 후회하게 만들어주겠어."

고마워──그녀는 그렇게 중얼거렸다.

그리고 눈을 감는다. 잠이 드는 것처럼 숨을 거두었다──.

《유니크 스킬 '포식자'를 사용하시겠습니까?

YES / NO》

──편안히 잠드시오, 내 안에서!

YES! 라고 속으로 생각한다.

그녀의 평안을 기원하듯이…….

내 안에서 영원히 깨어날 일이 없는 행복한 꿈을 꿀 수 있기를 바라면서.

⬤

뚜벅뚜벅뚜벅…….

그녀는 얼굴을 든다.

어리고 귀여운 얼굴.

그리고 안도하면서 미소를 지었다.

(여기 있었군요! 이젠 날 두고 가지 말아요!)

그렇지만 그 그림자는 고개를 저으면서 어떤 한곳을 가리킨다.

소녀는 슬픈 표정을 지으면서 그림자가 가리키는 쪽으로 얼굴을 돌린다…….

그곳에는──,

(엄마!!)

몸 전체로 기쁜 감정을 드러내면서 어머니에게 달려가는 소녀.

그림자는 그걸 확인하고는 사라졌다. 마치 처음부터 존재하지 않았던 것처럼.

──어쩌면 그건 소녀의 마음이 만들어낸, 환상이었을지도 모르지만.

이렇게 소녀는 어머니와 재회한다.

소녀의 긴 여행은 지금 끝을 맞이한 것이다.

이어받은 모습

Regarding Reincarnated to Slime

시즈 씨는 떠났다.

내게 하나의 목표를 부여하고.

지금까지는 쏟아지는 불티를 털어내는 것만을 생각하고 있었지만, 이후로는 '마왕'의 정보수집도 할 필요가 있다. 쉽게 짊어지고 말았지만 약속은 완수해야만 한다.

나는 약속을 지키는 남자인 것이다.

그녀는 내게 새로운 능력을 남겨주었다.

유니크 스킬 '변질자'와 엑스트라 스킬 '염열조작'이다.

덤으로 이플리트도 먹었었지. 내 적은 아니었다만 이 녀석도 위험한 녀석이었다.

이플리트가 A랭크 오버인가.

확실히 검은 뱀이나 흑랑으론 이길 수도 없을 것 같다. 통할 것 같은 공격수단이 없으니 어쩔 수 없겠지. A랭크를 넘어서기에는 벽이 있다고 하던데, 납득이 가는 이야기였다.

능력의 연구도 틈틈이 해둘 필요가 있을 것 같다.

하지만 그 전에!

내게는 가장 중요한 확인사항이 존재한다.

그렇다! 인간으로 변신하는 것이다!

나는 새로이 준비된 내 전용의 간이텐트에 들어갔다.

아무도 들어오지 마라! 그렇게 명령하고 문을 닫는다.

후후후, 후하하, 후하하하하!

웃음의 3단 용법을 올바르게 사용한 뒤,

"벼~언신!"

효과음은 나오지 않았지만 변신 : 인간을 실행했다.

이렇게도 변신 효과가 기대가 되는 건 처음이다.

그런데,

……어라? 어라어라어라?!

늘 나오던 검은 연기가 나오지 않는다.

어떻게 된 거지?! 그렇게 생각했는데 왠지 시점이 약간 높아졌다.

게다가 손이랑 다리가 생겨났다. 그리고 몸의 색이 월백색에서 살색으로 변화하고 있었다.

음, 으으음?

잘은 모르겠지만 내 의도와는 다른 것 같다.

거울이 없는 것이 한스럽다.

그렇지만 말이다.

살짝 인정하고 싶지는 않지만 이 상태는 기억이 있다.

먼 옛날, 그래, 30년 정도 전의 상태. 초등학교에 막 다니기 시작했거나, 그 정도 또래가 이런 느낌이었다.

잠깐 있어봐.

너무 동요한 나머지 알아차리는 게 늦었지만 좀 더 큰 차이가 있다.

없는 것이다.

새로 생겨나 있어야 할 내 '자식'…… 2세의 모습이 없다!

어, 어떻게 된 거지?

나는 낭패스러움을 느꼈다.

크게 당황하면서 다리 사이를 확인했다.

그리고 알게 된 경악스러운 사실…….

아, 아무것도 없어. 매끈하게 아무것도 없었다.

아주 잘~ 생각해 보니 마물로 변신했을 때는 그런 의문이 일어나지 않았다. 배설을 할 필요가 없으니까 배설기관이 있을 리가 없다는 것을.

그렇다면 당연한 것 아닌가. 생식을 할 필요가 없는데 생식기관이 필요한가?

답은——지금의 내 상태라는 얘기가 되나…….

깊은 상실감과 그렇구나! 하는 납득감이 나를 덮쳤다.

설마! 당황하면서 머리 부분을 확인했다. 사락거리는 부드러운 촉감.

안도의 한숨을 쉬었다. 우주인처럼 이상한 인간형이 아닌 것 같아서 다행이다!

생각해 보니 흑랑도 털은 덥수룩하긴 했다. 털이 없었다면 어떤 괴물이……. 상상해 보니 기분이 나빠질 것 같다. 그만두자. 더 상상하는 건 위험하다.

자자, 쿨한 나답지 않게 살짝 조바심을 내버린 걸까?

이참에 내 자식에 대한 일도 받아들이자. 인정하고 싶지는 않지만 슬라임보다는 나으니까…….

전신의 모습을 확인할 수 없는 게 안타깝군……. 그렇게 생각했을 때 아까 이플리트를 잡아먹고 손에 넣은 '분신체'를 사용해 보면 어떨까? 그런 나이스 아이디어가 떠올랐다.

역시 나야. 이 상태에서 가능한지는 모르겠지만 시도해 본다.

내 몸에서 검은 연기가 나오더니 눈앞에 모여서 인간형태가 되었다. 아무래도 문제없이 성공한 것 같다. 순식간에 그건 완료됐다. 그리고 거기에는——.

——이거 위험한데.

이 위험하다는 말에는 여러 의미가 있다.

우선 외모.

약간 푸른빛이 감도는 은발에 동그란 눈을 가진 사랑스러운 미소녀? 미소년? 성별이 없으므로 정확히 말하자면 중성이지만…… 외모만 보고 말하자면 소녀에 가까운 얼굴이다.

기본이 되는 것이 시즈 씨이기 때문인 걸까. 내 유전자는 한 조각도 보이지 않았다. 그리고 시즈 씨의 유전자를 재현했을 뿐인 것도 아닌 것 같다. 머리카락 색도 그렇지만 눈동자의 색이 금색인 것이다. 베루도라도 황금색의 눈동자였으니 상위마물은 눈동자 색이 금색인지도 모르겠다.

그러고 보니 란가도 눈동자 색이 핏빛에서 금색으로 변화했던 것 같았지. 흥분상태에 따라 색이 변화하는 것 같긴 하지만. 어쩌면 내 권속이 되면서부터 색이 변한 건지도 모른다.

외모에 전생(前生)의 영향이 없는 건 당연하겠지. 영혼만 이쪽 세계로 온 셈이니까. 즉 지금 이 외모의 요소는 대부분이 시즈 씨의 유전자로 구성하고 있는 거라 할 수 있다. 두려울 정도의 미소녀였구나. 시즈 씨는……

또 하나의 요소로서 슬라임의 열화와는 무관한 탱글탱글하고 아름다운 피부로 이루어져 있다. 좋은 점만을 이어받아 탄생한 것이 지금의 내 모습이라 할 수 있을 것이다. 완벽했다.

귀여운 애가 알몸으로 서 있다. 뭐, 가려야 할 부분은 어떤 것도 달려 있지 않지만……

그런 문제가 아니라 윤리적으로 위험하다. 여긴 경찰이 없지만 말이지.

아니, 정말로 엄청 귀여운 얼굴이다. 여기선 시즈 씨, 굿 잡! 이라고 말해 두자.

나도 나이스 가이였지만 미소년은 아니었다. 추억 보정을 구사해봐도 무리가 있다.

이 일은 솔직하게 감사하자.

간이텐트 안에 준비해 둔 모피를 걸치고 분신에게도 모피를 건넸다.

나중에 옷을 준비해야겠구나.

본론으로 들어가자.

진짜 위험한 이유. 그건 그 능력이다.

분신이라고 말했지만 사고연산능력이 뛰어난 나와 완전히 링크하고 있다.

즉, 둘 다 나다. 본체와 분신체에 차이가 없는 것이다.

아니, 이플리트는 명백하게 분신체의 능력은 뒤떨어져 있었다. 그런데 내 분신은 뒤떨어졌다는 느낌이 들지 않는다. 아니, 약간

은 뒤떨어져 있겠지만.

차이는 있다.

그 마력요소 용량이다. 맨 처음 사용한 마력요소의 분량 외에는 용량이 없는 것 같다. 하지만 맨 처음에 좀 더 많은 마력요소를 전해두는 것도 가능한 것이다.

내 마력요소량은 제법 된다. 사용하는 방법에 따라서는 상당한 전력이 될 것이다.

단, 이플리트는 열 개 정도로 분신했지만 내 분신은 너무 고성능이라 하나 말고는 무리일 것 같다.

기본적으로 이건 상대 입장에서 보면 반칙에 가까운 스킬로 느껴질 것이다. 어찌됐든 공격력, 방어력 같은 육체 성능이 동등한 분신체를 만들어낼 수 있는 능력이니까.

마지막 이유.

그건 변신에 위화감이 없다는 것.

검은 연기가 발생하지 않는 시점에서 그걸 깨달았다.

예를 들면 흑랑.

흑랑으로 변신하려 하면 검은 연기로 변신할 모습을 구성한다. 이건 슬라임 본체의 능력보다 뒤떨어지기 때문이다.

슬라임의 신체에 손발이 없다는 이유로, 물리 운동에 제한이 있는 것이 인상적으로 느껴지겠지만 세포능력은 아주 높다. 세포하나하나가 근육이면서 뇌이면서 신경이기도 한 것이다.

이해할 수 있겠나? 눈으로 보고 신경이 정보를 전달해서 뇌에 도달한다.

그런 프로세스가 필요가 없는 것이다.

'대현자'가 보정하는 지각력 천배의 능력이 없다 하더라도 내 반응속도는 평범한 인간을 능가한다.

그게 검은 연기로 이루어진 신체로는 뇌=본체로 도달하기까지 약간의 시간차가 발생한다. 아마도 분신체의 약간의 열화는 이 부분이 원인일 것이다.

그럼 검은 연기를 사용하지 않는 변신 : 인간은 어찌 되는 걸까?

그렇다! 슬라임의 신체와 동등한 반응속도가 나오는 것이다. 위화감이 없는 게 당연하다.

그리고 손발이 생기면서 향상된 운동능력. 뭐, 어린아이이긴 하지만.

그래도 슬라임보다는 움직이기 편하다. 그만큼 쉽게 지니는 것은 어쩔 수 없다.

가장 중요한 것은 검은 연기를 사용하지 않기 때문에 마력요소의 소비가 필요하지 않다는 점이리라.

이 얼마나 편리한가!

이제부터는 이 모습으로 활동하는 걸 메인으로 해야겠다고 생각했다.

문득 떠오르는 생각이 있어서 분신체에 명령을 내렸다. 자신이 자신을 움직이듯이 매끄럽게.

검은 연기가 나오면서 분신체가 성장을 시작했다!

늘씬한 몸매. 나부끼는 은발. 아름다우면서 중성적인 용모.

완벽하다!

거기서 좀 더 여자 형태로, 남자 형태로 바꿔본다.

근육질로도 만들어 보고, 뚱뚱하게도 만들어 보고, 중년으로도 만들어 보고, 노인으로도 만들어 본다.

여러 모습으로 변신할 수 있다는 게 판명됐다.

검은 연기를 사용해서 마물로 변신하는 것처럼 모자란 부분을 보강하는 방법으로 성인으로도 변신이 가능한 것이다.

이건 근력을 증강시키기에 좋을지도 모른다. 반응속도는 떨어지지만 위력을 내려면 근육이 큰 게 더 유리하다.

뭐, 스피드가 전투에 있어 가장 중요한 요소다! 라고는 생각하고 있지만.

그 후로 여러 가지 실험을 거치면서 새로운 신체의 능력을 확인했다.

●

이렇게 특별할 것 없는 평범한 인생을 보냈어야 했던 미카미 사토루는 슬라임으로서 새로이 태어났다.

그리고——한 명의 여성의 마음과 모습을 이어받았고 한 가지 목적을 얻게 되었다.

리무루라는 이름을 가진 한 마리의 슬라임.

그 슬라임을 중심으로 세계는——격동의 시대를 맞이하게 되는 것이다.

리무루＝
템페스트

Rimuru Tempest

종족
Race
— 슬라임(인간으로 변신 가능)

가호
Protection
— 폭풍의 문장

호칭
Title
— 마물을 다스리는 자.

마법
Magic
—
(수빙대마창, 水氷大魔槍)
원소마법…아이시클 랜스

고유 스킬
Peculiar Skill
— 흡수 자기재생
용해

유니크 스킬
Unique Skill
— 대현자 변질자 포식자

엑스트라 스킬
Extra Skill
— 염열조작 마력감지 수조작

획득 스킬
Acquisition Skill
— 검은 뱀…독무 브레스, 열원감지   지네…마비 브레스
거미…강한 거미줄, 끈끈한 거미줄   박쥐…초음파   도마뱀…신체장갑
흑랑…위압, 그림자이동, 검은 번개, 사념전달, 초후각
이플리트…염화(炎化), 포위결계, 분신체

내성
Tolerance
— 염열공격무효 통각무효
전류내성 열변동내성 물리공격내성 마비내성

'포식자'를 통해 보다 많은 몬스터로부터 능력을 획득했고, 거기다 이플리트를 잡아먹고 힘을 대폭 늘렸다.
폭염의 지배자 이자와 시즈에의 능력과 마음, 그리고 어릴 적의 모습을 이어받는다. 새로이 얻은 유니크 스
킬 '변질자'로 다양한 능력 개발을 해나갈 예정이다.

이자와 시즈에
Shizue Izawa

종족
Race
→ 불꽃의 마인

가호
Protection
→ 마왕의 가호

호칭
Title
→ 폭염의 지배자

마법
Magic
→ 원소마법 정령마법
소환마법…이프리트

유니크 스킬
Unique Skill
→ 변질자

엑스트라 스킬
Extra Skill
→ 염열조작 폭염 열파 마력감지

내성
Tolerance
→ 염열공격무효 물리공격내성

이프리트와 동화한 소녀. 실제 연령은 불명. 외모는 10대 후반 정도 되며, 다양한 능력을 구사한다. 불꽃을 자유자재로 다루는 폭염의 지배자이긴 하지만 검술 실력도 초일류. 유니크 스킬 '변질자'를 통해 많은 기술을 만들어냈다고 한다.

외전

고부타의 대모험

Regarding Reincarnated to Slime

그건 아직 고부타가 평범한 고블린이었던 무렵의 이야기.

위에는 푸른 하늘이 펼쳐져 있고 바람은 상쾌하게 불고 있다.

그리고 뒤에는 쫓아오는 인간들. 고부타는 오늘도 활기차게 쫓기고 있었다.

"거기 서! 도망치는 것 하나는 재빠른 녀석일게."

"또 밭을 엉망으로 만들어놓다니 이 망할 자식! 오늘은 반드시 죽여버릴 테다!"

한참 위로 쳐다봐야 할 정도로 커다란 남자들이 눈에 핏발이 선 채 고부타를 아슬아슬하게 쫓아온다.

고부타는 달린다. 있는 힘을 다해 달린다.

붙잡히면 지독한 꼴을 당할 것이다. 붙잡힌 적이 없으니 상상일 뿐이지만, 인간에게 붙잡혀서 돌아온 동료는 없으니 지독한 꼴을 당할 게 뻔하다고 겁을 먹는 고부타.

밭을 망치지 않으면 될 일이지만, 고부타 같은 고블린들에겐 밭이라는 개념이 이해가 안 되는 것이다. 야채랑 과일이 대량으로 자라고 있는 장소, 정도의 인식만 있다.

그곳이 인간의 영역이기에 들키면 쫓긴다는 걸 경험을 통해 알고 있지만 식욕에는 이길 수가 없다. 손에 든 맛있는 오이를 씹으면서 고부타는 재빨리 짐승들이 다니는 길로 도망쳤다.

작은 몸집의 고블린이기 때문에 도망칠 수 있는 작은 샛길이다. 덩치가 큰 인간들은 들어가지도 못하는지라 고부타를 향해 욕을 퍼부을 수밖에 없었다.

(도망갈 길을 확보하는 건 기본이라굽쇼!)

도망갈 길을 미리 생각해 두고 있었던 건 정답이라고 생각하며 안도한다.

오늘의 도주극은 고부타의 승리로 끝난 것이다.

마을로 돌아오자 장로를 포함한 유력자들이 모여서 무슨 회의를 하고 있었다.

코볼트 상인들도 와서 같이 얘기 중이다.

"그러니까, 저희가 거래하기엔 이것들은 너무 고가라서……."

"그럼 모처럼 얻은 마법무기가 소용이 없게 되는데. 어떻게든 방법이 없겠나?"

"최소한 좀 더 작은 거라면 우리들도 다룰 수가 있을 텐데……."

"음. 그러게 말이지. 이렇게나 크다면 나도 다룰 수 없네."

지나치려던 고부타에세 그런 대화가 들려왔다.

아무래도 코볼트 상인에게 마법무기를 팔려 하고 있는 모양이다.

인간이 다루는 무기는 작은 검이나 단검이라면 모를까 고블린에겐 너무 크다.

갑옷은 예외다. 하드 레더 아머라면 분해해서 쓸 수 있는 부분만 이용할 수 있지만 금속 갑옷이라면 그러기도 어렵다. 금속을 가공할 수 있는 자는 고블린 마을에는 없기 때문이다.

하물며 매직 아이템(마법무기)이라면 섣불리 다뤘다가 가치가 없어질지도 모른다는 우려도 있었다. 자신들이 다루는 것도 불가능한데다가 코볼트 상인도 사가지 않는다면 보물을 썩히는 셈이 된다.

"그렇지! 드워프 왕국까지 가면 이런 물건이라도 사 줄 겁니다. 대금은 상품으로도 받을 수 있는데다, 드워프가 만든 금속 제품들을 배달도 해드리겠습니다. 여기서는 거리가 제법 되지만…… 강을 따라 걷는다면 길을 헤맬 일도 없겠죠."

고민하는 장로들에게 코볼트 상인이 좋은 생각을 떠올린 듯이 말을 했다.

그 한마디에 일시에 소란스러워지는 장로들.

"드워프 왕국이라고?! 너무나 먼 곳이 아닌가! 소문으로만 들어본 이국의 땅이란 말일세."

"그런 장소까지 여행을 하려면 대체 시간이 얼마나 걸린단 말인가?"

"그건 그렇고 누구를 보낸단 거요? 젊은이들은 귀중한 노동력, 한 명도 내보낼 수는 없소!"

그런 식으로 의견이 오가느라 결론이 날 기색이 없었다.

(나하고는 관계없어 보이네!)

그런 말싸움을 곁눈질로 보면서 고부타는 느긋하게 그 자리를 통과하려 했다.

그런데——,

"잠깐 기다려라."

장로가 자신을 불러 세웠다.

"너, 시간이 많아 보이는 구나. 부탁을 좀 들어주겠느냐?"

고부타는 왠지 불안한 예감이 들었다.

"그렇지, 이 나이프, 아주 훌륭하지 않으냐? 부탁을 들어준다면 너에게 이걸 주도록 하마!"

장로가 슬쩍 보여준 나이프의 광채에 마음을 빼앗겼다.

"뭐든지 말씀만 하십쇼! 전 어떤 부탁이든 들어드리겠습니다요!!"

아까 느꼈던 불안한 예감 따윈 깨끗이 잊어버리고, 자신도 모르게 받아들이겠다고 뱉어 버렸다. 하지만 그건 어쩔 수 없는 일일지도 모른다. 뭐니 뭐니 해도 그 나이프는 은색으로 반짝이는 마법이 걸린 물건이었던 것이다. 고부타는 순식간에 이성이 날아가면서 장로에게 낚여 대답을 해 버리고 말았다.

(아!)

그런 생각이 들었을 때는 이미 늦었다.

"그러냐! 다녀와 주겠단 말이구나, 드워프 왕국에."

"예?! 제가 말입니까요?"

"부탁을 들어주겠다고 했었지?"

장로들은 웃는 얼굴로 고부타를 둘러쌌다. 눈이 웃고 있지 않는 그 얼굴을 보면서 고부타가 할 수 있는 것은 고개를 끄덕이는 것뿐이었다.

고블린의 수명은 인간의 1/5 이하라고 일컬어지고 있다.

멀리 되짚어 보면 요정족이 선조라고 하지만 마물로 변하면서 열화된 시점에서 그런 연결고리는 끊어진 것과 마찬가지다. 오래 사는 자라고 해도 20년이 한계이며, 대개는 10년 정도로 수명이 끝난다. 생식행위가 가능해지는 세 살 때 성인으로 취급을 받으며 다섯 살이 되면 당당한 어른이 된다.

종의 관점으로 봐서는 허약하기 때문에 개체 수를 늘리는 속도가 빠르다. 하지만 살아남는 자가 적은 것도 자연의 섭리로 보면 당연한 것이다.

태어난 수의 반만 성인이 되며, 다섯 살 생일을 맞을 수 있는 건 다시 성인이 된 자의 반수 이하라는 것이 고블린이라는 마물의 상식이었다.

수명이 짧은 고블린은 언어를 배운다는 습관이 없다. 말은 할 수 있지만 어디까지나 동료들끼리의 의사소통일 뿐이다. 그렇기 때문에 그들에게는 지혜를 계승하는 습관도 없었고, 재산을 모은 다는 습성도 없었다.

그런 고블린들이었기 때문에 자신들에게 도움이 되지 않는 매직 아이템을 팔아치우고 일용품이나 도움이 되는 방어구를 손에 넣자고 계획한 것이다.

애초에 지혜가 없는 마물이었기 때문에 그 여행이 너무나도 위험하고 성공률이 낮다는 것은 알아차리지 못한다. 왕복으로 몇 개월이나 걸리게 될 모험은 고블린에겐 생사를 건 대모험이라 할 수 있는데 말이다……

누구 하나 그런 중대한 임무라고 생각할 수 있는 자는 없었다.

장로 같은 어른들조차도 약간 귀찮은 임무를 시간이 남아도는 어린애에게 맡겼다, 라는 정도의 인식밖에 없었던 것이다. 나쁜 뜻이 있었던 게 아니라, 계산도 제대로 하지 못하는 불쌍한 고블린들이기에 일어난 일이었다.

이렇게 아무런 주저함도 없이 고부타의 드워프 왕국 행이 결정되었다.

＊

다들 너무합니다요! 고부타는 그렇게 투덜거린다.

그것도 당연하다. 아직 체격이 작은 어린아이인 고부타에게 산더미 같은 짐을 짊어지고 여행을 가라는 무리한 소리를 하고 있으니까. 그냥 걸어도 2개월은 걸린다는 얘기를 코볼트 상인에게서 듣기는 했지만, 이렇게 짐을 짊어지게 되면 제대로 걷는 것도 불가능하다.

불평을 해봤자 소용이 없다.

그때 고부타는 생각했다. 짐을 상자에 넣어서 끌고 가자고.

하지만 당연하게도 아무리 끌어도 상자는 움직이지 않는다.

고부타는 머리를 감싸 안았지만 인간의 거주지 부근에서 본 말이 끄는 상자를 떠올렸다.

(그러고 보니 그 상자에는 둥그런 것이 달려 있었지요…….)

고부타가 떠올린 것은 마차였으며 둥그런 것은 바퀴였다.

그런 건 알지 못하는 고부타는 그저 본 걸 흉내 내면서 바퀴를 대신할 수 있는 걸 찾는다.

그리고 찾아낸 것이 서클 실드(원형방패)였다.

(이게 좋겠네요!)

그 후로는 빠르게 진행되었다. 곧게 뻗은 곤봉을 나이프로 깎아서 모양을 다듬는다. 그리고 짐을 실은 상자에 구멍을 뚫고 그 봉을 꽂아 넣었다.

차축이 된 곤봉의 양쪽에 서클실드를 끼워 넣고 덩굴로 묶어서 고정한다. 그 뒤에는 상자에 손잡이를 달았고, 그렇게 끌고 가는 운반용 손수레가 완성되었다.

천 조각을 채워 넣어 운반품이 굴러 떨어지지 않게 고정한다. 밤에는 모포 대신으로 쓸 수 있을 것 같아서 마을에서 남는 모포 같은 걸 빌렸다.

장로가 물과 식량을 준비해 준 것을 기뻐하면서 그것도 같이 손수레에 실었다.

준비는 다 끝났다. 그리고 고부타는 마을을 출발한 것이다.

＊

(배가 고픕니다요…….)

마을을 떠난 지 1주일 후, 고부타는 완전히 피곤한 상태로 비틀비틀 길을 걷고 있었다.

평생 걸려도 다 못 먹을 것 같았던 식량은 5일 만에 바닥이 나고 말았다. 물은 아직 남아 있지만 얼마 남지 않았을 것이다.

그것도 모자라 손수레가 나무뿌리에 걸리면서 고부타의 체력을 앗아갔다. 걸어서 가는 것 이상으로 체력을 소모하는 바람에 도저히 순조롭다고는 할 수 없는 상황이었다. 그런 악조건 속에서 이틀이나 아무것도 먹지 않고 계속 걸었던 고부타. 지쳐 떨어지는 것도 당연했다.

비틀거리며 손수레를 끌면서 겨우 전진하는 고부타였지만……

(이젠 틀렸습니다요——.)

길옆에 자라난 큰 나무에 기대듯이 주저앉아 버렸다. 그러나 무슨 행운이 작용한 것인지 주저앉은 고부타의 눈에 버섯이 보였다. 잘 보면 독이 있어 보이는 색을 띠고 있다는 걸 알아차렸겠지만 고부타는 너무나 배가 고픈 나머지 눈이 흐려져 있었다.

(이건 버섯 아닙니까! 이거면 3년은 싸울 수 있습니다요!)

걸신들린 듯이 버섯을 먹어 치우는 고부타. 제대로 생각도 해보지 않고 독이 있어 보이는 버섯을 먹어 버렸다. 하지만 여기서 고부타의 행운이 작렬한다.

실은 이 버섯은 조리를 하면 독이 나오는 위험한 식재료였다. 졸이거나 굽는 식으로 가열하면 속에 들어 있는 육즙이 독으로 변화하는 것이었다. 고부타는 그런 건 전혀 모른 채 유일하게 안전한 방법인 생으로 버섯을 먹었다.

배가 부르면서 배짱이 커진 고부타. 나무의 옹이구멍에 채워져 있던 물을 가죽 물통에 채워놓은 뒤에 다시 뭔가를 찾아 나섰다.

(뭐야, 생각보다 여유가 넘치는데요. 먹을 걸 찾으면 찾을 수 있을 것 같습니다요!)

그날은 그 이상 여행을 계속할 마음이 들지 않았기 때문에 고부타는 휴식을 취하기로 했다.

슬슬 망가지기 시작한 손수레를 마침 적당하게 자라나 있던 덩굴로 다시 고쳐서 묶고 구멍이 난 장소나 틈이 생긴 상자 곳곳을 끈적거리는 수액을 덕지덕지 발라서 때운다. 그 위에 나무껍질을 발라서 틈새를 메웠다.

그렇게 손수레의 보강을 마친 뒤에 거기서 하룻밤 잠을 자면서 피로를 떨쳐냈다.

날이 밝으면서 다음 날 아침.

생각했던 것보다도 쾌적하게 눈을 뜬 고부타는 활기차게 부근을 수색하기 시작했다.

그리고 먹을 수 있을 것 같은 산딸기랑 나무열매를 채집한다.

당연히 어제 먹은 버섯도 발견했지만…….

"이렇게 위험해 보이는 색을 띤 버섯은 처음 봅니다요! 이런 걸 먹는 건 아무리 나라고 해도 무리겠네요……."

그러게 중얼거리면서 어제 먹었던 버섯이라고는 알아차리지 못한 채 그 버섯들을 그냥 방치했다.

딱 하나 수수한 색의 버섯을 발견했기에 그걸 기쁘게 주머니에 집어넣었다. 독이 있어 보이는 버섯밖에 찾지 못했기에, 어제 먹은 건 아마 이것일 것이라고 멋대로 납득한 것이다.

(이렇게나 많은 독버섯 중에 먹을 수 있는 버섯을 고르다니, 어제는 정말 운이 좋았습니다요!)

자신의 착각을 깨닫지 못하고 기뻐하는 고부타.

그 후로 만족할 때까지 채집 작업을 했고 정오가 되기 전에 다시 여행길을 나섰다.

길을 서두르기만 해서는 식량이 떨어진다는 걸 깨달은 고부타는 그 후로는 속도를 조금 줄이고 먹을 수 있을만한 것을 계속 찾으면서 길을 나아갔다.

✳

고블린 마을을 떠난 지 한 달 정도 지났을 무렵, 이제 겨우 길잡이가 되어줄 큰 강에 도착했다.

흐르는 물은 다 들여다 보일 정도로 투명하고 아름답다. 때때로 햇빛에 반사되어 빛나는 것은 강을 헤엄치는 물고기로 보인다.

느리게 흐르고 있는 것처럼 보이지만 그건 건너편 물가가 보이지 않을 정도로 폭이 넓기 때문이리라. 실제로는 헤엄치기 곤란할 정도로 흐름이 거셀 것 같다.

엄청난 규모의 물의 흐름에 고부타는 눈이 휘둥그레지면서 놀라워했다. 작은 냇물 같은 건 본 적이 있는 데다, 물놀이도 아주 좋아하지만 이 강은 차원이 다른 장대함을 보여줬다.

태어나서 처음 보는 큰 강이다. 고부타가 상상도 해 보지 못한 광경에 감동하는 건 무리도 아닌 얘기였다.

"캬아————! 이거 정말 대단하네요!!"

감동하면서 소리치는 고부타. 고부타는 질리지도 않고 큰 강을 바라보다가 그날은 밤이 될 때까지 그 자리에 주저앉아 있었다.

하루 종일 큰 강을 바라보다가 만족한 고부타는 아침 일찍부터 일어나 출발했다.

하지만…… 손수레를 끌고 가려는 때 중대한 문제가 있음을 깨달았다.

"어라? 강에 도착하면 왼손 쪽으로 가라고 했는데…… 뒤돌아 서게 되면 전혀 다른 방향을 가리키는 뎁쇼?"

아무도 대답해 주는 사람이 없지만, 자신도 모르게 중얼거리고 만다. 분명 잊어버리지 않도록 왼손에 표시를 해 두었다. 그러므로 어느 쪽이 왼손인지는 알고 있다. 그러나 문제는 뒤돌아서면 왼손 이 가리키는 방향도 반대가 되는 것이다…….

어느 쪽으로 돌아본 채 왼손 방향으로 가는 것인지, 실로 어려 운 문제였다.

결국 강가에서 주운 나뭇가지를 쓰러트려서 넘어진 방향으로 가기로 결정한다.

나뭇가지가 쓰러지면서 가리킨 방향이 올바른 방향이었다는 건, 다름이 아니라 고부타가 운이 억세게 좋은 녀석이었기 때문 일 것이다. 운 좋게 올바른 방향으로 걷기 시작한 고부타였지만 그 후에는 별문제없이 순조롭게 여행이 계속되었다.

단조로운 여행에 고부타가 질리기 시작했을 무렵, 길을 따라 전 진한 그 끝에 강물이 얕은 여울이 보이기 시작했다.

숲의 동물들이 물을 마시는 곳으로 이용하는 장소였지만 동물들 끼리 싸우는 낌새는 없다. 아무래도 본능적인 룰에 따라 싸움을 피 하고 있는 것 같았다. 약육강식의 자연계에선 드물게 육식동물과 초식동물이 사이좋게 물을 마시고 있었다.

그러나 그건 어디까지나 동물들끼리의 룰이다. 인간이나 마물 에게는 그런 룰은 관계없는 얘기다. 당연히 고부타에게도…….

동물을 사냥하는 마물은 야행성인 것이 많기 때문에 낮에는 완 전히 방심하고 있는 것 같았다.

(찬스가 왔습니다요! 오랜만에 고기를 먹을 수 있겠습니다요!)

고부타는 눈을 반짝반짝 빛내면서 동물들을 바라보았다.

물을 뒤집어쓰면서 느긋하게 굴고 있는 초식동물.

목을 축이자 재빨리 그 자리를 떠나는 육식동물.

그런 큰 동물들에게 자리를 양보하듯이 한쪽 구석에서 물을 쪼아 마시는 산새와 산토끼들.

고부타는 시선을 이리저리 돌리면서 식량이 될 사냥감을 물색했다.

그리고 찾아낸 것은 한 마리의 산토끼. 토실토실한 것이 움직임이 둔해 보였다. 무엇보다도 대형 동물은 고부타에겐 벅차 보였기 때문에 딱 좋다고 생각한 것이다.

어느 정도의 거리에서 움직임을 멈추면서 신중하게 상태를 살핀다.

(좋아. 아직 괜찮은 것 같네요.)

속으로 웃으면서 조금씩 거리를 좁혔다.

발밑에 떨어져 있는 작은 돌을 집어 들어 던져서 맞출 자신이 있는 거리까지 살며시 다가가는 고부타. 밭에서 야채를 훔칠 때 단련한 잠복 기술이 도움이 되고 있었다.

"으랏차!"

절대적인 자신을 갖고 고부타는 산토끼에세 작은 돌을 집어 던졌다. 던져진 작은 돌은 빗나가지 않고 깨끗하게 명중한다.

물가에 쓰러지는 산토끼. 그리고 그걸 본 다른 동물들이 일제히 도망쳤다.

하지만 고부타는 그런 것과는 관계없이 정말 기쁜 표정으로 산토끼를 회수했다.

문제는 그때 발생했다.

"크아아아아아아아아아아————앙!"

흉포한 울음소리를 지르면서 한 마리의 마수가 나무 틈 사이에서 모습을 드러낸 것이다.

작고 높은 절벽 위에 유유하게 서 있는 그 마수는 천천히 고부타 쪽으로 시선을 보냈다.

밀림의 왕자라고도 할 수 있는 마수, 블레이드 타이거(고인호, 孤刃虎)다. B랭크에 위치한 마수이기에 F랭크의 고블린이 이길 수 있는 상대가 아니다.

보아하니 노리는 건 고부타와 마찬가지로 물가에 모인 동물들이었던 모양이다. 그러나 고부타가 먼저 움직인 탓에 블레이드 타이거의 먹이가 될 동물들이 도망쳐버렸다.

그건 즉 남은 사냥감은 고부타밖에 없다는 뜻이다.

고부타가 잡은 산토끼도 있지만, 그것만으로는 블레이드 타이거의 배고픔을 채워줄 수는 없을 것 같았다.

"게엑! 혹시 노리는 건 접니까?!"

절벽 위에서 높이 따위는 아무 상관없다는 듯이 도약하는 블레이드 타이거. 소리도 없이 사뿐하게 고부타 앞에 착지한다.

고부타는 새파래지면서도 도망쳐도 소용없다는 걸 본능적으로 깨닫고 있었다.

이대로 있다간 고부타는 먹이가 될 운명에서 벗어나지 못한다. 그렇다면 어떻게 해야 좋을까? 고부타는 필사적으로 생각한다.

그리고——,

(이렇게 된 바에야 발버둥 칠 수 있을 만큼 발버둥 치겠습니다요!)

각오를 굳히고 블레이드 타이거를 향해 싸울 자세를 취했다. 그러나 고부타가 할 수 있는 건 적다. 왼손에 작은 돌을 여전히 쥐고 있었지만 그걸 던진다고 해도 블레이드 타이거에게는 통하지 않을 것이다.

(그래, 그거라면 통할지도 모릅니다요…….)

그때 떠올린 것이 출발할 때 받은 나이프의 존재였다.

그 나이프라면 블레이드 타이거에게 상처를 입힐 수 있을지도 모른다.

운이 좋다면 그 틈에 도망칠 수 있다고 생각했다. 그렇게 생각하고 나니 더는 망설이고 있을 틈이 없다. 달리 뭔가를 할 수 있는 것도 아니므로 가능성을 믿고 마지막까지 저항해볼 뿐이다.

고부타는 작은 돌을 던졌다. 원래 노림수는 나이프 공격이었지만, 피하기라도 하면 고부타가 지게 된다. 그러므로 우선은 작은 돌로 양동을 노리는 작전을 세운 것이었다.

당연하지만 블레이드 타이거는 가볍게 뛰어서 작은 돌을 피한다. 그 착지하는 순간을 노려서 고부타는 품에서 나이츠를 꺼내 던지려고 하다가——,

(잠깐, 이건 버섯 아닙니까?!)

블레이드 타이거를 향해 던지려고 했던 게 나이프가 아니었다는 걸 깨달았다. 그러나 이미 던지는 동작에 들어가 있던 고부타는 멈추질 못한 채 버섯을 던지고 말았다.

그 버섯은 나중에 먹겠다는 생각으로 주머니 안에 넣어 두었던 버섯이었다. 독버섯 중에서 하나 발견했었던 수수한 색의 버섯. 간식으로 먹으려고 하다가 잊어버리고 있었던 것이다.

하지만 여기서 고부타가 상상도 하지 못했던 사태가 발생했다.

실은 이 버섯은 맹독을 포함한 포자를 가지고 있는 희귀한 독버섯이었던 것이다.

고부타는 그걸 모른 채 들고 다녔고, 먹지도 않고 마수에게 던진 셈이 되지만······.

블레이드 타이거는 얼굴을 향해 날아오는 버섯을 한 번 본 뒤에 입을 열었다. 그리고 보이스 캐논(성진포, 聲震砲)으로 가루로 만들려고 했다. 그게 패인이었다. 가루가 된 버섯에서 맹독성 포자가 흩어지면서 바람을 받고 있던 블레이드 타이거는 온몸에 포자를 덮어쓰게 되어 버린 것이다.

독 포자가 뒤집어 쓴 온몸에 불타는 것 같은 통증이 느껴졌는지 블레이드 타이거는 몸부림치며 뒹굴었다. 무엇보다도 눈 코 입에 포자가 들어가면서 블레이드 타이거의 감각을 미치게 한다.

태어나서 처음 맛보는 고통에 블레이드 타이거는 제정신이 아니었다.

그 틈을 놓칠 고부타는 아니다.

(이런, 뭐가 어떻게 된 건지는 모르겠지만 이건 찬스입니다요!)

마무리 공격을 하겠다는 무모한 생각은 하지 않고 고부타는 재빠르게 도망칠 것을 선택했다. 거기다 약삭빠르게 산토끼를 줍는 걸 잊어버리지 않는다.

엄청 다급하게 손수레까지 돌아온 뒤 산토끼를 집어넣고 전속력으로 그 자리에서 도망쳤다. 숨이 찰 때까지 계속 달리다가 그럭저럭 안심할 수 있을 것 같은 지점까지 도망친 고부타. 무사히 도망친 것에 안도하면서 이제야 좀 정신이 든다.

이렇게 고부타는 큰 위기를 벗어났다.

안심이 되자 배고픔을 새삼 느끼면서 좀 전에 갖고 왔던 산토끼를 떠올렸다.

하지만 아무리 고부타라고 해도 경계를 게을리하진 않는다. 확실하게 안전을 확보할 수 있도록 주위를 둘러볼 수 있는 강변까지 이동한다. 강변에서 적당한 돌을 쌓아 아궁이를 만든 뒤에 마른 나무나 나뭇가지를 모아서 불을 붙였다.

방금 전까지 있었던 위기 따위는 어딘가로 날아가 버렸는지 고부타의 머리는 식욕으로 가득했다.

희희낙락하며 산토끼의 피를 빼고 내장을 끄집어낸다. 털가죽을 벗기고 고기를 적당한 크기로 썰었다. 그리고 나뭇가지를 꿰어서 아궁이 위에 얹는다. 나머지는 겉이 익었는지를 확인한 다음 구석구석까지 잘 익도록 나뭇가지를 회전시키는 것뿐이었다.

이렇게 간단히 고기를 익힌 다음 나무열매 즙을 짜서 뿌렸더니 요리가 완성됐다.

"맛있습니다요! 이건 정말 맛있습니다요!!"

떨어지는 육즙은 아랑곳하지 않고 고부타는 구운 고기를 물어뜯었다.

생명의 위기를 넘긴 후의 식사는 최고로 맛있었다.

하물며 나무열매랑 산딸기 같은, 길에서 딴 것들만 먹으며 지내왔던 고부타에게 오랜만에 먹는 고기의 맛은 천국에까지 오르는 듯한 행복을 맛보게 해주고 있다.

바로 조금 전에 블레이드 타이거와 마주친 공포의 기억도 고부타에겐 과거의 일이다. 그런 일도 있었지요, 하는 정도의 기억으로서 고부타 안에서 처리된 것이다.

오랜만에 배가 부를 때까지 식사를 하면서 고부타는 만족했다.

"좋아! 왠지 내일도 좋은 날이 될 것 같네요!"

오늘 있었던 일 같은 건 망각의 저편으로 날려 버리고 고부타는 내일을 기대했다.

＊

블레이드 타이거와 마주친 후로는 별다른 트러블도 없이, 또 한 달이 지나가려 하고 있었다.

저 멀리 보이고 있었던 산은, 이제는 쳐다보면 산 정상이 보이지 않을 정도로 가까웠다. 벽처럼 생긴 부분에선 바위가 비를 맞고 매끄럽게 갈린 듯한 아름다운 암반을 보여주고 있다. 고부타에겐 모든 게 신기하고 흥미를 끄는 것뿐이었다.

하지만 그렇게 느긋하게 경치를 바라보고 있을 여유 따윈 고부타에겐 없다.

식량이 다 떨어져가고 있기 때문이다.

어쨌든 이 일대는 이미 드워프 왕의 슬하라고 해도 좋은 지역이며 쥬라의 대삼림 밖에 위치한 초원지대였다. 숲에서 가능한 한 식량을 모아서 산을 향해 이동했지만, 이제부터는 보급을 할 수 없는 이상 나머지 길은 초조해지기만 했다.

본 적도 없는 광경에 마음을 빼앗긴 덕분에 배고픔을 잊고 있는 고부타였지만 슬슬 현실을 깨닫게 될 때가 되었다.

하지만 문제는 그뿐만이 아니었다.

드워프 왕국을 목표로 하는 자는 고부타뿐만이 아니었다. 중립 자유무역도시인 드워프 왕국에는 다양한 종족이 찾아온다. 그건 마물이나 마인뿐만 아니라 인간도 찾아온다는 뜻이다······.

가능한 한 집단으로 행동하는 것이 이 나라를 찾아오는 자들의 암묵적인 합의로 되어 있었다.

드워프 왕국 안에선 안전이 보장되긴 하지만, 국경 부근 지역까지 경비의 눈이 미치진 않는다. 따라서 자신의 몸은 자신이 지켜야 할 필요도 있기 때문이다. 그건 상인들에게도 상식이었지만 고부타는 그런 걸 알 리도 없었고 신경도 쓰지 않고 있다.

즉, 남은 식량에 신경을 쓰고 있는 틈에 새로운 문젯거리를 만나게 된 것이다······.

"이봐, 고블린 한 마리가 뭔가 돈이 될 만한 걸 들고 있는데?"

슬슬 뭔가 먹을 걸 찾지 않으면 곤란하겠다는 생각을 하고 있던 고부타의 귀에 갑자기 그런 목소리가 들려왔다.

하지만 고부타는 그 말뜻을 알아듣지 못한다. 고블린끼리의 대화는 '사념전달'에 가까워서 인간의 말은 단편적으로밖에 이해하지 못하기 때문이다.

그렇지만 악의가 담긴 감정만큼은 민감하게 알아차릴 수 있다. 고부타에게 들키지 않게 다가오던 그 인간을 쳐다보면서 고부타는 위험한 예감을 느끼고 있었다.

(큰일입니다요. ……안 좋은 예감이 듭니다요.)

손수레를 쥔 손에 힘을 주고 고부타는 있는 힘을 다해 달려가려고 했다.

그러나——.

"어딜, 놓칠 것 같으냐!"

고부타의 앞쪽에서 금속 갑옷으로 몸을 보호하고 있는 인간 전사가 나타난다.

뒤에서 나타난 날래 보이는 남자가 손수레의 내용물을 확인하고 휘파람을 불었다.

"이것 봐라. 별 기대도 안 했는데 매직 아이템이잖아? 오늘은 운이 좋구먼. 이런 잔챙이 한 놈 죽이기만 하면 우리 장비 값을 벌 수 있으니까 말이야!"

"호오? 용돈벌이나 좀 할까 했더니 생각지도 못한 행운인걸. 귀찮다고 안 온 녀석들이 울상을 짓는 걸 볼 수 있겠군."

그런 남자들의 대화를 흘려들으면서 고부타는 어떻게 할지를 생각했다.

드워프 왕국을 눈앞에 두고 생각지도 못한 위기에 직면한 것에 당황하고 있었다. 하지만 망설이고 있을 시간은 없을 것 같았다.

고부타는 초조해지는 마음을 진정시키면서 최선책을 모색한다.

(어떻게 할깝쇼?! 이대로는 다 뺏기고 말 텐데요. 아니, 그 전에 내 목숨도 위험할 것 같습니다요…….)

잘 생각해 보면 아이템을 뺏기는 것만으로 끝날 거라곤 보장할 수 없다. 고부타는 그때 처음으로 자신의 위기에도 생각이

미쳤다.

그리고 고부타의 걱정은 적중했다.

남자들은 고부타의 퇴로를 막고 둘이 동시에 달려들어 폭행을 가해온 것이다.

어린애 같은 체격의 고부타와 남자들로는 전혀 승부가 되지 않는다. 애초에 완전히 장비를 갖춘 남자들은 모험자로서, 말하자면 D랭크에 해당된다. 고부타가 이길 수 있는 상대가 아닌 것이다.

블레이드 타이거에게서 도망칠 수 있었던 때와 비슷한 행운이 오지 않는 한, 제대로 싸웠더라면 고부타의 목숨은 끝이 났을 것이다.

하지만 행운의 여신은 고부타에게 미소를 지었다.

"너희들, 뭘 하고 있는 거냐!"

무기를 쓰지 않고 맨손으로 고부타를 두들겨 패던 남자들에게 위압적인 여성의 성난 목소리가 울려 퍼진다.

남자들은 놀라서 뒤를 돌아보자, 거기에는 한 마리의 고블리나(암컷 고블린)가 서 있었다. 적갈색의 머리카락이 특징적인 고블리나 전사가. 그 뒤에선 코볼트 족의 상인들이 오는 것이 보인다. 아무래도 고블리나는 상인들의 호위를 맡고 있었던 것 같다.

남자들은 냉정하게 상황을 판단한다. 남자들이 두 명인데 반해 상인들에겐 홉고블린 전사의 모습도 보인다. 홉고블린과 고블리나는 아래 급의 잔챙이인 고블린과는 비교도 되지 않는 인간의 말을 할 줄 아는 상위 마물들이다.

실력으로 따져서 이제 애송이에 불과한 남자들이 도전하기에는 상대가 좋지 않았다. 또한 빨리 짐을 뺏어서 도망쳤으면 좋았겠지만 이제 와서는 그것도 무리라는 걸 깨달았다.

"쳇. 이번에는 그냥 물러나주지!"

"목숨 건진 줄 알아라, 이 자식!"

그런 말을 뱉으며 남자들은 그 자리를 떠났다.

고부타는 또다시 운 좋게 목숨을 건질 수 있었다.

✳

살아난 것에 안도한 고부타는 아마도 기절했던 모양이다.

덜컹거리며 흔들리는 마차의 진동이 기분 좋은 잠을 방해한다. 두들겨 맞은 상처에 자극이 전해지는 바람에 그 고통으로 펄쩍 뛰면서 일어나는 고부타.

"어라? 정신이 들었어?"

쳐다보니 적갈색 머리카락의 고블리나가 고부타를 간호해 주고 있었다.

원숭이에 가까운 외모를 가진 고블린이 아니라 인간에 가까운 모습을 하고 있는 고블리나.

고부타는 한눈에 그 미모의 포로가 되었다.

(선녀다. 선녀가 여기 있습니다요!)

상처의 아픔도 잊어버리고 고부타는 단번에 사랑에 빠졌다.

"제 아이를 낳아주십쇼!"

고부타는 벌떡 일어나 사랑의 고백을 했다. 너무 비약하긴 했지만 고부타는 너무나 진지하다.

하지만 마차 안에 있던 자들은 그걸 농담으로 받아들인 모양이다.

"풋, 푸하하하하하! 사람 웃길 줄 아는 구나, 꼬마야!"

"이봐, 이봐, 누님. 낳아 주는 게 어때, 그 꼬맹이 아이를!"

"입 닥쳐, 너희들! 쓸데없는 소리 하지 말고 주위를 경계하기나 해!"

주위 사람들이 놀리지만 적갈색 머리카락의 고블리나가 그걸 일축했다.

그 대화를 들어 보니, 적갈색 머리카락의 고블리나는 아무래도 누님으로 불리는 것 같다. 고부타는 그렇게 파악했다.

주변의 시시껄렁한 말 따위는 고부타에겐 들리지 않는다. 뜨거운 시선을 누님에게 보내는 고부타.

그러나 현실은 만만하지 않았다.

"난 말이야, 너 같은 겁쟁이는 취향이 아니야. 그런 나약한 인간들에게 얕보일 정도면 내 남자는 절대 될 수 없어! 적어도 날 구해줄 수 있는 강한 수컷은 되어야 한다고."

누님으로부터 단칼에 거절을 당하면서 고부타의 첫사랑은 시작과 동시에 끝을 맺었다.

"그, 그럴 수가…… 슬픕니다요……."

새하얗게 타버림과 동시에 고부타는 온몸의 고통을 다시 느꼈다.

이렇게 실의 속에 고부타는 다시 기절한다. 그 덕분에 드워프 왕궁까지 코볼트 상인들의 신세를 지면서 무사히 드워프 왕국에 도착한 것이 유일한 위안이었다…….

고부타의 첫사랑은 실연으로 끝났지만, 그럭저럭 본래 목적은 완수한 것이었다.

코볼트 상인의 소개를 받아 드워프의 가게에서 손수레의 짐을 매각했다.

고부타가 매직 웨폰을 건네주자 약간 놀라긴 했지만 아무 말도 없이 담담하게 절차대로 진행하는 드워프들.

마물과의 거래도 익숙한 듯 어느 정도의 대화는 성립되는 것 같았다.

한 명의 드워프가 고부타의 허리를 가리켰다.

"이봐, 그건 팔지 않을 건가?"

그 말에 시선을 옮기니, 그가 가리킨 건 고부타의 나이프였다.

(아! 품이 아니라 허리에 꽂아 두고 있었네요!)

어쩐지 품에서 꺼낸 게 버섯이었다는 생각을 한 고부타. 그건 그렇고──.

"이건 제 겁니다. 안 팝니다요."

대답하는 고부타.

그 말을 들은 드워프는 고개를 한 번 끄덕이고는 고부타에게 얘기 해 줬다.

"그건 좋은 물건이긴 하지만 마력이 다 떨어져가고 있네. 잘 써 봤자 앞으로 한 번 내지는 두 번이겠지. 쓰는 법은 알고 있나?"

"아뇨, 모르는뎁쇼? 이게 마법 무기입니까?"

"그래. 그건 플레임 나이프(화염 단검)라고 하지. 재질은 백은이 지만 마력이 담겨 있는 물건이네. 인간 귀족의 호신용으로 만들 어진 물건 중 하나지. 만일을 대비해 주문을 가르쳐 주겠지만 사용하면 망가진다고 알고 있게."

"정말입니까?!"

"정말이지. 드워프 왕국에서 만들어진 단검 중 하나이니까. 소중히 다루라고."

친절한 드워프였는지 고부타에게 주문을 가르쳐 주었다. 그리고 드워프가 만든 나이프를 들고 있는 고부타가 마음에 들었던 건지 여러모로 편의를 봐주었다.

이렇게 고부타는 무사히 거래를 마쳤다. 받아든 것은 현금이 아니라 현물이었지만 직접 운반해서 돌아갈 필요는 없다. 요금을 추가로 지불하면서 상품을 배송해 주도록 했기 때문이다.

손수레에 실을 수 있는 만큼의 식칼이랑 솥 같은 일용품과 교환 받았다. 고블린의 체격으로도 다루기 쉬운 나이프와 가슴 보호대 같은 무기류도 준비해 주었다. 그런 짐들은 배송업자에게 맡기고 등록 절차를 밟는다.

그리고 받아든 건 한 개의 마법통. 이건 임의의 장소에 설치해서 발동시키면 그 장소로 짐이 전송되게 되어 있는 훌륭한 것이다.

당연하게도 딱 한 번만 이용할 수 있는 일회용 마법 아이템이다.

싼 가격으로 하늘을 통한 배달도 있긴 했지만 그런 것들은 가까운 마을에서만 이용할 수 있다. 어찌됐든 고부타가 장소를 설명할 수 없는 이상, 비싼 가격을 치러서라도 전송마법에 부탁할 수밖에 없는 것이다. 배달해 줘야 할 짐도 나름대로 많기 때문에 손수레를 끌고 돌아가는 것도 큰일이다. 그런고로 고부타는 주저하지 않고 배송업자를 이용한 것이다.

실제로 돌아가는 길에서 짐을 노리고 습격을 받을 위험도 있기에 가능한 한 몸을 가볍게 하는 게 좋다. 고부타의 판단은 완전히 잘못된 것만은 아니었다.

배송업자의 가게를 나온 고부타는 소개해준 드워프에게 감사 인사를 하기 위해 자신의 물건을 구매해 준 가게로 돌아갔다.

"안녕하십니까! 무사히 짐을 배송 받게 되었습니다요. 감사합니다!"

"자네인가. 그거 잘 됐구먼. 그렇지, 이건 팔 만한 상품이 못 되니 되돌려 주겠네."

그렇게 말하면서 그 드워프가 고부타에게 건네준 건 모포 대신 사용했던 모피로 만든 두꺼운 코트였다. 고부타가 잡은 산토끼의 모피가 덧대어져 있으며 추위를 막아주기에 충분해 보이는 물건이다.

말로는 되돌려 준다고 했지만 고부타를 위해 일부러 가공해 준 것으로 보였다.

"어, 괜찮습니까?"

"그래. 보나마나 전부 다 맡겨 버리는 바람에 잘 때 사용할 모포도 안 갖고 있지? 여행을 하려면 그런 준비는 게을리하면 안 되네."

고부타에게 그렇게 설교하면서 오래된 륙색을 꺼내는 드워프.

"이것도 주지. 잔돈 대신에 말린 음식을 넣어뒀네. 1주일 분량은 될 게야. 잘 가게."

"정말입니까?! 감사합니다!!"

드워프의 호의에 감사하는 고부타.

"신경 쓰지 말게. 그 나이프, 실은 내가 만든 거라네. 그걸 가진 주인을 그냥 내버려 둘 수는 없지 않겠나. 무사히 돌아갈 수 있기를 기원하겠네."

드워프는 그렇게 말하고 다른 손님을 상대하기 위해 그 자리를 떠났다.

(그렇군요…… 빈손으로 여길 출발하면 숲까지도 못 갔겠네요. 친절한 드워프 씨, 감사합니다요!)

고부타는 한 번 더 인사를 한다. 드워프에겐 보이지 않았겠지만 조금이라도 감사의 인사를 전하고 싶었던 것이다.

그리고 선물 받은 코트를 입은 뒤에 륙색을 메고 그 자리를 뒤로 했다.

목적을 다 이룬 고부타였지만 곧바로 귀로에 들지는 않았다.

"모처럼 여기까지 왔으니까 좀 더 관광을 해도 되겠지요!"

그렇게 중얼거리며 멋대로 납득하더니 드워프 왕국을 여기저기 견학하면서 돌아다녔다.

드워프 왕국은 천연의 대동굴 안에 만들어진 곳으로, 직접 태양을 볼 수는 없다. 그러나 절묘한 기술로 자연의 빛을 끌어들이는 구조로 만들어진 덕분에 불편함을 느끼지 않을 정도로 밝았다.

밤에는 밤대로 벽면에 자라나 있는 형광이끼가 빛을 발하면서 보름달 밤과 동등한 정도로 밝은 빛을 보존하고 있다.

문제가 되는 건 불의 취급이다.

밀폐공간은 아니지만 동굴 안에선 연기가 차기 쉬워서 환기가 중요시된다. 그렇기 때문에 실내외를 불문하고 불을 사용하는 것에는 제한이 있다. 공방이나 주방처럼 불을 다루는 시설에는 반드시 소방사가 상주하는 것이 의무적으로 되어 있는 것이다.

그런고로 식사를 할 수 있는 장소는 정해져 있으며 건물 안에서만 식사가 가능하다.

대개는 몸이 지저분해지면 물을 뒤집어쓰는 것 정도는 하기 마련이지만 지금은 오랜 여행을 끝낸 뒤다. 즉, 지금의 고부타는 몸 냄새가 심하게 났다. 목욕을 하는 습관도 없다 보니 어쩔 수가 없다.

모험자로 북적이고 있던 입구 부근의 매입 가게들 부근이라면 그렇게 눈에 띄진 않았다. 그러나 건물 안에 들어가면 얘기가 다르다. 환기가 되고 있다고 하더라도 고부타의 악취는 사람들을 불쾌하게 만들기에 충분했다.

하물며 상업구획이 되다 보니 역시 얼굴을 찌푸리는 사람들도 나오기 시작했다.

불쾌한 표정으로 고부타를 바라보는 타국에서 온 상인들. 그런 시선을 받다보니 아무리 고부타라고 해도 불편함을 느낀다.

(뭔가 느낌이 안 좋네요……. 빨리 나가는 게 좋겠습니다요.)

민감하게 분위기를 파악하고 고블린 마을로 돌아가기로 한 고부타.

그건 올바른 판단이었다. 일단 고부타는 돈을 갖고 있지 않았으니까 말이다. 이대로 관광을 한다고 해도 밥을 먹을 수도 없었던 것이다.

애초에 고부타는 돈이라는 개념을 이해하지 못하고 있었기 때문에 방금 했던 거래도 물물교환을 한 것이다. 이것만큼은 어쩔 수 없는 것이라 할 수 있을 것이다.

관광을 포기하고 고부타는 그 자리를 떠나려고 했지만——,

그때 고부타는 보고 말았다.

아름다운 장식이 되어 있는 가게에서 아름다운 여신 같은 미녀들이 담소를 나누고 있는 광경을.

고블리나 누님도 선녀처럼 아름다웠지만 그 여성들은 격이 달랐다.

물 흐르듯 부드럽고 아름다운 금발에서 긴 귀가 드러나 보인다. 요정의 특징이 뚜렷하게 남아 있는 엘프이다.

아름다움의 판단 기준은 원래라면 종족적 특징에 따라 판단이 달라지는 법이지만, 고블린의 미적감각도 실은 인간과 마찬가지였다. 그 이유는 간단해서, 원래는 요정의 일종이었던 것의 흔적이다. 열화되긴 했어도 그 본질은 요정에 가깝기 때문이리라. 그래서 이성이 적은 고블린들은 사람을 습격하고 본능대로 자신의 아이를 배게 하려는 자도 있을 정도이다.

(아름답네요! 언젠가 저도 엘프 누님들과 사이좋게 지내고 싶습니다요!)

고부타는 그렇게 결의했다. 그리고 생각한다. 강해지자고.

고블리나 누님이 말했던 것처럼 고부타도 강해지면 아름다운 여자가 좋아해 줄 것이라고 생각한 것이다.

새로운 목적을 가슴에 품고 고부타는 하룻밤만 드워프 왕국에서 지냈다.

아무리 그래도 밤중에 출발하는 것은 위험하다고 판단하여 대문 근처의 공원에서 노숙을 한 것이다.

그렇다고는 해도 동굴 안이기 때문에 비를 걱정할 필요는 없다. 친절한 드워프가 만들어준 코트 덕분에 추위를 느끼지도 않았다.

생각했던 것보다도 쾌적하게 하룻밤을 지낸 뒤에 고부타는 활기차게 눈을 떴다.

공원에 있던 분수는 용수(湧水)를 이용하는 것이라 마실 수도 있는 것 같았다. 고부타는 륙색에서 물통을 꺼내어 가득히 채운다.

그리고 드워프 왕국을 떠나 드디어 귀로에 오른 것이다.

*

문을 나왔을 때 고부타에게 말을 거는 자가 있었다.

"어라, 꼬맹이 아닌가. 볼일은 다 끝났나?"

쳐다보니 코볼트 상인이었다. 그 뒤에는 흡고블린 전사 두 명과 적갈색의 고블리나인 누님이 뒤따른다.

"아, 코볼트 상인 씨!"

인사하는 고부타. 보아하니 상인들도 돌아가는 중인 모양이다.

유복한 상인들이라면 며칠 정도 묵는다고 하지만, 작은 상인들은 그리 오래 머무르진 않는 모양이다. 재빠르게 거래를 끝내고 난 뒤 자기 나라로 돌아가서 쉬는 게 일반적이고 한다.

인사를 나눈 뒤에 코볼트 상인이 고부타를 마차에 태워 줬다.

"돌아가는 길이 같은 방향이지? 어차피 자리는 남으니까 중간까지 태워 주지. 단, 도적이나 마수가 나타나면 우릴 지켜 달라고."

그렇게 말하면서 장난기 가득하게 웃는 상인. 고부타가 전력이될 거란 생각을 하고 있는 게 아니라, 그 말이 고부타를 마차에 태워주기 위한 구실이란 건 뻔히 다 보이고 있었다.

고부타도 태평스럽게 웃는다. 부탁을 받은 거라 착각하고 약간 자랑스럽게 생각하면서.

일행은 큰 강을 따라 이동한다. 그리고 아무런 문제도 없이 초원을 빠져나와 숲으로 들어간다.

휴식을 취할 때마다 산새를 잡거나 나무 열매를 따기도 한다. 고부타도 다른 사람들과 어울려 활약했다.

"너, 이런 쪽으로는 정말 재능이 뛰어난걸! 용케도 이렇게 먹을 걸 찾아내다니……."

"역시 쥬라 대삼림에 사는 부족은 다르군. 숲 안에선 예상보다 도움이 되겠는데."

"정말 그러네. 설마 네가 이런 재능을 가지고 있을 줄은 몰랐어."

일동은 그렇게 말하면서 고부타를 칭찬했다.

돌멩이를 던져서 잡은 산새를 손에 든 채로, 고부타도 기쁨을 감추지 않았다. 그다지 칭찬을 들어본 적이 없었기 때문에 신이 났다.

그런 때에 발견한 것이 독이 있어 보이게 생긴 버섯이다. 그렇다 고부타가 배가 고팠을 때 무의식적으로 먹었던 그것이었다.

(이건 못 먹겠네요. 하지만 어라? 잠깐만요……. 그때 평범해 보이는 색을 띤 버섯도 뭔가 위험해 보였는데 말이죠. 혹시 내가 먹었던 게 이겁니까?)

혹시나 하고 생각했지만 색채가 뚜렷하고 독이 있어 보이는 붉은색을 보고 있으니 도무지 먹을 수 있게 보이질 않는다.

한창 신이 나서 들떠 있는 고부타조차 망설여질 정도의 색을 띠고 있는 것이다.

"이봐, 그건 먹을 수 없는 거야. 그건 화장(火瘴)버섯이라고 하는 건데, 맹독을 지니고 있어. 특히 독소가 강한 녀석은 불이 닿으면 폭발해서 맹독을 살포해. 도전하고 싶다면 말리진 않겠지만 틀림없이 저세상으로 갈 거야."

누님의 말을 듣고 고부타도 끄덕끄덕 고개를 끄덕였다. 이런 위험한 버섯 따윈 일부러 먹을 필요도 없는 것이다.

화장버섯을 내버려두고 무난하게 나무열매를 모으는 고부타 일행.

식재료 조달을 맡은 고부타 쪽 말고도 강에서 물을 긷는 자들이나 식재료를 가공하는 자들이 있다.

각자 맡은 역할을 마치고 식사 준비를 시작하려고 했던 그 때――.

"크아아아아아아아아아아아――――앙!!"

갑자기 주변을 울리는 무시무시한 포효가 울려 퍼졌다.

그리고 분노의 기색을 띤 채로 모습으로 드러내는 한 마리의 마수.

그건 B랭크의 마수이면서 고부타가 독버섯으로 물리친 블레이드 타이거였다.

독버섯의 포자 때문에 대미지를 입은 것 같지만, 물가에 있었던 것이 운이 좋았는지 회복한 모양이다. 그러나 그 분노는 아직 수그러들지 않았다. 하등한 마물인 고블린 따위에게 쓴맛을 본 것에 대한 분노는 블레이드 타이거 안에서 씻기 힘든 오점으로 남아 있다.

그리고 고고한 강자로서의 긍지를 걸고 자신을 이런 꼴로 만든 자에게 복수를 맹세하고 있었다.

블레이드 타이거는 분노의 포효를 지른 뒤에 보이스 캐논으로 호위 중의 한 명인 홉고블린 전사를 날려 버린다. 격이 다르다는 걸 보여 주는 그 일격은 강인한 육체를 지닌 홉고블린조차도 순식간에 죽기 직전의 중상을 입혔다. 풀 플레이트 메일로 보호받고 있지 않았다면 즉사였을 것이다.

"형님?!"

또 한 명의 홉고블린이 경악하면서 소리를 지르지만 움직일 수는 없는 모양이다.

잘해야 도끼를 들고 블레이드 타이거를 경계하는 정도밖에는 할 수가 없다. 그것도 어쩔 수 없는 일이다. C랭크 정도의 홉고블린은 B랭크의 블레이드 타이거의 적이 될 수가 없으니까.

"자극하지 마, 이 녀석은 위험하니까. 블레이드 타이거를 상대로 하면 우리가 열 명이 덤벼도 이길까 말까 하는 정도야. 코볼트 상인 씨, 짐은 포기하고 천천히 이 자리를 떠나도록 해."

누님이 조용히 말했다. 블레이드 타이거를 자극하는 건 그만큼 더 위험해진다는 걸 잘 알고 있었다. 적어도 의뢰주를 무사히 도망치게 해두고 싶다는 마음으로 누님은 코볼트 상인들에게 경고하고 있다.

운이 좋다면 블레이드 타이거가 마차를 끄는 말을 잡아먹고 있는 동안에 자신들도 도망칠 수 있기를 기대하면서…….

그러나 그 희망은 산산이 부서졌다. 블레이드 타이거가 노리는 것은 복수이지 배를 채우는 게 목적이 아니었기 때문이다.

싸울 자세를 취하는 호위 전사들. 그자들을 한 번 보면서 블레이드 타이거는 자신의 목적이자 사냥감인 고부타를 찾았다.

슬그머니 도망치려고 하던 상인들 쪽으로 눈을 돌리면서 위협하는 블레이드 타이거. 놓아줄 생각이 없다는 그 의사표시에 상인들은 절망하면서 그 자리에 주저앉아 버렸다.

"이거 틀렸네, 저 자식은 우릴 놓아줄 생각이 없는 것 같아."

"누님, 어쩔까요? 우리만으론 이기기 힘들 텐데요?"

"어쩔 수 없지, 특공을 할 수 밖에. 상인 분들, 우리가 달려들면 다들 일제히 도망치도록 해! 단, 뿔뿔이 흩어져서 도망치라고. 일부라도 살아남을 생각이라면 말이지."

각오를 굳히는 호위 전사들. 자신들의 생존은 포기하고 블레이드 타이거와의 전투를 각오한다. 자신들을 미끼로 삼아서 어떻게든 상인들을 도망칠 수 있게 하려 한 것이다.

절망적인 분위기가 감도는 속에서 그 분위기를 파악하지 못하는 남자가 있었다.

그렇다, 고부타였다. 고부타는 블레이드 타이거의 포효를 들은 순간, 찬스라고 생각한 것이다.

(그 호랑이로군요?! 버섯으로 쫓아냈던 잔챙이 아닙니까. 저 녀석이라면 저 혼자라도 이길 수 있습니다요!)

착각도 유분수이지만 이 자리에 있는 자들 중에서 공포에 사로잡히지 않은 건 고부타뿐이었다.

"네 상대는 나입니다요!"

뛰쳐나가는 고부타. 그걸 보고 흉악하게 울부짖는 블레이드 타이거.

"이 바보! 네가 뛰쳐나가봤자 뭘 할 수 있다고!!"

누님의 외치는 소리를 듣고 "여긴 저한테 맡겨 주십쇼!"라고 웃으면서 대답했다.

그리고 숲 쪽으로 향해 내달린다.

블레이드 타이거는 고부타 말고는 안중에 없는지 곧바로 고부타를 쫓아가기 시작했다.

일동은 아연실색했지만 멈춰 서 있었던 건 단지 한순간이었다.

"이봐, 저 멍청이가…… 무모한 것도 정도가 있지……."

호위 전사들은 동요했지만 고부타가 만든 찬스를 놓치지는 않았다.

"당신들은 이 틈에 빨리 도망쳐! 우리는 여기서 발을 묶을 테니까."

"그, 그렇지만……."

"신경 쓰지 마. 그게 우리 일이니까. 무사히 저 괴물한테서 살아남게 되면 연막탄으로 연락하겠어."

"그 말이 맞아. 우리들도 죽을 생각은 없거든. 서로 무사히 재회하길 바라자고——."

그렇게 말하면서 상인들을 마차 쪽으로 쫓아냈다. 고부타로선 시간벌이밖에 안되겠지만 자신들도 남기로 하면 의뢰주만큼은 도망칠 수 있을 거라 판단한 것이다. 상인들의 마차가 출발하는 걸 확인한 다음 고부타와 블레이드 타이거가 사라진 방향으로 달리기 시작한다.

그리고 고부타는——.

(무서워———! 엄청 무섭다고요!!)

쫓아오는 블레이드 타이거의 박력을 느끼고 이제야 공포에 사로잡혀 있었다.

B랭크의 이름에 부끄럽지 않은 무시무시한 각력으로 순식간에 고부타와의 거리를 좁히는 블레이드 타이거.

(이, 이럴 줄 알았으면 폼을 잡는 게 아니었습니다요———.)

이제 와서 후회해 봤자 때는 이미 늦었다. 고부타는 필사적으로 거리를 벌리기 위해 있는 힘을 다해 달렸다.

그러나 공포에 몰린 게 운 좋게 작용한 것인지, 고부타에겐 하늘의 계시와 같은 계책이 떠오른 것이다.

(그래, 어쩌면 혹시나 사용하면…….)

고부타는 멈춰서더니 품에서 어떤 걸 끄집어냈다. 그리고 씨익 웃으면서, 블레이드 타이거를 향해 손에 든 그 아이템을 내던졌다.

블레이드 타이거는 고부타가 멈춰서는 바람에 당황한 듯 움직임을 멈췄다.

그 직후 고부타가 던진 것이 블레이드 타이거의 눈앞으로 달려든다.

원래라면 블레이드 타이거의 최대의 무기인 보이스 캐논으로 날아오는 걸 분쇄하면 끝나는 것이었다. 그러나 전에 실패한 그 기억이 블레이드 타이거의 움직임을 망설이게 만든다. 블레이드 타이거는 지능이 높은 마수인 지라 똑같은 실패는 두 번 반복하지 않는다. 이번에는 그 장점이라 할 수 있는 습성이 화가 되었다.

보이스 캐논을 날리는 게 아니라 날아오는 그걸 물어서 받아내자고 블레이드 타이거는 생각한 것이다. 머리가 좋은 블레이드 타이거 입장에서 보면 대상물에게 충격을 주지 않고 무는 건 딱히 어렵지도 않은 일이었으니까.

그러나——,

블레이드 타이거가 날아온 물건을 가볍게 입에 문 순간, "언 실 (마법통 개봉)!!"이라고 고블린이 외쳤다.

그 말의 뜻을 블레이드 타이거가 이해하기도 전에 먼저, 효과가 발동된다.

고부타가 노린 대로 배송업자가 준비해 준 마법통은 그 용도대로의 효과를 발휘했다. 즉, 물고 있던 블레이드 타이거의 입 안에 대량으로 구입한 일용품이랑 무기류, 그리고 손수레 등이 출현한 것이다.

그 결과, 당연히 블레이드 타이거의 아래턱은 날아가 버린다.

고부타의 계획대로 된 것이다.

"성공입니다요!"

기쁨을 드러내는 고부타. 그러나 고부타의 계책은 이걸로 끝난 게 아니다.

플레임 나이프라는 비장의 무기가 남아 있는 것이다.

블레이드 타이거의 전투력을 생각해 봐도 아래턱을 날려 버린 것만으로는 치명타가 되지는 않는다. 그때 고부타는 확실하게 끝내기 위해 아껴두고 있던 무기의 마법을 발동시키려고 생각했다.

(하지면 여기서 태웠다간 짐까지 다 타버리고 말겠지요. 조금

425

더 안쪽까지 유도하는 게 좋겠습니다요.)

블레이드 타이거의 발밑에 짐들이 흩어져 있는 걸 깨달은 고부타는 블레이드 타이거를 유도하듯이 숲 안쪽으로 도망치기 시작했다.

블레이드 타이거는 지금까지 겪어본 적이 없는 아픔에 의해 혼란에 빠져 정상적인 판단을 할 수 없게 되었다. 그랬기에 고부타가 도망친 것에 분노했다. 그 목적이나 의도를 생각할 만한 사고력도 사라지면서 본능에 이끌려 추적을 시작한다.

격렬한 고통과 자신의 최대의 무기인 보이스 캐논을 빼앗긴 굴욕과 분노. 무슨 수를 써서라도 고부타를 끝장내야한다는 의식에 지배되어 버린 것이다.

고부타는 아주 약간 거리를 벌리더니, 작은 몸집을 살려 밀집된 덤불 속으로 파고든다. 그렇게 블레이드 타이거와의 능력 차이를 상쇄하면서 그럭저럭 거리를 벌리는데 성공했다.

돌아보면서 블레이드 타이거 쪽으로 시선을 보내는 고부타.

예상대로 적은 똑바로 자신을 향해 오고 있다.

(좋아! 여기라면 빗나가지 않을 겁니다요!)

덤불에 휘감겨서 블레이드 타이거의 기동성은 약해져 있다. 똑바로 던지기만 해도 확실하게 명중시킬 수 있을 거라고 고부타는 생각했다. 아끼고 아껴두었던 무기. 게다가 마법까지 발동시킨다. 이거라면 흉악한 마수라고 해도 무사히 넘어가지는 못할 것이다.

보이스 캐논은 봉쇄되었으니 블레이드 타이거에겐 이걸 피할 기술은 없다. 그렇게 생각하면서 자신만만하게 고부타는 플레임 나이프를 던졌다.

"파이어(화염발동)!"

드워프에게서 배운 주문을 외치는 고부타. 그 주문대로 플레임 나이프의 마법이 발동한다.

나이프는 불을 휘감으면서 블레이드 타이거로 날아갔다.

원래는 이 정도의 매직 웨폰의 마법 따위는 B랭크의 마수에겐 통하지 않는다. 그러나 블레이드 타이거는 경계했다. 경계하고 말았다. 그게 고부타에게는 행운과 승리를 가져오게 된다.

위턱에 남아 있는 블레이드(검치)가 자유로이 움직이면서 불길에 휩싸여 있던 플레임 나이프를 튕겨냈다. 그걸 보고 정망적인 표정을 짓는 고부타. 하지만 그게 바로 고부타에겐 행운이 된 것이다.

튕겨나간 플레임 나이프는 블레이드 타이거의 발밑에 꽂혔다. 거기에는 어떤 특정한 성질을 지닌 버섯이 자라고 있었다. 열을 가하면 독을 발생시키는 버섯이. 그것도 그 버섯이 크게 숙성되어 있었기에…….

불에 탄 화장버섯이 폭발하면서 사방으로 흩어진다. 그리고 불길이 주위에 튀면서 그 부근 일대에서 연쇄폭발이 발생했다. 그 폭발의 중심에 있던 블레이드 타이거는 도망갈 곳도 없이 폭발에 휘말리면서 맹독성의 포자를 온몸에 뒤집어쓰게 된 것이다.

그렇게 대미지가 크지 않은 공격을 튕겨낸 결과, 엄청난 대미지를 받아버리게 된 것이다.

그리고——,

"너, 정말 잘했다! 나머지는 우리한테 맡겨!"

"여어, 꼬맹이……. 다시 봤어. 너는 훌륭한 전사야!"

지쳐 쓰러져 한 발짝도 움직이지 못했던 고부타에게 믿음직한 목소리가 들려왔다.

만신창이가 된 블레이드 타이거가 상대라면 상인을 호위하던 전사들로도 승산이 있었다.

이렇게 블레이드 타이거는 토벌되었고 고부타는 승리할 수가 있었던 것이다.

✳

갈림길에 도착했다.

고부타는 숲 속으로, 상인들은 강을 따라 그대로 마왕의 영지로 향하게 된다.

"모처럼 생긴 보물 나이프는 망가지고…… 또 손수레를 끌어서 돌아가게 됐습니다요……."

투덜거리는 고부타. 그러나 그 표정은 여전히 느긋하다. 고부타에겐 큰 문제가 아니었던 것이다.

"덕분에 살았네. 한 번 더 고맙다는 인사를 하게 해 주게."

상인들이 감사의 말을 전한다. 그에 대답하는 고부타는 쑥스럽게 미소 지었다.

"꼬맹이, 저기, 난 너라면──."

"누님, 전 강해지겠습니다요! 다음에는 도와주시지 않아도 그 정도의 마수는 물리칠 수 있게 말이죠!"

"뭐? 아, 아아. 그래, 그래야지. 좀 더 정진하도록 해!"

누님은 뭔가 말하려고 했지만 고부타가 착각하면서 뱉은 말을 듣고 마음을 돌렸다. 그리고 고부타에게 격려를 한다. 그렇게 함으로써 고부타가 더 높은 곳으로 도달할 수 있도록.

그렇게 고부타의 사랑은 맺어지지 못 한 채, 두 사람은 각자 다른 길을 걷게 된다.

고부타는 손수레를 끌고 숲 속으로 들어간다.

그런 고부타를 배웅하는 호위 전사들과 상인들.

"저 녀석 애라면 낳아 줘도 괜찮았을 것 같은데."

손을 흔들며 떠나가는 고부타를 배웅하면서 누님이 나지막이 중얼거렸다.

"쫓아가기엔 아직 늦지 않았는데요, 누님?"

"아니, 됐어. 아마도 저 녀석은 우리들과는 다른 것 같아. 뭔가 특별한 게 있을 거야. 안 그러면 그때 살아남을 수 없었을 테니까."

"그러네요……. 확실히 그 말이 맞는 것 같습니다."

그런 대화를 나누면서 그들은 사라져가는 고부타를 언제까지고 배웅하며 바라보았다.

후기

처음 뵙겠습니다, 후세라고 합니다.

먼저 이 책을 구입해 주셔서 정말 감사합니다.

이 작품은 웹상에서 공개되어 있는 것을 가필 수정한 것입니다.

그러므로 알고 있을 분들도 계실 거라 생각합니다만, 현재도 '소설가가 되자'에 공개되어 있습니다. 그런 분들도 즐기실 수 있도록 번외편 같은 것은 완전히 오리지널로 적은 것입니다.

처음 보시는 분들은 만약 괜찮으시다면 웹 버전 쪽도 읽어 봐주십시오. 서적판과 기본적으로는 같지만 곳곳이 달라진 부분이 있기 때문에 비교하면서 보는 것도 재미있으리라 생각합니다.

처음 쓰는 후기라 뭘 적어야 좋을지 몰라서 긴장됩니다.

그러므로 이 자리에서 이 책을 만들어내는 원동력을 주신 여러분께 감사인사를 드리게 해 주십시오.

웹 버전을 읽어 주시고 있는 여러분, 언제나 응원해주셔서 감사합니다. 여러분의 감상이 힘이 되었습니다.

멋진 삽화를 그려주신 밋츠바 님, 다채로운 캐릭터들을 역동감 넘치게 그려 주셔서 정말 감사합니다. 앞으로도 제 고집을 부리느라 폐를 끼치게 될지도 모르겠습니다만, 잘 부탁드리겠습니다.

책으로 만들어보자고 제안해주신 편집자 I씨. I씨의 열의가 없었다면 이 책은 태어나지 못했을 겁니다.

그리고 마지막으로 이 책을 구입해 주신 여러분.

본 책인 '전생했더니 슬라임이었던 건에 대하여'를 재미있게 즐기면서 읽어 주셨다면 정말 기쁘겠습니다.

그러면 이후로도 재미있게 읽을 수 있도록 노력해 나가고자 합니다.

여러분께 많은 감사를 드립니다!

TENSEI SITARA SURAIMU DATTA KEN Vol. 1
©2014 by Fuse
First published in Japan in 2014 by Fuse.
Korean translation rights reserved by Somy Media, Inc.
Under the license from Micro Magazine Co., Ltd., Tokyo JAPAN

전생했더니 슬라임이었던 건에 대하여 1

2015년 4월 15일 1판 1쇄 발행
2023년 2월 15일 1판 27쇄 발행

저　　자 후세
일러스트 밋츠바
옮 긴 이 도영명
발 행 인 유재옥
본 부 장 조병권
편집 1팀 김준균 김혜연
편집 2팀 정영길 조찬희 박치우 정지원
편집 3팀 오준영 이해빈 이소의
편집 4팀 전태영 박소연
미　　술 김보라 박민솔
라이츠담당 김정미 맹미영 이승희 이윤서
디 지 털 박상섭 김지연
물　　류 허석용
발 행 처 ㈜소미미디어
등　　록 제2015-000008호
제 작 처 코리아피앤피
주　　소 서울시 마포구 토정로222, 403호(신수동, 한국출판콘텐츠센터)
판　　매 ㈜소미미디어
마 케 팅 한민지 최정연 최원석
전　　화 편집부 (070)4164-3962, 3963 기획실 (02)567-3388
　　　　　판매 및 마케팅 (02)567-3388, Fax (02)322-7665

ISBN 979-11-5710-127-6 04830
ISBN 979-11-5710-126-9 (세트)